Mittsommersterne
von Madita Tietgen

Schweden im Herzen
Band II

Impressum

Madita Tietgen
c/o AutorenServices.de
Birkenallee 24
36037 Fulda

Texte: Madita Tietgen
Umschlag / Satz: Grit Bomhauer
mit verwendeten Lizenzen von
© Depositphotos – vlue | zephyr18 | makieni777 | Nadianb | mikdam |
Barmaleeva
Korrektorat: Redaktionsbüro Feldbaum

Erstveröffentlichung: 29. September 2023

ISBN: 9783757958022

Herstellung und Druck über tolino media GmbH & Co. KG,
Albrechtstr. 14, 80636 München. Printed in Germany.
Fragen zu Produktsicherheit an: gpsr@tolino.media.

Madita
Tietgen

Mittsommer-
sterne

Roman

Glück bedeutet, den Blick in die Sterne mit anderen zu teilen

Enttäuschung und Wut. Das ist alles, was Stina bei dem Gedanken an ihre einstige Jugendliebe Andrik empfindet. Als dieser plötzlich in der Vorweihnachtszeit an ihrem Arbeitsplatz, dem *Vasa Museum* in Stockholm, auftaucht, droht Stinas sorgfältig aufgebaute Ordnung aus dem Ruder zu laufen. Nicht umsonst ist sie mit ihrem Bruder von ihrer Heimatinsel Gotland in die Großstadt geflohen. Zu dumm, dass Andriks Hartnäckigkeit ihr kaum eine Wahl lässt und sie in den Wochen vor Weihnachten mit ihm zusammenarbeiten muss. Was darauf folgt, sind die Auseinandersetzung mit schmerzhaften Erinnerungen und die Frage, was ein Leben wirklich lebenswert macht.
Doch damit nicht genug. Denn während Stina erkennt, dass ihr Herz immer noch für Andrik schlägt, gilt es herauszufinden, welche Absichten dieser Mann tatsächlich mit seinem unerwarteten Auftauchen verfolgt.
Ob Weihnachten unter diesen Umständen noch zum Fest der Liebe werden kann?

Nach dem sommerlichen Auftakt der Reihe »Schweden im Herzen« entführt Bestsellerautorin Madita Tietgen ihre Leser:innen nun ins weihnachtlich verschneite Stockholm. Alle Romane sind in sich geschlossen und können unabhängig voneinander gelesen werden.

Anmerkung der Autorin

Die Geschichte von Stina und Andrik findet an zahlreichen realen Orten in der schwedischen Hauptstadt statt. So gibt es die angesprochenen Weihnachtsmärkte, U-Bahn-Stationen, das Freilichtmuseum Skansen und das bekannte Vasa Museum wirklich.

Es gilt jedoch zu beachten, dass aufgrund der künstlerischen Freiheit ein paar Anpassungen vorgenommen wurden. Ob wirklich alles so im Vasa Museum stattfinden könnte, wie es »Mittsommersterne« erzählt? Vermutlich nicht ganz. Aber das ist ja das Schöne an fiktiven Romanen, nicht wahr?

Für Regina

Weil manchmal Menschen unseren Weg kreuzen, denen womöglich gar nicht bewusst ist, wie sehr sie unser Leben sowie unseren Charakter prägen und zu unseren Vorbildern werden.

Kapitel 1

Erinnerungen. Sie waren wie Unwetter. Sie überfielen einen plötzlich, manchmal ohne Vorwarnung und mit voller Wucht. Sie konnten nur wenige Minuten andauern oder gar mehrere Stunden. Waren sie endlich vorüber, zog entweder die Sonne wieder am blauen Himmel auf oder die dunklen Wolken hinterließen einen dumpfen Nebel am Boden. So fühlte es sich zumindest für Stina an. Ihre Erinnerungen glichen einem Gewitter, das sie jedes Mal wieder mit grellen Blitzen und Donnergrollen überrollte und sie schließlich voller Schmerz zurückließ.

Glücklicherweise hörte sie an diesem zweiten Adventssonntag alles andere als das. Im Gegenteil. Der Klang einer Reihe feiner Glöckchen ertönte in ihren kalten Ohren und irgendwo ließ jemand *Last Christmas* auf Endlosschleife laufen.

»Iss nicht alle Mandeln auf! Ich will auch noch welche!« Die Stimme ihres älteren Bruders drang zu ihr durch.

Lächelnd blickte Stina auf und versuchte, die weiße Tüte mit roten Herzen außer Reichweite zu bringen. Es gelang ihr nur mäßig, denn Thore war eineinhalb Köpfe größer als sie, dabei war er nur ein knappes Jahr älter. »Hey, du hast doch schon die halbe Portion allein verdrückt! Nicht so gierig!« Stina lachte und freute sich über das Funkeln, das ihr Konter in Thores Augen auslöste.

»Habt ihr eigentlich schon alle Weihnachtsgeschenke?«, fragte Alva, eine von Stinas besten Freundinnen. Diese bemühte sich, den Fokus wieder auf die wirklich wichtigen Dinge des Tages zu lenken. Unter Alvas roter Mütze blitzten freche blonde Locken hervor und in Kombination mit dem ebenfalls farbenprächtigen breiten Schal und einem weißen Mantel wirkte sie ein bisschen wie die Ehefrau des Weihnachtsmannes höchstpersönlich. Ihre immer gute Laune hob den zauberhaften Eindruck noch mehr hervor.

Siljan neben ihr schaute sie tadelnd an, doch schnell legte sich ein Grinsen auf das Gesicht ihres Verlobten. »Wir haben gerade mal den 6. Dezember. Es ist noch ewig viel Zeit bis Weihnachten.« Er griff in Stinas Mandeltüte und bediente sich.

Alva schüttelte energisch den Kopf und hob den Zeigefinger, der ebenfalls in einem roten Handschuh steckte. »Papperlapapp. Die kommenden Wochen sind ruck, zuck um, und dann steht ihr am Weihnachtstag da und stresst euch unnötig.« Sie wandte sich an Malin, die Fünfte im Bunde – eine weitere gute Freundin von Stina. Die drei Frauen glichen einer eingeschworenen Clique, die nichts und niemand trennen konnte. »Also, wie schaut's aus?«

Malin war etwas kleiner als Stina und Alva und trug ihre langen braunen Haare in einem sorgfältig eingedrehten Dutt auf dem Kopf. Ein kobaltblauer Loopschal sowie eine gut gefütterte schwarze Winterjacke schützten sie vor den eisigen Temperaturen, die heute in Stockholm herrschten. Sie waren an diesem Sonntag in der Altstadt, der Gamla Stan, unterwegs und schlenderten gemeinsam über den mittelalterlichen Weihnachtsmarkt auf dem Stortorget. Nur wenige Querstraßen entfernt befand sich *Ekströms Bokhandel*. Die historisch-moderne Buchhandlung hatte Stinas Freundin Alva vor gut eineinhalb Jahren von ihrem Großvater übernommen, kurz bevor dieser an einem Herzleiden verstorben war.

Ein kleiner Stich durchfuhr Stina bei dem Gedanken an ihren alten Freund, der nicht länger unter ihnen weilte. Doch sofort verbot sie sich auch nur einen Schimmer Traurigkeit, denn Johan Ekström war einer der fröhlichsten und positivsten Menschen gewesen, die sie je in ihrem Leben getroffen hatte. *Um mich zu weinen, würde mein Denkmal schmälern*, hatte er vor seinem Tod zu sagen gepflegt. Also dachte Stina lieber mit einem Lächeln an den urigen Mann und dankte ihm dafür, dass er eine so wundervolle Enkelin wie Alva großgezogen hatte.

Gemeinsam mit der fantastischen Malin betrieb diese nun das altehrwürdige Traditionsgeschäft in der fünften Generation. Der Anfang hatte sich wahrlich schwierig gestaltet. Doch Alva hatte es mit ihrem sonnigen Gemüt und einer großen Portion Mut und einem noch größeren Herzen geschafft, die Dinge wieder ins Lot zu rücken. Heute gehörte *Ekströms Bokhandel* zu den angesagtesten Literaturtreffpunkten der Stadt.

Stinas Blick fiel auf den hochgewachsenen Siljan, während Malin ihre Liste an Besorgungen vor ihnen erörterte.

Siljan Dahlberg. Er war ein zurückhaltender, wenngleich gut aussehender Mann und nebenbei einer der erfolgreichsten Thrillerautoren Schwedens. Er war ausgerechnet in jenem Moment in Alvas Leben aufgetaucht, als diese ihren geliebten Großvater verabschieden musste. Die beiden, Alva und Siljan, hatten in der Tat keinen leichten Weg hinter sich. Stina fand ihn immer noch hoffnungslos romantisch, allerdings wäre es wesentlich einfacher vonstattengegangen, wenn beide einfach von Beginn an alle Tatsachen auf den Tisch gelegt hätten. Allen voran Siljan. Aber Stina konnte ihm seine Geheimnistuerei kaum übel nehmen. Seine Vergangenheit hatte ihn in seinem Tun zunächst behindert.

So oder so lautete das Ende vom Lied, dass Siljan Alva dieses Jahr an Mittsommer einen Heiratsantrag gemacht hatte.

Natürlich hatte sie ihn angenommen. Wie hätte sie das auch nicht tun können? Diese beiden herzensguten Menschen waren füreinander bestimmt. Und Stina war unendlich dankbar, dass die zwei ebenso wie Malin Teil ihres Lebens waren.

»… und dann muss ich mir noch irgendetwas für meinen Vater überlegen. Das ist immer die größte Herausforderung an Weihnachten«, beendete Malin ihre Erzählung und seufzte.

Auf einmal schaltete sich Stinas Bruder Thore in das Gespräch ein. »Müssen wir Papa auch etwas schenken?« Er schaute Stina fragend an, und ihre gute Laune wurde für eine Sekunde getrübt. Doch sie intervenierte sofort und ließ dieses mentale schwarze Loch gar nicht erst entstehen. Sie setzte ein warmes Lächeln auf und legte ihrem Bruder die Hand auf den Unterarm.

»Ich weiß gar nicht, ob Papa dieses Jahr wirklich Weihnachten feiert.«

»Also brauchen wir kein Geschenk für ihn?«

»Möchtest du ihm denn etwas schenken?«

Thore überlegte eine ganze Weile. Dann hielt er seinen Kopf schief, zupfte sich seine Mütze zurecht und meinte: »Hm … Vielleicht reicht ja auch eine hübsche Karte mit einem Foto von uns.«

Stina nickte erleichtert. Gerade noch mal die Kurve bekommen. »Das ist eine sehr gute Idee. Das machen wir.« So wie ungefähr die letzten zehn Jahre auch. Sie würde sich wie immer darum kümmern und die Karte schreiben. Thore würde seine Unterschrift daruntersetzen, und damit hätte sich das Thema hoffentlich erledigt.

Siljan lenkte Thore dankenswerterweise mit der Frage nach seinem Lieblingssport, dem Tischtennis, ab und übernahm mit ihm die Führung der kleinen Gruppe durch die überlaufenen Gassen des Weihnachtsmarktes.

Stina ließ ihren Blick über den Platz schweifen. Der Stortorget wurde umrahmt von schmalen Häusern, die allesamt unterschiedlicher Bauart waren. Jedes wirkte ein wenig windschief. Doch während das eine Gebäude aus vier Stockwerken bestand, gab es im Haus nebenan trotz gleicher Gesamthöhe nur drei Etagen. Die Außenwände waren in warmen Gelb-, Orange- und Rottönen getüncht und zauberten mit den goldenen Lichtern in und vor den Fenstern eine besonders weihnachtliche Stimmung. Die herabfallenden Schneeflocken taten ihr Übriges, um nicht nur Stina und ihre Freunde, sondern alle Besucher des Stortorgets in perfekte Weihnachtsstimmung zu versetzen.

Mehrere Reihen niedlicher Holzbuden boten die unterschiedlichsten Waren an. Von Pullovern und Hausschuhen aus Schafwolle über handgefertigte Töpferwaren bis hin zu aufwendig bemalter Glaskunst fand man auf diesem Markt einfach alles, was annähernd in Richtung Mittelalter tendierte. Zusätzlich zog ein süßer Duft von Apfelzimt, Waffeln und Glögg über den Platz. Die schwedische Version des Glühweins wurde traditionell mit gehackten Mandeln und einer Handvoll Rosinen serviert und war einfach zu lecker, um ihn sich entgehen zu lassen. Neben all dem Süßen warteten auch genügend deftige Leckereien auf die Besucher. Kein Wunder, dass der Markt bei Stockholmern wie Touristen äußerst beliebt war. Dementsprechend voll ging es heute zu.

Während Stina ein Auge auf ihren älteren Bruder warf, der mit Siljan ein Stück vor ihnen spazierte, hörte sie Alvas Stimme neben sich.

»Wann habt ihr eure Eltern das letzte Mal gesehen?«

Den Blick weiter auf Thore geheftet, dachte Stina nach. Schließlich erwiderte sie zögernd: »Mama war Anfang November hier. Einmal im Quartal zwingt sie sich zu einem Besuch bei Thore.« Stina zuckte mit den Schultern. »Mit Papa hatten wir uns im Sommer für ein Wochenende unten in Västervik verabredet. Er hasst das Festland, hat sich aber trotzdem dazu aufgerafft. Es war mehr oder weniger … nett.«

Malin wechselte auf Stinas andere Seite, sodass sie von ihren beiden Freundinnen eingerahmt wurde. Vorsichtig hakte Malin nach: »Es wird immer noch nicht besser, oder?«

Stina überging den Schmerz, der sich in ihrem Herzen hervor-mogeln wollte, und wies ihn direkt wieder in die Schranken. Betont gelassen meinte sie: »Nein, aber dafür ist es auch längst zu spät. Sie haben ausreichend Zeit gehabt, um sich eine Stra-tegie zu überlegen. Sie haben sich beide eher fürs Wegsehen entschieden. Ich habe das akzeptiert. Und Thore auch. Glaube ich.«

Alva legte einen Arm um Stina und drückte sie während des Laufens liebevoll an sich. »Gut, dass ihr uns habt. Wir sind jetzt eure Familie. Du weißt, dass wir Weihnachten fest mit euch rechnen?«

Stina lächelte und sah hinüber zu ihrer Freundin. »Danke.«

»Nichts zu danken! Weihnachten gehören wir einfach zu-sammen. Da gibt es keine Widerrede.«

Malin grinste. »Alva will nur möglichst viele Geschenke unter dem Tannenbaum stehen haben, um ein schönes Foto zu knipsen.«

Alva lachte. »Von wegen!«

»Dann dürfen wir auch ohne Geschenke kommen?«, fragte Stina provozierend und schmunzelnd zugleich.

Alva hob verschwörerisch die Hände. »Weihnachten ist ein Fest der Liebe, nicht der Geschenke. Aber so ein bisschen Freu-de unterm Baum ist natürlich nie verkehrt.«

Stina lehnte sich zu Malin rüber. »Ich bitte Siljan einfach um eine signierte Ausgabe seines letzten Thrillers und packe den für Alva ein. Das zählt doch bestimmt auch, oder?«

Die drei Frauen lachten herzlich und Stina war froh, dass die traurigen Gedanken sie diesmal nicht allzu kalt erwischt hatten. Weihnachten könnte sein wie jede andere Jahreszeit auch. Doch die Marketingabteilungen sämtlicher Unternehmen hatten es erfolgreich geschafft, einem einzureden, dass Weihnachten ein absolutes Familienfest sei und man bitte unfassbar viel Liebe und Freude miteinander teilen müsse. Das mochte schön sein, wenn man sie besaß … eine Familie. Wer aber Schwierigkeiten mit eben jener Sache hatte, dem war Weihnachten eher eine Last. Denn man wurde nur ständig daran erinnert, was einem im Leben fehlte.

Umso dankbarer war Stina, dass sie und Thore bei Alva einen Ort gefunden hatten, um Weihnachten zu feiern. Sie liefen an einem Stand mit Holzschnitzereien vorbei und als Stina einen detailgetreuen Nachbau der alten Vasa entdeckte, musste sie daran denken, wie Alva überhaupt in ihr Leben getreten war.

Ihr Großvater, Johan Ekström, hatte die Geschichten rund um das gesunkene Segelschiff geliebt, das nach mehr als dreihundert Jahren aus der Stockholmer Bucht geborgen worden war. Es war fast vollständig erhalten geblieben, und so hatte man es aufwendig konserviert und der Vasa ein ganzes Museum gewidmet. Stina arbeitete als Seefahrt-Historikerin in ebenjenem *Vasa Museum* in Stockholm.

Alva hatte ihrem Großvater anlässlich seiner Leidenschaft für dieses Stück Maritimgeschichte mal eine private Führung durch die heiligen Hallen zum Geburtstag geschenkt. Stina war diejenige, die den beiden all die spannenden Fakten erläutern durfte. Schnell merkten die drei, dass sie viele Gemeinsamkeiten teilten, und Johan lud Stina am Ende ein, doch mal in seiner Buchhandlung *Ekströms Bokhandel* vorbeizuschauen. Wenige Tage nach der Führung nahm Stina das Angebot an, und aus diesem ersten Treffen entwickelte sich eine herzlich enge Freundschaft. Sowohl zu dem alten Mann als auch zu seiner Enkelin. Über Alva hatte Stina schließlich auch den Kontakt zu Malin geknüpft und nach regelmäßigen gemeinsamen Unternehmungen hatte sie in den beiden fast gleichaltrigen Frauen ihre besten Freundinnen gesehen, von denen sie nicht gedacht hätte, sie eines Tages in Stockholm zu finden.

Gewiss, sie hatte Freunde und Bekannte aus der Studienzeit und auch ein paar nette Arbeitskollegen, aber niemanden davon würde Stina als beste Freundin bezeichnen.

Eine leichte Windböe zog durch die schmalen Gassen der Stockholmer Altstadt und wirbelte die zarten Flocken in der Luft durcheinander. Der Duft von Mandeln, Magenbrot und Pfefferkuchen wehte ihnen noch deutlicher entgegen, und just in diesem Augenblick drehte Thore sich um und lief fröhlich lachend auf seine Schwester zu. Er suchte sich flink seinen Weg durch die Menschenmenge zwischen ihnen, überwand die letzten Meter und warf sich ihr in die Arme.

»Fröhliche Weihnachten!«

Lachend erwiderte Stina seine Umarmung: »Aber es ist doch noch gar nicht Weihnachten. Das dauert noch zweieinhalb Wochen.«

Thore zog sich zurück und blitzte sie mit den gleichen blauen Augen an, wie Stina selbst sie besaß. »Das ist doch egal! Es riecht nach Weihnachten. Also ist auch Weihnachten.«

Schmunzelnd nickte Stina und stimmte ihm schweigend zu. Sie könnte ihm wohl nie etwas abschlagen. Dafür liebte sie ihn viel zu sehr. Er war nicht wie andere Brüder. Er war … anders. Aber das war Stina egal. Sie würde ihn niemals im Stich lassen. Nicht so wie ihre geschiedenen Eltern.

Siljan stieß ebenfalls wieder zu ihnen und blickte fragend in die Runde. »Wie schaut's aus? Gönnen wir uns noch eine warme Waffel mit Puderzucker?«

»Au ja! Was für eine Frage!« Thore betrachtete Siljan kopfschüttelnd und mit einem Hauch Unverständnis auf dem Gesicht.

Alva unterstützte Stinas Bruder tatkräftig und versuchte, ihren Verlobten dennoch ein wenig in Schutz zu nehmen. »In manchen Dingen muss Siljan noch lernen, wann sich eine Frage wirklich lohnt, Thore. Nimm es ihm nicht übel. Er ist schon viel besser geworden in seinem Sozialverhalten. Aber wir arbeiten weiterhin daran. Diese lange Zeit der Einsamkeit hat ihn ein wenig verschroben gemacht.«

Thore und die drei Frauen lachten, während Siljan grinsend die Schultern hob. »Keine Ahnung, was du meinst.«

Nachdem sich die ganze Gruppe am nächstbesten Waffelstand eingedeckt und die Köstlichkeiten verspeist hatte, schaute Stina unauffällig auf ihr Smartphone. Der frühe Abend neigte sich bereits über die Altstadt. Sie legte einen Arm um die schmalen Hüften ihres älteren Bruders.

»Wir sollten uns langsam auf den Weg machen.«

»Jetzt schon?«

Stina nickte. »Zumindest wenn du pünktlich zum Abendessen im *Livsmot* sein willst.«

Thore dachte nach. Dann hob er die linke Augenbraue in die Höhe. »Heute gibt es Spaghetti Bolognese. Ich will zum Abendessen zu Hause sein. Ja. Unbedingt!«

»Weise Entscheidung«, stimmte auch Alva zu und drückte den bald Vierunddreißigjährigen liebevoll an sich. »Schön, dass du mitgekommen bist. Wann besuchst du uns mal wieder im Laden?«

»Bald. Ich brauche Lesenachschub!«

Stina und Thore verabschiedeten sich von allen und brachen schließlich Richtung Gamla Stan, der gleichnamigen U-Bahnstation der Altstadtinsel, auf. Gemütlich schlenderten sie durch die verwinkelten Gassen und Stina beobachtete die zahlreichen weihnachtlichen Dekorationen an den Geschäften und den darüberliegenden Wohnungen. Stockholm war zur Adventszeit ein magischer Ort, nicht nur, weil es schon früh am Nachmittag dunkel wurde. Über der gesamten Altstadt schwebte dieser goldene und zugleich winterlich kalte Schimmer.

Gleichzeitig sorgten die vielen Lichterketten und die typischen runden Holzbögen mit elektrischen Kerzen in den Fenstern für einen warmen Schein. Bunte Weihnachtskugeln, Tannenkränze und Böcke aus gebundenem Stroh zierten die Hauseingänge. Die zahlreichen kleinen Geschäfte, Cafés und Restaurants ließen sich nicht lumpen und stimmten auf das kommende Fest ein.

Sie liefen die Kåkbrinken entlang, kamen am Postmuseum vorbei und betraten schon bald das U-Bahngebäude. Als sie sich dem Gleis der entsprechenden Bahn näherten, meinte Thore auf einmal: »Wann machen wir eigentlich diese Tour durch die Tunnel? Du hast versprochen, wir gucken sie uns noch dieses Jahr an.«

Stina zog ihre Stirn in Falten und überlegte. Thore hatte recht. Dazu musste man wissen, dass Stockholm nicht nur die einzige U-Bahn des Landes besaß, sondern diese mit ihren Bahnhöfen zu der größten Kunstgalerie der Welt zählte. Die sogenannte *Längste Galerie der Welt* vereinnahmte um die neunzig der einhundert Stationen. Seit Mitte der Fünfzigerjahre waren diese kontinuierlich mit Skulpturen, Mosaiken, Schaukästen und Fresken künstlerisch gestaltet worden. Damit war die *Tunnelbana*, wie die Stockholmer U-Bahn hieß, nicht nur ein Fortbewegungsmittel, sondern auch ein kulturelles Highlight.

Wie es für Kunstgalerien üblich war, gab es auch hier offiziell geführte Touren. Stina hatte Thore zu seinem letzten Geburtstag vergangenen Februar eine ebensolche geschenkt. Sie sollten sie endlich in Angriff nehmen. Gerade wenn es im Winter jetzt so früh dunkel wurde, war das ein tolles Ausflugsziel.

Stina hakte sich auf der linken Seite ihres Bruders ein und strahlte ihn an. »Wie wäre es mit nächstem Wochenende?«

Thore war begeistert. »Perfekt!« Dann hielt er einen kurzen Moment inne. »Aber nicht Samstag. Da gehen wir mit *Livsmot* doch schon Schlittschuhlaufen.«

»Dann gucke ich mal, ob es für Sonntag noch Tickets gibt. Einverstanden?«

Ihr Bruder nickte. »Gern.«

Im nächsten Augenblick fuhr auch schon ihr Zug in den Bahnhof und sie stiegen ein. Thore leitete sie zu zwei freien Sitzplätzen und ließ sich am Fenster nieder. Stina nahm gegenüber von ihm Platz und musterte ihn unauffällig voller Liebe.

Thore würde bald schon vierunddreißig Jahre alt werden. Doch das Schicksal hatte ihm den Verstand eines Vierzehnjährigen beschert und ihn zu einem aufgeweckten Jugendlichen gemacht. Früher hatte es außer Frage gestanden, dass er sich eines Tages eine bedeutende Karriere aufbauen würde. Ganz gleich, für welche Berufsrichtung er sich entschieden hätte. Doch mit sechzehn Jahren war ihm und diesem Leben etwas dazwischengekommen.

Stina schüttelte kaum merklich den Kopf und verdrängte die Erinnerung, die sich über ihr wie eines dieser spontanen Gewitter zusammenbraute. Sie würde jetzt nicht an jene verhängnisvolle Mittsommernacht denken.

»Ich hab dich lieb, Thore«, meinte sie stattdessen leise und kämpfte vehement gegen die dunklen Wolken an.

Während Thore aus dem Fenster hinaussah, sagte er zufrieden: »Ich dich auch.«

Kapitel 2

Die neue Woche startete äußerst schlecht für Andrik. Gleich das erste Meeting mit seinem Geschäftspartner montagfrüh war gespickt von schlechten Nachrichten. Entnervt schob er seine Kaffeetasse auf dem langen schwarzen Tisch von sich und zog die Stirn in Falten. Grübelnd schaute er auf sein aufgeklapptes Notebook. Dann hob er den Blick.

»Der Vertrag war so gut wie unterschrieben. Wieso hat er es sich auf einmal anders überlegt?« Man hörte den Frust eindeutig aus Andriks Tonfall heraus.

Aber Linus, sein langjähriger Freund und Geschäftspartner, ließ sich davon nicht beirren. »Es gibt Gerüchte, dass er unsere Konkurrenz beauftragen will. Sie drücken wie immer die Preise.«

»Ja, und dementsprechend schlecht ist die Qualität ihrer Leistungen. Die denken viel zu kurzfristig!« Polternd schob Andrik seinen Stuhl zurück und fing an, in dem modernen Meetingraum hin und her zu laufen. Nach einer Weile blieb er an einem der Fenster stehen und starrte über die verschneiten Dächer Stockholms.

Vor etwas mehr als sechs Jahren hatten er und sein Studienfreund Linus gemeinsam das Unternehmen *Tillsammans* gegründet. Der Name war für Andriks Geschmack ein wenig zu allgemein, aber Linus hatte ihn wochenlang bearbeitet. Er war überzeugt, der Firmentitel strahle genau das aus, was sie mit ihrer Arbeit vermitteln wollten. Nämlich, dass man *gemeinsam,* auf Schwedisch *tillsammans,* immer eine Lösung findet. Da Andrik selbst nichts Besseres eingefallen war, war es schließlich dabei geblieben.

Nachdenklich drehte Andrik sich jetzt zu seinem Partner um. »Wir brauchen etwas, um Sundgren zu überzeugen. Unsere Zahlen sprechen für sich. Er braucht keine weitere PowerPoint-Präsentation. Karl Sundgren ist von der alten Schule. Aber eine Flasche Wein und eine Schachtel teurer Zigarren wird hier mit Sicherheit nicht reichen. Wir brauchen etwas Großes. Etwas Besonderes.«

Ratlos fuhr Linus sich durch seinen hellblonden Schopf. Er glich im wahrsten Sinne des Wortes einem Schweden, wie man ihn sich vorstellte. Weißblonde verstrubbelte Haare, tiefblaue Terence-Hill-Augen und eine gesunde Bräune, die er noch vom Sommer beibehalten hatte. Er trug immerzu Hemden mit seltsamen Motiven darauf. Heute zierten beispielsweise kleine Kakteen mit roten Hüten den rosafarbenen Stoff. Dazu steckte der lange Körper seines Freundes in weißen Hosen und senffarbenen Winterboots. Modisch gesehen lief er Andrik deutlich den Rang ab.

Er selbst war das Gegenteil. Er griff lieber auf die guten alten einfarbigen Hemden zurück, dazu passend dunkle Hosen. Seine braunen Haare besaßen einen ordentlichen Schnitt. Nicht zu lang, aber auch nicht zu kurz. Eben pflegeleicht, praktisch und seinen strengen Gesichtszügen schmeichelnd. Am Handgelenk trug er eine edle Herrenuhr. Ein Geschenk seiner Eltern zur Unternehmensgründung.

Linus hob sein linkes Bein und legte es quer über sein rechtes Knie, während er sich in seinem Stuhl zurücklehnte und Andrik fragend musterte. »Und was soll das sein?«

Immer noch nachdenklich schob Andrik seine Hände in

die Hosentaschen und blickte erneut hinaus über die Stadt. *Sundgren AB* zählte zu einem der bedeutendsten und größten Unternehmen Schwedens. Das Imperium, das Karl Sundgren über Jahrzehnte hinweg aufgebaut hatte, ging weit über die ursprüngliche Logistikflotte hinaus. Inzwischen gab es kaum mehr ein schwedisches Produkt oder eine Dienstleistung, die nicht in irgendeiner Weise mit *Sundgren AB* verknüpft waren. Die Firma war milliardenschwer und auf der Suche nach gutem Personal. Denn wie in so vielen Wirtschaftszweigen waren fachkundige Mitarbeiter nicht nur Mangelware geworden, sie waren schlichtweg kaum mehr zu halten. Zu viele Unternehmen buhlten um die verfügbaren Arbeitskräfte.

Andrik und Linus hatten das Potenzial erkannt und es sich zur Aufgabe gemacht, Firmen dabei zu helfen, die richtigen Anreize für ihre Mitarbeitenden zu finden. Seien es neue oder bestehende. Arbeit war heute weit mehr als ein bloßer Job. In vielen Bereichen ging es darum, den Menschen die Möglichkeit zu bieten, Arbeit und Privates flexibler und einfacher miteinander zu vereinbaren. Dabei kam es aber immer wieder auf die einzelnen Umstände an. Was bei einem Unternehmen funktionierte, konnte beim nächsten nach hinten losgehen. Deshalb war es so wichtig, dass man mit Herz und Verstand ein individuelles Konzept erarbeitete.

Tillsammans war genau zum richtigen Zeitpunkt gegründet worden. Schnell hatten Andrik und Linus sich beweisen können und innerhalb der letzten sechs Jahre war ihre Belegschaft um rund dreißig Leute gewachsen, Tendenz steigend. Vor einigen Monaten hatte sich schließlich *Sundgren AB* an die Unternehmensberatung der beiden gewandt. Nach langatmigen Verhandlungen war man sich endlich einig geworden. Doch wenige Tage, bevor der Vertrag unterschrieben werden sollte, schien der alte, störrische Sundgren nun einen Rückzieher zu machen. Wegen ein paar Schwedischer Kronen weniger? Andrik hätte gern irgendetwas frustriert durch die Gegend geworfen, aber er riss sich zusammen. Stattdessen suchte er nach einer Lösung. So wie immer.

Andrik war stets der Typ, der sich nicht lange mit Beschwerden aufhielt, sondern sich um die Beseitigung der Ursache kümmerte. Er hatte bisher noch immer einen Weg gefunden, um an sein Ziel zu gelangen. Auf gute Art und Weise. Nie würde er dafür über Leichen gehen. Er war der Meinung, dass es am Ende immer eine Lösung gab, bei der alle Beteiligten als Gewinner vom Platz gingen. War auch nur eine Partei unzufrieden, hatte Andrik seinen Job nicht ordentlich genug gemacht, und er begann von vorn.

Andrik musterte den grauen Himmel über Stockholm und ließ seinen Blick über die dicke Schneedecke schweifen, die sich bereits auf den umliegenden Dächern niedergelassen hatte. Hinter einer Handvoll Häuserreihen blitzte das eiskalte Wasser der Stockholmer Bucht auf. Kleine Eisschollen begannen, sich bereits am Uferrand zu bilden, so eisig war dieser Dezember. Wenige Meter weiter erstreckten sich von links nach rechts die Inseln Gamla Stan, Skeppsholmen und die größte der drei, Djurgården. Auf den letzteren befanden sich zahlreiche Museen. Das eindrucksvollste, zumindest von außen, war jedoch das *Vasa Museum*. Andrik kannte nicht viel von der Geschichte, die dahinterstand, doch er wusste immerhin so viel, dass es ein verdammtes Wunder war, dass das alte Segelschiff über Jahrhunderte hinweg in der Bucht von Stockholm auf Grund gelegen hatte und dennoch so gut intakt gewesen war, dass man es in den Sechzigerjahren des vergangenen Jahrhunderts geborgen hatte.

Mit einem plötzlichen Geistesblitz wandte Andrik sich zu seinem unschlüssigen Freund um.

»Ist Sundgren nicht Mitglied in der *Königlich Schwedischen Segelgesellschaft*?«

Linus grinste frech. »Gefühlt bestimmt schon seit der Gründung 1830 …«

Andrik blickte wieder aus dem Fenster und fokussierte sich auf die Segelmasten, die auf den Dächern des *Vasa Museums* angebracht worden waren. Sie sollten die ursprünglich echte Höhe der Vasa darstellen. Damit sah das Museumsgebäude selbst wie ein Segelschiff aus.

Andriks Hirn arbeitete auf Hochtouren. Wie immer ließ er niemanden an seinen Gedanken teilhaben. Sie sprangen von einem Punkt zum nächsten und zeichneten mit der Zeit ein immer deutlicheres Bild seines Plans. Nur zwischendurch warf er Linus vereinzelte und völlig zusammenhanglose Fragen hin. So wie zum Beispiel diese: »Wo findet noch mal unsere firmeninterne Weihnachtsfeier statt?«

Linus war das längst gewohnt, deshalb fragte er gar nicht erst, sondern lieferte Andrik einfach die gewünschte Antwort. »*Villa Källhagen*, drüben am Djurgardenbrunnsviken, dem Seitenarm von …«

»Ah, stimmt.« Noch immer starrte Andrik hinaus auf die Umrisse des berühmten *Vasa Museums*. Er fällte eine Entscheidung. In diesem Augenblick. Noch in der gleichen Sekunde bildeten sich Zweifel in seinem Hinterkopf, doch er drängte sie energisch beiseite. Er ging ein verdammt hohes Risiko ein. Ein unüberschaubares Risiko. Er wandte den Blick nicht vom Fenster ab, als er seinen Freund und Partner informierte. »Sag die Feier in *Källhagen* ab. Wir machen etwas Größeres. Wir laden nicht nur unsere Leute ein. Wir machen aus unserer Weihnachtsfeier eine Art Recruiting-Event für Kunden. Wer könnte besser Werbung für uns machen als unsere Leute zusammen mit glücklichen Kunden?«

»Andrik, bist du sicher, dass …«

Sich für seine Idee langsam erwärmend und seine eigenen Zweifel ignorierend, fuhr er Linus über den Mund. »Wir stehen finanziell nicht unbedingt schlecht da, aber du weißt selbst, dass wir für unsere Pläne im nächsten Jahr mehr Investitionen benötigen. Und die kann uns ein Vertrag mit *Sundgren AB* verschaffen. Dann haben wir Spielraum und uns eröffnen sich ganz neue Möglichkeiten. Stell dir nur vor, welche Kreise das ziehen würde, wenn ein Imperium wie das von Sundgren auf unsere Leistungen zurückgreift und uns am Ende vielleicht sogar anderen Partnern empfiehlt.« Während Andrik mit fester Stimme sprach, versuchte er, nicht nur seinen Geschäftspartner, sondern auch sich selbst zu überzeugen. Wenn auch aus anderen Gründen.

»Und was genau hast du vor?«

Andrik, der sich inzwischen zu Linus umgedreht hatte, atmete tief durch und legte eine kurze Pause ein. Schließlich meinte er: »Wir verlegen die Veranstaltung ins *Vasa Museum*. Es wird keine gewöhnliche Weihnachtsfeier. Wir machen ein einzigartiges Event daraus, von dem die Leute noch im Sommer sprechen werden.« Seine Augen verengten sich. »Wir helfen Unternehmen, ihre Mitarbeiter glücklich zu machen. Zeigen wir ihnen, wie das geht. Sundgren ist Segler. Er legt großen Wert auf Dinge wie Loyalität, Zusammenhalt und Ehre. Wir führen ihm mit diesem Event vor Augen, dass er genau das bei uns bekommt, und gewinnen ihn für uns.«

»Du willst nicht mal drei Wochen vor Weihnachten den Ort der Feier verlegen und sie auch noch vergrößern?« Linus wollte schon loslachen, als er bemerkte, dass es Andrik wirklich ernst damit war. Entgeistert fuhr er sich durch die weißblonden Haare. »Du spinnst! Das ist unmöglich.«

Andrik zuckte mit den Schultern. »Wir finden schon einen

Weg.« Er hatte einen Plan und war sich ziemlich sicher, dass die Verlegung ins *Vasa Museum* an sich kein Problem darstellen würde. Ein anderer Faktor machte ihm viel größere Sorgen. Aber er würde es durchziehen. Bis zum Schluss. Er würde zwei Fliegen mit einer Klappe schlagen und betete inständig, dass am Ende alle Beteiligten zufrieden sein würden. Ja, vielleicht sogar glücklich.

Stina zog die Mütze unter ihrem Fahrradhelm tiefer über die Ohren und stellte wieder einmal fest, dass die Winter in Stockholm jedes Mal anders waren. Letztes Jahr noch hatte die Vorweihnachtszeit vor allem aus Matsch und Regen bestanden. Die Temperaturen waren nie lange genug unter den Gefrierpunkt gefallen, um so etwas Ähnliches wie Schnee auch nur im Ansatz zu ermöglichen.

Dieser Dezember war das komplette Gegenteil. Eine meterhohe Schneedecke, wohin man auch sah. Stina hatte Mühe, mit ihrem Rad vorwärtszukommen, aber sie weigerte sich, es bleiben zu lassen. Sie liebte ihren Drahtesel. Bei jedem Wetter.

Das beständige Rattern ihrer Fahrradkette begleitete sie, als ihre Augen für einen Moment vom Radweg über Ladugårdslandsviken schweiften, wie die Bucht von Stockholm genannt wurde. Sie erhaschte einen letzten Blick auf die kleine Insel *Skeppsholmen*. Darauf befand sich das Museum für Moderne Kunst sowie die Königliche Kunsthochschule. Daran angeschlossen thronte *Kastellet* – das Kongresszentrum aus rotem Backstein und weißen Vorsprüngen, das vielmehr an eine restaurierte Burg erinnerte. Früher diente es eine Zeit lang sogar als Militärstützpunkt, wie sie wusste.

Nachdem Stina schließlich auf die letzte Brücke hinüber Richtung Djurgården eingebogen war, stellte sie dankenswerterweise fest, dass der Weg hier vor Kurzem erst frisch geräumt worden war. Sie nahm für die letzten Meter wieder etwas Fahrt auf und war froh um die dicken Handschuhe, die sie sich noch im letzten Moment angezogen hatte, bevor sie ihre kleine Wohnung verlassen hatte.

Bis zum *Vasa Museum*, ihrem Arbeitsplatz, waren es nur noch wenige Hundert Meter. Gedanklich ging sie bereits ihre To-do-Liste für den heutigen Dienstag durch. Sie wollte gerade die letzte Straße überqueren, die zum Parkplatz der angrenzenden Museen führte, als plötzlich ein dunkler SUV um die Ecke schoss.

Obwohl alles innerhalb weniger Sekunden vor sich ging, erlebte Stina es wie in Zeitlupe. Adrenalin pumpte durch ihren Körper und wie in Trance betätigte sie hektisch die Bremsen ihres Drahtesels. Zwischen ihr und der schwarzen Karosserie lagen nur Zentimeter. Panisch klopfte Stinas Herz gegen ihren Brustkorb. Das Blut pulsierte durch ihre Adern. Trotz des eisigen Untergrunds kam sie gerade noch rechtzeitig zum Stehen. Ihr linker Fuß balancierte das Gleichgewicht aus, indem sie ihn in auf den schneebedeckten Boden stellte.

Der Autofahrer schien von alldem überhaupt nichts zu merken und glitt nach der rücksichtslosen Abzweigung zügig die schmale Straße zum Parkplatz entlang. Entrüstet und immer noch geschockt schaute Stina dem Wagen nach. Typisch SUV-Fahrer!

Als sie nun auch ihren rechten Fuß auf der Straße aufkommen ließ, um für einen besseren Halt zu sorgen, rutschte ihr Hinterreifen plötzlich weg und zwang Stina schließlich doch noch in die Knie.

»Ahhh!«

Mit einem lauten Scheppern legte sich das Fahrrad auf die Seite, und Stina landete in dem frisch aufgewirbelten Schnee. Ihr Rucksack löste sich vom Gepäckträger und kullerte ein paar Meter fort. Einige Passanten eilten besorgt herbei.

»Alles in Ordnung?«

»Hast du dich verletzt?«

Mühsam rappelte Stina sich hoch. »Mir geht's gut. Alles okay.«

Ein junger Student hob Stinas Rad auf, während sein Freund ihren ausgebüxten Rucksack einsammelte.

»Was für ein Mistkerl!« Die jungen Männer schüttelten unisono ärgerlich die Köpfe. »Fährt 'ne fette Karre und meint, er könne sich alles erlauben.«

Stina rückte ihren Mantel zurecht und klopfte sich den Schmutz von der dunklen Jeans. Der nasse Fleck würde wohl von selbst trocknen müssen. Wenigstens hatte sie den Helm über ihrer Mütze getragen. Sie war zwar nicht mit dem Kopf auf dem Boden aufgekommen, aber das hätte schnell passieren können. Sie würde diesmal mit einem Schock und ein paar blauen Flecken davonkommen.

»Ja, manche denken, ihnen gehört die Straße wohl mehr als anderen. Ich danke euch!« Stina nickte den jungen Studenten zu und schwang sich wieder auf ihr Fahrrad. Die beiden betrachteten sie prüfend und gingen sicher, dass wirklich alles in Ordnung war. Dann machten sie sich auch wieder auf den Weg.

Zum Glück machte niemand ein großes Ding hieraus. Stina mochte es nicht, die Aufmerksamkeit auf sich zu ziehen. Dafür war sie nicht der Typ.

Während sie ihren Fuß wieder auf die Pedale setzte, spürte sie, wie sie noch immer zitterte. Der unerwartete Schock saß wohl doch noch zu tief. Deshalb beschloss sie kurzerhand, wieder abzusteigen und die letzten Meter zum *Vasa Museum* zu laufen und das Rad zu schieben. Sicher war sicher.

Sie verdrängte ihren Ärger und bemühte sich, nicht in die Schublade mit Vorurteilen zu greifen. Aber es fiel ihr wahrhaftig schwer. Ja, SUVs und Fahrradfahrer waren aus Prinzip Rivalen. Doch Aktionen wie diese machten es einem auch wirklich schwer, freundliche Worte für diese riesigen Autos und ihre Besitzer zu finden, oder nicht? Stina würde dem Kerl was erzählen, sollte sie ihn irgendwann erneut antreffen. Was wohl kaum passieren würde, da sie den Fahrer in der Eile gar nicht erkannt hatte. Trotzdem, er sollte in der Hölle schmoren.

Eine Viertelstunde später kratzte Stina ihre gute Laune wieder zusammen und eilte in ihr Büro, das abseits der Museumsräume lag. Es war ein kleines Zimmer, aber immerhin mit Ausblick auf die Bucht und damit einen Großteil der Stockholmer Innenstadt. Stina hängte ihren Mantel an den Türhaken und versuchte, mit einem feuchten Tuch wenigstens die gröberen Flecken aus ihrer Hose zu entfernen. Vergeblich. Es wurde eher schlimmer. Großartig.

Auf einmal klopfte es kurz. Gleich darauf wurde die Tür aufgerissen.

»Stina! Du bist da. Sehr gut! Ich brauche dich.« Eine hochgewachsene Frau in den Vierzigern baute sich vor Stinas unordentlichem Schreibtisch auf. Sie trug einen marineblauen Hosenanzug, eine weiße Bluse mit großer Schleife um den Hals und eine blonde Hochsteckfrisur. Es war Katja, die Leiterin des Museums und damit Stinas Chefin und Vorgesetzte. In der Regel pflegten die beiden ein gutes Verhältnis, aber wenn sie so kam, wusste Stina stets, dass sie ihr eine undankbare Aufgabe aufbürden wollte.

Entsprechend misstrauisch hob Stina den Blick von ihrer ramponierten Hose. »Nein?« Vorsichtig erhob sie ihre Stimme, um Katja sogleich zu bedeuten, keine Lust, keine Zeit oder auch einfach keinen Nerv für diese Art von Bitte zu haben.

Aber Katja überging die Vorlage und redete einfach drauflos, während sie eine dünne Mappe auf Stinas Tisch legte. Währenddessen schlug sie diesen einen Tonfall an, der zwar freundlich, aber ziemlich streng wirkte. Es musste um etwas Wichtiges gehen.

Stina blickte neugierig auf die verschlossene Mappe, als Katja erklärte: »Ich weiß, dass das nicht dein Aufgabenbereich ist, aber Moritz ist nicht da und du bist die Einzige, die ihn vertreten kann.«

»Nein!« Sofort widersprach Stina. Sie warf das Feuchttuch in den Mülleimer unter ihrem Schreibtisch und verschränkte die Arme vor der Brust.

Katja schloss kurzzeitig die Augen. Als sie sie wieder öffnete, lag zwar ein sehr geduldiger, aber kompromissloser Ausdruck darin, und Stina spürte bereits, wie ihr die Wahl längst abgenommen worden war. Trotzdem startete sie einen letzten Versuch, sich zu drücken.

»Ich bin Historikerin. Forscherin. Ich führe Touristen durchs Museum, um ihnen die Geschichte der Vasa näherzubringen. Ich bin keine Partyplanerin, Katja. Ich hasse Partys!«

»Du musst dich nur solange darum kümmern, bis Moritz wieder da ist.«

»Wie lange fällt er aus? Am Freitag wirkte er noch kerngesund.« Stina beobachtete ihre Chefin und wusste sofort, dass sie ins Schwarze getroffen hatte.

Diese wand sich unter ihrem Blick und blinzelte. Schließlich meinte sie: »Wissen wir noch nicht. Es scheint ein Problem mit seiner Mutter zu geben. Oben im Norden. Er hat vor einer halben Stunde angerufen und wollte sich wieder melden, wenn er mehr weiß.«

Ein Kloß manifestierte sich in Stinas Hals. Sie schluckte, um ihn zu lösen, doch er blieb hartnäckig da, wo er war. Stina wusste um die pflegebedürftige Mutter ihres Kollegen. Der Gedanke daran löste bei ihr immer wieder etwas aus, von dem sie nicht wollte, dass es an die Oberfläche gelangte. Zu hart hatte sie daran gearbeitet, dieses Kapitel ihres Lebens irgendwie hinter sich zu lassen. Ganz würde es nie klappen, aber das war besser als nichts.

»Kann nicht jemand anderes einspringen?«, versuchte Stina es ein weiteres Mal. Sie hatte wirklich keinen Nerv für irgendwelche dämlichen Veranstaltungen und erst recht nicht für deren Planung.

Katja schüttelte den Kopf und glich dabei einer Schuldirektorin, der man lieber kein weiteres Mal widersprechen sollte. »Diese Events spülen viel Geld in unsere schlecht gefüllten Kassen. Du solltest lieber dankbar dafür sein, dass besonders dieser Kunde«, sie deutete auf die Mappe auf Stinas Schreibtisch, »so hartnäckig auf diesen Termin vor Weihnachten bestanden hat.«

Stinas Alarmglocken begannen leise, aber stetig zu klirren: »Das soll noch *vor* Weihnachten stattfinden? Wissen die, was das bedeutet? Das ist … kaum machbar!«

Katja hob ihre akkurat gezupften Brauen in die Höhe und nickte Stina zu. »Dann sorgst du lieber dafür, dass es machbar wird.« Sie wies erneut auf den dünnen Ordner. »Es geht hier um viel Geld für das Museum, Stina. Das kommt am Ende auch dir zugute.«

Ein Verdacht brach sich in Stina Bahn. »Wie hoch war die Spende, dass so kurzfristig noch ein freier Termin für eine Veranstaltung gefunden werden konnte?«

Katja schürzte die Lippen. »Hoch genug, dass es deine Gehaltsklasse übersteigt, darüber Bescheid zu wissen.«

Normalerweise mochte Stina ihre Chefin. Sie war fair und kompetent. Aber wann immer es ums Geld ging, wurde sie äußerst unnachgiebig. Es war nicht so, als würde das Haus rote Zahlen schreiben. Immerhin galt es als das meistbesuchte Museum Skandinaviens. Es gehörte außerdem dem Verbund Staatlich-Maritimer Museen Schwedens an. Trotzdem war das Geld immer knapp, wenn es nach Katja ging. Lockte also jemand mit einer großzügigen Spende, um kurz vor knapp eine Veranstaltung im Museum abhalten zu dürfen, machte Katja nicht viele Kompromisse und ermöglichte es. Auch wenn der eigentliche Eventmanager, der eigens für solche Dinge eingestellt worden war, gerade »unpässlich« war. Dass das Gebäude die Ausstellungshalle für ein wichtiges Stück schwedischer Seefahrtsgeschichte darstellte, rückte heutzutage sogar manchmal in den Hintergrund: Häufig fanden an solchen Orten inzwischen auch Veranstaltungen statt, die man sich sonst eher weniger in einem Museum oder einer Galerie hätte vorstellen können.

Stina schaute in das ernst dreinblickende Gesicht ihrer Chefin. Sie spürte, dass sie keine Wahl hatte. Also fügte sie sich. »Ich kümmere mich darum.«

Zufrieden nickte Katja. »Moritz wird dir per Mail eine Übergabe für die bereits geplanten Empfänge schicken.« Mit einem Seitenblick auf Stinas fleckige Jeans meinte sie: »Hoffen wir, dass der erste Eindruck unseren neuen Kunden nicht abschreckt.«

»Irgendein SUV-Fahrer war vorhin der Meinung, mich schneiden zu müssen«, erklärte Stina und fragte sich, warum sie sich überhaupt die Mühe machte, denn Katja war bereits dabei, das kleine Büro zu verlassen.

Im Türrahmen drehte sie sich noch einmal um. »Worauf wartest du?«

Irritiert schaute Stina zu ihr rüber. »Hm?«

Katja deutete mit einem Nicken auf die immer noch geschlossene Akte auf Stinas Schreibtisch. »Die Veranstaltung. Der Kunde wartet im großen Meetingraum.«

»Er ist schon hier? Ich konnte mich noch gar nicht …«

»Improvisation. Darin bist du doch sonst auch ein Ass.« Das Lob ihrer Chefin fühlte sich nicht wie eines an.

Während Katja sich auf den Weg machte, griff Stina schließlich resigniert nach der Mappe und verließ ebenfalls ihr Büro. Jetzt musste sie doch wirklich Eventmanagerin spielen. Was für ein Start in einen Dienstagmorgen. Nach einigen Metern durch den hell erleuchteten Flur blieb Stina vor einer unscheinbaren Tür stehen. Sie führte in den Meetingraum, der für ebensolche Besprechungen vorgesehen war.

Ein letztes Mal fuhr Stina mit dem Daumen über die dreckige Stelle ihrer Jeans und hoffte, sie würde dem Kunden nicht auffallen. Dann atmete sie tief durch und nahm den Hefter mit den Infos zu der Veranstaltung in die andere Hand. Noch immer hatte sie keinen Blick hineingeworfen. Zum Glück erzählten die Leute meist sowieso alles noch mal. Es würde also vielleicht gar nicht auffallen, dass Stina noch keine Ahnung hatte, worum es ging. Sie holte Luft und drückte dann die Klinke herunter, um die Tür zu öffnen. Stina setzte ein freundliches Lächeln auf, betrat den Raum und begann das Gespräch.

»Hej, ich bin Stina. Entschuldige, ich hoffe, du musstest nicht zu lange warten. Ich …« Mitten im Satz brach sie plötzlich ab, als sie sah, wer sich vor der Fensterfront zu ihr umdrehte. Ihre Atmung setzte aus. Ihr Herz hörte auf zu schlagen, und ihr gesamter Körper fühlte sich an, als wäre er soeben schockgefroren worden. Die Erinnerungen. Das Unwetter. Es zog von einer Sekunde auf die andere auf und erschütterte Stinas Seele ohne Vorwarnung. Blitze, gefolgt von schwerem

Donnergrollen zuckten durch ihren Körper. Sie konnte nicht weitersprechen, so trocken war ihr Mund von einem Moment auf den anderen geworden. Das konnte nicht sein. Das durfte nicht sein. Nein. Niemals. Und doch …

Überraschung zeichnete sich auf dem Gesicht des Mannes ab, gefolgt von einem nicht definierbaren Zug um seine Mundwinkel. Es war Jahre her, und trotzdem hätte Stina ihn überall wiedererkannt. Er besaß die gleichen grünen Augen wie damals. Nur hatten sie den jungenhaften Schalk verloren. Sie waren erwachsen geworden. So wie seine Gesichtszüge. Strenge dominierte sie. Harte Willenskraft. Unnachgiebigkeit. Und doch wirkte er irgendwie weich und charmant.

Aber darauf würde Stina nicht reinfallen. Sie wusste es besser. Schützend hielt sie die Mappe vor ihren Brustkorb. Hätte sie doch bloß reingesehen, bevor sie sich in das Meeting gestürzt hatte. Sprachlos musterte sie den Mann am anderen Ende des Raumes, hinter ihm die malerische Skyline von Stockholm. Er trug einen teuren grauen Anzug und ein weißes Hemd, dessen oberster Knopf offen stand. Locker-leger, aber trotzdem elegant. Seine edlen braunen Schuhe waren sicherlich von irgendeiner unbezahlbaren Designermarke, deren Name Stina nicht kannte. Sie glichen seinem Haar, das einen modernen, nicht allzu langen Schnitt aufwies. Perfekt aufeinander abgestimmt. Doch das machte sein Auftauchen auch nicht erträglicher.

Stinas Magen brodelte, und sie spürte die Bitterkeit und Wut in sich aufsteigen, die sie seit so langer Zeit mit sich herumschleppte. Es war schmerzhaft. Wie immer, wenn diese beiden Gefühle sich durch ihren Körper arbeiteten. Stina biss die Zähne zusammen und ließ ihren Blick über das markante Gesicht vor sich gleiten. Kleine, kaum sichtbare Fältchen rahmten die grünen Augen ein, ebenso wie lange schwarze Wimpern. Seine Nase war immer noch so makellos wie in seiner Jugend.

Nur sein ausgeprägtes Kinn wurde von einer dünnen Narbe geziert. Sie fiel kaum auf, doch Stina wusste, dass es sie gab. Deshalb bemerkte sie sie nicht nur, sie konnte den Blick kaum davon abwenden.

»Stina?« Seine Stimme war tiefer als damals. Reifer. Männlicher.

Sofort breitete sich eine Gänsehaut auf ihren Unterarmen aus.

Unauffällig sog sie so viel Luft wie nur möglich ein. Es sollte sie beruhigen und wieder handlungsfähig machen. Es sollte den wütenden Sturm in ihr abwenden. Aber das waren Wunschgedanken. Mit aller Kraft riss Stina sich zusammen und zwang sich schließlich, über das Gewitter in ihrem Inneren hinwegzureagieren.

»Was willst du hier, Andrik?«

Kapitel 3

Eiseskälte durchzog Stinas Stimme. Die winterlichen Temperaturen in Stockholm erinnerten im Vergleich dazu geradewegs an den Hochsommer. Noch immer starrte sie den Mann vor sich an und wünschte, es sei reine Einbildung. Seine nächsten Worte verdarben diese Annahme.

»Ich bin mit Moritz Svens …«

»*Du* bist wegen der Veranstaltung hier?!« Ihr Ton war schrill, und Stina bemühte sich um Seriosität. Aber es fiel ihr so verdammt schwer.

Dieser Mann hatte so viel von ihrem Leben zerstört. Wegen ihm war sie schließlich vor gut dreizehn Jahren von der Insel Gotland, ihrer Heimat, geflohen. Er war es, der ihre schmerzhaftesten Erinnerungen ausfüllte. Seit rund siebzehn Jahren hatte sie ihn weder gesehen noch gesprochen. Und jetzt stand er auf einmal vor ihr. Dieser Dienstag wurde immer schlimmer.

Ihr Blick fiel auf die exquisite Laptoptasche auf dem großen Tisch im Meetingraum. Daneben lagen das neueste Smartphone von Apple sowie ein Autoschlüssel. Stina erkannte die Marke. Es war dieselbe wie von dem Wagen, der sie vor nicht mal einer Viertelstunde geschnitten hatte. Natürlich. Andrik Lundqvist würde sich nicht freundlich anmelden. Nein. Andrik Lundqvist fiel rücksichtslos über sie her und bemerkte dabei noch nicht mal, dass er beinahe erneut einem Menschen die Zukunft genommen hätte.

Ihr war nichts passiert. Zum Glück. Aber es hätte auch anders ausgehen könne. So wie damals. Vor so vielen Jahren.

Andrik riss sie aus ihren quälenden Gedanken, in dem er vorsichtig auf sie zukam. »Ich wusste nicht, dass du …«

Sofort richtete sie sich kerzengerade auf und bedachte ihn mit einem warnenden Blick. Wieder unterbrach sie ihn. Allein seine Stimme zu hören rief all den gut verstauten Schmerz in ihr hervor. »Nein, wusstest du nicht. Woher auch? Du hast dich noch nie besonders für andere interessiert, nicht wahr?«

»Stina, das ist nicht fair.«

»Natürlich nicht. Das ist es nie.« Stina schluckte. »Vielleicht solltest du dir eine andere Eventlocation für … was auch immer suchen.«

Ein nachdenklicher Ausdruck erschien auf seinem Gesicht. Noch bevor er antwortete, wusste Stina bereits, was er sagen würde. Sie hasste es. Ihr wurde schwindlig.

»Das geht nicht. Es muss hier stattfinden.«

Erzürnt funkelte Stina ihn an und spürte den Zorn in sich wüten. »Es ist dir immer noch egal, was du den Menschen um dich herum antust, nicht? Hauptsache, du bekommst deinen Willen.«

»So ist das nicht.« Seine Stimme klang defensiv. Er musterte sie von oben bis unten. Ein zurückhaltendes Lächeln erschien auf seinen Lippen. »Du siehst gut aus.«

Sie überging sein unglaubwürdiges Kompliment. »Was willst du wirklich hier, Andrik?«

»Ich muss in weniger als drei Wochen ein Event auf die Beine stellen, das es so noch nie gegeben hat, weil …«

»Weil?«, hakte Stina nach, als er nicht weitersprach.

Andrik betrachtete sie schweigend und fuhr sich mit dem Zeigefinger über die Narbe an seinem Kinn. Eine unbewusste

Geste, aber in Stina löste sie einen Sturm an Gefühlen aus. Einen Eissturm, gespickt mit feurigen Blitzen.

Schließlich wiegte Andrik mit seinem Kopf leicht hin und her und räusperte sich. »Sagen wir es so, dieses Event ist verdammt wichtig. Und ich kann … hier keinen Rückzieher machen, Stina. Es *muss* hier stattfinden.«

Hätte Stina es nicht besser gewusst, hätte sie Andriks Blick als flehend interpretiert. Nur dass ein Andrik Lundqvist es nie nötig gehabt hatte zu flehen. Der Mann war ein Glückspilz. Schon immer. Im Gegensatz zu ihrem Bruder. Ein Stich durchfuhr Stinas Herz und zwang sie an diesem Vormittag zu Boden. So wie das Hinterrad ihres Drahtesels, das sie in Sicherheit gewogen hatte und schließlich doch dem glatten Untergrund erlegen war.

Er hätte auf den doppelten Espresso heute Morgen zum Frühstück verzichten sollen, dachte Andrik und versuchte, die ätzende Säure in seinem Magen zu ignorieren. Er war auf diesen Moment vorbereitet gewesen, und trotzdem fühlte es sich so an, als hätte man ihn in die kalten Gewässer des Ladugårdslandsviken vor dem Fenster des Meetingraumes gezerrt.

Das entgeisterte Gesicht von Stina machte ihm mehr als deutlich, wie unpassend sein Auftauchen war. Aber ehrlich, er dachte, er würde sich heute zunächst mit Moritz Svensson, dem Eventmanager des Museums, treffen. So hatte es Katja Hansen, die Direktorin, ihm gestern am Telefon versichert. Natürlich schien es bei seinem Anruf zunächst unmöglich, noch einen freien Termin im Museum zu bekommen, um die Weihnachtsfeier dort stattfinden zu lassen. Als er jedoch andeutete, wie sehr ihm das Haus der Vasa am Herzen liege und dass er bereit sei, jeden Preis dafür zu bezahlen, zog Katja Hansen auf einmal andere Seiten auf. Nach einigem Hin und Her tätigte Andrik schließlich eine hohe private Spende an den Fonds des Museums und erhielt einen Terminvorschlag. Zwei Tage vor Weihnachten sollte es nun also so weit sein. Moritz hätte die Planung mit ihm durchgehen sollen. Moritz. Nicht Stina.

Den Termin durch eine private Spende zu »erwirken« war sicherlich nicht die feine Art. Aber die einzige, um seinen Plan in die Tat umzusetzen. War das bereits Bestechung? Vermutlich. Aber es kam einem höheren Zweck zugute. Museen waren immer knapp bei Kasse und dieses Stück schwedischer Geschichte musste bewahrt und unterstützt werden. Und so hatte Andrik immerhin schon mal eine beteiligte Partei glücklich gemacht. Katja Hansen und das *Vasa Museum*.

Nach einer endlos langen Zeit des Schweigens erhob Stina schließlich ihre Stimme. Sie zwang sich sichtlich, ruhig zu bleiben. Doch der Blick, den sie ihm schenkte, zeugte davon, wie tief der Hass auf ihn in ihr verwurzelt war.

»Du bestehst darauf?«

Andrik nickte. Sein Kopf fühlte sich dabei zentnerschwer an. Nur mit Mühe bekam er ihn wieder hoch. In ihrem Gesicht las er die Enttäuschung ab.

Schließlich erwiderte sie leise, aber drohend: »Das willst du mir wirklich antun? Nach allem, was passiert ist?«

Es war grauenhaft. Das war ihm klar. Aber er musste es tun. »Ich habe keine Wahl.«

Höhnisch verzog Stina die Lippen. »Natürlich nicht.« Schnell schloss sie die Augen. Als sie sie wieder öffnete, legte sie eine professionelle Maske darüber. »Also gut.« Sie unterdrückte ihre Gefühle und deutete auf den langen Tisch aus Kiefernholz. »Nimm Platz. Anscheinend habe *ich* diesmal keine Wahl.« Während sie sich möglichst weit entfernt von ihm auf einen der schwarzen Bauhaus-Stühle setzte und die Mappe aufschlug, die sie mitgebracht hatte, murmelte sie kaum hörbar: »Ich hätte heute einfach zu Hause bleiben sollen.«

Andrik beobachtete, wie Stina vorgab, die Dokumente in dem dünnen schwarzen Hefter zu lesen. Er nutzte den Moment, um sie eingängiger zu betrachten. Aus dem hübschen Mädchen von damals war eine attraktive Frau geworden. Sie besaß noch immer die glatten dunkelblonden bis beinahe haselnussbraunen Haare, die sie scheinbar weiterhin am liebsten in einem geflochtenen Pferdeschwanz unterbrachte. Einzelne Strähnen fielen ihr ins Gesicht und betonten dessen anmutige Züge. Sie besaß ein schmales Antlitz, das von dem weichen rosigen Mund und den blauen Augen dominiert wurde.

Sein Blick glitt weiter hinab. Sie trug einen locker geschnittenen weinroten Pullover, der hinten etwas länger war als vorn, wie er bei ihrem Hereinkommen bemerkt hatte. Ihre Beine, die sie inzwischen unter dem Tisch überkreuzte, steckten in dunklen Jeans, die an den Knöcheln eng zuliefen und in halb hohen braunen Schnürstiefeln endeten. Ihr Look hätte als unscheinbar gelten können, doch Andrik befand, dass er ihre Vorzüge genau richtig betonte. Die schlanke Statur und die weiblich runden Hüften sowie die unter dem lockeren Pulli gut versteckten Brüste … Stina war eine schöne Frau. Trotz der Falte, die sich hartnäckig quer über ihre Stirn zog und Andrik zeigte, wie unzufrieden sie mit der aktuellen Situation war.

Langsam wanderten seine Augen zu dem zurückhaltenden runden Ausschnitt ihres Oberteils, der gerade einmal ihre zarten Schlüsselbeine hervorblicken ließ. Eine feine goldene Kette mit einem kleinen Anhänger in Form eines Seemannsknotens hing um ihren Hals. Andrik kannte das Schmuckstück. Sie trug es also immer noch. Er unterdrückte den Anflug eines Lächelns und spürte eine Flut von Wärme durch seinen Körper rollen.

Eine Erinnerung blitzte vor seinem inneren Auge auf. Stina, ihr Bruder Thore und Andrik waren mit einem kleinen Ruderboot auf der Ostsee unterwegs. Immer in Ufernähe ihrer Heimatinsel Gotland. Der Frühling ging geradewegs in den Sommer über. Obwohl es manchmal noch ziemlich frisch war, sprangen sie an diesem Tag immer wieder von dem schwankenden Holzkahn ins kalte Wasser. Bibbernd und lachend hangelten sie sich zurück in die Nussschale. Bevor sie sich auch nur annähernd genügend aufgewärmt hatten, schubste Stina ihn und Thore bereits wieder in die Wellen und sprang selbst hinterher.

Andrik hörte das ungezwungene jugendliche Lachen in seinen Ohren widerhallen. Wie alt mochten sie gewesen sein? Vielleicht fünfzehn? Stina ein Jahr jünger. Thore und Andrik gingen in dieselbe Klasse. Vom ersten Schultag an waren sie beste Freunde. Und Stina? Sie wurde unweigerlich zu einem Teil dieser Freundschaft. Sie war immer und überall dabei. Anders, als es bei vielen Geschwistern der Fall war, empfand Thore seine Schwester nie als nervig oder störend. Durch den geringen Altersunterschied glichen sie beinahe zweieiigen Zwillingen. Nichts konnte sie trennen. Das hieß nicht, dass sie sich nicht auch mal ordentlich kabbelten. Aber lange hielt der Zwist nie an. Und auf wundersame Weise hatten sie von jeher ein Gefühl dafür, wenn der andere seinen Freiraum brauchte. So schafften sie es, zusammen zu sein, ohne sich auf die Nerven zu gehen. Sie gaben aufeinander acht und piesackten sich gleichermaßen. Wie eine Waage, die stets von natürlichen Kräften im Gleichgewicht gehalten wurde. Andrik hatte eines als Kind schnell kapiert: Wenn er mit Thore eine Freundschaft einging, würde er häufig auch Stina um sich haben. Erstaunlicherweise störte ihn das nie wirklich. Er mochte Stina und ihre übermütige fröhliche Art. Obwohl sie streng genommen die Jüngere war, stiftete sie nur zu gern irgendwelchen gemeinsamen Blödsinn an. Zu dritt erforschten sie die Insel, lebten die heißen Sommer und trotzten den kalten Wintern. Sie feierten ihre Kindheit und stellten sich gemeinsam den verwirrenden Emotionen der Jugend. Mit wachsamen Augen beobachtete Andrik Stina dabei, wie sie sich von dem stürmischen Mädchen zu einem verantwortungsbewussten Teenager entwickelte. Natürlich fielen ihm auch ihre körperlichen Veränderungen auf. Sehr sogar. Zunächst wehrte er sich noch dagegen. Stina war für ihn schließlich inzwischen selbst wie eine kleine Schwester. So lange kannten sie sich schon. Sie sahen sich jeden Tag, teilten ihre Alltagssorgen und Erfolge miteinander. Immer im Dreieck mit seinem besten Freund Thore. Doch selbst der bemerkte irgendwann, dass sich zwischen Stina und Andrik etwas verändert hatte. Und nach einem Schubs in die entsprechende Richtung begann Andrik schließlich, diese ungewohnten Gefühle zuzulassen.

Stina erging es ähnlich. Aus einer kindlichen Freundschaft wurde über die Jahre hinweg so etwas wie neugierige Zuneigung. Beide spürten sie dieses Kribbeln im Bauch. Diese Scheu vor der Veränderung und gleichzeitig das Bedürfnis, einen Schritt über diese Freundschaft hinauszugehen. In dem Frühsommer, als Andrik und Thore die schwedische Grundschule nach der neunten Klasse abschlossen und aufs Gymnasium wechseln sollten, begannen Stina und Andrik schließlich, sich auf dieses Abenteuer einzulassen. Langsam. Und vorsichtig. Sie waren noch nicht offiziell zusammen und doch war allen rundherum klar gewesen, worauf sie beide zusteuerten.

Wieder hörte Andrik dieses lebhafte Lachen, als Stina in jenem Jahr ihr Geburtstagsgeschenk von ihrem Bruder Thore ausgepackt hatte. Es war ebenjene goldene Kette mit dem zierlichen Seemannsknoten. Andrik hatte seinen besten Freund bei der Suche nach etwas Passendem beraten. Streng genommen war es überhaupt nur wegen Andrik zu diesem Schmuckstück gekommen. Stina wusste es nicht, aber er hatte Thore dazu überredet, es in dem kleinen Laden auf Gotland zu kaufen. Er hätte es ihr auch selbst besorgen können, doch er wollte es langsam angehen lassen und beschränkte sich deshalb auf ein Buch, das Stina sich gewünscht hatte. Ihre sich wandelnde Freundschaft war wie eine seltene Blume, die man zwar gießen, nicht aber überwässern durfte. So empfand er es damals zumindest. Als Andrik die Kette gesehen hatte, hatte er das Gefühl gehabt, sie sei wie gemacht für Stina. Und so hatte es nicht lange gedauert, und er hatte seinen Freund überzeugt, ihr das grazile Geschenk einpacken zu lassen.

Jetzt, Jahre später, ruhte Andriks Blick wieder auf dem Anhänger um Stinas Hals. Dann musterte er ein weiteres Mal ihr Gesicht und bemerkte die Anspannung und die Abneigung auf jedem Quadratmillimeter. Damals waren sie einander nähergekommen. Heute hasste sie ihn. Eine einzige Nacht hatte alles verändert.

Angestrengt hob Stina in diesem Moment den Kopf und zwang sich, ihn anzusehen.

»Hier steht, du führst eine Unternehmensberatung?«

Ohne die Augen von ihr abzuwenden, ging Andrik langsam auf seiner Seite des Tisches auf Stina zu und setzte sich ihr schließlich gegenüber. Damit hatte er ihren eigens ausgewählten Sicherheitsabstand zunichtegemacht. Ihre Mimik sprach Bände. Aber darauf durfte er jetzt keine Rücksicht nehmen.

Andrik lehnte sich nach vorn und legte seine Unterarme auf die kühle Holzplatte des meterlangen Tisches. Aufmerksam schaute er Stina an.

»Ja, ich habe vor einigen Jahren mit einem guten Freund meine eigene Firma gegründet. Hier in Stockholm.« Kurz und knapp erklärte er ihr das Konzept von *Tillsammans*.

Stina verbarg ihre Überraschung, indem sie eilig wieder auf die Dokumente hinabschaute. Leise fragte sie: »Was ist mit dem Weingut auf Gotland?«

Der altbekannte Stich durchfuhr Andriks Herz. Bemüht, die Bitterkeit in seiner Stimme herauszufiltern, meinte er: »Erik ist dabei, das Geschäft zu übernehmen. Und das ist gut so.«

»Dein Bruder? Wolltet ihr euch diesen Posten nicht immer teilen?« Ungläubig schüttelte Stina den Kopf.

Andrik dachte an seinen zwei Jahre älteren Bruder und das Gut seiner Eltern. Seit die Erderwärmung voranschritt, war es selbst in skandinavischen Breitengraden möglich, Wein anzubauen. Seine Familie hatte das Experiment schon früh gewagt und war nach so manchen Startschwierigkeiten schließlich äußerst erfolgreich damit geworden. Ende der Neunzigerjahre hatte sein Vater die erste Pflanze in den Boden gesetzt. Heute hatten sie die restliche Landwirtschaft längst aufgegeben und konzentrierten sich nur noch auf die süßen Früchte und deren Verarbeitung.

Regelmäßig wurden die Sorten vom Weingut seiner Familie mit internationalen Preisen ausgezeichnet. Man servierte den Wein aus Gotland in einigen der teuersten Restaurants der Welt. Die Lundqvists hatten es geschafft. Sie hatten sich von gewöhnlichen Landwirten zu erfolgreichen Winzern weiterentwickelt. Stolz dachte Andrik daran, dass seine Eltern nach ihrer harten Arbeit nun für immer ausgesorgt hatten. Das Gut war so erfolgreich, seine Familie war finanziell weit aufgestiegen. Daher war auch das Kapital für seine eigene Firma kein Problem gewesen. Eine Art Vorschuss auf das Erbe, das er eines Tages antreten würde.

Andrik hatte sein ganzes Leben auf dem Gut seiner Eltern mit angepackt. Gemeinsam mit seinem Bruder Erik hatten seine Eltern ihn in die Pflicht genommen. Er kannte sich bestens im Weinanbau aus, doch anders als Erik war er nicht in der Lage gewesen, in die Fußstapfen seiner Eltern zu treten. Obwohl es ihr Wunsch gewesen war, dass ihre Söhne das Geschäft später mal gemeinsam führten, hatte Andrik sich letztendlich zurückgezogen.

Seine Prioritäten lagen woanders. Er hatte eine Weile gebraucht, um das herauszufinden. Es war ihm äußerst schwergefallen, denn er liebte seine Familie und wurde das Gefühl nicht los, sie im Stich zu lassen. Bei rationaler Betrachtung erkannte er jedoch, dass das nicht der Fall war. Erik war bestens geeignet, das Gut allein zu führen. Und Andrik hatte ihm versprochen, ihm bei allem stets zur Seite zu stehen. Nur nicht von zu Hause aus. Schweren Herzens hatte er Gotland verlassen und war endgültig nach Stockholm gezogen. Er war bereits für das Studium eine Weile in der schwedischen Hauptstadt gewesen. Nun aber hatte er seinen festen Wohnsitz dauerhaft dorthin verlegt. Sein bester Freund hatte auf ihn gezählt, und Andrik war es ihm mehr als schuldig gewesen, für ihn da zu sein. In Stockholm angekommen, war er auf Linus getroffen, mit dem er bereits im Studium Bekanntschaft geschlossen hatte. Sie waren gute Freunde geworden und bei einem abendlichen Glas Wein auf die Idee für ein Start-up gekommen. Stundenlang hatten sie sich Gedanken gemacht und waren schließlich in Begeisterungsstürme ausgebrochen.

Schon auf dem Weingut seiner Eltern hatte Andrik gemerkt, wie schwierig es war, gutes Personal zu finden. Gotlands Küsten waren eindrucksvoll, aber das allein sorgte leider nicht dafür, dass fähige Angestellte für immer blieben. Als er sich in Stockholm selbst nach Arbeit umgesehen hatte, war ihm aufgefallen, wie viele Firmen auch hier Personalmangel hatten. Gleichzeitig vermisste er besondere Anreize, wie er sie gemeinsam mit seinem Bruder und seinen Eltern auf dem Weingut ins Leben gerufen hatte. Siedelten beispielsweise Leute extra wegen des Jobs auf die Insel um, stellte seine Familie ihnen für die ersten Monate eine gemütliche Unterkunft zur Verfügung und unterstützte sie bei der Suche nach einer langfristigen Bleibe. Außerdem halfen sie vom ersten Tag an, den Mitarbeitenden und ihren Familien einen guten Start in die Gemeinschaft zu ermöglichen. Sei es die Kinderspielgruppe, eine Mitgliedschaft im Sportverein oder der Kontakt zum Buchklub, für alles gab es sowohl finanzielle Zuschüsse als auch persönliche Hilfe, um sie mit den richtigen Leuten zusammenzubringen.

Für Andrik war die Gründung von *Tillsammans* daher beinahe wie ein Heimspiel und absolut logisch vorgekommen. Jetzt galt es, seine und Linus' Träume voranzutreiben und in internationale Gewässer zu überführen. Deshalb durfte er jetzt auch keinen Rückzieher machen, egal wie unglücklich Stina ihn anstarrte.

Andrik hatte so lange geschwiegen, dass Stina ihre Augen nun wieder über ihn gleiten ließ. Immer mit einer gewissen Distanz im Blick. Eine Distanz, die Andrik schmerzte. Doch er konnte sie ihr auch nicht verübeln.

Ungewohnt rau erhob er seine Stimme. »Das Weingut ist bei Erik in den besten Händen. Ich gehöre nicht dorthin. Nicht … auf diese Art.« Er räusperte sich. »Mein Leben ist jetzt hier in Stockholm.«

»Wie lange bist du schon in der Stadt?«

Andrik antwortete wie aus der Pistole geschossen. »Das kommt darauf an, wo man anfängt zu zählen.«

Irritiert betrachtete Stina ihn. »Inwiefern?«

Andrik zuckte mit den Schultern und gab sich gelassen, obwohl er selbst eine immense Anspannung verspürte. Er durfte dieses Gespräch nicht vermasseln. Zu viel hing davon ab.

»Ich war gute fünf Jahre hier und habe Betriebswirtschaft

studiert. Dann bin ich für zwei Jahre zurück nach Hause gegangen. Vor sieben Jahren bin ich schließlich ganz nach Stockholm gezogen.«

Sprachlos starrte Stina ihn an. Kaum hörbar meinte sie: »Das ist nicht dein Ernst.«

Andrik unterließ eine Interpretation ihres Kommentars und lächelte. »Die Stadt ist groß. Es ist kein Wunder, dass man sich nie begegnet, wenn man es nicht will.«

Auf Stinas Gesicht spiegelten sich widersprüchliche Gefühle. Sie wusste, worauf er anspielte. »Dann bist du mir aus dem Weg gegangen?«

»Sozusagen.« Andrik faltete die Hände auf seinem Schoß und senkte den Blick. Nichts war ihm in den letzten Jahren so schwergefallen, wie zu wissen, dass sie in der gleichen Stadt lebte und er ihr doch nicht über den Weg laufen durfte. »Du hast bei unserem letzten Gespräch ziemlich deutlich gemacht, dass du mich nie wieder um dich wissen willst. Das habe ich akzeptiert.«

Stina schluckte und kämpfte sichtlich gegen die aufsteigenden Tränen. Sie fühlte sich angegriffen, Andrik sah es ihr an. Sofort reagierte er. »Das war kein Vorwurf, Stina.«

Sie kniff die Augen zusammen und warf ihm einen scharfen Blick zu. »Das hoffe ich. Denn wenn jemand in diesem Raum Vorwürfe erheben darf, bist das gewiss nicht du.«

Andrik presste seinen Kiefer zusammen und bemühte sich, ruhig zu bleiben. Er hatte immer Verständnis für Stina gehabt. Auch wenn er mit ihr nicht immer einer Meinung gewesen war. Aber darüber zu urteilen, war obsolet. Zu subjektiv waren die jeweiligen Perspektiven. Und die damit verbundenen Erinnerungen.

Auf einmal begannen Stinas Hände zu zittern. Schnell erhob sie sich und klappte die Mappe auf dem Tisch zu. Sie mied es, Andrik direkt anzuschauen, und nestelte nervös an ihrer Kette herum. Dann holte sie tief Luft und zwang sich, Andrik ins Gesicht zu blicken.

»Ich denke, es ist keine gute Idee, wenn wir dieses Gespräch fortsetzen. Ich ... ich kann das nicht, Andrik.« Leise flüsterte sie mit tränenerstickter Stimme. »Du hättest nicht herkommen sollen.«

Andrik spürte, wie viel es Stina kostete, die Beherrschung zu wahren. In ihren Augen erkannte er die tief sitzende Wut und die bodenlose Enttäuschung, die sie ihm immer noch entgegenhielt. Siebzehn Jahre war es her und doch hatte sich nichts seit ihrer letzten Unterhaltung verändert. Ihr Groll gegen ihn war immer noch so frisch wie damals.

Bitter erklärte sie nun: »Wenn dir jemals etwas an mir lag, dann suchst du dir einen anderen Ort für deine Weihnachtsfeier.« Sie schluckte. »Ich werde meine Chefin informieren, dass du es dir anders überlegt hast.«

Ohne Andrik eine Möglichkeit zum Widerspruch zu geben, eilte Stina aus dem Meetingraum.

Andrik fühlte sich indes, als hätte man ihm einen Kinnhaken verpasst. Seine Narbe, die sonst kaum mehr der Rede wert war, brannte höllisch. Sein Herz krampfte sich schmerzhaft zusammen und drohte beinahe stillzustehen. Er wusste nur zu gut, welchen Schmerz er Stina zugefügt hatte. Und so sehr er ihrer Bitte auch nachkommen wollte, es ging nicht. Er musste wählen. Zwischen der Zukunft seines Unternehmens und den Gefühlen seiner Jugendliebe. Er folgte seinem Herzen und entschied sich für ... beides. Eine schier unmögliche Aufgabe. Aber wenn ihm nach diesem unerwarteten Treffen eines gewiss war, dann dass sein Auftauchen hier noch viel wichtiger war, als er gedacht hatte. Es ging nicht nur um *Tillsammans*. Es ging ihm auch um Stina. Sein Zeitplan war unvorhergesehen durcheinandergeraten, aber das würde ihn nicht von seinem Vorhaben abhalten.

Seufzend fuhr Andrik sich durch die Haare und trat den Rückzug an. Vorerst.

Kapitel 4

Stinas Herz klopfte so laut und schwer, dass ihr gesamter Brustkorb schmerzte. Ihre Lunge arbeitete so heftig, als wäre sie soeben einen Marathon durch Stockholm gelaufen. Blindlings rannte sie den Flur entlang, stieß die Tür zu ihrem Büro auf, ließ die Unterlagen unbedacht zu Boden fallen und stützte sich vornüber mit den Händen auf ihrem Schreibtisch ab. Sie fröstelte. Erinnerungen, die schmerzhaftesten von allen, suchten sich ihren Weg an die Oberfläche. Sie stürzten Stinas sorgfältig aufgebaute Welt ins Chaos. Sie rissen ihr den Boden unter den Füßen weg, brachten sie ins Straucheln und hinterließen nichts als Enttäuschung, Verzweiflung und Wut.

Stina war kein aufbrausender Mensch. Für gewöhnlich war sie gut gelaunt, ein wenig zurückhaltend, aber positiv eingestellt. Täglich arbeitete sie daran, ihre Stärke aufrecht zu halten und für den Menschen, den sie am meisten auf dieser Welt liebte, da zu sein. Es kostete so viel Kraft. So viel Energie. Die Quelle dafür war ihre Arbeit im *Vasa Museum*. Die knarrenden Holzplanken des alten Schiffes, das einst nur wenige Meter vom Museum entfernt gekentert war, gaben ihr den Auftrieb, den sie benötigte, um ihr Leben im Griff zu behalten. Sie verband eine innige Liebe zu diesem historischen Dreimaster.

Doch nun wurden sie und ihr Schiff von einem tödlichen Sturm bedroht. Immer dunkler werdende Wolken zogen auf, rauften sich über ihr zusammen und schlossen sich zu einer undurchdringlichen Decke. Der imaginäre Wind legte zu und Stina hatte Mühe, zu Atem zu kommen. Tränen strömten über ihre Wangen und sie hatte das Gefühl, als wären die letzten Jahre nie gewesen. Sie stand wieder auf dem Felsen an der Küste Gotlands und spürte den angstvollen Schlag ihres Herzens. Sie fühlte, wie ihre Gedanken rasten, und sah das Blaulicht des Krankenwagens, der ihren Bruder mit lauten Sirenen abtransportierte.

Stina war gefangen in der Mittsommernacht, die ihr Leben für immer verändert hatte. Mühsam kniff sie die Augen zusammen und hielt die wenige Luft an, die sie in ihre Lunge hatte pumpen können. Solange, bis ihr Körper sich mit aller Macht gegen den auferlegten Druck wehrte und sich mehr darauf konzentrierte, wieder zu atmen, statt die schmerzhaften Bilder aufleben zu lassen. Es war die einzige Methode, die bei Stina funktionierte, um aus diesem Rad des Schreckens zu fliehen. Kein besonders toller Weg. Aber der einzige.

Ganz langsam zog sich der Sturm zurück. Die Wolken blieben, stellten aber den eisigen Niederschlag ein und betrachteten Stina vorwurfsvoll von der erhabenen Position über ihr. Langsam und bedacht atmete Stina die stickige Luft im Büro ein und erhob sich aus ihrer gebeugten Position über dem Schreibtisch. Sie räusperte sich und fuhr sich mit klammen Fingern durch die offenen Haare. Ihre Hände legten sich auf ihre Stirn, als würde sie prüfen, ob sie Fieber hatte.

Während ihr Kopf wieder klarer wurde, prasselten zeitgleich unzählige Fragen auf sie ein. Warum bestand Andrik trotz allem darauf, seine Feier ausgerechnet hier abzuhalten? Ging es ihm wirklich nur um die Veranstaltung? Er wusste sicherlich, dass sie hier arbeitete. Sie stammten von einer Insel. Der Tratsch hatte bestimmt auch ihn erreicht. Steckte hinter seinem Auftauchen womöglich mehr? War die Weihnachtsfeier nur eine Ausrede, um … ja … um was zu erreichen?

Siebzehn Jahre hatten sie sich nicht gesehen oder gesprochen. Warum sollte er also jetzt mit Absicht hier erscheinen? Nein, das ergab alles keinen Sinn.

Zitternd ließ Stina ihre Hände sinken und starrte hinaus auf die schnee- und eisbedeckte Bucht. Stockholm sollte ihr Zufluchtsort sein. Es sollte sie vergessen lassen. So gut, wie es eben möglich war. Länger als ein Jahrzehnt hatte es funktioniert. Und jetzt? Jetzt tauchte Andrik hier auf, fuhr sie erst offensichtlich mit seinem SUV über den Haufen und überfiel sie dann emotional aus dem Hinterhalt. Alles unter dem Deckmantel der Veranstaltung, die er scheinbar zu planen versuchte.

Stina wischte sich die letzten Tränen von der Wange und dachte an Thore, ihren Bruder. Er war nur ein Jahr älter als sie. Eigentlich sollte er auf sie aufpassen. So, wie große Brüder es mit kleinen Schwestern zu tun pflegten. Aber diese Art von Geschwisterbeziehung würde sie nie wieder erleben. Denn es war Stina, die seit dieser verhängnisvollen Mittsommernacht auf Gotland auf ihn achtgeben musste. Sie war diejenige, die sich um ihn sorgte und kümmerte. Stina um Thore. Nicht umgekehrt. Sie machte es Thore nicht zum Vorwurf. Das würde sie nie tun.

Schuld allein war Andrik Lundqvist. Zusammen mit der Mutprobe, zu der er Thore überredet hatte. Er hatte Stinas Bruder dazu gebracht, von diesem Felsen hinunter in die Ostsee zu springen. Sich angetrunken in unbekannte dunkle Gewässer zu stürzen zählte zu den traurigen Klassikern unter den Unfällen mit jungen Männern. Besonders im Sommer. Während Andrik mit ein paar Kratzern und einer Narbe am Kinn davongekommen war, hatte es Thore weit schlimmer erwischt. Lebensgefährlich schlimm. Stina bemühte sich, den Gedanken daran zu verdrängen. Manchmal klappte es. Manchmal nicht. Sie betete inständig, dass es heute funktionierte.

Ihr Blick fiel auf die Uhr neben ihrem Schreibtisch. Es war kurz nach zehn. Die Begegnung mit Andrik hatte all die alten Wunden rabiat aufgerissen. Frisches Blut tropfte aus ihnen und legten Stinas Schmerz unwiderruflich frei. Während Andrik im Meetingraum seine tiefe, sanfte Stimme an sie gerichtet und sie damit ins Chaos gestürzt hatte, schien ihm das alles überhaupt nichts auszumachen. Er zeigte keine Reue. Keine Schuldgefühle. Er war einfach da und trat in Stinas Leben, nachdem er es vor langer Zeit maßgeblich vom Kurs abgebracht hatte. Seitdem arbeitete sie Tag für Tag angestrengt daran, es wieder zu sortieren und halbwegs zurechtzukommen. Aber wie sich heute gezeigt hatte, reichten wenige Minuten mit Andrik im gleichen Raum, um all ihre Arbeit über den Haufen zu werfen. Wie sollte sie den restlichen Tag nur überstehen?

In Gedanken versunken und gegen ihren Schmerz kämpfend, hörte sie nicht, wie jemand durch die immer noch offene Bürotür trat.

»Seid ihr etwa schon fertig?« Katja schaute sie irritiert an.

Stina drehte sich eilig um. »Der Kunde hat sich kurzfristig umentschieden. Er wird seine Veranstaltung an einem anderen Ort stattfinden lassen.«

Entweder übersah Katja den Gefühlszustand von Stina oder sie ignorierte ihn wohlweislich. »Wie bitte? Das kann nicht sein. Er hat ausdrücklich darauf bestanden.«

Stina versuchte ein unauffälliges Schulterzucken und räusperte sich: »Ja, er hat es sich wohl anders überlegt.« Stina wollte das Thema wechseln: »Wieso bist du überhaupt schon wieder hier? Hattest du nicht eine Sitzung mit dem Stiftungsbeirat?«

Unwirsch wedelte Katja mit einer Hand herum. »Wir mussten sie verschieben, zu viele Grippekranke.« Sie beließ es dabei und schüttelte energisch den Kopf. »Es ist mir egal, was du tun musst, aber du sorgst dafür, dass diese Veranstaltung hier stattfindet.«

»Aber er will nicht …«

Katja unterbrach sie schonungslos. »Das ist mir ganz gleich. Es geht hier um viel Geld, Stina. Geld, das wir gut gebrauchen können. Also lass deinen Charme spielen, ruf ihn an und überzeuge ihn.« Unverständlich musterte sie Stina. »Was hast du ihm bloß erzählt, dass er es sich anders überlegt hat? Gestern war Andrik Lundqvist eisern und fest entschlossen, alles dafür zu tun, um diesen Termin noch vor Weihnachten geregelt zu kriegen. Er hat wirklich *alles* dafür getan.« Bedeutungsvoll hingen die Worte ihrer Chefin zwischen Stina und Katja in der Luft.

Stina schluckte und spürte das Misstrauen in Katjas Blick. Als Stina nicht antwortete, erklärte ihre Chefin mit fester Stimme. »Weißt du was, ich rufe ihn selbst an. Wir können da sicherlich noch etwas machen.« Sie drehte sich um und stöckelte auf ihren hohen Absätzen aus Stinas Büro. Bevor sie jedoch ganz verschwand, wandte sie sich noch einmal um und betrachtete Stina mit einer Mischung aus Neugier und Skepsis.

»Ist Lundqvist ein Problem für dich?«

Stina starrte ihre Vorgesetzte an und suchte nach einer passenden Reaktion. Sie würde ihr kaum die Wahrheit über ihre Verbindung zu diesem Mann anvertrauen. Sie hätte es tun können, doch das würde bedeuten, ihrer Chefin einen tiefen Einblick in ihr Gefühlsleben zu geben. Und auf diesem Level befand sich ihre Beziehung nicht. Sie pflegten einen freundlichen, respektvollen Austausch, bei dem es auch mal humorvoll zuging. Auch ein Glas Wein nach Feierabend war ab und an drin. Aber mehr nicht.

Also zwang Stina sich, den Kopf zu schütteln. Sie schaffte es nicht, die Schuld auf sich zu nehmen. Wie würde sie dastehen?

Sie war zweiunddreißig Jahre alt und kam nicht über den Verrat ihrer Jugendliebe hinweg? Nach fast zwei Jahrzehnten schaffte sie es nicht, Andrik zu vergeben, und zwang ihn deshalb, auch beruflich Abstand von ihr zu nehmen? Nein, das konnte sie Katja in diesem Moment nicht vermitteln. Dafür war sie zu verletzt.

Aufmerksam musterte Katja sie. Etwas freundlicher, aber immer noch unnachgiebig meinte sie: »Was auch immer bei eurem Meeting heute vorgefallen ist, du solltest es schleunigst vergessen und den Job machen, um den ich dich gebeten habe. Nur so lange, bis Moritz wieder da ist.« Sie nickte Stina zu. »Ich regle das mit Lundqvist und übergebe dann wieder an dich.« Mit diesen Worten verschwand Katja und ließ Stina damit im Regen stehen.

Inständig hoffte sie, dass Andrik so viel Anstand besaß und ihren Wunsch akzeptierte. Er musste Katja sagen, dass er die Feier nicht länger im *Vasa Museum* würde veranstalten wollen. Egal weshalb. Wenn er Stina jetzt in den Rücken fiel, wusste sie, wie wenig er je von ihr gehalten hatte.

Der restliche Dienstag glich einem Desaster. Stina schaffte es nicht, sich auch nur auf eine einzige Sache zu konzentrieren. Immerzu tauchte Andriks Gesicht vor ihrem inneren Auge auf. Seine tiefe Stimme hallte in ihren Ohren wider und ihr Verstand grübelte beständig darüber nach, ob er Erbarmen mit ihr haben würde.

Am frühen Nachmittag erhielt sie eine Antwort darauf. Katja ließ sie in einer E-Mail wissen, dass sie mit Andrik telefoniert und ihn schließlich überzeugt hätte. Mit der Nachricht forderte ihre Chefin sie schließlich auf, eine neue Besprechung mit ihm aufzusetzen und sich neben den anderen Empfängen auch um diese Veranstaltung zu kümmern.

Stina hatte sich augenblicklich übergeben wollen. Doch dafür hätte sie etwas in ihrem Magen haben müssen, und sie hatte es den Tag über nicht geschafft, auch nur einen Brotkrumen zu sich zu nehmen. Also blieb sie mit dem Gefühl der Übelkeit auf ihrem Stuhl sitzen und überlegte verzweifelt, wie sie sich aus dieser Situation retten könnte.

Gegen halb fünf raffte Stina schließlich ihre Sachen zusammen und verließ das Gebäude, ohne sich von den anderen Kollegen zu verabschieden. Etwas, das sie sonst immer zu tun pflegte, egal wie sehr sie in Eile war.

Eine feste Routine wartete an diesem frühen Abend auf sie. Eine, die ihr normalerweise nicht so schwerfiel. Aber heute war alles anders. Denn ihr mentaler Zustand glich einem Ort, den niemand freiwillig betreten wollen würde. Trotzdem zwang Stina sich auf ihr Fahrrad und schlug den Weg zu ihrem Bruder ein. Es gab diese Tage, an denen sträubte sich alles in einem, gewisse Dinge zu erledigen. Aber irgendwie schaffte man es, seinen Körper auszutricksen und seinen Geist zu übergehen. Und so tat man schließlich doch genau das, was man eigentlich überhaupt nicht wollte. So erging es Stina an diesem dunklen Spätnachmittag des 8. Dezembers.

Das Licht an ihrem Vorderrad wanderte zuckend über den winterlich verschneiten Weg vor ihr und nach rund einer halben Stunde hielt Stina vor dem großen gelb gestrichenen Gebäude. *Livsmot*, also *Lebensmut*, stand in klaren Linien über dem Eingang. Das Betreute Wohnen, in dem sie ihren Bruder vor rund dreizehn Jahren untergebracht hatte, befand sich an der Grenze zwischen Innenstadt und den Randgebieten Stockholms.

Ihre eigene Einzimmerwohnung lag nur fünf Radminuten entfernt. Es war immer noch dieselbe, in die sie gezogen war, als sie damals für das Studium nach Stockholm gekommen war. Sie hätte sich längst ein größeres Apartment leisten können. Aber sie wollte keinesfalls Abstand zu ihrem Bruder nehmen, und so blieb sie, wo sie war. Vielleicht würde sie ja eines Tages noch etwas Geräumigeres in der nahen Umgebung finden. Aber solange würde sie dort wohnen bleiben. Sie weilte eigentlich sowieso nur zum Schlafen dort. Den Rest ihrer Zeit war sie im Museum, bei ihrem Bruder oder bei ihren Freundinnen Alva und Malin in *Ekströms Bokhandel.*

Stina musterte das mehrstöckige Gebäude und die wuchtige Holztür, die in das Heim ihres Bruders führte. Von außen wirkte der moderne Bau des *Livsmot* einladend. Trotzdem beschlich Stina jedes Mal ein Gefühl der Reue, wenn sie es betrachtete. Denn es zeigte nur, dass sie die Pflege ihres Bruders anderen überließ, statt sich selbst darum zu kümmern. Sie kam, so oft sie nur konnte, doch das änderte nichts an ihrem schlechten Gewissen.

Mit einem schnellen Handgriff schloss sie ihr Fahrrad ab und eilte die drei Stufen zur Eingangstür hinauf. Energisch öffnete sie sie und lächelte dem freundlichen Rezeptionisten zu, der heute Abend Dienst hatte. Stina kannte sie alle beim Namen, so häufig ging sie hier ein und aus.

»Hej, Kristian! Wie geht's?«

Der Mann hob den Blick von seiner Zeitung und nickte ihr fröhlich zu. »Gut, gut! Lotte macht mich mit ihrer Weihnachtsdeko ganz verrückt, aber davon abgesehen ist alles wie immer.«

Stina schmunzelte. »Lass ihr doch die Freude. Weihnachten ist nur einmal im Jahr.«

Entmachtet schüttelte Kristian den runden Kopf. »Aber es ist *jedes* Jahr wieder!«

Stina lief zum Fahrstuhl und wandte ihm vorgeblich lachend

das Gesicht zu. »Du hast sie geheiratet. Du wusstest, worauf du dich einlässt.«

Kristian war Mitte vierzig und ein bodenständiger Typ mit rundem Bauch und ebenso rundem Gesicht. Er war ungemein hilfsbereit und herzlich, was es Stina einfacher machte, die kleinen Gespräche mit ihm zu führen. Selbst an Tagen wie diesen, an denen sie nichts lieber wollte, als sich die Decke über den Kopf zu ziehen und sich vor der Realität zu verstecken.

Der Pförtner bekam einen verträumten Gesichtsausdruck. »Ja, das stimmt.« Er winkte Stina, als sie den Fahrstuhl betrat. »Grüß Thore von mir! Ich schulde ihm noch eine Partie *Mensch ärgere Dich nicht.*«

Stina ignorierte den Kloß in ihrem Hals und lächelte tapfer. »Daran wird er dich bestimmt erinnern. Hej då!« Sie winkte und lehnte sich erschöpft gegen die Aufzugwand, als die Türen sich schlossen und sie allein in den vierten Stock hinauffuhr.

Nach einer viel zu kurzen Pause öffneten sich die Schiebetüren und Stina trat in den hell erleuchteten Flur hinaus. Das Schöne an dieser Unterbringung war, dass das Personal und die Leitung mit aller Macht versuchten, es nicht nach Krankenhaus oder Pflegeeinrichtung aussehen zu lassen. Die Zimmertüren waren aus Kiefernholz und nach Belieben von den Bewohnern mit bunten Bildern oder Karten mit lustigen Sprüchen beklebt worden. Statt Nummern prangten selbst gebastelte farbenfrohe Namensschilder an den Wänden neben dem Türstock.

Es roch nicht nach Desinfektionsmittel und Gummihandschuhen, sondern nach Zimtschnecken, die sie heute scheinbar gemeinsam gebacken hatten. Ein milder Kaffeeduft schlich sich in Stinas Nase, und ein Hauch von Kardamom kitzelte ihre Sinne.

Während sie wie gewohnt den Weg nach links einschlug, um bei den Krankenschwestern und Pflegern kurz Hallo zu sagen, hörte sie lautes Lachen aus dem angrenzenden Gemeinschaftsraum. Dieser bestand aus gemütlichen Sofalandschaften, Regalen voller Spiele und Bücher und seit Neuestem gab es sogar eine Tischtennisplatte. Sehr zur Freude von Stinas Bruder. Er liebte den schnellen Sport und war kaum mehr von der neuen Anschaffung wegzubekommen.

Ein paar Bewohner spielten Karten und unterhielten sich angeregt, einer von ihnen im Rollstuhl. Neben einem anderen lehnten Krücken am Tisch. Allen war ein fröhlicher Ausdruck auf dem Gesicht gemein.

Stina lief am Gemeinschaftsraum vorbei und streckte bei der nächsten offenen Tür den Kopf hinein. »Hej! Alles klar bei euch?«

Die herzlichen Stimmen der drei Anwesenden ertönten gleichzeitig und Stina zwang sich zu einem Lächeln.

»Hej, Stina!«

»Hej!«

»Alles wunderbar, liebe Stina!«

Heute hatten Lilith, Karo und der liebenswürdige Kaspar Dienst. Sie waren gerade bei einer kurzen abendlichen Besprechung und Stina wollte nicht lange stören. Deshalb beeilte sie sich zu fragen: »Alles in Ordnung mit Thore?«

Kaspar nickte erfreut. »Ihm geht es super. Er hat gestern wieder einmal das wöchentliche Tischtennisturnier gewonnen. Ich weiß echt nicht, wie er das macht. Er ist ein Naturtalent!«

»Ich hoffe, er reibt es nicht wieder jedem unter die Nase.« Stina schmunzelte erleichtert. Eigentlich war es selten, dass die Pflegekräfte schlechte Nachrichten für Stina bereithielten. Seit Jahren schon ging es ihrem Bruder wirklich gut. Die schlimmsten Zeiten waren längst vorüber. Trotzdem konnte sie erst nach der kurzen Rückmeldung vom Fachpersonal beruhigt zu ihm gehen. Es war ein Ritual, das sich bei ihr eingeschlichen hatte, und sie hatte das große Glück, dass in diesem Betreuten Wohnen beinahe ausschließlich wundervolle Menschen arbeiteten. Sie sahen ihren Beruf nicht als Last, sondern im wahrsten Sinne des Wortes als Berufung an. Dementsprechend waren sie mit vollem Einsatz und noch größerem Herzen dabei.

Ohne je darüber gesprochen zu haben, wussten sie, dass Stinas Hallo-Runde für sie von immenser mentaler Bedeutung war, und so sagten sie nie etwas dagegen. Im Gegenteil, sie sorgten mit ihrem aufrichtigen und ehrlichen Feedback dafür, dass Stina besser zurechtkam. Stina konnte kaum in Worte fassen, wie dankbar sie dafür war.

Thore lebte länger als viele andere Bewohner hier, aber er hatte sich noch nie darüber beschwert. Es fehlte ihm an nichts. Er hatte hier sogar Freunde gefunden. Unter Bewohnern wie auch unter den Pflegern und Schwestern. Ja, sogar mit den Ärzten schwatzte er gut gelaunt über die letzten Sportergebnisse seiner Lieblingsdisziplin. Thore hatte sein Leben hier akzeptiert. Zumindest machte es den Eindruck.

Vielleicht sollte Stina ebenfalls endlich damit zurechtkommen. Warum fiel es ihr dennoch so schwer? Ihr war manchmal, als würde sie ein Päckchen auf ihren Schultern tragen, das sie zu Boden drückte, und statt es einfach abzulegen, band sie es noch fester um ihren Oberkörper.

Wieder überfiel sie dieser Schmerz, den sie heute Morgen so deutlich gespürt hatte, als Andrik unangekündigt vor ihr gestanden hatte. Dieser Mann hatte keine Ahnung, was er angerichtet hatte … was er *Thore* angetan hatte. Stinas Bruder lebte. Aber die Art, wie er leben musste, war nicht fair. Es war einfach nicht fair.

Stina verabschiedete sich zügig vom Personal und lief auf die nächste Zimmertür zu. In großen blauen Buchstaben stand der Name ihres Bruders auf dem Kiefernholz. Das »T« war kunstvoll in ein kleines Segelschiff verwandelt worden, während das »O« in der Mitte einem Rettungsring glich und das »E« ein ausgefranstes Seemannstau darstellte. Thore teilte die Leidenschaft, die Stina für ihren Job als Historikern für Maritimes und die Seefahrt hegte. Wie immer bei diesem Anblick schlug Stinas Herz ein bisschen schneller.

Noch einmal atmete sie tief durch. So wie immer, wenn sie durch diese Tür ging, lud sie ihren Alltag und ihre Sorgen draußen ab. Sie schüttete sie in einen kleinen imaginären Eimer und stellte diesen in den Flur, um den Inhalt erst nach ihrem Besuch wieder mit nach Hause zu nehmen. Die Zeit mit ihrem Bruder war zu wertvoll, um sie mit trüben Gedanken zu belasten. Heute jedoch fiel es ihr unfassbar schwer, diese Gewohnheit umzusetzen. Zu aufwühlend war dieser Tag gewesen.

Sie klopfte die vereinbarte Taktfolge, den Beginn der Titelmelodie von *Fluch der Karibik,* und auf das erfreute »Herein!« drückte sie die Klinke herunter und trat durch die geöffnete Tür.

Thore saß im Schneidersitz auf dem ungemachten Bett. Auf den Oberschenkeln lag ein offenes Buch, und er blickte erfreut auf. Er hob seine linke Hand und rief: »Warte kurz, ich muss das Kapitel noch schnell fertig lesen. Jetzt wird es spannend.«

Lächelnd legte Stina ihre Tasche und ihren Mantel auf den Stuhl, der vor dem Schreibtisch gleich rechts neben der Tür stand. »Immer noch *Käpt'n Blaubär*?«

Er schüttelte den Kopf. »Nein, *Die Brüder Löwenherz.*«

Aufmerksam sah sie auf. »Wieso ausgerechnet diese Geschichte?«

Ein jungenhafter und gleichzeitig ernster Ausdruck zierte das Gesicht ihres Bruders. »Weil sie gut ist. Und gute Bücher kann man immer wieder lesen.«

Stina nickte stumm und setzte sich auf den Sessel, der in der gegenüberliegenden Ecke des Raumes stand. Während ihr Bruder geschäftig Seite für Seite umblätterte, musterte sie das nur allzu bekannte Zimmer. Mit vierzehn Quadratmetern war es äußerst groß und bot viel Platz für Thores Sachen. Ein Kleiderschrank, ein Bücherregal und ein im gleichen Weiß gehaltener Schreibtisch gehörten zur Standardausstattung. Trotzdem hatten Stina und Thore es gemeinsam geschafft, diesen Raum in Thores ganz persönliches Reich zu verwandeln.

An den Wänden hingen Poster von verschiedenen berühmten Segelschiffen, die rund um die Welt fuhren. Ein selbst gemalter lebensgroßer Leuchtturm an der Wand war im Bereich des Lichtkegels mit Lichterketten ausgestattet, sodass es tatsächlich so wirkte, als würde er hell leuchten und den Weg weisen. Das Bett stand direkt unter dem breiten Fenster. Ihr Bruder liebte den Blick in die Sterne und so hatte er darauf bestanden, es unbedingt so zu platzieren.

Überall versteckten sich Schiffsmodelle, Anker oder andere maritime Gegenstände. Thore war vernarrt in die Seefahrt. Einst hatte er vorgehabt, zur schwedischen Marine zu gehen. Offizier hatte er werden wollen und die Weltmeere bereisen. Doch es war anders gekommen.

Stinas Augen versanken in dem rot-weißen Leuchtturm an der Wand, als sie plötzlich hörte, wie Thore schwungvoll das Buch zuklappte.

»So, fertig!« Er lachte. »Nachher lese ich noch ein Kapitel, bevor wir ins Bett müssen.«

Stina wandte ihm das Gesicht zu und betrachtete ihn liebevoll. Seine dunkelblonden Haare lagen unordentlich um seinen Kopf. Er trug ein weißes Shirt mit einem aufgedruckten Anker und eine simple Jeans. Dazu blaue Strümpfe, auf denen sich kleine Schiffchen tummelten. Seine Statur war die eines Mannes, der ein bisschen schlaksig war. Schmal gebaut. Seine blauen Augen strahlten wie die eines Kindes. Denn das war er. Ein Kind.

Stina biss sich auf die Lippen und sog den Anblick ihres Bruders in sich auf. Sie kannte ihn kaum mehr anders, und so fragte sie sich oft, wie er wohl als Erwachsener gewesen wäre.

Und dann geschah es. Stina schaffte es nicht, die traurigen Gedanken aus Thores Zimmer fernzuhalten. Heute nicht. Ihre Kräfte schwanden. Sie schalt sich innerlich dafür, trotzdem konnte sie nichts dagegen ausrichten. Die Erinnerungen fielen über sie her. Erneut.

Es war an Mittsommer passiert … vor rund siebzehn Jahren. Stina war damals erst fünfzehn. Ihr Bruder hatte mit seinen sechzehneinhalb Jahren gerade die schwedische Grundschule abgeschlossen. Ebenso wie sein bester Freund Andrik. Gemeinsam mit weiteren Freunden feierten sie die Sommersonnenwende an ihrem Lieblingsplatz an den felsigen Küsten Gotlands. Ein Lagerfeuer knisterte und warf zuckende Flammen in die lauwarme Sommernacht. Stina konnte das fröhliche Rufen der jungen Menschen hören, die sich auf einen perfekten Sommer einstimmten und das Leben als ein einziges Abenteuer ansahen. Sie hörte sich selbst lachen. So ungezwungen, wie sie es danach nie wieder gewesen war.

Jemand hatte eine Gitarre dabei, und eine leise Melodie hallte über die glatten, großen Steine hinweg, aus denen die Küste bestand.

Stina war, als würde sie die frische Seeluft, gemischt mit dem Duft der nahen blühenden Wiesen, den hohen Kiefern und dem Rauch des Lagerfeuers noch immer wahrnehmen. Sie spürte die Strahlen der tief stehenden Sonne über der Ostsee und die unbändige Lebensfreude, die sie immerzu an Mittsommer gefühlt hatte.

Es war schon weit nach Mitternacht, die Stimmung ausgelassen und die meisten ihrer Leute hatten sich schon auf den Heimweg gemacht. Stina und eine Freundin sammelten einige leere Flaschen und Dosen ein, die die Jungs wie üblich hatten liegen lassen. Viel zu viel hatten sie alle getrunken. Aber es war Mittsommer. Sie waren jung und frei. Und das war es, was man gemeinsam tat. Sie hatten getanzt, gelacht und getrunken. Ärgerlich spürte Stina selbst heute noch das Kribbeln im Bauch, das sie in jener Nacht begleitet hatte, wann immer Andrik sie angesehen oder berührt hatte. Ihr dummes junges Herz hatte sich natürlich in den besten Freund ihres großen Bruders verliebt. Ein Klischee. Stina hatte für Andrik geschwärmt. Kein Wunder also, dass sie in einem rosa Nebel umhergewandert war. Wie es verliebte Teenager nun einmal taten. Es war gekichert und geträumt worden. Von einer Zukunft, die sie und Andrik nie haben würden. Nur hatte Stina das in jenem Augenblick noch nicht ahnen können.

Obwohl es schon so lange her war, erinnerte sich Stina an den alles entscheidenden Moment, als wäre es gestern gewesen.

Sie und das andere Mädchen hatten die Körbe mit leeren Flaschen gerade zum Auto gebracht. Genauer gesagt zu ihren sogenannten Epa-Traktoren. Darunter verstand man Autos, deren Geschwindigkeit auf lediglich dreißig Kilometer pro Stunde gedrosselt war. In Schweden erlaubte das Gesetz Jugendlichen nämlich, solche Wagen bereits ab dem Alter von fünfzehn Jahren zu fahren, sofern man einen Mofaführerschein besaß. Der seltsame Name ging zurück auf schwedische Bauern, die sich die teuren Traktoren nicht leisten konnten und stattdessen entsprechende Autos umfunktionierten. In den Vierzigerjahren legalisierte der Staat diese Art der Fortbewegungsmittel schließlich. Allerdings unter der Auflage der gedrosselten Geschwindigkeit sowie eines dreieckigen roten Warnschilds am Heck des Vehikels. Der Begriff Epa-Traktor war eine Anspielung auf eine damalige Supermarktkette in Schweden und gleichzusetzen mit Synonymen wie billig, improvisiert und schlitzohrig.

In den Fünfzigerjahren wurden die professionellen Traktoren für die Landwirtschaft erschwinglicher, und die Eigenkonstruktionen verschwanden von den Straßen. Etwas später entdeckte die schwedische Jugend das Potenzial der Autos für sich und holte sie schließlich wieder hervor.

Die Tradition dieser Wagen bestand bis heute fort. Inzwischen fuhren aber nicht nur alte abgewandelte Volvos über die Landstraßen, sondern auch teurere Modelle wie Audis oder BMWs. Immer ausgestattet mit dem roten Warndreieck, das inzwischen als Wahrzeichen für Gemütlichkeit im Straßenverkehr stand.

Auch in Stinas und Thores Freundeskreis besaßen einige Jugendliche ein ebensolches Gefährt. Gemeinsam fuhr man damit entspannt über die Insel, so auch zu diesem entlegenen Ort, an dem sie in jenem Jahr Mittsommer feierten.

Als Stina und das andere Mädchen schließlich von den Autos zum Platz auf den Felsen zurückkehrten, fanden sie die verbliebene Gruppe aufgeregt und grölend um das Lagerfeuer herumstehend vor. Sie blickten alle in dieselbe Richtung. Stina sah sich neugierig um und erkannte ihren Bruder zusammen mit Andrik auf einem der höher gelegenen Felsen. Sie hatten ihre Hemden ausgezogen und standen barfuß am Rande der Klippe.

Argwöhnisch bewegte sich Stina langsam ein Stück nach vorn und beobachtete, was dort vor sich ging. Um sie herum war es so laut, dass sie nicht hören konnte, was die beiden Jungen dort oben redeten. Lediglich zusammenhanglose Fetzen erreichten sie: *Traust dich nicht … komm … keine Angst … morgen erzählen …*

Thore drehte sich lachend zu Andrik um, schüttelte den Kopf und erwiderte etwas. Dann blickte er zu der Gruppe am Lagerfeuer. Er formte die Hände zu einem Herz, winkte seiner Schwester, und bevor Stina auch nur einen Atemzug nehmen konnte, nahm ihr Bruder drei Schritte Anlauf und sprang mit einem Köpfer über den Rand der Klippen. Hinter Stina jubelten die wenigen noch anwesenden Freunde. Andrik schien kurz zu fluchen und nur Millisekunden später hechtete auch er elegant und sportlich seinem Freund hinterher.

Die nächsten Minuten waren der Beginn einer Tragödie, wie sie griechische Philosophen nicht schrecklicher hätten verfassen können. Automatisch lief Stina an den Rand der flachen Felsen, auf denen sie sich befand. Sie hörte die Wellen leise über den glatten Stein plätschern. Ihre nackten Füße hafteten fest auf dem Boden, doch ihre Beine begannen, sich in schlingernde Algen zu verwandeln. Ihr wurde mulmig zumute. Sekunde um Sekunde verstrich, doch ihr Bruder tauchte nicht wieder auf.

Stinas Herz krampfte sich zusammen. Leise Panik loderte in ihr auf. Thore und Andrik hätten längst wieder in den seichten Wellen zu finden sein müssen. Stina war nicht gläubig und doch begann sie zu beten. Schweiß bildete sich unter ihren Achseln, und eine Gänsehaut überfiel ihren Körper. Ihr Mund wurde trocken und Angst breitete sich in ihr aus.

Hinter sich hörte Stina immer noch die feiernden Freunde, doch auch die bemerkten langsam, dass etwas nicht zu stimmen schien. Einer um den anderen verstummte, bis schließlich niemand mehr zu hören war. Sie spürte, wie sich die anderen ebenfalls zu ihr bewegten und angestrengt auf die Stelle schauten, wo die beiden Jungs hätten auftauchen müssen.

»Wo bleiben die denn?«, fragte jemand.

Stina erinnerte sich nicht mehr, wer es gewesen war.

Dann plötzlich schoss Andriks Schopf aus der Ostsee, Blut rann von seinem Kinn und er rang nach Luft. Sofort hob er die Hand an seinen Kopf und rieb sich die Stirn. Nur Sekunden später drehte er sich suchend um die eigene Achse. Panik überfiel sein Gesicht.

»Wo ist Thore?«, rief er den anderen am Ufer zu.

Stina konnte nicht atmen. Und so rief irgendjemand: »Er ist weg! Noch nicht aufgetaucht!«

»Scheiße!« Andrik war sich durch die tropfnassen Haare gefahren und suchte vergeblich seine Umgebung ab. Dann tauchte er ohne Vorankündigung wieder unter. Einige der schlimmsten Sekunden in Stinas Leben folgten. Sie kamen ihr vor wie Stunden. Sie hatte sich versteift und begann zu frieren, obwohl es in dieser hellen Nacht sommerlich warm war.

Nach einer gefühlten Ewigkeit teilte sich das Wasser endlich wieder über Andriks Schopf, direkt daneben hielten dessen starke Arme den Kopf von Stinas Bruder über Wasser. Schwer prustend schwamm Andrik mit ihm in Richtung der flachen Felsen. Sofort reagierten die anderen um Stina herum. Mehrere von ihnen liefen vorsichtig ins Wasser hinein und halfen Andrik dabei, den bewusstlosen Thore ans Ufer zu wuchten.

Panik verwurzelte sich tief in Stinas Seele. »Nein«, wisperte sie kaum hörbar. »Nein. Bitte nicht.« Tränen rannen über ihre noch vom Feiern rosigen Wangen. Sie schnappte verzweifelt nach Luft und versuchte, sich aus ihrer Starre zu lösen. Es gelang ihr nicht sofort. Durch einen gedanklichen Tunnel verfolgte sie, wie um sie herum Aufregung ausbrach. Hektisch suchte jemand Handtücher zusammen. Irgendjemand telefonierte mit irgendwem. Stimmengewirr rauschte durch Stinas Gehörgang, doch sie verstand kein einziges Wort.

Ihre Augen waren allein auf Thore gerichtet, der leblos auf dem grauen Felsen lag. Kleine Wassertropfen perlten an seinem Oberkörper ab. Die nasse Hose klebte an seinen Oberschenkeln und seine Füße kippten nach außen weg. Und sein Arm. Sein rechter Arm. Er war blutüberströmt und in einer Position, die alles andere als gesund aussah. Sein Ellbogen war völlig verdreht, sodass sein Unterarm in eine Richtung zeigte, wie es menschlich kaum möglich war. Immer mehr Blut rann aus der offenen Wunde.

Andrik hatte sich über ihren Bruder gebeugt und schrie ihn an, er solle aufwachen. Ein anderer aus der Gruppe, er hatte vor Kurzem eine freiwillige Ausbildung zum Ersthelfer abgeschlossen, prüfte Thores Atmung und Puls. Er schien am Leben zu sein. Aber … niemand sprach es aus, und doch wussten es alle. Es stand nicht gut um Thore.

Stina spürte die Verzweiflung in sich aufsteigen. Die Hilflosigkeit und den schrecklichen Schmerz. Andrik hob den Kopf und blickte in ihre Richtung. Das Gesicht ängstlich verzerrt. Seine Augen voller Ohnmacht und Schuldgefühle.

»Stina, ich …«, flüsterte er. Trotz der Entfernung und der Aufregung um sie herum vernahm sie seine Worte, konnte sie von seinen blauen Lippen ablesen. Der rosa Nebel, der sie Minuten vorher noch durch die Mittsommernacht hatte schweben lassen, hatte sich augenblicklich gelichtet. Die harte Realität brach über Stinas Kopf zusammen, verursachte ein lautes Donnergrollen und riss sie in einen Abgrund, aus dem sie es bis heute nicht wieder ganz hinausgeschafft hatte. Zitternd schüttelte Stina den Kopf und zwang sich endlich zu einer Bewegung. Sie lief zu ihrem Bruder, kniete sich auf seiner anderen Seite nieder und tastete mit den Fingerspitzen ängstlich über seinen lädierten Körper. Ihr wurde schlecht und ihr Herz raste voller Sorge um Thore.

Andriks Finger berührten ihre zaghaft, doch sie wich sofort zurück. Schwerfällig hob sie den Kopf und schaute Andrik in das immer noch blutende Gesicht. Mit gepresster Stimme flüsterte sie: »Wag es nicht, mich anzufassen. Das ist deine Schuld.«

Niemals würde sie den Ausdruck in seinen Augen vergessen. Verzweiflung, Reue, Angst und Schuld. Ein gefährlicher Cocktail, wie man ihn an Mittsommer nie würde trinken wollen.

»Du siehst traurig aus.« Thores liebevolle und doch männlich tiefe Stimme riss Stina aus ihren Erinnerungen. Sie hob den Kopf und blickte zu ihrem Bruder, der von seinem Bett aufgestanden war. Stina bemühte sich um ein Lächeln.

»Ich bin nur ein bisschen müde.« Sie schluckte. Und deutete zum Fenster. »Du weißt doch, ich kann immerzu schlafen, sobald es dunkel wird.«

Thore nickte lachend. »Ja, das stimmt. Vielleicht solltest du Winterschlaf halten. So wie Feldhamster oder Bären.«

»Ja, vielleicht.« Stina lächelte. Dann erhob sie sich und umarmte ihn. Was würde sie nur dafür geben, wenn sie genau das machen könnte. Winterschlaf. Geschützt vor schrecklichen Erinnerungen und unangekündigten Besuchen.

Unschlüssig stand Andrik neben seinem Auto auf dem Parkplatz vor dem *Vasa Museum* und beobachtete unweit ein paar Tauben, die sich um ihr Frühstück stritten. Es war kalt an diesem Mittwochmorgen. Von gestern auf heute hatte es einen Temperatursturz von Minus fünfzehn Grad gegeben. Die Straßen waren allesamt gefroren, und am Nachmittag sollte es erneut schneien. Als ob die Stadt nicht bereits unter all dem Schnee versinken würde.

Andrik stopfte seine Hände in die Taschen seines exquisiten Wintermantels. Der Verkäufer hatte ständig betont, was für ein hochwertiger Stoff dafür verarbeitet worden war. Leicht, aber dennoch wärmend. Perfekt für einen Winter in der Stadt. Aber Andrik hatte längst wieder vergessen, wie das verdammte Material hieß, das er trug. Egal. Hauptsache, er fror nicht.

Hinter sich hörte Andrik das Klappern eines alten Fahrrads. Er drehte sich langsam um und beobachtete, wie eine warm eingepackte Frau von ihrem Drahtesel stieg und es vor dem Museum abschloss. Nur wenige Meter trennten sie voneinander. Sie trug eine hellblaue Daunenjacke, einen weißen Strickschal und eine ebensolche Mütze unter ihrem Helm, den sie soeben vom Kopf nahm. Noch hatte sie ihn nicht entdeckt.

Andrik nahm all seinen Mut zusammen und ging langsam auf sie zu.

»Guten Morgen.«

Erschrocken fuhr die Frau herum und er blickte in die blauen Augen von Stina. Sofort verzog sich ihr lächelnder Mund zu einem dünnen Strich. Sie musterte ihn kurz, dann wandte sie sich wieder zu ihrem Rad und nestelte am Gepäckträger herum. »Was willst du?«

Andrik widerstand dem Drang, ihr die Hand auf die Schulter zu legen und sie zu sich umzudrehen. Er wusste von dem Hass in ihren Augen, ohne einen Blick in ebenjene zu werfen. Ebenso kannte er die Wut und die Enttäuschung, die er ebenfalls darin finden würde. Nacht für Nacht verfolgten sie ihn. Seit Jahren schon. Er vermisste ihr Lächeln, das sie ihm früher so gern geschenkt hatte. Süß, spritzig, ein bisschen verwegen und übermütig.

Er unterdrückte seine Nervosität und konzentrierte sich auf das Ziel, das er verfolgte.

»Ich fürchte, ich kann deiner Bitte nicht nachkommen.«

Aufgebracht hob Stina den Kopf und schaute ihn an. In ihren Augen blitzte es gefährlich auf. »Das war keine Bitte.« Ihr Ton war gespickt mit eisigen Schneeflocken, wie sie in wenigen Stunden wohl wieder über Stockholm fallen würden.

Andrik schlug den Kragen seines Mantels hoch und runzelte die Stirn. Leicht schüttelte er den Kopf und meinte: »Ich verstehe, dass du mich nicht um dich haben willst. Aber können wir für die nächsten zwei Wochen vielleicht einen Waffenstillstand vereinbaren?« Er bemühte sich um einen verständnisvollen Blick, der ihr zwar zeigen sollte, dass es ihm wichtig war, aber auch wieder nicht wie wichtig in Wirklichkeit. Dann wagte er den Anflug eines Lächelns. »Bald ist Weihnachten.«

Sie seufzte verärgert und hob ihren Rucksack vom Gepäckträger. »Weihnachten? Das soll mich umstimmen?« Eisern weigerte Stina sich, ihm bei diesem Gespräch entgegenzukommen. »Du kapierst es einfach nicht.« Sie entfernte sich zwei Schritte von ihm und wollte schon ins Museum gehen. Doch dann änderte sie ihre Meinung und wandte sich Andrik noch einmal zu. Er bemerkte den Schmerz in ihrem Gesicht. Es war eiskalt, dennoch sammelte sich Schweiß auf seinem Rücken.

Stina schob die Finger, umhüllt von weicher weißer Wolle, unter den Träger ihres Rucksacks und kniff ihre Augen zusammen. »Katja hat mit dir gesprochen. Was hast du ihr gesagt?«

»Die Wahrheit.« Andrik versuchte, Zeit zu schinden.

»Die da wäre?«

Er räusperte sich. »Dass ich noch einmal nachgedacht und mich trotz zwischenzeitlicher Zweifel entschieden habe, das Event hier zu veranstalten.«

Gegen Mittag hatte Katja Hansen ihn gestern angerufen. Überaus freundlich hatte sie sich nach dem Stand der Dinge erkundigt und angedeutet, Stina habe erwähnt, er hätte es sich anders überlegt. Andrik hatte nicht lügen wollen und Katja mit einer ausweichenden Antwort Raum für Interpretationen gegeben. Daraufhin hatte sie mit allen möglichen Argumenten versucht, ihm das Museum schmackhaft zu machen. Schließlich hatte Andrik dem ein Ende bereitet und die Veranstaltung bestätigt. Ja, er würde das Event am 22. Dezember im *Vasa Museum* abhalten.

Erleichterung war ihm durchs Telefon entgegengeflogen. Katja hatte ihm versichert, dass sich Stina gern um all seine Belange kümmern werde. Sollte es in irgendeiner Weise zu Unstimmigkeiten kommen, was sie nicht glaube, dürfe er sich jederzeit vertrauensvoll an Katja wenden. Das Telefonat endete schließlich mit Katjas Ankündigung, Stina würde sich für eine weitere Besprechung bei ihm melden und sich sehr auf die Zusammenarbeit freuen.

Eine glatte Lüge. Dafür musste Andrik nicht mal Stinas heutigen Gesichtsausdruck sehen. Natürlich sagte er der Direktorin des Museums nichts davon. Er würde Stina nicht in den Rücken fallen. Wenngleich sie ihm genau das vorzuwerfen schien.

»Ich habe nach all den Jahren genau *eine* Sache von dir erwartet.« Ihre Stimme klang frostig. »Und nicht mal die bringst du fertig. Du bist erbarmungslos. Ich frage mich, wie ich das früher nur übersehen konnte.«

»Ich würde nicht darauf bestehen, wenn es nicht wirklich wichtig wäre.« Er schlug einen sanften Ton an, doch der prallte an Stinas eiskalter Haltung ab. Stattdessen griff sie eine seiner vorherigen Bemerkungen auf.

»Du willst einen Waffenstillstand? Wie kommst du darauf, dass ich Krieg gegen dich führe? Dafür müsstest du mir etwas bedeuten. Aber das ist nicht der Fall. Nicht mehr. Wut und Enttäuschung. Das ist alles, was ich fühle, wenn ich an dich denke.« Bitter musterte sie ihn. »Du magst ein exquisites Leben führen. Aber das heißt nicht, dass du immerzu alles bekommst, was du willst.«

Leise erwiderte Andrik: »Ich will nicht gegen dich arbeiten, Stina. Lass uns hier an einem Strang ziehen. Wir planen dieses Event und danach bist du mich los.« Seine eigenen Emotionen herunterschluckend fügte er hinzu: »Für immer, wenn du es so willst.«

Harsch widersprach sie ihm. »Wie könnte ich mit dem Mann an einem Strang ziehen, der dafür gesorgt hat, dass mein Bruder für immer im Geist eines Heranwachsenden gefangen ist? Du hast Thores Leben riskiert, und jetzt erwartest du, dass ich dir entgegenkomme?« Ihre Lippen bebten unter der Anspannung, die sich auf ihren Körper gelegt hatte. »Du führst Weihnachten als Grund für einen Waffenstillstand an?« Sie schüttelte den Kopf. »Ich erzähle dir jetzt etwas, das vielleicht neu für dich sein mag. Aber Weihnachten gehört für mich zu den schlimmsten Tagen des Jahres. Denn dieses Fest führt mir nur vor Augen, was ich deinetwegen verloren habe. Ein fröhlicher Abend im Kreise der Familie? Nein, das gibt es bei uns nicht. Nicht so, wie es wohl sein sollte. Und daran bist du schuld.« Mit diesen Worten drehte sie sich auf dem Absatz ihrer schwarzen Winterstiefel um und stürmte auf den Eingang des *Vasa Museums* zu.

Andrik starrte ihr betäubt hinterher. Er musste sie aufhalten. Ihr etwas entgegensetzen. Aber er konnte nicht. Ihre traurige und zugleich verachtende Stimme füllte seine Gedanken aus. Sie hatte recht. Wenn auch auf ganz andere Weise, als sie annehmen mochte. Andrik war verantwortlich für Thores Unfall. Aber nicht so, wie sie es darstellte.

Plötzlich lief Andrik los. Immer schneller setzte er einen Fuß vor den anderen, bis er auf dem glatten Boden beinahe auszurutschen drohte. Stina war bereits durch die Glastür hindurch verschwunden. Andrik folgte ihr und erwischte sie schließlich, kurz bevor sie durch den Personaleingang in den abgesperrten Bereich des Museums huschen konnte. Er streckte den Arm nach ihr aus und zwang sie, sich zu ihm umzudrehen.

Mit wütenden Augen funkelte sie ihm entgegen. »Fass mich nicht an!« Sie entwand ihm ihre Schulter, sodass seine Hand einsam in der Luft hängen blieb. Er zog sie zurück und musterte Stina. Er war ein mieses Schwein, ihr das anzutun. Aber es musste sein. Seine Ziele waren es wert.

Darauf bedacht, die Scham über sein Verhalten zu verbergen, begann er leise zu sprechen. »Wenn ich dir nichts bedeute, sollte es ja kein Problem sein, mit mir zusammenzuarbeiten.« Stina wollte ihn harsch unterbrechen, doch er nahm ihr den Wind aus den Segeln. »Du verachtest mich, bist wütend und enttäuscht? Okay.« Andrik nickte und zwang sich weiterzureden. »Dann sieh das hier als Gelegenheit, mich für alles bezahlen zu lassen, was ich dir angetan habe. Bestrafe mich mit offener Verachtung! Schrei mich an! Treib mir Tränen in die Augen, indem du mir wieder und wieder meine Schuld vor Augen führst! Du hast es in der Hand. Alles, was ich im Gegenzug verlange, ist, dass du mit mir diese verdammte Weihnachtsfeier in diesem beschissenen Museum planst und aufhörst, vor mir wegzulaufen.«

Fantastisch. Die beiden Wörter *verdammt* und *beschissen* hätte er wohl lieber weglassen sollen. Aber dafür war es nun zu spät. Sein Vorschlag glich einem Selbstmordkommando. Aber er musste es tun. Für *Tillsammans*. Und auch, wenn sie es zu diesem Zeitpunkt nicht verstehen würde, ebenso für Stina.

Schweigend starrte sie ihn an. Ihre Mimik ließ keinerlei Deutung zu. Andrik erinnerte sich in diesem Moment nur zu gut an die Stina von früher. Sie war nicht rachsüchtig oder nachtragend gewesen. Nein. Stina war liebevoll gewesen. Emphatisch. Sie hatte zu der Sorte Mensch gehört, die sogar einer Kröte über die Straße half. Mehr als einmal hatte er sie dabei beobachtet. Sie hatte das Herz auf der Zunge getragen und sich nie für ihre Gefühle geschämt. Das hatte er an ihr so geliebt. Sie war der Sonnenschein gewesen, auf den man im tiefsten Winter sehnsüchtig wartete, weil er das Leben so simpel, aber so furchtbar schön bereicherte.

Bis zu dieser verhängnisvollen Nacht. Danach war alles anders geworden.

Angespannt räusperte Andrik sich. »Was sagst du?«

Kapitel 5

Stina fehlte die Luft zum Atmen. Mal wieder. Es schien zur Gewohnheit zu werden, wenn sie auf Andrik traf. Aber wer konnte ihr das verübeln?

Angespannt und wütend musterte sie den Mann vor sich. Sie wusste, dass sie ihm nicht würde entfliehen können. Wie sollte sie das ihrer Chefin erklären? Das Gespräch von Katja und Andrik tags zuvor hatte Ausreden jeglicher Art den Riegel vorgeschoben. Nur wenn sie ihr brüchiges Seelenleben offenbarte, hätte Stina vielleicht die Chance davonzukommen. Aber das war keine Option. Blieb nur zu hoffen, dass Moritz, der eigentliche Eventmanager des Museums, bald wieder da sein würde.

Und überhaupt! Was war das für ein verrückter Vorschlag, den Andrik ihr soeben unterbreitet hatte? Er hatte ja keine Ahnung, wovon er da sprach.

Ihr erster Impuls trieb sie dazu, Nein zu sagen. Sie hatte es ernst gemeint, als sie sagte, sie würde nicht mit ihm an einem Strang ziehen können. Unvorstellbar! Die vergangenen vierundzwanzig Stunden waren schlimm genug gewesen. Immer wieder hatten sie die Erinnerungen an Thores Unfall und was danach alles geschehen war, eingeholt. Ihr Besuch gestern Abend im *Livsmot* war schmerzhafter gewesen als sonst. In der Regel hatte sie ihre Gedanken gut unter Kontrolle, doch der gestrige Dienstagabend war furchtbar gewesen. Noch dazu, weil sie sich vor Thore nichts hatte anmerken lassen wollen. Er mochte geistig auf dem Stand eines Vierzehnjährigen sein, aber er war gewiss nicht dumm. Es war gar nicht so leicht gewesen, ihm etwas vorzumachen.

Schon öfter war Stina aufgefallen, dass Thore behauptete, sie sehe traurig aus. Selbst an Tagen, an denen Stina gar nicht das Gefühl hatte, so zu wirken. Sie war doch fröhlich. Aber ihr Bruder war anderer Meinung.

Unwillkürlich flüsterte sie: »Wie soll das bitte aussehen?«

Andrik schluckte sichtlich. Dann räusperte er sich. »Das bestimmst allein du.«

Was für ein Blödsinn! Ärger flutete Stinas Adern. Und doch … In einer kleinen Ecke ihres Herzens rührte sich etwas, von dem Stina nicht wusste, was es war. Etwa Rache? Nein. Aber vielleicht die Sehnsucht nach einem Ende. Stina benötigte keinen Therapeuten, der ihr erklärte, sie hätte mit dem Unfall ihres Bruders immer noch nicht abgeschlossen. Das war so klar wie die Luft an kalten Wintertagen in Stockholm.

Andrik zuzustimmen wäre jedoch ein Wagnis. Sie würde täglich mit ihren Problemen konfrontiert werden. Wie sollte sie das heil überstehen, wenn ihr die vergangenen vierundzwanzig Stunden eigentlich schon zu viel gewesen waren? Und überhaupt … Wie stellte er sich das vor? Sie waren erwachsene Menschen. Sollte sie ihn nachsitzen lassen? Strafaufgaben verteilen?

Nein, das war keine Option.

Sie zog seinen Vorschlag ins Lächerliche. »Soll ich dich etwa zwingen, täglich ein Glas schwarzer Oliven zu essen?« Andrik hatte Oliven früher gehasst. Ganz besonders die schwarzen.

Keine Regung auf seinem Gesicht. Nur ein Schulterzucken. »Wenn es dir hilft, dich besser zu fühlen, und dich das mit mir zusammenarbeiten lässt.«

Stinas Kinnlade klappte ungläubig nach unten. Was führte dieser Kerl nur im Schilde? Sie rettete sich in Sarkasmus. »Oh, ein Glas würde dafür nicht reichen.«

Ein weiteres Schulterzucken und beinahe so etwas wie ein Schmunzeln folgte. »Ich habe eine Kreditkarte und ein gedecktes Konto. Wir könnten ziemlich viele dieser Ekeldinger besorgen.«

Fast hätte Stina gelacht. Aber nur fast.

Argwöhnisch musterte sie Andrik. Dann schüttelte sie kaum wahrnehmbar den Kopf. »Ich kann nicht jeden Tag daran erinnert werden, Andrik. Es ist schlimm genug, wenn ich Thore sehe und …« Sie verstummte. Leise wisperte sie. »Ich kann das nicht. Und ich will das auch nicht.« Eine Träne rann über Stinas Wange und sie hasste es. Sie wirkte schwach, dabei war sie das Gegenteil. So lange schon kämpfte sie allein an der Seite ihres Bruders. Zeugte das nicht von Stärke?

Plötzlich flüsterte Andrik: »Du hast gesagt, ich bedeute dir nichts. Kann man von jemandem enttäuscht sein, wenn er einem angeblich egal ist?«

Versteinert hielt Stina inne. Ihr Herz klopfte unregelmäßig und ihre Hände wurden klamm. Ungelenk zog sie ihre Handschuhe von den Fingern und heftete den Blick darauf. Sie spürte, wie sich die kühle Museumsluft um ihre schmalen Gelenke legte.

Andrik war schon immer ein aufmerksamer Zuhörer gewesen. Das hatte sie damals so sehr an ihm geschätzt. In diesem Augenblick hätte sie jedoch viel dafür gegeben, wenn er sich nicht gar so deutlich an die Worte erinnern würde, die sie ihm vorhin wütend an den Kopf geworfen hatte.

Schließlich setzte sie alles auf eine Karte und stellte die Frage, die ihr seit seinem Erscheinen gestern im Hirn herumspukte. Es hatte sie die ganze Nacht nicht schlafen lassen.

»Warum bist du wirklich hier, Andrik? Warum muss es ausgerechnet das *Vasa Museum* sein?« Aufmerksam betrachtete sie ihn.

Er ließ seine grünen Augen über sie hinweggleiten. Sie hatten sich beide verändert, waren erwachsen geworden. Die Jugend lag längst hinter ihnen. Und Stina verachtete sich dafür, doch sie kam nicht umhin zu registrieren, dass Andrik das Älterwerden gut bekommen war. Er war schon als Teenager äußerst gut aussehend gewesen. Doch die kräftigen Wangenknochen, der charismatische Zug um seine Mundwinkel und die Wachsamkeit in seinen Augen waren erst in den letzten Jahren dazugekommen. Sie machten ihn noch attraktiver. Andererseits konnte Stina das furchtbar egal sein, denn sie würde nie wieder etwas anderes für ihn empfinden als die bereits erwähnten Gefühle.

Andrik beendete seine offensichtliche Musterung ebenfalls. Er fuhr mit dem Daumen über die Narbe an seinem Kinn und ließ seine Hände schließlich in den Taschen seines Mantels verschwinden. Er schaute Stina direkt in die Augen, ohne zu blinzeln. Nach mehreren Sekunden des Schweigens sagte er in ruhigem Ton: »Mein Geschäftspartner und ich wollen unser Unternehmen international wettbewerbsfähig machen. Wir haben uns in Schweden bereits sehr erfolgreich etabliert. Um jetzt den nächsten Schritt gehen zu können, benötigen wir Kapital. Das hatten wir so gut wie sicher. Die *Sundgren AB*, vielleicht sagt dir der Name etwas, wollte einen mehrjährigen Beratungsvertrag bei uns unterzeichnen. Das hätte hohe Gewinne versprochen, die wiederum für die Erweiterung unserer Firma eingeplant waren.« Andrik hob seine Augenbrauen. Dann fuhr er fort. »Scheinbar hat sich der alte Sundgren von unserer Konkurrenz beschwatzen lassen und zögert jetzt mit seiner Unterschrift bei uns.«

»Was hat das alles mit dem Museum zu tun?« Stina verstand, was Andrik sagte, erkannte darin aber keinerlei Zusammenhang.

Andrik setzte zu einer Erklärung an. »Sundgren ist ein begeisterter Segler und interessiert sich für alles, was mit der maritimen Geschichte Schwedens zu tun hat. Also wollen wir ihm geben, wovon er gar nicht weiß, dass er es will. Ein besonderes Event im *Vasa Museum*. Umgeben von seiner Leidenschaft und einer persönlichen Atmosphäre wollen wir ihm zeigen, dass wir seine Bedürfnisse erkennen und erfüllen, bevor er überhaupt ahnt, dass er sie hat. Wir wollen ihm deutlich machen, dass wir die gleichen Werte teilen. Das unterstreicht unsere Fähigkeiten als Dienstleister. Besonders als Unternehmensberatung. Und ganz besonders in dem Bereich, in dem wir tätig sind.« Andriks Stimme klang nicht angeberisch, sondern rein taktisch. Als würde er ihr das Geheimnis eröffnen, wie man am besten den Stress beim Weihnachtsgeschenke-Einkaufen umging.

»Und du glaubst, eine simple Weihnachtsfeier hier im Museum stimmt ihn um? Das ist doch absurd.« Stina zweifelte stark an Andriks Vorhaben.

Doch der nickte überzeugt. »Es wird keine gewöhnliche Weihnachtsfeier. Wir machen etwas ganz Besonderes daraus. Wir lassen die Magie der Vasa für uns sprechen. Wir zeigen einem sturen Mann, was er verpasst, wenn er bei der billigeren, aber unpersönlichen Konkurrenz unterschreibt.« Er lächelte sie zögernd an. »Sofern du an Bord bist …«

»Und das ist alles? Du willst mir das Leben schwer machen, nur um einen lukrativen Auftrag zu ergattern?« Eine Welle der Enttäuschung erreichte ihr Herz. »Dafür nimmst du in Kauf, dass ich für die nächsten zwei Wochen jeden Tag daran erinnert werde, was du mir, was du Thore angetan hast?« Sie schluckte.

»Wie hältst du dich selbst nur aus, Andrik?«, flüsterte Stina mit erstickter Stimme.

Ein kurzer, gequälter Ausdruck erschien auf seinem Gesicht. »Ich will dir nicht wehtun, Stina. Wirklich nicht.«

»Ich glaube dir kein Wort.« Stinas Hände begannen zu zittern. Sie musste hier weg. Dringend. Sie hielt das nicht länger aus. Andrik hatte ihr ganzes Leben auf den Kopf gestellt und dafür gesorgt, dass sie ihre Unbeschwertheit verloren hatte. Und nun tauchte er hier auf, weil es ihm um die Expansion seiner Firma ging?!

»Stina …«, begann Andrik mit sanfter Stimme, aber sie fiel ihm ins Wort.

»Hättest du wirklich nicht vor, mir wehzutun, dann hättest du Katja gestern gesagt, dass du die Location wechselst. Ganz gleich, warum es ausgerechnet das *Vasa Museum* sein muss. Du hättest Rücksicht auf mich und meinen Schmerz genommen. Stattdessen fällst du mir in den Rücken und lässt mir keine Wahl.« Sie schüttelte den Kopf und deutete auf das Museumsinnere. »Ich gehe da jetzt rein und mache den Job, für den ich ursprünglich eingestellt wurde. Währenddessen finde ich mich damit ab, dass ich in den nächsten Tagen mit dir zusammenarbeiten muss. Aber glaube nicht, dass ich dir darüber hinaus entgegenkomme. Ich mache das, weil man mich dazu zwingt. Ich werde mein Bestes geben, weil man das von mir erwartet, aber es ist mir egal, ob Sundgren euren dämlichen Vertrag am Ende unterschreibt.«

Sie entfernte sich ein paar Schritte und wandte sich noch einmal um. Tränen liefen über ihre Wangen, und sie ließ es einfach geschehen. Sollte Andrik ruhig sehen, was er hier anrichtete. Sie hatte ihr Leben auf die Reihe bekommen und nun tauchte er aus egoistischen Gründen auf und zerrte sie hinab in die Hölle. »Ich will dich nach dem 22. Dezember nie wiedersehen. Hast du das verstanden?«

Andrik nickte betreten. Er wirkte gar, als hätte er ein schlechtes Gewissen. Aber Stina wusste es besser. Denn hätte er eines, würde er sie aus dieser Situation befreien und sie endlich in Ruhe lassen. Stattdessen sagte er: »Ich weiß das aufrichtig zu schätzen.«

Ein Schauer überfiel Stina und Angst vor den kommenden zwei Wochen nistete sich in ihr sowieso schon gebeuteltes Herz. »Während unserer Zusammenarbeit gelten Regeln.«

Fragend blickte Andrik sie an.

Stinas Mund war so trocken, sie konnte kaum sprechen. »Du tauchst hier nicht mehr unangekündigt auf. Unsere Kooperation beschränkt sich auf das Nötigste. Du sprichst mich nicht auf andere Themen abseits dieser Feier an. Ich rede mit dir über nichts, das unsere Vergangenheit betrifft, und wenn ich Abstand von dir brauche, gibst du ihn mir, ohne nachzufragen.« Sie verstummte und knetete ohne Unterlass die Handschuhe in ihren Fingern.

»Ist das alles?« Andriks Augen richteten sich aufmerksam auf sie.

Stina nickte.

»Einverstanden.« Er kam langsam auf sie zu und reichte ihr seine Hand. Es glich einem Handel, den sie eingingen. Aber Stina wollte es einfach nur hinter sich bringen. Sie schaute auf die dargebotene Geste und ignorierte sie. Dann hob sie den Kopf.

Wispernd meinte sie: »Ich melde mich.«

Schließlich drehte sie sich um und floh.

Minutenlang starrte Andrik auf die Stelle, an der Stina um die Ecke gebogen und verschwunden war. Ihm war schlecht und er war kurz davor, sich jeden Moment übergeben zu müssen. Stina gab ihm das Gefühl, der größte Mistkerl des Landes zu sein. Vielleicht gar der Größte Skandinaviens. Aber war er das nicht auch?

Er hatte eindeutig gesehen, welchen Schmerz sein Auftauchen bei Stina ausgelöst hatte, und trotzdem hielt er stur daran fest. Sein Gewissen boxte ihn ungefragt in den Magen und ließ ihn wissen, dass es ganz und gar nicht mit seinem Verhalten einverstanden war. Trotzdem musste er es durchziehen. Auf ihn würde in den kommenden Tagen verdammt viel Arbeit warten. Stina würde es ihm gewiss nicht leicht machen, und wenn er darüber nachdachte, gab er ihr beinahe recht. Doch er wusste es besser.

Denn auch wenn Andrik darauf beharrte, dass er die Veranstaltung wegen Sundgren ins *Vasa Museum* verlegen musste, wusste er tief im Inneren doch, dass das nicht der einzige Grund gewesen war. Viel zu viele Jahre waren verstrichen und sein Besuch bei seinem besten Freund wenige Abende zuvor hatte ihm einmal mehr verdeutlicht, dass dieser Zug längst überfällig war. Im ersten Moment mochte es für Stina mehr Schmerz bedeuten. Doch Andrik hoffte, dass er das in den kommenden Wochen würde ändern können. Er spürte die Verantwortung, die er sich auf die Schultern geladen hatte. Sowohl in Bezug auf Sundgren und die drohende Vertragspleite als auch in Bezug auf Stina. So viel hing von den Tagen bis Weihnachten ab. Würde er dem gerecht werden?

Andrik warf einen letzten Blick durch die Eingangshalle des Museums. Das hier war Stinas Arbeitsplatz. Das hier war ihre Leidenschaft. Schon in ihrer Jugend hatte sie gewusst, was sie später werden wollte. Immerzu hatte sie davon gesprochen, eines Tages als Historikerin für Maritimes und Seefahrt tätig zu werden. Und hier hatte sie ihren Platz nach all den schrecklichen Ereignissen endlich gefunden. Aber Andrik erdreistete sich, in ihren sicheren Hafen einzudringen, und verlangte von ihr gegen jegliche Instinkte ihrerseits, dass sie ihm half. Er verdiente die Bezeichnung *Mistkerl* im wahrsten Sinne des Wortes.

Mit einem Seufzen straffte Andrik seine Schultern und machte sich auf den Weg zum Parkplatz. Als er draußen seinen Autoschlüssel aus der Hosentasche zog, hörte er eine freundliche Frauenstimme.

»Andrik Lundqvist?«

Er schaute auf. »Ja?«

Eine Frau, Anfang oder Mitte vierzig reichte ihm die Hand. Sie trug eine schwarze Businesshose, darüber einen auffälligen roten Wintermantel. Ihr Haar war aufwendig hochgesteckt. Sie lächelte. »Ich bin Katja Hansen. Die Direktorin des Museums.« Sie deutete auf den unverkennbaren Bau neben ihnen. »Ich hoffe, du konntest mit Stina schon alles Wichtige besprechen. Melde dich gern, wenn es sonst noch etwas gibt, das wir für dich tun können.«

Stinas Chefin. Mit ihr hatte er bereits zweimal telefoniert. Höflich lächelte er.

»Ich denke, Stina und ich sind auf einem guten Weg, was das Event angeht. Es ist wirklich sehr nett, dass du das möglich gemacht hast.«

Katja nickte zufrieden. »Sehr schön! Dann will ich dich auch nicht länger aufhalten.« Sie nickte. »Und wie gesagt, melde dich jederzeit bei Stina oder mir, wenn du etwas brauchst.«

»Das mache ich.«

Während Katja ins Museum ging, fuhren Andriks Gedanken Achterbahn. Was würde ihn in den kommenden Tagen erwarten? Würde Stina sich wirklich mit ihm arrangieren? Und würde er es schaffen, seinen Prinzipien Taten folgen zu lassen? Würde er am Ende seines Plans jede beteiligte Partei glücklich machen können?

Er schaute hinüber zum Museum. Eine Person würde ihm das sehr schwer machen. Unfassbar schwer. Aber er war es ihr schuldig, einfach alles dafür zu geben.

Andriks Handy vibrierte kurz in seiner Hosentasche und er griff reflexartig danach. Eine Nachricht von Linus. Er wollte wissen, wie es gelaufen war. Andrik wischte die Meldung mit dem Daumen zur Seite, sodass er seinen Hintergrund auf dem Display sehen konnte. Ein sanftes Lächeln huschte unwillkürlich über seine Lippen. Dann schluckte er und schob das Smartphone zurück an seinen Platz.

Er würde weitermachen. Er würde nicht aufgeben. Er hatte viel zu lange gewartet. Vielleicht musste er seine Strategie ändern. Aber er würde Stina nicht in Ruhe lassen. Nein. Ganz gewiss nicht. Er durfte es schlichtweg nicht. Aus Gründen, die nicht nur ihn allein betrafen.

Den ganzen Tag über vergrub Stina sich in wissenschaftlichen Dossiers und gab vor, emsig an ihrem Projekt zu arbeiten. Im Herbst war sie einen Monat lang in Nordnorwegen gewesen. Man hatte dort unerwartet Überreste alter Handelsschiffe gefunden. Es wurde vermutet, dass sie von den Wikingern stammten, die in dem Gebiet einst siedelten. Stinas Aufgabe war es nun, alles über die Wrackteile herauszufinden und sie aus Sicht der Seefahrt-Historie geschichtlich einzuordnen.

Neben ihrer Tätigkeit im *Vasa Museum* erlaubte ihr Arbeitsvertrag, auch andere Forschungsprojekte zu betreuen, sofern ihre eigentlichen Aufgaben in Stockholm nicht darunter litten. Vielmehr kam es dem Haus sogar zugute. Denn je besser die Reputation der Mitarbeitenden, desto besser war es für das Museum. Und Stina besaß als Historikerin für Seefahrt einen äußerst vorzeigbaren Ruf. Sie hatte noch einen langen Weg vor sich, aber sie wusste bereits einige wichtige Veröffentlichungen auf ihrer Agenda zu verzeichnen. Auf ihre Karriere war sie gewiss ein wenig stolz. Wenngleich sie nicht übermäßig ambitioniert war. Ihre Leidenschaft für alles, was mit der maritimen Geschichte zu tun hatte, war ihr alleiniger Antrieb.

Ein Gefühl für die alten Materialien zu bekommen, herauszufinden, wofür sie verwendet und wie sie verarbeitet worden waren und damit verbunden das Leben der Seeleute nachbilden zu können – das war es, was Stina liebte. Ihr Job, die Liebe zum Meer und zur Seefahrt hielten sie in den dunkelsten Momenten ihres Lebens über Wasser.

Da waren Wissenschaftler und Historiker, die alles gaben für die nächste große Publikation, stets darauf bedacht, schnellstmöglich Bekanntheit und Ruhm zu ergattern. Und dann gab es die, die den Job aus purer Leidenschaft machten und ihren Erfolg mehr nebenbei einheimsten. Sie scheuten das Rampenlicht und arbeiteten lieber im Verborgenen. Denn ihr Fokus lag allein auf den Entdeckungen, die sie machten. Stina gehörte offensichtlich zur zweiten Gruppe.

Sie war häufig so in ihre Forschungen vertieft, dass sie einfach alles um sich herum vergaß. Es war im Museum allgemein bekannt, dass sie gut und gern beim Verlassen des Gebäudes alles in ihrem Büro liegen ließ, was wichtig war. Einfach weil sie so in Gedanken versunken war. Dass sie regelmäßig ohne Handy, Geldbeutel und Rucksack in den späten Feierabend aufbrach, war sozusagen Standard. Es ging sogar so weit, dass Stina draußen an den Briefkästen ihres Apartmenthauses eine Box mit Zahlenschloss angebracht hatte, wie sie häufig für Ferienwohnungen verwendet wurden. Darin bunkerte sie ihren zweiten Haustürschlüssel. Den Code für die Box konnte sie wenigstens nirgends vergessen, wenn er in ihrem Kopf gespeichert war.

Stina erhob sich seufzend von ihrem Stuhl und blickte auf die vielen Papiere, die sie quer auf dem Boden ihres Büros verteilt hatte. Sie wusste, dass es für die Umwelt nicht besonders hilfreich war, alles auszudrucken. Aber manchmal brauchte sie die Dinge einfach schwarz auf weiß, um sie sich gut einprägen zu können. Mit vor der Brust verschränkten Armen stellte sie sich an das bodenlange Fenster und starrte hinaus in die Dunkelheit. Zahlreiche Lichter blinkten in einiger Entfernung, und Stina konnte die Umrisse der Stockholmer Skyline ausmachen.

Sie mochte die Stadt. Wenngleich der Übergang vom Herbst zum Winter oftmals nervtötend war, so war Stockholm doch ein zauberhafter Ort. Ein Lächeln glitt über ihre Mundwinkel. Die Schneemassen hüllten ihr Zuhause in eine undurchdringliche Watteschicht. Zuhause. Stinas Lächeln erlosch. War Stockholm ihr Zuhause? Oder doch Gotland? Die Insel, auf der sie aufgewachsen war? Sie mied es, zu jenem Ort zurückzukehren, wann immer es ging. Deshalb hatten Thore und sie ihren Vater im Sommer auch unten in Västervik getroffen. Sie schaffte es einfach nicht mehr, einen Fuß auf diese Insel zu setzen. Zu viel Schmerz verband sie damit. Sie hatte die Fähigkeit verloren, sich an die guten Dinge zu erinnern. Wann immer einer der einst schönen Momente zu ihr durchzudringen versuchte, sah sie sofort nur die negativen Folgen, mit denen sie heute leben musste. Es war ihr nicht möglich, an all die Ausflüge mit Thore und Andrik zu denken, ohne vor Augen geführt zu bekommen, dass diese unbeschwerten Zeiten für immer vergangen waren. Nie wieder würde sie die Leichtigkeit fühlen, mit der sie über die glatten Felsen gehüpft war. Nie wieder würde sie sich mit ihrem Bruder über den Sinn des Lebens unterhalten können, während er mit einem Leuchten im Gesicht davon erzählte, wie er alle Weltmeere befahren wollte. Nie wieder würde sie mit ihren Eltern gemeinsam an einem Tisch sitzen und spüren, wie es war, einer intakten, liebevollen Familie anzugehören.

Stina hasste es, so negativ zu sein, aber sie war schier machtlos dagegen. Sobald Andrik in ihren Gedanken auftauchte, spürte sie nur noch die vorwurfsvolle Schuld, die sie ihm für alles gab, was ihr in ihrem Leben fehlte. Stina wusste, dass sie nach so langer Zeit schon viel weiter sein müsste. Doch sie bekam es einfach nicht hin, diese Dinge aufzuarbeiten und aus einer anderen Perspektive zu betrachten. Zu sehr war sie damit beschäftigt, für ihren Bruder da zu sein und ihren Alltag auf die Reihe zu bekommen.

Während Stina weiter hinaus in die Dunkelheit der Stockholmer Bucht starrte, fühlte sie die Furcht vor den kommenden Tagen in sich Wurzeln schlagen. Sie hatte es bisher halbwegs gut geschafft, sich über Wasser zu halten. Aber jetzt? Andriks Anwesenheit würde alles schlimmer machen. Viel schlimmer.

Kapitel 6

Stina blickte auf die digitale Uhr ihres Smartphones. Es war schon fast acht Uhr abends an diesem langen Mittwoch. Sie sollte für heute Schluss machen. Schwermütig sammelte sie ihre Habseligkeiten zusammen und verließ kurze Zeit später das Museum. Sie winkte dem Wachmann zu, der sich Nacht für Nacht um die Sicherheit der Räumlichkeiten kümmerte und es längst gewohnt war, dass Stina auch bis spät in den Abend hinein arbeitete. Manchmal brachte er ihr sogar einen Kaffee und kam auf einen kleinen Plausch vorbei.

Stina trat hinaus auf den Parkplatz und bemerkte sofort den knirschenden Schnee unter ihren Winterstiefeln. Langsam sog sie die kalte Luft in ihre Lunge. Ein plötzliches Gefühl der Einsamkeit überfiel sie, als sie zu ihrem Fahrrad lief und sie sich unwillkürlich an Andriks unerwarteten Überfall heute Morgen erinnerte. Manch einer mochte ihre Reaktion auf ihn sicherlich als übertrieben ansehen. Doch diese Menschen verstanden nicht, welche Hölle sie mit Thore nach dem Unfall hatte durchleben müssen.

Wenn es nach Stina ging, trug allein Andrik Schuld daran, was es ihr schon damals unmöglich gemacht hatte, ihn auch nur anzusehen. Und so war sie ihm nach dem Vorfall aus dem Weg gegangen. Was auf einer Insel zunächst gar nicht so einfach gewesen war. Insbesondere wenn man den gleichen Freundeskreis besaß.

Schmerzhaft erinnerte Stina sich an das erste Wiedersehen ihrer damaligen Clique, etwa zwei Wochen nach dem schrecklichen Ereignis. Thore war gerade aus dem Koma erwacht. Während sich die schlimmsten Befürchtungen zum Teil bestätigten, klammerten sich Stina und ihre Eltern an die letzten vergeblichen Hoffnungsschimmer. Ihre Freunde waren zwar betroffen, doch nach nur kurzer Zeit drehte sich in ihren Gesprächen alles um die kommenden Schuljahre oder die Wahl des künftigen Gymnasiums. In Schweden gingen alle bis einschließlich der neunten Klasse gemeinsam in die sogenannte Grundschule. Im Anschluss daran konnte man zwischen Gymnasien mit verschiedenen thematischen Schwerpunkten wählen. In der Regel umfassten diese bis zu drei weitere Jahre auf der Schulbank und bereiteten die jungen Leute auf eine Berufsausbildung oder ein Studium vor.

Zukunft …

Stinas und Thores Freunde sprachen von ihrer Zukunft. Zur gleichen Zeit kämpfte ihr Bruder mit den Auswirkungen seines dämlichen Sprungs in unbekannte Gewässer. Apathisch saß Stina in der Runde und versuchte, ihre Empörung zu zügeln. Natürlich ging für alle anderen das Leben weiter, und niemand sollte durchgehend über Thore sprechen. Aber verdammt, es war erst zwei Wochen her! Thores Zukunft war gänzlich ungewiss und ihren Freunden ging es nur um sich selbst? Nach zwei Stunden, in denen Stina vornehmlich geschwiegen hatte, platzte ihr schließlich der Kragen. Es war okay, wenn man sich Gedanken um sich selbst machte, aber dachte hier irgendjemand auch an Thore? Voller Wut wurde sie laut. Ein für sie absolut untypisches Verhalten, doch sie konnte einfach nicht mehr. Der Druck der bis dahin vergangenen Tage lastete ihr schwer auf der Seele. Sie fiel einer Freundin ins Wort, die gerade zum dritten Mal die

Vor- und Nachteile des örtlichen Gymnasiums mit Technikschwerpunkt abwog.

»Wir haben inzwischen alle gehört, was du denkst! Entscheide dich einfach und beschwer dich nicht ständig!« Entsetzt hatten die anderen sie angeschaut. Blindlings fuhr Stina fort. »Merkt ihr eigentlich noch, was hier vor sich geht? Thore liegt immer noch auf der Intensivstation. Wir wissen nicht mal, ob er sein Leben je wieder selbstständig wird führen können. Und … und ihr? Ist er euch denn so egal? Er ist euer Freund, aber alles, worum sich eure Gedanken drehen, ist euer Abschluss? Verdammt, wie konnten wir uns nur so in euch täuschen?!«

Betretenes Schweigen folgte daraufhin. Dann erhob einer der Jungs, die Thore mit aus dem Wasser gezogen hatten, leise die Stimme. »Wir machen uns alle Sorgen um Thore, Stina. Aber das Leben geht weiter. Nur weil wir über andere Dinge sprechen, heißt das nicht, dass wir nicht an ihn denken.«

Im Grunde ihres Herzens wusste Stina, dass ihre Freunde recht hatten. Aber für sie brach gerade eine Welt zusammen. Sie konnte nicht zugeben, dass ihr Vorwurf unfair war. Mit zitternden Händen stand sie auf und ging – ohne ein weiteres Wort.

Abgesehen davon machte Andriks Anwesenheit die Situation für Stina nur schlimmer. Ein ums andere Mal suchte er an jenem Nachmittag das Gespräch mit ihr, aber sie weigerte sich, darauf einzugehen. Sie konnte nicht mit dem Menschen reden, der für den aktuellen Zustand ihres Bruders verantwortlich war. Geschweige denn, seine Nähe ertragen.

Und so fällte Stina auf dem Heimweg eine Entscheidung. Sie würde fortan nicht nur Andrik aus dem Weg gehen, sondern sich auch von ihren Freunden zurückziehen. Es mochte stimmen, dass sie alle ein Recht darauf hatten, sich um ihre Zukunft zu kümmern. Aber für Stina war das nicht von Belang.

Als am Tag nach der Auseinandersetzung Andrik im Krankenhaus auftauchte, war Stina immer noch wütend. Obwohl er Thore ebenso häufig besuchte wie Stina, konnte sie ihm nicht verzeihen. Jedes Mal, wenn er in die Klinik kam, gab sie vor, sich etwas zu trinken zu holen oder auf die Toilette zu müssen. Sie wartete ab, bis Andrik nach einer guten halben Stunde wieder ging, und kehrte erst dann zu Thores Bett zurück.

An diesem Tag folgte Andrik ihr jedoch hinaus in den Krankenhausflur, als sie vor ihm fliehen wollte.

»Stina, warte.«

Er versuchte, nach ihrer Hand zu greifen, doch sie entzog sich ihm. Seine Berührung würde sie nicht ertragen.

»Lass mich, Andrik.« Sie wollte weglaufen, aber Andrik zwang ihr das Gespräch auf.

»Es tut mir leid. Ehrlich, es tut mir so leid.« Seine Stimme klang brüchig und verzweifelt.

»Das hättest du dir vorher überlegen sollen. Dafür ist es jetzt zu spät.« Stina verschränkte die Arme vor der Brust und blickte zu Boden.

»Thore ist mir nicht egal.« Er spielte auf ihren Ausbruch am Tag zuvor an. »Aber du musst die anderen verstehen. Wir befinden uns in einer Lebensphase, die ziemlich entscheidend für unsere Zukunft ist.«

Erzürnt blickte sie auf. »Ach ja? Und warum hast du Thore dann zu dieser Mutprobe überredet? Du hast seine Zukunft aufs Spiel gesetzt und bist mit einer Schramme davongekommen.« Sie deutete auf das Zimmer, in dem Thore untergebracht war. »Ihn hat es übel erwischt. Und während er um sein Leben kämpft, schmiedet ihr munter Pläne für eures. Das ist so …« Stina fehlten die Worte und sie verstummte.

»Ich habe nicht …« Andrik hielt plötzlich inne, musterte sie angespannt und warf immer wieder einen Blick hinüber zu Thores Krankenzimmer. Etwas schien ihn zu beschäftigen. Aber es war Stina egal, was er hatte sagen wollen. Er sollte einfach nur gehen. Mit dieser Aktion hatte er ihre Freundschaft verspielt. Mühsam arbeitete sie an ihrer Beherrschung und verdrängte den Schmerz in ihrer Seele.

Wusste man mit fünfzehneinhalb schon, was Liebe war? Nein, vermutlich nicht. Und doch spürte sie das Loch, das Andrik in ihr Herz gerissen hatte. Sie war in ihn verliebt gewesen, doch davon konnte nicht länger die Rede sein.

»Geh«, flüsterte Stina heiser und mit Tränen in den Augen. »Geh, und komm nicht wieder. Nie wieder. Ich ertrage das nicht.«

Dann floh sie und ließ Andrik im Flur des Krankenhauses stehen.

Nach diesem Tag glich Stinas Leben auf Gotland einem Albtraum. Einige ihrer Freunde versuchten, den Kontakt zu ihr zu halten. Aber sie schaffte es nicht, ihnen entgegenzukommen. In ihrem Kopf hatte sich eine Barriere errichtet, die sie nicht durchbrechen konnte. Ihre ganze Kraft ging für ihren Bruder drauf. Sie hatte keinen Nerv, sich um sich selbst oder gar ihre Freunde zu kümmern. Außerdem bekam sie das Gefühl, für ihre Freunde nur mehr eine Belastung zu sein. Sie war fortan das Mädchen, das den Unfall ihres Bruders zu persönlich nahm. Das Mädchen, das es nicht schaffte weiterzuleben.

Eines Tages bekam Stina zufällig ein Gespräch mit. Sie hatte gerade ein paar Besorgungen erledigt, als sie an der Eisdiele im Ort vorbeikam. Ein paar Leute aus ihrer Freundesclique saßen dort bei einem gemütlichen Nachmittagsplausch. Sie hatten Stina nicht gesehen und sie wollte eigentlich schon weitergehen, als sie einen von ihnen plötzlich sagen hörte: »Das mit Thore ist echt scheiße gelaufen. Aber Stina steigert sich da ganz schön rein.«

Eine andere Freundin erwiderte daraufhin: »Ich kann das schon verstehen. Niemand kann sagen, was aus Thore wird. Ich weiß nicht, ob ich die Stärke besitzen würde, damit positiv umzugehen.«

Der andere zuckte mit den Schultern. »Ja, aber es bringt auch nichts, wenn Stina sich aufgibt. Davon hat Thore doch auch nichts.«

Allgemeines Nicken und dann wechselten sie das Thema.

Für Stina war das der Moment, in dem sie verpasst hatte, die Kurve zu kriegen. Heute wusste sie das. Damals fühlte sie sich hingegen von ihren Freunden verraten und im Stich gelassen. Ja, sie hatte sich zurückgezogen. Aber dieser Wortwechsel bewies, dass ihre Freunde sie nicht oder kaum verstanden. Und zu jener Zeit hatte Stina nicht die Kraft, es ihnen zu erklären. Ihr fehlte die Energie dafür. Womöglich lag das unter anderem daran, dass sie ihre gesamte Freizeit an der Seite ihres Bruders verbrachte.

Die folgenden vier Jahre, die sie noch auf Gotland verbracht hatte, waren von Einsamkeit und emotionalen Auf und Abs geprägt gewesen. Erst als sie nach dem Gymnasium entschieden hatte, zum Studieren nach Stockholm zu gehen, wurde es etwas besser.

In diesem Moment fiel eine kleine Schneeflocke herab und landete auf Stinas Nasenspitze. Sie riss sich zusammen und entfernte das Schloss von ihrem Fahrrad. Bevor sie ihr Bein über die Mittelstange hob, fischte sie kurzerhand ihr Handy aus der Manteltasche und suchte in den Favoriten nach einer bestimmten Nummer. Nach nur zwei Freizeichen meldete sich eine fröhliche junge Frau.

»Stina, was gibt's?«

Stina atmete tief ein und war dankbar, die Stimme ihrer Freundin zu hören. »Hast du zufällig Zeit für ein Glas Wein? Ich könnte ein bisschen Ablenkung gebrauchen.«

Sofort spürte sie die Wachsamkeit in Alvas Ton. »Was ist los?«

»Nichts. Nur ein langer Arbeitstag.«

Stina hätte beinahe gelächelt, wenn sie daran dachte, wie wenig ihre Freundin ihr Glauben schenken mochte und sich dennoch am Riemen riss und ihre Neugier zügelte. Und so meinte Alva nur: »Komm vorbei! Malin und ich sind mit einem guten Liter Glögg im Laden.«

»So spät noch?« Überrascht zog Stina die Augenbrauen nach oben.

Alva lachte. »Zur Weihnachtszeit gibt es viel zu tun.«

Im Hintergrund hörte Stina Malin laut rufen: »Alva drückt sich nur vor der Hochzeitsplanung!«

Endlich musste auch Stina lachen. »Hebt mir was von eurem Glögg auf, ich bin in einer Viertelstunde da, wenn der Schnee mich nicht aufhält.«

»Bis gleich und pass auf dich auf!«, rief Alva und Stina legte auf.

Damals auf Gotland hatte sie ihren Freunden zu Unrecht den Rücken gekehrt. Während des Studiums war sie damit beschäftigt gewesen, Thore dabei zu helfen, sich in der neuen Umgebung einzuleben und mit sich selbst klarzukommen. Daher hatte sie keine Zeit gehabt, um tiefere Freundschaften aufzubauen. Ihre ganze Zeit war für Thore draufgegangen.

Erst die Begegnung mit Johan Ekström, Alvas Großvater, hatte ihr wundervolle Freundinnen beschert, die ihr in jeglicher Lebenslage zur Seite standen. Und genau das brauchte Stina heute Abend. Sie wollte nicht über Andrik sprechen, aber sie wusste, dass sie es tun musste. Und Alva und Malin würden sie auffangen. Denn dafür waren Freundinnen da. Wenn man es denn zuließ.

Eine halbe Stunde später drückte Stina sich tiefer in ihren Sessel. *Ekströms Bokhandel* war modern ausgestattet. Dennoch hatte Alva es geschafft, den historischen Charme beizubehalten. Das Erdgeschoss war in zartem Weiß und Taubenblau gehalten. Abgeschliffene Holzregale boten eine Menge Platz für Bücher aller bekannten Genres. Der länglich gezogene Raum wurde mit sanftem Licht erhellt, ohne aufdringlich zu wirken. Es war beinahe schon kuschelig. Die vereinzelten Sessel mit kleinen Beistelltischchen daneben unterstrichen diesen Eindruck noch. Und die weihnachtlichen Lichterketten am Schaufenster ebenso.

Am hinteren Ende des Geschäfts befand sich ein alter Tresen, ebenfalls weiß getüncht und unordentlich abgeschliffen. Darauf thronte eine altmodische Kasse sowie ein modernes Kartenlesegerät, das auch kontaktfreie Zahlungen ermöglichte. Als Alva die Buchhandlung von ihrem Großvater Johan übernommen hatte und dieser kurz darauf verstorben war, war das Geschäft vor dem Bankrott gestanden. Alvas genialer Einfall, im Laden Speeddatings im Sinne von »Sag mir, was du liest, und ich sage dir, wen du liebst« zu veranstalten, hatte *Ekströms Bokhandel* wahrhaftig gerettet. Gut, das allein war es nicht gewesen. Es waren nämlich noch viel mehr Geschichten, inklusive einer mit herzzerreißendem Happy End gefolgt, wie man sie besser nicht hätte schreiben können.

Stina lächelte. War es nicht witzig, dass die Besitzerin einer Buchhandlung sich ausgerechnet in einen erfolgreichen Bestsellerautor verliebt hatte?

»Was amüsiert dich?« Alva kehrte mit einer Tasse warmen Glöggs zurück und reichte Stina den Becher.

»Ich musste eben daran denken, wie Siljan in dein Leben getreten ist.« Stina blickte sich um. Eine schmale Wendeltreppe führte vom Erdgeschoss hinauf auf eine Empore, die sich zur

Hälfte über die untere Ladenfläche erstreckte. Von oben konnte man hinunter auf die Buchhandlung blicken. Allerhand große und kleine Sessel standen in kleinen Gruppen zusammen, dazwischen verschiedene Stehlampen und kleine Tische, um Getränke oder Bücher abzulegen. Alva hatte aus der Empore einen Ort des Zusammenkommens geschaffen. Stockholms literarische Welt traf sich regelmäßig zu Lesungen, Diskussionsrunden und Weinabenden an diesem urigen Fleckchen Erde. Jeder, der etwas von Büchern verstand oder ein Herz für gute Geschichten hatte, kannte die Adresse von *Ekströms Bokhandel*.

Stinas Blick glitt von Alva zu Malin, die es sich gemeinsam auf der Empore gemütlich gemacht hatten. Ohne Malins Hilfe hätte Alva es vermutlich nur halb so gut hinbekommen, den Laden auf Erfolgskurs zu bringen. Natürlich, Alva hatte viel dafür gearbeitet, aber Malin ebenso. Sie war für Alva gewesen, hatte sie immer unterstützt und in ihrem Tun bestärkt. Stina wusste, wie lange die beiden schon beste Freundinnen waren. Malin war nur drei Jahre älter als Alva und hatte ihre Ausbildung in *Ekströms Bokhandel* absolviert. Seitdem war sie ein essenzieller Teil der Familie Ekström.

In diesem Moment setzte Alva sich, legte sich ein Kissen auf den Bauch, und Malin grinste liebevoll spöttisch. »Oh, die beiden hätten es so viel einfacher haben können!«

Alva hob abwehrend die Hände. »Das war nicht meine Schuld!«

»Ansichtssache.« Stina lachte. »Also, wie steht es um die Hochzeitsvorbereitungen?«

»Wir haben noch viel Zeit.«

Malin verschluckte sich beinahe an ihrem Glögg. »Definiere *viel Zeit*.«

Alva wich dem Blick ihrer Freundin aus. »Bis Mittsommer sind es noch sechs Monate. *Das* ist viel Zeit.«

Stina blinzelte über den Rand ihrer Tasse hinweg. »Warum zierst du dich so?«

Alva fuhr sich mit der Hand durch die blonden Locken, und ihre blauen Augen blitzten verschwörerisch. »Ich ziere mich nicht. Ich genieße die Vorfreude.«

»Und jede andere Braut hätte längst Abonnements für vier verschiedene Hochzeitsmagazine abgeschlossen, sich eine Pinterest-Wand gebastelt und ein Journal mit To-do-Listen angelegt. Das Kleid nicht zu vergessen.« Malin grinste.

Alva schmunzelte. »Gut, dass ich nicht *jede andere* bin.«

»Was soll das heißen?« Stina stellte ihren Becher auf den kleinen Holztisch neben sich. Es tat gut, über Themen zu sprechen, die sie oder ihre Vergangenheit außen vor ließen.

»Wisst ihr«, Alva schob einen Fuß unter den Oberschenkel ihres anderen Beins und richtete sich kerzengerade auf. »Siljan und ich heiraten. Aber wir sind immer noch wir. Zwei Menschen, die nicht viel brauchen. Und so halten wir es auch mit unserer Hochzeit. Wir werden in den Schären feiern. An Mittsommer. Vielleicht gibt es ein paar mehr Blumen als sonst, und vielleicht ziehe ich das Kleid von diesem Mittsommer nicht noch mal an. Aber abgesehen davon wollen wir einfach nur die Menschen um uns haben, die wir lieben und die uns wichtig sind. Wir feiern das Leben, die Liebe und die Familie. Dafür brauchen wir nur uns.« Sie lächelte und blickte von Stina zu Malin. »Und euch.«

Tränen bildeten sich in Alvas linkem Auge und verstohlen wischten auch Stina und Malin sich etwas von den Wangen. Stina war erst eine halbe Stunde hier, und schon spürte sie, wie gut ihr die Anwesenheit ihrer beiden Freundinnen tat.

»Wie geht es dir, Stina?« Alva beobachtete sie aufmerksam.

Mist. Zu früh gefreut, dachte Stina und setzte ein Lächeln auf. »Gut.«

»Wovon brauchst du Ablenkung?« Malin beugte sich neugierig nach vorn.

Alva musste ihr von dem kurzen Gespräch am Telefon erzählt haben. Natürlich. Nichts anderes hatte Stina erwartet. Und das war okay.

»Es ist mal wieder viel zu tun im Museum. Das ist alles ...«

Maßregelnd betrachtete Alva sie. »Stina, Süße ...«

Stina schluckte. Es war klar gewesen, dass sie nicht drum herumkommen würde. Sie hatte es schon gewusst, als sie entschieden hatte herzukommen. Und auch, wenn sie sich dagegen wehrte, ahnte sie, dass das eigentlich auch ihre Intention gewesen war. Sie musste mit jemandem über Andriks Auftauchen sprechen.

Also nickte sie und sagte leise: »Vielleicht ist da doch noch etwas anderes.«

Schweigend und ermutigend blickten Alva und Malin sie an. Stina griff nach ihrer Tasse, um sich an irgendetwas festhalten zu können. Dann begann sie zu gestehen.

»Ich habe euch nie erzählt, dass hinter Thores Unfall mehr steckt als der Sprung in unbekannte Gewässer.« Ihre Stimme klang rau, und es kostete sie viel Mühe weiterzusprechen. »Genau genommen hat ihn jemand zu einer Mutprobe ... überredet.«

In den nächsten Minuten gab Stina ihren beiden Freundinnen eine Kurzfassung der Ereignisse. Allerdings ließ sie einige Teile der Geschichte weg und konzentrierte sich auf das Wesentliche. Die beiden mussten heute nicht alles erfahren. Für Stina war es schwer genug, überhaupt darüber zu sprechen. Denn sofort hüllten sie die schmerzhaften Erinnerungen ein und ließen sie trotz des heißen Glöggs in ihren Händen frieren.

Bei ihrem Bericht fokussierte sich Stina auf die Schuld, die sie Andrik an Thores Unfall gab, und auf dessen unangekündigten

Besuch im Museum gestern Morgen. Sie erzählte von der Veranstaltung, die sie nicht planen wollte, dem Druck ihrer Chefin und Andriks Vorschlag, seine Anwesenheit als Racheakt auszunutzen. Etwas, das Stina nun, wo sie es laut aussprach, noch absurder vorkam.

Nachdem sie ihre Erzählung beendet hatte, wurde es still auf der Empore. Alva und Malin sahen einander an und blickten dann in Stinas Richtung.

»Was wirst du tun?«, fragte Alva behutsam.

Stina räusperte sich und rieb sich mit einer Hand über das Auge, um der Kopfschmerzen Herr zu werden. »Ich habe nicht wirklich eine Wahl.« Sie lachte bitter auf. »Wie heißt es noch? Geld regiert die Welt? Ein gutes Beispiel, wie wahr das ist. Ich bin gezwungen, mit Andrik seine blöde Party zu planen, während Thore …« Sie hielt inne. »Das ist so falsch.«

»Wieso denn?« Malin biss sich auf ihre Unterlippe, und Stina konnte sehen, wie es in ihrem Kopf arbeitete. Ihre Freundin hatte eine andere Meinung zu den Dingen. Stina spürte es.

»Andrik weiß, wie schwer mir seine Anwesenheit fällt. Ich habe es ihm gesagt. Und trotzdem will er es nicht einsehen und denkt nur an den Profit, den er damit machen will. Und währenddessen weilt sein ehemaliger bester Freund im Betreuten Wohnen unweit entfernt und begnügt sich mit dem, was man ihm gibt. Andrik hat Thore seiner Zukunft beraubt, und jetzt soll ich ihm dabei helfen, seine Firma international erfolgreich zu machen? Das ist so absurd.«

Malin legte den Kopf schief. Sanft meinte sie: »Das ist alles so lange her, Stina. Ist Andriks Auftauchen nicht vielleicht ein Zeichen dafür, dass es an der Zeit ist, damit abzuschließen?«

Entsetzt schnappte Stina nach Luft. Ein höllischer Schmerz durchfuhr ihren Körper, der sie ihre Tasse beinahe fallen ließ. Sie starrte ihre Freundin an.

»Ich weiß nicht … Ich … will das ja hinter mir lassen. Aber ich weiß einfach nicht, wie.« Sie schloss die Augen, und Tränen flossen in Strömen über ihre Wangen. Immerzu war sie am Heulen. Schrecklich! »Es ist ja nicht so, als würde ich mit Absicht daran festhalten. Aber jedes Mal, wenn ich daran erinnert werde, sehe ich nur, dass man Thore um seine Zukunft gebracht hat. Wegen einer verdammten Mutprobe! Andrik hätte besser aufpassen müssen. Er hat eine winzige Narbe an seinem Kinn. Das ist alles. Von alldem hat er lediglich eine unscheinbare Narbe davongetragen.« Stina wusste, dass sie sich wiederholte. Sie redete sich in Rage, während ihre Freundinnen milde nickend zuhörten.

»Andrik führt ein tolles Leben. Er trägt Designerschuhe, fährt einen fetten SUV und führt sein eigenes Unternehmen. Er steht mitten im Leben und besitzt alle Möglichkeiten eines gut aussehenden, reichen Mannes. Und Thore? Der sitzt in seinem Zimmer und liest *Gebrüder Löwenherz*. Das Einzige, was von seinen Träumen übrig geblieben ist, sind die Poster an den Wänden seines Zimmers. Und beschwert er sich darüber? Nein! Weil er vermutlich gar nicht versteht, was ihm entgeht! Sie sind beide gesprungen, aber es war Andriks Schuld, dass Thores Leben in den Wellen untergegangen ist.« Abrupt verstummte Stina und schluchzte. Wispernd setzte sie nach einigen Sekunden nach. »Andrik verdient meine Hilfe nicht. Es würde sich wie Verrat an Thore anfühlen.«

Alva und Malin erhoben sich gleichzeitig und kamen zu Stina herüber. Während Malin sich auf die Lehne setzte und einen Arm um Stinas bebende Schultern legte, hockte Alva sich vor Stina und nahm deren zitternde Hand in ihre.

Leise erklang Alvas liebevolle Stimme. »Erstens bist du die beste Schwester, die man sich auf dieser Welt auch nur vorstellen kann, zweitens führt Thore ein gutes Leben. Der beste

Beweis dafür ist, wie oft er lacht. Und drittens zeigt dieses Gespräch, wie wichtig es ist, dass du dich deinen Gefühlen endlich stellst.«

Fragend und verzweifelt nach Atem ringend, schaute Stina auf.

Malin nickte neben ihr. »Wie lange ist der Unfall her? Etwas mehr als siebzehn Jahre? Wenn man dir zuhört und dich dabei ansieht, bekommt man den Eindruck, als wäre es erst diesen Sommer passiert. Vielleicht ist Andriks zufälliges Auftauchen deine Möglichkeit, dich der Vergangenheit zu stellen und akzeptieren zu lernen, dass die Dinge nun mal sind, wie sie sind.«

Stina wollte widersprechen, doch Alva fiel ihr ins Wort.

»Das bedeutet nicht zwangsweise, dass du Andrik verzeihen musst. Weiß er wirklich, was in dir vorgeht? Wie sehr dich der Gedanke an diesen Unfall anrührt? Zeig ihm deinen Schmerz, und wenn es dir hilft, dass er ein Glas schwarzer Oliven isst, dann nutze es aus, dass er bereit dazu ist.« Alva spielte auf Stinas Bericht von Andriks Vorschlag an.

Malin flüsterte verschwörerisch: »Das ist wirklich eine schwere Strafe. Ich kenne niemanden, der schwarze Oliven mag ...«

Vorwurfsvoll wandte Stina den Kopf zu ihrer Freundin. »Es gibt nicht genug Oliven auf dieser Welt, um Andrik ausreichend leiden zu lassen.«

»Ich glaube, er leidet bereits, Stina.«

Entsetzt riss Stina die Augen auf und starrte Alva an. »Das bezweifle ich. Er lebt ein fantastisches ...«

»Wer, wenn nicht ich, weiß, dass der Schein trügen kann?« Alva lächelte milde. »Die beste Art, seine inneren Dämonen zu besiegen, ist, sich ihnen zu stellen. Siljan kann dir ein Lied davon singen. Oder ein ganzes Buch darüber schreiben.«

Stina wischte sich die trocknenden Tränen von den Wangen und dachte nach. Sie wollte nicht nachgeben, gleichzeitig hatte sie das dumme Gefühl, dass ihre Freundinnen recht hatten. Sie war gefangen in ihrem Schmerz und den immer wieder auftauchenden Erinnerungen. Das musste endlich ein Ende haben. Aber konnte es wirklich sein, dass dieses Ende ausgerechnet mit der Zusammenarbeit mit Andrik anfing?

Das war, als würde man jemanden mit Höhenangst als Erstes auf eine wacklige Hängebrücke zwischen zwei Gipfeln zwingen. Unter ihm nichts als hundert Meter Luft und eine steinerne Schlucht. Und um das Ganze noch zu steigern, schubste am sicheren Ende jemand immer wieder gegen die dünnen Seile und brachte das sowieso schon strauchelnde Konstrukt in Bedrängnis.

Malin drückte sanft Stinas Schultern und beugte sich dicht neben sie. »Du bist nicht allein. Wir sind immer da, wenn du uns brauchst, okay? Wir fangen dich auf. Jederzeit.«

Stina schüttelte den Kopf. »Wie wollt ihr das anstellen?«

Alva strich ihr freundschaftlich über die Wange. »Erinnerst du dich an den Moment, als ich die Wahrheit über Siljan herausgefunden habe und völlig aufgelöst zurückgekommen bin? Malin und du … ihr habt mich in diesem Moment aufgefangen und wart für mich da. Und genauso machen wir es mit dir. Du bist nicht allein, Stina.« Sie lächelte aufmunternd. »Trau dich, dich dem Schmerz zu stellen. Es ist längst Zeit dafür.«

Noch einmal schloss Stina die Augen und atmete zitternd durch. Sie musste darüber nachdenken. Heute Abend glich sie nervlich einem Wrack, das nicht halb so gut erhalten war wie die alte Vasa nach mehr als dreihundert Jahren unter Wasser. Stina fühlte sich ausgelaugt und überfordert. Es war klar, dass sie mit Andrik zusammenarbeiten musste. Aber vielleicht würde sie ihre Einstellung dazu überdenken. Vielleicht.

Kapitel 7

Am nächsten Morgen, inzwischen war es schon Donnerstag, fuhr Stina wie gewohnt mit ihrem Fahrrad, aber mit brummendem Schädel, auf den Parkplatz des *Vasa Museums*. Der Abend mit Alva und Malin hatte ihr einerseits zwar gutgetan, andererseits hatte er einen Schub in Stina ausgelöst, den sie nicht zu kontrollieren wusste. Sie war von ihren eigenen Ängsten, Wünschen und Erinnerungen durch die Mangel gedreht worden, und am Ende war ihr nur eines im Kopf geblieben: ein komplizierter Knoten aus starrem Seemannstau.

In Gedanken versunken steuerte sie auf den Eingang des Museums zu, als sie plötzlich eine tiefe Stimme vernahm, die ihr inzwischen schon viel zu vertraut war.

»Guten Morgen.«

Ertappt hob Stina ihren Kopf und blickte zur Seite. Andrik stand wenige Meter von ihr entfernt mit einem Kaffeebecher und einer kleinen braunen Tüte in der Hand.

Schweigend starrte sie ihn an.

Er trug wieder diesen teuren Wintermantel, dazu eine hellbraune Hose sowie dicke Winterboots. Der Schnee knirschte unter seinen Schuhen, als er langsam auf sie zukam. Der Schnee hüllte Stockholm immer noch beständig in eine weiche weiße Decke, ähnlich, wie die Handschuhe es mit Stinas Fingern taten.

Stina schwieg. Sie wusste nicht, was sie hätte sagen sollen. Ihr Kopf war ein einziges Durcheinander aus Schmerz, Hoffnung und Widerspenstigkeit. Der Knoten ließ grüßen.

Andriks Wangen waren von der Kälte gerötet, ebenso seine Ohren. Der feine Herr trug nämlich anders als Stina keine Mütze. Seine dunklen Haare waren das einzig Wärmespendende auf seinem Kopf. Den Kragen seines Mantels hatte er wie tags zuvor hochgeschlagen, um die aufkommende Brise abzuwehren.

Stina tat es ihm gedanklich gleich. Sie schlug einen imaginären Kragen hoch, um sich vor seinen Worten und der drohenden Vergangenheit zu schützen. Es würde vergeblich sein, aber sie versuchte es dennoch.

»Ich dachte mir, du könntest vielleicht ein kleines Frühstück vertragen.« Er hielt ihr den Becher samt Papiertüte hin und lächelte vorsichtig. »Cappuccino mit Sahne und Haselnusssirup. Und ein Wienerbröd.«

Automatisch nahm Stina die beiden Dinge entgegen. Ihr Blick fiel auf die Plunderteigtasche mit gelber Vanillecreme und silbernem Zuckerguss. Sprachlos schaute sie zurück zu Andrik.

Der schob seine Hände in die Taschen und nickte ihr zu. »Auf dem Becher steht meine Nummer. Melde dich, wenn du so weit bist. Ich bin Tag und Nacht erreichbar.« Seine Nummer stand sehr wohl auch in den Unterlagen, die Stina von Katja bekommen hatte. Doch sie verzichtete darauf, ihm das zu sagen.

Er warf ihr einen letzten langen Blick zu, bei dem Stina eine seltsame Gänsehaut überkam. Dann nickte er ihr zu. »Bis morgen.«

Stina hatte keine Ahnung, was das zu bedeuten hatte. Irritiert folgte sie Andrik mit den Augen zu seinem Wagen. Er stieg ein, rangierte rückwärts aus der Parklücke und fuhr im Schritttempo Richtung Straße.

Was ging hier nur vor sich? Stina war verwirrt.

Vorsichtig nahm sie einen Schluck von dem Heißgetränk und der Geschmack von geröstetem Kaffee, luftiger Sahne, cremigem Milchschaum und süßem Sirup füllte ihren Mund aus. Ein warmes Gefühl drang durch ihren Körper, das sie allein dem Kaffee zuschieben wollte. Doch sie musste einsehen, dass ihr Hass für einen winzigen Moment unterbunden worden war. Von dem Mann, der sich selbst nach siebzehn Jahren noch an ihren Lieblingskaffee und ihr bevorzugtes schwedisches Gebäck erinnerte.

Es gab Dinge, die änderten sich nicht. Egal wie übel das Leben einem mitspielte. Manches blieb davon unberührt. In Stinas Fall war das ihre Liebe zu diesen beiden Leckereien. Auf Gotland hatte es genau ein Café gegeben, das diese Art von Kaffee angeboten hatte. Andrik hatte ihr zu jedem ihrer Dates einen davon mitgebracht. Selbst an warmen Frühlingstagen. Stina mochte diese Geste. Sie hatte unter anderem dafür gesorgt, dass sie sich in Andrik verliebt hatte.

Eines musste sie ihm lassen. Er war hartnäckig. Auch wenn er ihre erste Regel prompt ignoriert hatte.

Andriks Hände zitterten immer noch, als er sein Auto wenig später vor dem mehrstöckigen gelben Gebäude parkte. Er hatte zuvor noch einen Zwischenstopp eingelegt und griff nun nach dem Beutel mit Besorgungen. Während er zum Eingang des Hauses lief, musterte er den Schnee unter seinen Füßen und dachte an den überraschten Ausdruck auf Stinas Gesicht an diesem Morgen.

Er hoffte zutiefst, dass seine Vermutung zutraf und sie sowohl den speziellen Cappuccino als auch das Wienerbröd weiterhin gern auf ihrer Favoritenliste stehen hatte.

Dass er nun nicht mit dem eigentlichen Eventmanager des Museums die Feier vorbereiten konnte, sondern schon jetzt mit Stina in Kontakt war, hatte seinen ursprünglichen Plan durcheinandergebracht. Deshalb musste er jetzt seine besten Geschütze auffahren. Ihr Hass auf ihn saß tief. Wenn er dieses Projekt erfolgreich zum Abschluss bringen wollte, durfte er sich keine Fehler erlauben. Gewiss, er hatte bereits einen gemacht, indem er ihre Bitte, nicht unangekündigt aufzutauchen, übergangen hatte. Doch er war zuversichtlich, das mit seiner Geste wieder wettgemacht zu haben. Er musste Stina beweisen, dass er nicht das Monster war, das sie in ihm sah. Und ein gutes Frühstück ohne viele Worte mochte dem entgegenwirken. So hoffte er es zumindest.

»Hej, Andrik! Wie geht es dir?« Der Pförtner hob seine Hand und grüßte ihn freundlich.

»Ich kann nicht klagen. Und selbst? Hat Lotte von eurem Häuschen noch etwas übrig gelassen oder bricht es unter der Weihnachtsdeko schon zusammen?«

Der Pförtner lachte herzlich, und sein rundes Gesicht hüpfte dabei ein bisschen auf und ab. »Viel erkennt man nicht mehr.«

»Grüß sie von mir!« Andrik verabschiedete sich im Vorbeilaufen und nahm die Treppen hinauf in den vierten Stock. Oben angekommen, steuerte er auf den Gemeinschaftsraum zu. Die Tasche in die Höhe hebend, betrat er lachend das großflächige Zimmer.

»Wer hat heute wohl neue Tischtennisschläger besorgt?«

»Andrik!« Thore schaute von seinem kleinteiligen Puzzle auf und strahlte. Ebenso ein paar andere, die in dem Raum verschiedenen Beschäftigungen nachgingen. Andrik wusste nur ungefähr, wer weshalb im Betreuten Wohnen *Livsmot* lebte. Es war für ihn schlichtweg nicht von Bedeutung. Er besuchte Freunde, keine Krankheiten oder Beeinträchtigungen. Das bedeutete nicht, dass er sich nicht für die Bewohner interessierte. Er hielt nur einfach nichts davon, Menschen auf ihre körperlichen oder geistigen Befindlichkeiten zu reduzieren. Viel lieber wollte er diese Menschen vergessen lassen, dass sie in gewissen Dingen ein bisschen anders waren. Wobei, auch *anders* war schon wieder das falsche Wort. Genau deshalb dachte Andrik so selten darüber nach. Egal wie man es formulierte, es fühlte sich nicht richtig an. Menschen waren Menschen. Und das war alles, was zählte.

Seit sein Freund Thore ins *Livsmot* gezogen war, hatte Andrik ihn regelmäßig dort besucht. Da er damals selbst wegen seines Studiums in Stockholm weilte, war das ziemlich einfach. Als Andrik nach seinem Abschluss für zwei Jahre nach Gotland zurückkehrte, wurde der Weg wesentlich länger und aufwendiger. Deshalb reiste er in dieser Zeit immer gleich für ein langes Wochenende an. Nachdem Andrik seinen festen Wohnsitz allerdings ebenfalls dauerhaft nach Stockholm verlegt hatte, kam er mindestens einmal pro Woche. Häufig auch öfter. Dabei achtete er jedoch peinlich genau darauf, dass sich seine Besuche nicht mit denen von Stina überschnitten. Sie war dankenswerterweise ein Gewohnheitstier, das seine Routinen niemals änderte. Somit konnte er fest davon ausgehen, dass sie Dienstag- und Donnerstagabend sowie den ganzen Samstagvormittag bei Thore war. Andrik hatte sich daher die anderen Abende abwechselnd vorgenommen. Je nachdem, wie es bei ihm zeitlich besser passte. Da er sein eigener Chef war, konnte er auch mal tagsüber vorbeischauen – so wie an diesem heutigen 10. Dezember.

Machte das *Livsmot* samstags einen Ausflug mit den Bewohnern, verlegte Stina ihren Besuch auf Sonntag. Andrik wusste das und hielt sich entsprechend fern.

Es verwunderte ihn selbst, dass er es bisher tatsächlich geschafft hatte, Stina nicht über den Weg zu laufen. Seit Ewigkeiten ging er hier ein und aus, und doch waren sie einander nie begegnet. Überhaupt glich es einer Kuriosität, dass Andrik den Kontakt zu seinem Freund nie eingestellt hatte, dessen Schwester aber nichts davon ahnte.

Damals, kurz nach Thores Unfall, hatte Stina ihm in einem ihrer letzten Gespräche deutlich zu verstehen gegeben, dass sie ihn nicht mehr sehen wollte. Nie wieder. Und besonders nicht in der Nähe ihres Bruders. Andrik verstand, warum sie das sagte. Sie gab ihm die Schuld für den Vorfall an Mittsommer. Er sah den Schmerz in ihren Augen. Ebenso die Enttäuschung und die Wut, die sie für ihn empfand. Nichts war mehr übrig von der Liebe und Zuneigung, von dem Leuchten und den frechen Wimpernaufschlägen. Pure Abneigung war das Einzige, was geblieben war. Er hasste es bis heute und doch war ihre Reaktion nachvollziehbar.

In den ersten Wochen nach dem Unfall bemühte er sich, sich zu erklären. Er wollte nicht wahrhaben, dass diese Nacht auch das Ende ihrer Freundschaft bedeuten mochte. Aber sie wies ihn ab. Ein ums andere Mal. Das letzte Mal so eindrücklich, dass er schließlich den Kampf um sie aufgab. Schweren Herzens. Aber er hatte das Gefühl, seine bloße Anwesenheit würde ihr Leben erschweren, und das wollte er um keinen Preis in der Welt zulassen. Sie litt sowieso schon viel zu sehr. Also hielt er sich von ihr fern. Dennoch konnte er sich nicht einfach so von seinem besten Freund abwenden.

Und so begann er, Thore heimlich zu besuchen, wann immer Stina nicht am Bett ihres Bruders saß. Nach der Klinik folgte für Thore eine mehrmonatige Reha. Für Andrik bedeutete das, quer über die Insel zu radeln, um seinen Freund auch dort zu besuchen. Manchmal ging es schneller, wenn er sich das Epa-Auto seines Bruders ausborgen durfte.

Nachdem entgegen aller Hoffnungen klar war, dass Thore fortan nicht mehr allein leben konnte, erhielt er einen Platz in einem Pflegeheim auf Gotland. Der Weg wurde für Andrik dadurch zwar etwas kürzer, aber die Gewohnheiten blieben dieselben. Seine Zeit mit Thore glich weiterhin einem streng gehüteten Geheimnis. Stina hatte sich vollends von Andrik abgewandt und er wollte ihren Schmerz und ihre Wut nicht weiter vorantreiben. Dafür verstand er sie zu gut. Er war noch jung, aber er hatte sie geliebt. Er hatte es ihr nie gesagt. So weit waren sie noch nicht gewesen. Und doch hatte er es gefühlt. So gut, wie ein Jugendlicher es nun mal fühlen konnte.

Andrik erinnerte sich noch gut an den Moment, in dem er erfuhr, dass Stina nach Stockholm gehen und Thore mitnehmen würde. Sein Bruder hatte es ihm am Telefon erzählt. Stina mochte die Menschen auf der Insel meiden, aber der Tratsch vermeldete bestens, was in den Gemeinden auf Gotland vor sich ging. Für Andrik war ihre Entscheidung im ersten Moment ein Segen, denn er war bereits seit einem Jahr in Stockholm und studierte dort. An den Wochenenden war er regelmäßig nach Hause gefahren, um seine Besuche bei Thore fortzusetzen. Nun kam Stina mit seinem besten Freund ebenfalls nach Stockholm. Welch ein Glück!

Als er nach seinem Master jedoch wieder zurück nach Gotland zog, begnügte er sich vorerst wieder mit seinen Wochenendbesuchen. Zwei Jahre später ließ ihn der Inselfunk wissen, dass Stina mit Thore in Stockholm bleiben würde. Das war schließlich der Moment, in dem Andrik spürte, dass er nicht länger auf Gotland leben konnte. Er hatte es versucht, aber die Insel war ohne seinen Freund nicht das Gleiche. Und so fällte er schließlich die Entscheidung, seinen Weg abseits des elterlichen Weinguts zu suchen. Sein Bruder hatte noch versucht, ihn umzustimmen. Aber Andriks Entschluss war festgestanden und er war nach Stockholm gezogen.

Seine Besuche bei Thore hielt er weiterhin vor Stina geheim.

Er redete sich ein, dass es besser so war. Für alle. Stina hatte ein Leben ohne Gefühlswirrwarr verdient und Thore die beste Betreuung, die es für ihn geben konnte. Andrik verdrängte den Gedanken an das Pulverfass, das in Bezug auf die Unterbringung seines Freundes im *Livsmot* noch auf ihn wartete. Er würde Stina irgendwann die Wahrheit sagen müssen. Aber ein Schritt nach dem anderen. Jetzt musste er es erst einmal schaffen, dass sie mit ihrer Zusammenarbeit zurechtkam.

Dass Andriks Besuche in all den Jahren noch nicht aufgeflogen waren, verdankte er vor allem dem Personal. Noch in allen Einrichtungen, in denen er mit Thore Zeit verbracht hatte, hatte es Schwestern und Pfleger gegeben, die ihm eine Chance gegeben hatten. Er war offen mit seiner Schuld umgegangen. Immerhin so weit, dass er den Leuten erklärt hatte, wie schwer seine Anwesenheit für Thores Familie sei, dass er aber nicht bereit war, deshalb seinen Freund im Stich zu lassen. Die Geste hatte etwas in den Menschen angerührt, sodass sie ihm geholfen hatten, sein Kommen an Stinas Anwesenheit vorbeizuplanen. Sein Erscheinen war zum großen und bestgehüteten Geheimnis der Einrichtungen geworden. Kaum vorstellbar, aber es entsprach der Realität. Das waren die Momente im Leben, in denen Andrik an Wunder glaubte.

Eine Schwester auf Gotland, die kurz vor ihrer Pensionierung stand, hatte mal zu Andrik gesagt: »Wenn es zu einem Pflegefall kommt, ist es leider gar nicht selten, dass sich ein Riss durch die Familie zieht. Es ist schade, dass viele der Betroffenen nicht den gleichen Schneid haben wie du und die Freundschaft zu ihren pflegebedürftigen Angehörigen über den Zwist mit der Familie stellen. Wollen wir am Ende des Tages nicht einfach nur, dass es der Person, die wir lieben, gut geht?« Sie hatte gelächelt und Andrik eine Hand auf den Arm gelegt. »Komm, wann immer du möchtest. Wir sehen, dass es Thore hilft, wenn du hier bist. Und solange es keine offiziellen Besuchsverbote gibt, darf sowieso jeder, der möchte, herkommen.«

Andrik war froh um diese Worte gewesen. Und doch war es am Ende Thore selbst gewesen, der Andrik zutiefst überrascht hatte. Als einige Monate nach dem Unfall klar gewesen war, in welcher Verfassung Thore sein restliches Leben lang bleiben würde, hatte es Andrik umso mehr überrascht, dass sein Freund die Besuche von ihm zwar wahrnahm und ihnen entgegen-fieberte, allerdings Andriks Bitte, sie für sich zu behalten, tat-sächlich nachkam. Sein Verstand war beeinträchtigt, trotzdem erinnerte er sich an Andrik als seinen besten Freund. Und er bewahrte Stillschweigen.

»Zeig mal her!« Thore lief auf ihn zu und riss Andrik schließ-lich aus seinen Gedanken.

Umringt von einer Handvoll Bewohnern des *Livsmot* be-förderte Andrik die neuen Schätze aus der Tasche. Vor ein paar Wochen hatte er spontan beschlossen, der Station eine nagel-neue Tischtennisplatte zu spenden. Das Sportgerät war so be-liebt, dass die vier dazugehörigen Tischtennisschläger schon bald zu Streitereien geführt hatten. Zu viele wollten bei den Turnieren mitmachen. Also hatte Andrik heute auf dem Weg hierher schnell ein paar weitere Schläger besorgt.

»Okay, wer ist bereit für ein Spiel?« Er schaute sich um und blickte in ein halbes Dutzend fröhliche Gesichter, die begeistert jubelten und die neuen Errungenschaften in die Höhe hielten.

Thore lachte. »Beschwer dich aber nicht, wenn du wieder verlierst.«

»Heute nicht, mein Freund. Heute gewinne ich.« Andrik grinste verschwörerisch.

In den nächsten zwei Stunden hörte man nur noch das helle Klock-Klock des Tischtennisballs, Begeisterungsschreie und Niederlagenrufe aus dem Gemeinschaftsraum des *Livsmot*.

Die Arbeitswoche neigte sich endlich ihrem Ende zu, aber Stina fühlte sich, als wäre erst Montag. Dabei war heute schon Freitag. Wie immer war sie abends zuvor bei ihrem Bruder gewesen. Begeistert hatte er ihr von dem Vormittag voller Tischtennispartien erzählt. Sie hatte ihr Schmunzeln nicht verbergen können, als Thore hervorhob, dass er als großzügiger Sieger einen letzten Matchball verschenkt hatte, um seine Freunde nicht vor den Kopf zu stoßen. Man müsse sie schließlich bei Laune halten, hatte er grinsend erklärt.

Thore ging es gut. Stina nicht. Sie haderte mit sich und ihrer Überlegung. Alva und Malin hatten einen Gedanken in ihrem Kopf gesät, der wild und unkontrolliert zu wachsen begann.

Energisch schob Stina ihren Drahtesel durch den Schnee. Es schien, als wollte es gar nicht wieder aufhören zu schneien. Fahrräder wie Autos versanken in den tiefen weißen Massen. Straßenlaternen trugen überdimensionale weiße Hüte, und Briefkästen waren unerreichbar, weil sich vor ihnen der zur Seite geschaufelte Schnee häufte.

Es war fast ein bisschen magisch. Stina sog den Anblick des Ladugårdslandsviken und der angrenzenden Ufer in sich auf und speicherte die imaginäre Aufnahme des eisig blauen Stockholms in ihren Erinnerungen ab. Sie konnte die weißen Touristenschiffe an den Stegen aus Beton im unweit entfernten Nybroviken ausmachen. Die kleine Sackgasse der Bucht wurde von eleganten Häusern gesäumt, bei denen Stina absolut keinen Schimmer hatte, welchem Baustil sie wohl angehören mochten. Egal wo sie hinsah, sie erblickte kleine und mittelgroße Segelschiffe auf dem Wasser. Ja, hier war sie gut aufgehoben. Sie brauchte das Meer, die Seefahrt und die anonyme Stadt.

Schließlich riss Stina sich von der umliegenden Schönheit los und lief weiter. Kurz vor ihrem Ziel fiel ihr auf, dass das Schneeräumfahrzeug ihren Stammplatz fürs Fahrrad als geeigneten Ort für einen Haufen gefrorener Flocken auserkoren hatte. Sie musste sich eine andere Ecke suchen. Sie wollte es gerade in der Nähe des Eingangs abschließen, als sie hinter sich wie schon am Morgen zuvor die bekannte tiefe Stimme hörte.

»Guten Morgen.«

Stina hielt einen Moment inne, dann drehte sie sich um. Andrik stand vor ihr. Mit einem Kaffeebecher und einer braunen Papiertüte. So wie gestern.

»Stalkst du mich?«

Er lächelte. »Gilt es als Stalking, wenn ich dir Frühstück mitbringe?«

»Tut es.« Sie nickte. Doch ihr Ton war nicht mehr ganz so eisig wie noch vor vierundzwanzig Stunden. Immerhin wusste sie jetzt, was er gestern mit seiner Verabschiedung »Bis morgen« gemeint hatte.

Nachdenklich musterte sie ihn. »Wie lange willst du mir noch jeden Morgen auflauern?« Immerhin war es der vierte Tag in Folge, zählte man ihr erstes Aufeinandertreffen am Dienstag im Museum mit.

Andrik schien ernsthaft zu überlegen. Schließlich wog er den Kopf hin und her. »Im Gegensatz zu gestern redest du heute mit mir. Das verbuche ich als Fortschritt. Insofern werde ich wohl noch ein paar Tage so weitermachen.«

Stina schüttelte den Kopf. »Warum tust du das? Meine Chefin zwingt mich zur Zusammenarbeit. Kannst du mir nicht, wie zugesagt, etwas Zeit geben, mich an diesen abscheulichen Gedanken zu gewöhnen?« Sie wusste wohl, dass die Zeit langsam knapp wurde. Aber sie hatte bereits seit Mittwochmittag mit den ersten Planungen begonnen. Jene, bei denen sie Andriks Feedback nicht unbedingt benötigte. Die Vorbereitungen für sein Event liefen also längst an, auch wenn sie den Kontakt zu ihm weiterhin mied.

Andrik bearbeitete seine Unterlippe, bevor er antwortete. Er schaute ihr direkt in die Augen. »Ich wollte es dir ein bisschen einfacher machen.« Ein sanftes Lächeln folgte.

Die Sicherheit, die er in seinen Tonfall legte, irritierte Stina. Sie nahm den angebotenen Becher sowie das verpackte Gebäck an sich. Gleichzeitig hörte sie die Stimmen ihrer Freundinnen im Ohr. *Die beste Art, seine inneren Dämonen zu besiegen, ist, sich ihnen zu stellen.*

Hatten sie recht? Stina starrte von dem Becher in ihrer Hand wieder zurück zu Andrik. Sie bildete sich ein, so etwas wie Hoffnung in seinem Gesicht zu sehen. Hatte er diese Hoffnung verdient? Nein, nicht, wenn es nach Stina ging. Seit seinem ersten Besuch vergangenen Dienstag schlief sie durchweg schlecht. Ihr Job gab ihr Halt. Etwas, das ihre Eltern ihr schon sehr bald nach dem Unfall von Thore verwehrt hatten. Weil sie nicht bereit dazu gewesen waren. Aber das war ein anderes Thema, dem sie sich jetzt lieber nicht widmen wollte. Vielleicht war es an der Zeit, dass nicht nur Thore einen glücklichen Eindruck machte, sondern Stina auch. Glücklich. Wie wurde man überhaupt glücklich? Womöglich war das auch schon zu ambitioniert. Ohne Wut, Enttäuschung und Groll an die Vergangenheit denken zu können, würde ihr im ersten Schritt schon reichen.

Plötzlich begann ihre Hand, in der sie den Becher hielt, zu zittern. Andrik kam einen kleinen Schritt auf sie zu.

»Ist alles in Ordnung?«

Mühsam erwiderte Stina seinen Blick und nickte.

»Sicher? Ich … Soll ich dich reinbringen?« Er wirkte ernsthaft besorgt.

Stina schüttelte den Kopf. Sie versuchte, so viel Luft wie nur möglich in ihre Lunge zu pumpen, und schloss für einen kurzen Moment die Augen. Als sie sie wieder öffnete, hatte sie sich entschieden. Angst übermannte sie und Scheu. Scheu vor dem, was kommen würde.

Sie würde die Konfrontation nutzen. Sie würde kämpfen. Und vielleicht zum ersten Mal seit einer furchtbar langen Zeit würde sie es nicht für ihren Bruder tun, sondern ganz und gar für sich und ihren Seelenfrieden. Oder wenigstens für einen besseren Umgang mit ihren Erinnerungen. Es würde schwer werden. Allein hier zu stehen und in Andriks grüne Augen zu sehen, löste in Stina einen schmerzhaften Schwall an Emotionen aus.

Mühsam presste sie die Lippen aufeinander und wandte sich ab. Bebend atmete sie langsam ein und aus. Solange, bis sie sich endlich wieder ein wenig unter Kontrolle hatte. Sie starrte auf das markante Museumsgebäude mit den drei aus dem Dach ragenden Masten. Stina hatte einen Heimvorteil. Die Vasa würde ihre treue Begleiterin sein. Sie würde ihr helfen, diese Reise zu überstehen. Anders als bei ihrer Jungfernfahrt würde sie diesmal allerdings hoffentlich nicht so schnell nach dem Ablegen sinken.

Stina gestattete sich noch einen Moment. Dann wandte sie sich wieder zu Andrik, der geduldig und schweigend auf seiner Position verharrte und wartete.

Stina ignorierte den sanften Ausdruck auf seinem Gesicht und räusperte sich. »Wenn ich richtig rechnen kann, dann haben wir nur noch elf Tage, um dein fantastisches Event auf die Beine zu stellen.« Sie deutete mit dem Kopf Richtung Museum. »Vielleicht ... sollten wir langsam mal über die Details sprechen.«

Erleichtert lächelte Andrik. »Wenn deine Zeit es erlaubt.«

Stina atmete ein weiteres Mal tief ein und aus. »Nun, eigentlich warten auf meinem Schreibtisch zwei Dutzend wissenschaftliche Tests darauf, eingeordnet zu werden, aber …« Sie zuckte mit den Schultern und ließ den Satz in der klaren Dezemberluft verklingen.

Als sie sich gemeinsam Richtung Eingang bewegten, blieb Stina noch einmal stehen. Andrik tat es ihr gleich und musterte sie aufmerksam.

»Ich habe meine Bedingungen nicht aus Spaß gestellt. Ich will, dass du das anerkennst und sie akzeptierst. Sonst sorge ich absichtlich dafür, dass bei deiner Weihnachtsfeier etwas schiefläuft und Sundgren den Vertrag ganz bestimmt nicht bei euch unterschreibt.«

Wachsam ließ Andrik seinen Blick über ihr Gesicht gleiten. Vermutlich versuchte er einzuschätzen, ob sie das wahrhaftig wagen würde. Schließlich nickte er. Er traute es ihr offenbar zu. Oder er wollte einfach kein Risiko eingehen.

»Haben wir einen Deal?« Stina musste sichergehen.

»Deal.« Andriks Stimme klang rau. Stina ließ ihn nicht aus den Augen und spürte ein eigenartiges Gefühl durch ihren Körper wandern. Sie hatte keine Ahnung, wie sie es bezeichnen sollte. War es womöglich Aufregung? Selbstachtung? Oder schlichtweg eine Angst, die sie so noch nie erlebt hatte? Es hätte alles und nichts sein können.

Kapitel 8

Zehn nervöse Minuten später nahm Stina hinter ihrem Schreibtisch Platz. Zuvor hatte sie ihre verstreuten Unterlagen bestmöglich zu sauberen Stapeln zusammengepackt und auf die Seite geräumt. Andrik ließ sich ihr gegenüber nieder und betrachtete das gerahmte Foto von Stina und Thore, das auf einem kleinen Sideboard an der Wand stand.

»Wo habt ihr das aufgenommen?«

Stina schaute hinüber zu dem Bild. Sollte sie es Andrik erzählen? Es ging ihn nichts an. Aber sie hatte sich vorgenommen, seine Anwesenheit zu ihren Gunsten zu nutzen. Vielleicht sollte sie sich dafür ein wenig öffnen. Also erklärte sie: »Bei Freunden in den Schären. Wir sind öfter dort zu Besuch. Thore liebt es, in der Dunkelheit die Sterne zu betrachten. Hier in der Stadt ist das oft schwierig. Zu viele Lichter.«

Ein Lächeln glitt über Andriks Züge. Er öffnete den Mund, hielt dann jedoch inne und schwieg. Immer noch war sein Blick auf den Rahmen gerichtet. Er sagte nichts, aber Stina spürte, dass ihm etwas auf den Nägeln brannte.

Über ihren Schatten springend, fragte sie nach einer Weile: »Was ist?«

Andrik schaute zu ihr. Wieder schien er abzuwägen. Dann meinte er: »Nein, das verstößt gegen unsere Vereinbarung.«

Für eine Sekunde setzte Stinas Herzschlag aus. Hielt er sich etwa endlich an ihre Regeln für eine Zusammenarbeit? Was hatte er sagen wollen? Stinas Neugier kämpfte mit ihrer Furcht vor schmerzhaften Erinnerungen. Es fühlte sich an, als würden sie einen Straßenkampf ausfechten, und die Neugier schlug mit besonders harten Bandagen auf die Furcht ein. Schließlich zog sich diese gekränkt in eine Ecke zurück und überließ ihrem Gegner das Feld. Stina spürte, dass sich die Angst auf ein Comeback vorbereitete, trotzdem meinte sie vorgeblich mutig: »Sag, was du sagen wolltest.«

Andrik fuhr sich mit dem Daumen über die feine Narbe an seinem Kinn. Eine unbewusste Geste. »Sicher?«

Überhaupt nicht, schrie Stinas Furcht aus der Ecke heraus. *Unbedingt,* rief ihre Neugier triumphierend. Sie nickte stumm.

Andrik fokussierte sie mit seinem Blick und kleine Fältchen tauchten in seinen Augenwinkeln auf. Sie ließen ihn seltsam entspannt wirken. Ein Schmunzeln legte sich auf seine Lippen, als er wieder zu dem Foto schaute.

»Weißt du noch, als wir uns mal eine ganze Nacht um die Ohren geschlagen haben, weil Thore uns unbedingt einen Sternschnuppenschauer zeigen wollte? Wir haben allerdings keine einzige gesehen. Und am nächsten Tag hat sich herausgestellt, dass er sich im Datum vertan hatte.«

Stina erinnerte sich. Sie war etwa dreizehn Jahre alt gewesen, die Jungs vierzehn. Sie hatten mit einer Picknickdecke auf einem glatten Felsen am Wasser gelegen und stundenlang in den dunklen Nachthimmel gestarrt, um bloß keinen Schweif zu verpassen. Am nächsten Morgen hatte Stina einen steifen Nacken, Thore ein schlechtes Gewissen und Andrik einen Grund gehabt, seinen besten Freund wochenlang aufzuziehen. Die folgenden Male war Thore schließlich allein losgezogen, um seine Sternbilder zu begutachten. Etwas, das heute unmöglich war. Ohne Begleitung durfte er die Einrichtung nicht verlassen.

In den ersten Jahren nach dem Unfall hatte Thore nicht verstanden, weshalb man ihn nicht allein rausgehen ließ. Wütend hatte er die Pfleger angeschrien und war schier ausgeflippt, wenn die Krankenschwestern ihn zurückhielten. Verständlich. Er konnte es nicht nachvollziehen. In jenen Momenten hatte er wahrgenommen, dass er anders war. Doch ihm war nicht klar gewesen, warum. Er hatte gespürt, dass man ihm weniger zutraute und ihn beschützen wollte. Beidem hatte er sich widersetzt. Mehrmals. Wutverzerrt hatte er Stina angeschrien, als sie versucht hatte, es ihm zu erklären. Tränen hatten sich in seinen Augen gebildet, und Stinas Herz war bei seinem Anblick in tausend Stücke gerissen worden. Trotzig hatte er sich abgewandt und sie fortgeschickt. Dennoch war sie immer wieder gekommen und hatte sich bemüht, es ihm wieder und wieder zu verdeutlichen. Es war schwierig gewesen. Furchtbar schwierig.

Sie hatte nicht gewusst, wie sie mit seiner blanken Wut umgehen sollte. Jedes Mal, wenn sie ihn danach im Heim zurückgelassen hatte, hatte sie selbst den gesamten Rückweg über geweint. Es hatte so schrecklich wehgetan, ihren Bruder in dieser Lage zu sehen. Nach einigen Wochen hatte er sich schließlich verändert. Statt wütend zu sein, war Verzweiflung in seinen Augen aufgetaucht. Er hatte Stina angefleht, ihn mit nach Hause zu nehmen. Er hatte sich seiner Freiheit beraubt gefühlt und nicht nachvollziehen können, warum man ihm das antat.

Nach einigen Monaten hatte Thore schließlich akzeptiert, dass er nicht ohne Begleitung das Gelände der Einrichtung verlassen durfte. Er hatte nicht länger darüber gesprochen. Nur der sehnsüchtige Ausdruck in seinem Gesicht war geblieben. Es hatte Jahre gedauert, bis er es mithilfe der Psychotherapie endlich zu verstehen begann und damit umzugehen lernte.

Stina unterdrückte die aufkommenden Tränen und senkte den Blick. Doch dann dachte sie an die Worte ihrer Freundinnen. Andrik sollte ihren Schmerz sehen. Damit er verstand, was er ihr angetan hatte. Ihr und allem voran Thore. Langsam hob sie den Kopf und versteckte ihre Gefühle nicht länger. Würde das der Beginn ihres Heilungsprozesses sein? Sie konnte es sich kaum vorstellen, so schmerzhaft war es.

Tränen stahlen sich aus ihren Augenwinkeln und Andrik musterte sie betreten.

»Ich hätte es nicht erwähnen sollen.«

Stina schüttelte den Kopf. Mit belegter Stimme sagte sie: »Doch, ich habe dich schließlich dazu aufgefordert.« Nach einigen Sekunden fügte sie bitter hinzu: »Aber weißt du, was ich bei dem Gedanken fühle, der dich zum Lächeln bringt?« Sie wartete nicht auf seine Antwort. »Ich erinnere mich an die Zeit nach dem Unfall. Als Thore nicht verstanden hat, warum er nie wieder allein die Sterne beobachten gehen durfte. Ich erinnere mich an seine Wut. Seine Verzweiflung. Seine Tränen.« Ein leises Schluchzen entfuhr ihr, und Stina fragte sich, warum sie sich darauf eingelassen hatte. Der Schmerz war präsent wie eh und je, und die Furcht, die zuvor noch in der Ecke gekauert hatte, tauchte jetzt voller Schadenfreude im Zentrum des Geschehens wieder auf.

»Das ist es, was du siehst? Nur das?«, fragte Andrik leise.

»Es gibt nichts anderes, das man dabei betrachten könnte.«

Langsam schüttelte Andrik den Kopf. »Aber natürlich.«

»Was soll das bitte sein?« Stinas Ton gewann an Schärfe. Sie zeigte ihm ihren Schmerz und er redete ihn klein? Wie konnte er es wagen? Stina war außer sich.

»Thore liebt den Blick in die Sterne. Er kann ihn immer noch genießen. Nacht für Nacht. Und er kann diese Leidenschaft immerzu mit jemandem teilen. Das ist doch etwas wert.«

Entgeistert musterte sie Andrik. »Das redest du dir ja ganz vortrefflich schön.«

»Nein, gar nicht. Ich glaube, wenn man die wundervollen Dinge mit jemandem teilt, dann vergrößert sich das Glück, das diese gemeinsamen Augenblicke schenken.«

Für einen Moment sprachlos starrte Stina über ihren Tisch. Als hätte Andrik ihr soeben eine unangenehme Wahrheit eröffnet, rutschte er auf seinem Stuhl herum und blickte schließlich ein weiteres Mal zu dem Foto auf dem Sideboard.

»Thore sieht auf dem Bild sehr glücklich aus. Er teilt seine Leidenschaft mit dir und euren Freunden. Das ist doch etwas Gutes.«

Was redete er da nur? Sofort begann Stinas Gedankenmaschinerie, sich Andriks Behauptung zu widersetzen. Ihr fielen auf Anhieb fünf Gegenargumente ein. Sie wollte sie hinausschreien, ihm an den Kopf werfen. Aber ihre Stimme versagte. Mühsam rang sie nach Atem und wisperte: »Dann ist es etwas Gutes, seine Träume nicht verwirklichen zu können? Ist es etwas Gutes, wenn man selbst nicht versteht, warum man anders ist? Glaubst du, es ist etwas Gutes, wenn man gefangen ist? Im Geist eines Vierzehnjährigen? Ist das ... gut?!« Weitere Tränen liefen über ihre Wangen, doch sie scherte sich nicht darum.

Vorwurfsvoll blickte sie in Andriks dunkle Augen. Statt des hellen Grüns bekamen sie auf einmal einen seltsam rauchigen Schimmer. Ein Schatten fiel über sein Gesicht und er holte tief Luft. Trotz der Schuld, die sie für ihn in ihren letzten Kommentar gelegt hatte, blieb er ruhig und besonnen. Ja, beinahe verständnisvoll schaute er sie an. Stina hasste es. Sie wollte, dass er sich wehrte. Damit sie noch mehr von ihrer Wut an ihm auslassen konnte. Aber er war die Ruhe selbst.

In ihrem eigenen Schmerz übersah sie jedoch, wie auch in Andriks Zügen ein Ausdruck tiefer Betroffenheit auftauchte, als er leise und vorsichtig erwiderte: »Sieht Thore das auch so?«

Schon wieder so eine bescheuerte Frage. Äußerungen wie diese zeigten, dass Andrik nichts verstanden hatte. Nur jemand, der nicht wusste, was Thore durchgemacht hatte, konnte so reden. Aufgebracht fuhr sie ihn an. »Ob er das auch so sieht? Wohl kaum! Es ist ihm ja nicht mal richtig klar, warum die Dinge sind, wie sie sind. Er hat es akzeptiert. Aber ...«

»Warum akzeptierst du es dann nicht auch?«

»Bitte?!«

Andrik lehnte sich ein Stück nach vorn und wog ab, ob er diesen Weg wohl gehen sollte. Stina hätte ihm davon abgeraten, aber er schien sich anders zu entscheiden, und so meinte er: »Thore hat sein Leben akzeptiert. Er schaut immer noch in den Nachthimmel und beobachtet die Sterne. Er scheint damit doch zufrieden zu sein.« Er deutete auf das Foto. »Er wirkt sogar glücklich.«

In Stinas Körper brach sich eine Welle der Empörung Bahn. Sie spürte all die unterdrückte Wut, die sie die ganzen Jahre immerzu begleitet hatte. Sie paarte sich mit den Ängsten, den Zweifeln und der Enttäuschung über das Schicksal, das ihren Bruder ereilt hatte. Alles nur wegen des Mannes, der nun vor ihr saß und sich erdreistete, ihr zu sagen, sie solle das Leben ihres Bruders akzeptieren, wie es nun mal war. Wie arrogant und zynisch konnte man nur sein? Immerhin war er es gewesen, der Thore zu dieser Mutprobe überredet hatte! Stina fühlte, wie ihr Körper vor Wut erzitterte. Ein eiskalter Schauer rann über ihren Rücken hinweg und ihr Magen krampfte sich gefährlich eng zusammen, während ihr Herz mit aller Wucht gegen die Rippen schlug und gar zu platzen drohte. Voller Bitterkeit und maßloser Enttäuschung ließ Stina ihre feuchten Augen über Andriks Erscheinung gleiten. Für einen Moment sah sie den jungen Teenager vor sich, der gut gelaunt seinen Abschluss feierte und sich ein Leben voller bunter Farben ausmalte.

Er hatte es bekommen. Dieses farbenfrohe Leben. Thore nicht.

In dieser Sekunde wurde Stina eines klar. Es war richtig gewesen, Andrik aus ihrem Leben zu streichen. Es war so verdammt richtig gewesen! Er war sich seiner Schuld bis heute nicht bewusst.

Wütend funkelte sie ihn an. Endlich hatte sie auch ihre Stimme wieder gefunden. »Woher willst du wissen, ob er glücklich ist? Ein Foto ist eine Momentaufnahme und so nichtssagend, was die Realität betrifft.« Sie sah zu dem Bilderrahmen, während sie weitersprach. »Ein Foto kann nicht einfangen, wie schwer der Weg bis zu jenem festgehaltenen Moment gewesen ist. Ein Foto zeigt nur, was wir sehen wollen. Aber es kann nicht hinter unsere Fassaden blicken und wirklich zeigen, wie wir uns fühlen.« Sie verstummte einen kurzen Moment und blinzelte. »Thore mag auf dem Bild glücklich wirken. Aber wer sagt dir, ob er das auch wirklich ist? Wer sagt dir, ob wir wirklich glücklich sein können?«

Die letzten Worte hatte Stina eigentlich gar nicht sagen wollen, doch sie waren einfach so herausgekommen. Sie hatten dazugehört. Weil es der Wahrheit entsprach. Und sie würde sich nicht vor Andrik verstecken.

Nach einer kleinen Pause, Stina starrte auf ihre klammen Hände und wünschte, die Unterhaltung würde sich nun wieder um die Eventplanung drehen, hörte sie Andrik fragen: »Bist *du* glücklich?«

Stina schluckte. Das war ein Thema, mit dem sie sich grundsätzlich nicht befasste. Was brachte es einem denn, sich das selbst zu fragen? Denn stellte man fest, dass man unglücklich war, ging es einem hinterher doch nur noch schlechter. Wie blöd konnte man also sein und sich damit auseinandersetzen?

Stina würde es nicht tun, und sie würde sich auch nicht von Andrik dazu zwingen lassen.

Sie wollte ihm schon rüde vorhalten, dass ihn das überhaupt nichts angehe, als sie plötzlich wieder Alvas Stimme in ihrem Kopf hörte. *Die beste Art, seine inneren Dämonen zu besiegen, ist, sich ihnen zu stellen.* Musste sie nun also doch eine ehrliche Antwort auf die Frage finden? Sie spürte, wie sehr sich ihre Seele dagegen sträubte. Ihr ganzer Körper glich einem einzigen sensiblen Nerv, den man nicht berühren durfte. Das allein deutete vermutlich schon an, wie es wirklich um sie und ihr Glück stand.

Dennoch trotzte Stina ihren Gefühlen und wollte sich einreden, sie sei glücklich. Zufrieden. Genügsam. Sie führte ein gutes Leben. Sie hatte beste Freundinnen, einen Traumjob und ihren Bruder in ihrer Nähe. Alles war gut. Es musste gut sein. Sie durfte nicht unglücklich sein. Sie …

Langsam atmete sie ein und aus. Noch während sie versuchte, den Gedanken zu Ende zu führen, bemerkte sie, dass sie es nicht konnte. Sie belog sich selbst. Natürlich. Mit rauer Stimme fügte sie sich ihrem Schicksal schließlich, während sie den Blick hob und Andrik offen und ehrlich betrachtete. »Nein.« Er wollte schon etwas erwidern, als Stina ihn davon abhielt. »Und es ist deine Schuld, dass ich es wohl nie werden kann. Du hast Thores Leben zerstört. Und damit meinen Weg vorgezeichnet.«

Andrik wurde blass. Seine Finger, die zuvor noch locker auf den Armlehnen seines Stuhls gelegen hatten, glichen sich seiner Gesichtsfarbe an. So fest umschlossen seine Hände den Stuhl. Mit brüchiger Stimme versuchte er, ihr etwas entgegenzusetzen, doch er war längst nicht mehr so überzeugt wie noch vor wenigen Minuten.

»Denk das nicht, Stina. Bitte, denk das nicht.«

Nach einem tiefen Atemzug trocknete Stina sich ihre Tränen und verbot sich, neue aufkommen zu lassen. Das waren genug ehrliche Emotionen für ein Meeting. Viel zu viele, wenn es nach ihr ging. Sie kratzte ihren Stolz zusammen, der sowieso nicht mehr viel wert war, wenn sie auf dieses Gespräch zurückblickte. »Doch. Und du wirst mich nicht umstimmen können. Denn es entspricht der Wahrheit. Ich bin nur ehrlich.«

»Die Wahrheit …« Andriks Blick flammte plötzlich auf und verlieh seinem Gesicht wieder etwas Farbe. Er wirkte gar, als hätte er auf einmal seinen Kampfgeist entdeckt. Was seltsam war, denn wieso sollte er kämpfen wollen? Wofür? Seine Firma? Diesen Vertrag mit Sundgren? Stina drängte ihre Verwirrung beiseite und korrigierte sich. Es war womöglich kein Kampfgeist, eher Widerwille, ihre Antwort anzuerkennen. Denn die gefiel ihm ganz offensichtlich nicht.

Leise, aber mit fester Stimme meinte Andrik schließlich: »Was wäre, wenn wir die Wahrheit mit den falschen Augen sehen? Wenn wir denken, wir betrachten sie, aber eigentlich liegt ein Filter darüber, der die Wirklichkeit verzerrt?«

Stina schüttelte den Kopf. »Das wäre nicht die Wahrheit. Es wäre eine verkappte Art, sich die Dinge schönzureden, um sie besser zu ertragen.«

Aufmerksam musterte Andrik sie, und ihr Herz setzte unter seinem Blick einige Schläge aus.

Andrik ließ ein paar Sekunden verstreichen, bevor er antwortete. »Vielleicht ist es aber auch eine Art, sich die Dinge schlechtzureden.«

Sie unterdrückte ein Schnauben und griff nach ihrem Kugelschreiber. Es war Zeit, über dieses Event zu reden. Denn deshalb war Andrik überhaupt wieder in ihrem Leben erschienen. Je schneller sie das hinter sich brachten, desto schneller konnte Stina wieder Ruhe finden und aufhören, sich mit den Geistern der Vergangenheit herumzuschlagen. »Also, wie viele Gäste erwartet ihr zu eurer Weihnachtsfeier?«

Andrik warf einen letzten Blick auf das Foto auf dem Sideboard und einen weiteren auf Stina, die sich ihren geflochtenen Pferdeschwanz über die Schulter nach vorn gelegt hatte und ihn angespannt wartend ansah. Sie machte mehr als deutlich, dass das persönliche Gespräch an dieser Stelle für sie beendet war.

Endlich folgte er ihrem Wink mit dem Zaunpfahl und ging auf ihren Themenwechsel ein.

»Etwa sechzig Personen, denke ich.«

Andrik spürte, dass er in ein Wespennest gestochen hatte. Und das, wo er doch gerade erst eine Chance von Stina erhalten hatte. Er hätte einfach seinen Mund halten sollen. So, wie ursprünglich verabredet. Aber nein, er war natürlich sofort in die Vollen gegangen. Wie dumm er doch war.

Stina nestelte an dem Anhänger ihrer Kette herum und schien seit einer ganzen Weile die Luft anzuhalten. Was mochte nur in ihr vorgehen? Ihrer Entrücktheit zufolge eine ganze Menge, vermutete Andrik. Ihr Anblick tat ihm in der Seele weh. Diese Frau litt maßlos. So viel war klar. Sie machte sich Notizen, während Andrik weiter über seine Vorstellungen für die Weihnachtsfeier redete. Er hatte keine Ahnung, wie er es schaffte, diesen Themenwechsel durchzuziehen. Am liebsten wäre er um den Tisch gelaufen, hätte Stina auf die Füße gezogen und sie fest in seine Arme geschlossen. Aber das war mit Sicherheit das Letzte, das er tun sollte. Sie hatte sich ja noch nicht mal an seine Anwesenheit, geschweige denn seinen Anblick gewöhnt. Da würde er ihr jetzt nicht auch noch seine Nähe aufzwingen.

Während er immerzu seine Ideen von sich gab und Stina ihm

kurze Zwischenfragen stellte, dachte Andrik über die bitteren Züge nach, die weiterhin um ihre Mundwinkel saßen. Wie sehr wünschte er sich, sie einfach verschwinden zu lassen.

Seit ihrem letzten Gespräch damals auf Gotland war Andrik ihr immerzu aus dem Weg gegangen. Unzählige Male hatte er sich vorgenommen, wieder den Kontakt zu ihr zu suchen. So oft hatte er schon vor dem *Livsmot* gestanden und auf sie gewartet. Doch immer wieder hatte er in letzter Sekunde den Schatten der umliegenden Häuser genutzt, um sich zu verstecken.

Jedes Mal, wenn sie aus der Einrichtung getreten war, hatte so ein seltsam leerer Ausdruck auf ihrem Gesicht gelegen. Beinahe so wie damals, als sie Andrik im Krankenhaus auf Gotland angewiesen hatte, sie in Ruhe zu lassen. Für immer. Seit jenem Tag hatte sie Mauern um sich herum aufgebaut. Mauern der Trauer und des Schmerzes. Mauern der Wut und der Enttäuschung. Würde es je jemand schaffen, diese Barrieren einzureißen?

Innerlich hatte er sich in Ausreden geflüchtet. In den ersten Jahren war der Schmerz zu frisch gewesen. Thore musste seinen Weg in das neue Leben finden, das er fortan führen würde. Stina begleitete ihn dabei und eine Konfrontation mit Andrik hätte ihr diese Phase nur erschwert. Dann zogen sie nach Stockholm. Eine neue Umgebung. Thore war endlich angekommen und hatte Fuß gefasst. Sollte Andrik etwa jetzt auftauchen, wenn es gerade gut lief, und alte Wunden aufreißen? Nein, das wäre nicht richtig gewesen. Und so war Jahr um Jahr verstrichen, in dem er sich immer wieder nah herangewagt, nie aber den letzten Schritt unternommen hatte. Bis zu jenem Dienstag vor drei Tagen.

Dass der alte Sundgren dieses Vertragsspielchen mit *Tillsammans* trieb … Vielleicht war es ein Zeichen. Andriks Zeit war gekommen. Er sollte endlich wieder in Stinas Leben treten. Unter dem Vorwand der Weihnachtsfeier. War das feige? Mit

Sicherheit. Aber womöglich war dies der Schutzmantel, den sowohl Andrik als auch Stina benötigten, um sich einander wieder anzunähern. Es gab einen Grund für die Zusammenarbeit. Und nebenbei schaffte Andrik es vielleicht, endlich ihre inneren Dämonen in Bezug auf diesen Unfall zu verscheuchen.

Er dachte an Thore. So häufig hörte Andrik während seiner Besuche im *Livsmot* von seinem besten Freund, dass dieser das Gefühl habe, Stina sei traurig. Er spürte, dass seine Schwester nicht loslassen konnte. Seit Jahren schon. Andrik wusste kaum, was er darauf antworten sollte, dabei ahnte er, was das Problem war. Er war es. Andrik. Und der Unfall. Und dessen Folgen.

Stina hatte alle Verbindungen zu ihrer Heimat gekappt. Seien es Freunde und Bekannte oder einfach nur ein simpler Besuch auf der Insel. Sie mied alles, was sie auch nur im Ansatz daran erinnern konnte. Alles. Bis auf ihren Bruder. Und dabei war dieser gleichzeitig der Mensch, der sie am meisten mit seiner Anwesenheit an die tragische Nacht und dessen Konsequenzen erinnerte. Abgesehen von Andrik.

»… müssen uns überlegen, ob das ausreicht.« Stinas Stimme holte Andrik zurück in die Gegenwart.

Er nickte automatisch und warf einen Blick auf Stinas Notizen. Wie gut, dass er noch immer wusste, wie man ihre Schrift kopfüber las. Diese hatte sich in den letzten Jahren kaum verändert. Es ging wohl gerade um die Stehtische, die sie im Museum aufstellen wollten.

»Das Catering würde ich gern im Foyer machen. Im Museum selbst geht das nicht. Es gibt leider immer irgendjemanden, der nicht aufpasst und seine Häppchen dort abstellt, wo eigentlich dreihundert Jahre Geschichte ausgestellt sind.« Stina hob beide Augenbrauen in die Höhe und seufzte. Dann klopfte sie mit dem Kugelschreiber auf ihren Block und sah auf. »Stichwort Catering. Habt ihr euch dazu schon Gedanken gemacht?«

Kapitel 9

Stina spürte das schwere Klopfen ihres Herzens, während sie ihren Mantel vom Haken an ihrer Bürotür nahm und ihn sich überstreifte. Ihr Arbeitstag neigte sich dem Ende zu und sie machte sich auf den Weg nach Hause. Sie war wieder mal viel länger im Büro geblieben, als sie es hätte tun sollen. Aber die Feier von Andriks Firma war in nur elf Tagen. Es war utopisch.

Nachdem sie die wichtigsten Details geklärt hatten, war Andrik aufgebrochen. Es würde sicherlich nicht die letzte Besprechung gewesen sein. Aber sie war froh, ihn wenigstens für die nächsten zwei Tage nicht sehen zu müssen. Das Gespräch am Vormittag war so emotional gestartet, dass sie auch später immer noch furchtbar aufgewühlt gewesen war. Sie überlegte weiterhin, ob es wirklich so ein kluger Schachzug gewesen war, sich auf dieses Experiment einzulassen. Stina hoffte inständig, dass Alva mit ihrem schlauen Satz über innere Dämonen recht behalten würde. Aktuell sah es nämlich höchstens danach aus, als würde Stina Selbstgeißelung betreiben. Besser ging es ihr mit der Konfrontation ihrer Vergangenheit in der Verkörperung von Andrik gewiss nicht. Im Gegenteil. Aber sie legte gerade erst los. Jetzt schon zu erwarten, dass es einfacher werden würde, wäre naiv gewesen.

Seufzend griff Stina nach ihrem Rucksack und machte sich auf den Weg nach draußen. Sie winkte dem Wachmann wie üblich beim Hinausgehen und begab sich zu ihrem Fahrrad.

Draußen fielen immerzu neue Flocken auf die Stockholmer Altstadt hinab, und sie fragte sich, ob der Schnee wohl bis einschließlich Weihnachten liegen bleiben würde.

Früher hatte sie Weihnachten geliebt. Selbstverständlich! Es hatte nichts Gemütlicheres gegeben als die kürzer werdenden Tage, die die perfekte Ausrede boten, um sich mit einer heißen Schokolade und einem guten Buch in ihrem Zimmer zu verkrümeln. Stina war durchaus gern in Gesellschaft gewesen, aber sie hatte diese Momente ganz für sich allein immer genossen. Besonders die heimelige Atmosphäre, die sich während der Vorweihnachtszeit über Gotland gelegt hatte. Mit ihrer Mutter hatte sie immer am letzten Wochenende im November Pfefferkuchenhäuser gebacken und sie mit leckeren Süßigkeiten beklebt. Gemeinsam mit Thore. Selbst als Teenager hatten sie diese Tradition beibehalten. Die Besonderheit in ihrer Familie: Das Haus hatte erst an Silvester um Mitternacht geplündert werden dürfen. Solange hatte es unangetastet stehen bleiben müssen und im ganzen Haus den Duft der würzigen Kekse verbreiten dürfen.

Stina wies ihre Gedanken in die Schranken. Ihre Mutter saß derzeit vermutlich in dem kleinen Häuschen am nördlichen Ende von Gotland. Sie hatte einige Jahre nach der Trennung von Stinas Vater erneut geheiratet. Einen netten Mann, soweit Stina es beurteilen konnte. Sie mochte wohl Anspruch auf ein bisschen Glück in ihrem Leben haben, aber für Stina war es ein Schlag ins Gesicht gewesen. Es war unfair, es so zu betiteln, aber für Stina hatte es sich angefühlt, als hätte ihre Mutter sich eine neue Familie gesucht, nachdem ihre auf Abwege geraten war. Aber damit hatte Stina fortan leben müssen. Es gab Dinge, die waren, wie sie waren. *Dies* hatte Stina akzeptiert. Sie hatte aufgegeben, darum zu kämpfen. Es kostete sie zu viel Energie, die sie stattdessen lieber für Thore aufbrachte.

Thore. Er war ihr Lebensmittelpunkt. Um ihn drehte sich einfach alles. Zu Recht, wie sie fand. War er es doch, dem so viel versagt blieb. Alles nur wegen dieser einen Entscheidung in einem Sommer.

An Thores Verletzungen versuchte sie so selten wie nur möglich zu denken. Es war einfach zu schmerzhaft. Nachdem Thore in jener Juninacht kopfüber voran ins Wasser gesprungen war, musste er mit dem Kopf auf einen der Felsen, die unter der Oberfläche lauerten, gestoßen sein. Der Aufprall machte ihn zunächst nicht nur bewusstlos, sondern löste auch eine schwere Hirnblutung aus. In der Klinik versetzte man ihn schon bald nach seiner Einlieferung in ein künstliches Koma, um dem Körper Zeit zu geben, sich zu erholen. Der Ausgang? Die Folgen? Ungewiss.

Parallel dazu hatte Thore sich den rechten Ellbogen beim Aufprall auf die Felsen gebrochen. Sein Arm war vollkommen verdreht gewesen, Knochen hatten unter der aufgerissenen Haut hervorgeragt, und eigentlich hätte das Gelenk schnellstmöglich operativ gerichtet werden müssen. Doch aufgrund der Hirnblutung war eine Operation frühestens am Folgetag möglich gewesen. So wurde zunächst nur von außen eine vorläufige Stabilisierung vorgenommen.

In besagter OP fixierten die Ärzte seine gebrochenen Knochen schließlich, und unterstützten das Zusammenwachsen mit mehreren Schrauben und Platten, die fortan in Thores Arm würden bleiben müssen. Während des Eingriffs legte man außerdem eine Sonde, die den Druck von Thores Hirn nehmen sollte. Im Anschluss hielt man Stinas Bruder weiterhin im künstlichen Koma. Regelmäßig wurde der durch die Blutung ausgelöste Hirndruck kontrolliert. Schon bald bemerkten die Ärzte, dass sich dieser stetig erhöhte. Sie mussten handeln. Dringend. Am dritten Tag öffnete man Thores Schädeldecke und legte eine Drainage, um das Blut abfließen zu lassen. Zudem sollte die Öffnung dem geschwollenen Gehirn helfen, sich vorerst etwas auszubreiten. Sobald sich die Schwellung zurückbildete, würde man die Schädeldecke wieder schließen.

Das Schicksal war ihrem Bruder nicht gewogen. Denn nur wenige Stunden nach dem Eingriff wurde man sich der erhöhten Entzündungswerte gewahr. Obwohl man die Wunde an Thores Ellbogen bei Einlieferung gespült und desinfiziert hatte, hatten sich hartnäckige Bakterien darin gehalten, die nun für Ärger sorgten. Die antibiotische Behandlung und eine erneute Spülung der betroffenen Stelle halfen nicht darüber hinweg, dass man die eingesetzten Materialien wieder entfernen musste. Eine weitere Operation folgte. Man stellte seinen Arm ruhig, bis die Blutvergiftung überwunden war. Zwischenzeitlich musste er sogar für einige Tage an die Dialyse angeschlossen werden. Die Blutvergiftung sowie die daraus resultierenden Nebenprodukte überlasteten die Nieren.

Erst nachdem auch diese Komplikation überwunden war, unterzog man Thores Ellbogen einer weiteren Operation und setzte neue Stabilisierungen ein. Wie sich später herausstellen sollte, war es dafür schon fast zu spät gewesen. Das Gelenk würde einen bleibenden Schaden davontragen. Die Komplikationen hatten ihn seine Beweglichkeit gekostet.

Stina verlor während all der Eingriffe irgendwann den zeitlichen Überblick. Gefühlt passierte jeden Tag etwas. Und immer war es etwas Schlimmes. Nie teilte man ihr und ihren Eltern gute Nachrichten mit. Ständig hielten sie den Atem an und sorgten sich um Thore. Wann immer möglich saß Stina in dieser Zeit bei ihrem Bruder am Bett und hoffte, er würde eines Tages wieder vollständig gesund werden.

Schließlich schloss man Thores Schädeldecke wieder. Der Druck im Hirn hatte nachgelassen, die Blutung hatte sich zurückgezogen. Rund zwei Wochen nach dem Unfall, Stina kam es viel länger vor, weckte man Thore aus dem künstlichen Koma auf.

Der Moment, in dem Thore zurück in die Realität geholt wurde, hätte erleichternd sein sollen. Doch das war nicht der Fall. Im Gegenteil. Man merkte ihm den Stress und die Komplikationen eindeutig an. Körperlich war er zwar fortan auf dem Weg der Besserung, doch die Ärzte erklärten, dass es rund sechs Monate dauern könnte, bis man wirklich sagen konnte, inwieweit die schwere Hirnblutung womöglich zu bleibenden Schäden geführt habe.

Für Stina und ihre Eltern begann eine schier unerträgliche Zeit des Wartens, Bangens und Hoffens. In der Reha bemühte man sich, Thore wiederherzustellen. Doch schon bald musste man einsehen, dass er seinen rechten Ellbogen nie wieder problemlos würde bewegen können. Mit Medikamenten würde man die Schmerzen in den Griff bekommen. Physiotherapie half ihm, den Arm vor einer kompletten Versteifung zu bewahren. Doch er würde zeitlebens in der Bewegung sowie der Belastung eingeschränkt sein. Da Thore Rechtshänder gewesen war, musste er fortan lernen, alles Wichtige mit links zu erledigen.

Doch das war nichts im Vergleich zu dem, was die Hirnblutung verursacht hatte. Thores Leben würde nie wieder so sein wie zuvor.

Nach drei Monaten zogen die Ärzte in der Reha auf Gotland ein erstes Fazit, das sich auch nach weiteren drei Monaten nicht mehr ändern sollte. Die Hirnblutung hatte diverse Areale in Thores Hirn nachhaltig und irreparabel beschädigt. Die neuronalen Strukturen waren stark in Mitleidenschaft gezogen worden. Er würde wieder gesund werden. Aber er würde immer auf dem Entwicklungsstand eines Vierzehnjährigen bleiben. Zu mehr war sein Hirn einfach nicht mehr in der Lage.

Fähigkeiten wie das Lesen oder Schreiben würden ihm bleiben. Auch konnte er problemlos sprechen und sich bewegen. Er war körperlich ein normaler junger Mann. Aber intellektuell würde er nicht mehr über den Status eines jungen Teenagers hinauskommen. Mit den Erinnerungen an sein früheres Leben war es wie mit einem Flickenteppich. Manche Dinge waren äußerst präsent, ein paar wenige Dinge fehlten. Das führte dazu, dass er in manchen Momenten glücklich und zufrieden war. In anderen Augenblicken wurde ihm auf verkappte Art und Weise durchaus bewusst, dass er nicht so war wie andere. Er spürte, dass es Einschränkungen gab, auch wenn er diese nicht benennen konnte. Wutanfälle und depressive Phasen waren die Folge. Zusätzlich litt er aufgrund der geschädigten Hirnareale an einer Form von Epilepsie. Mit Medikamenten kontrollierte man diese zwar, doch konnte es auch Jahre später noch vereinzelt zu spontanen Anfällen kommen. Das war der Hauptgrund, weshalb Thore fortan in einer betreuten Einrichtung leben musste und nirgends mehr allein hingehen durfte. Kam es zu einem epileptischen Anfall, musste sofort gehandelt werden.

Besonders in den ersten Jahren hatte Thore schwer mit seiner Situation zu kämpfen. Sowohl für die Ärzte als auch für das Pflegepersonal und Thores Familie war es furchtbar schwer einzuschätzen, wie viel er wirklich von den Geschehnissen verstand. Ein wichtiger Pfeiler wurde in dieser Zeit die Psychotherapie. Dort half man Stinas Bruder, sich in seiner neuen Welt zurechtzufinden und mit der aufkommenden Wut und dem Unverständnis umzugehen. Er erkämpfte sich viel Selbstständigkeit, aber ganz ohne Hilfe ging es nicht.

Als Stina und ihren Eltern bewusst wurde, welche Nachwirkungen der Unfall mit sich gebracht hatte, schien es, als würde eine Welt zusammenbrechen. Das Schicksal nahm Stinas Leben und zerriss es einfach in der Luft. Ihre Eltern waren tief geschockt, unfähig, Verantwortung für ihr ältestes Kind zu übernehmen. Und so kam Thore von der Reha direkt in eine Pflegeeinrichtung auf Gotland. Damals hatte Stina getobt. Wie konnten ihre Eltern es wagen, Thore einfach abzuschieben?! Mit den Jahren verstand Stina irgendwann, dass es Thore in dieser Einrichtung wesentlich besser ging, als es bei ihnen zu Hause der Fall gewesen wäre. Denn ihre Eltern ... Sie hatten auf ganzer Linie versagt.

Bitter presste Stina ihre Lippen aufeinander. Heute war Thore bis auf gewisse Einschränkungen mit seinem Arm und der lauernden Epilepsie körperlich so gesund, wie man nur sein konnte. Mithilfe verschiedener fortlaufender Therapieformen und Medikamenten half man ihm, bestmöglich zurechtzukommen. Und er hatte sich auf wundersame Weise als hartnäckiger Kämpfer herausgestellt. Er gab nicht auf. Nie. Er begann, seinen mentalen Zustand zu akzeptieren, anzunehmen und führte ein gutes Leben. Insbesondere, seit er im *Livsmot* zu Hause war, schien er aufzublühen, wie nie zuvor. Zumindest behaupteten das alle um Stina herum.

Sie hätte dankbar sein können. Doch allein der Gedanke, welches Drama mit dem Umzug nach Stockholm einhergegangen war, sog ihr die Luft aus der Lunge. Zwar übernahmen entsprechende Versicherungen einen Großteil der Kosten für Thores Rehabilitation sowie die anschließende Unterbringung in einem Pflegeheim, doch musste ihre Familie auch einen gewissen Eigenanteil zahlen.

In dem Jahr, als Stina das schwedische Gymnasium abschloss und sich nach einem Studium umsah, ging ihren Eltern das Geld aus. Sie waren nie reich gewesen, aber sie hatten immer ein angenehmes Leben geführt. Doch der Schock, den Thores Unfall bei ihren Eltern ausgelöst hatte, führte letztlich nicht nur dazu, dass diese sich scheiden ließen, er riss auch eine immense finanzielle Lücke auf. Nur einer überraschenden Erbschaft von irgendeinem entfernten Cousin ihres Vaters hatten sie es schließlich zu verdanken, dass Thore nicht nur weiterhin in einem Pflegeheim untergebracht werden konnten. Es war sogar möglich, Thore in eine private Einrichtung wie das *Livsmot* in Stockholm ziehen zu lassen.

Das staatlich finanzierte Heim auf Gotland war gut gewesen, keine Frage. Aber Stina hatte es gehasst, wie sehr man dort den Krankenhauscharakter gespürt hatte. Das Personal hatte sich immer viel Mühe gegeben, das wettzumachen. Dennoch überschattete dieses Gefühl jeden von Stinas Besuchen. Das *Livsmot* hingegen fühlte sich ein bisschen so an wie ein großes, offenes Wohnheim. Es strahlte Wärme und eine gewisse Geborgenheit für seine Schützlinge aus. Das ließ es sich auch teuer bezahlen, aber das war zum Glück kein Thema mehr, um das sich Stina sorgen musste. Das unerwartete Erbe hatte ihr Vater auf einem Konto angelegt und für die monatlichen Gebühren des Betreuten Wohnens einen Dauerauftrag hinterlegt. Brauchte Thore abseits dessen für irgendetwas finanzielle Mittel, so meldete sich Stina bei ihrem Vater, ließ ihn wissen, worum es ging, und er veranlasste eine weitere Überweisung.

Es wäre vermutlich viel einfacher gewesen, wenn Stinas Vater ihr die Kontovollmacht überlassen hätte, doch davon schien er nicht viel zu halten. Und das, obwohl er sonst nicht besonders viel Verantwortung für Thores Leben übernehmen wollte. Aber beim Geld machte er offenbar eine Ausnahme.

Dass Stina noch nie von besagtem Cousin gehört hatte, wunderte sie ehrlicherweise nicht wirklich. Die gesamte Familie ihres Vaters glich eher einem Rätsel als einer offenen, fröhlichen Gesellschaft. Sie hatten kaum je Kontakt gehabt. Insofern war es überraschend gekommen, dass ein Cousin ihren Vater mit so viel Geld bedacht hatte. Aber Stina hinterfragte diesen Umstand nicht. Das Schicksal hatte ihr so viel zugemutet, sie wollte das bisschen Licht am Ende des Tunnels nicht auch noch verglühen lassen.

Seufzend schloss Stina die Augen und bemühte sich inständig, diese ganzen Erinnerungen beiseitezuschieben. Schlimm genug, dass sie die Monate nach Thores Unfall immer noch so präsent in ihrem Kopf hatte. Sie wollte nicht auch noch an die darauffolgende Tragödie ihrer Eltern denken. Zu tief saß auch hier die Enttäuschung. Und die Wut. Und die beschämende Wahrheit, dass ihre Eltern gekniffen hatten und es ihrer Tochter überließen, sich um Thore zu kümmern.

Stinas Herz krampfte sich zusammen, als ihr Handy plötzlich vibrierte. Für eine Paniksekunde lang fürchtete sie schon, Andrik würde anrufen und sie mit irgendetwas behelligen.

Stina las den Namen auf dem Display und Erleichterung überkam sie, gefolgt von einem Augenblick der Sorge. Sie nahm sofort ab.

»Hej!«

»Hej hej!« Sie hörte die gut gelaunte Stimme ihres Bruders. Wieder einmal fiel ihr auf, dass die Stimme zwar tief war, dennoch von einem hellen jungenhaften Hall begleitet wurde.

»Was gibt's?«, fragte Stina und bemühte sich, ihre Anspannung zu verbergen.

»Ich wollte fragen, ob du schon Karten für unsere Führung durch die U-Bahn gekauft hast.«

»Ich wollte mich heute Abend darum kümmern.« Ein Lächeln glitt über Stinas Lippen. Sie freute sich immer, wenn ihr Bruder sich aktiv um das Leben außerhalb des *Livsmot* bemühte.

»Super! Hoffentlich ist noch nicht alles ausgebucht!«

»Ich finde schon noch ein Plätzchen für uns. Freust du dich schon aufs Schlittschuhlaufen morgen?«, fragte Stina, um abzulenken.

»O ja! Das wird spitze.« Thore konnte es offenbar kaum erwarten, sich die Kufen unter die Füße zu schnallen. Innerlich
dankte Stina dem Team von *Livsmot* zum wiederholten Mal für
deren unerschöpfliches Engagement. Egal zu welcher Jahreszeit, sie überlegten sich immer wieder wundervolle Ausflüge
und waren stets darum bemüht, alle Bewohner daran teilhaben
zu lassen. Dem entsprechenden Personal sei Dank. Die Leute
dort waren jede Krone wert, dachte Stina.

Laut sagte sie: »Dann hab viel Spaß! Ich melde mich noch
mal wegen Sonntag, ja?«

»Du bist die Beste!« Pure Freude erklang in Stinas Ohren
und gleich darauf legte ihr Bruder auch schon auf. Sie würde
ihm niemals etwas abschlagen können. Ganz gleich, was es war.
Sie liebte ihn aus tiefstem Herzen. Er würde bei ihr immer an
erster Stelle stehen. Das war ihre Aufgabe, und sie würde sie ihr
Leben lang erfüllen. Das hatte sie ihm versprochen. Und das
war die Wahrheit, die Stina heute Vormittag Andrik gegenüber
gemeint hatte.

Mit dieser Mittsommernacht hatte sich nicht nur Thores
Leben für immer verändert. Die Folgen, die der Unfall mit sich
gebracht hatte, sahen vor, dass Stina diejenige war, auf die Thore
sich seither verlassen konnte. Ihre Eltern hatten sich dem verwehrt. Und wie hätte Stina ihren Bruder allein lassen können?
Was machte es schon, wenn sie ihr Leben nicht als glücklich
beschreiben konnte? Ging es darum überhaupt?

Den Alltag ihres Bruders lebenswert zu machen, das war ihr
oberstes Ziel. Alles andere war in weite Ferne gerückt, und sie
hatte sich vom ersten Tag an damit arrangiert. Sie kam gar nicht
auf die Idee, etwas anderes einzufordern. Insofern war die Frage,
ob sie glücklich sei, obsolet. Sie stand schlichtweg nicht zur
Debatte.

Als Thore von der Rehaklinik in sein erstes Pflegeheim gebracht wurde, hatte Stina seine Hand gehalten und ihm ins Ohr geflüstert: »Ich passe auf dich auf. Ich bin immer für dich da. Egal was passiert. Ich werde dich nie im Stich lassen.«

Und daran würde sie sich zeitlebens halten. Sie war sein Halt, und er verließ sich auf sie. So, wie es unter Geschwistern üblich sein sollte. Erzürnt dachte Stina an Andriks Worte in Bezug auf die Wahrheit und die Filter, die man womöglich darüberlegte. Schwachsinn. Es gab nur eine Wahrheit. Alles andere war Blödsinn. Und sie würde gewiss nicht die naive Person sein, die sich darauf einließ und sich die Dinge schönredete. Absolute Realität. Das war die einzige Option.

Eine Schneeflocke segelte vor Stinas Augen herab und setzte sich auf ihre Wimpern. Der kleine, kühle Kristall zog Stinas Aufmerksamkeit auf sich. Sie war heute viel zu lange in der Vergangenheit hängen geblieben. Was nützte es, diese schicksalsträchtigen Momente immer wieder durchzugehen? Stina hasste es, ihre Erinnerungen nicht unter Kontrolle zu haben.

Sie zückte ihr Handy und tippte eine Nachricht. Binnen Sekunden erhielt sie eine Antwort und atmete erleichtert auf. Da der Schnee inzwischen wirklich viel zu hoch war, um noch Fahrrad zu fahren, schob sie es. Sie machte sich auf den Weg zu *Ekströms Bokhandel*. Malin würde auch bald dort sein, und gemeinsam mit Alva würden sie einen Mädelsabend machen. Den brauchte sie jetzt wirklich dringend. Dieser Tag war so aufwühlend gewesen, und sie wollte einfach nur noch abgelenkt werden, bevor sie am morgigen Samstag für ein paar Führungen ins Museum zurückkehren und damit auch an Andrik erinnert werden würde.

Sie schaute über ihre Schulter zurück zu dem imposanten Gebäude, das doch eigentlich immer ihr Schutzbunker gewesen war. Seit Andriks Auftauchen schien sich diese beständige Sicherheit jedoch zu verflüchtigen. Hatte er ihr etwa eines der wenigen guten Dinge in ihrem Leben genommen? Stina hoffte, dass dem nicht so war.

Sie wandte den Blick zunächst nach vorn und schaute dann für ein paar Sekunden in den Stockholmer Nachthimmel hinauf. Tausende weiße Flocken wirbelten herum und verdeckten den Blick in die Sterne. Stina dachte an Thores Leidenschaft für das nächtliche Bild hinter den Schneewolken. Konnten ein klarer Himmel und meilenweit entfernt aufblitzende Lichter wirklich so viel Glück für jemanden bedeuten? Unwillkürlich musste Stina Andrik ein bisschen recht geben. Thore wirkte glücklich, wann immer er seine Sterne beobachten konnte. Aber was war mit dem Rest seines Lebens? Stina wusste es nicht.

Energischen Schrittes machte sie sich auf den Weg zu ihren Freundinnen in einen der letzten Schutzräume, der ihr geblieben war: *Ekströms Bokhandel.*

Andrik nippte nachdenklich an einem Drink und verfolgte die tanzenden Flammen des Kaminfeuers. Er mochte seine Wohnung. Sie war eine Mischung aus Altbau und Moderne. Gleich in der Nähe seines Firmenbüros im Stockholmer Viertel Södermalm hatte man vor einigen Jahren eine Reihe alter Häuser aufwendig saniert und hergerichtet. Die Fassaden waren immer noch herrschaftlich, doch im Inneren hatte man nicht tragende Wände und Zwischendecken entfernt. Dadurch waren luftige und großflächige Lofts entstanden. Wie so oft waren diese nur für Menschen erschwinglich, die ein gut gefülltes Portemonnaie besaßen. Zu Recht regten sich viele Stockholmer darüber auf. Aber Andrik liebte sein Zuhause trotzdem. Er war sich durchaus gewahr, welch ein Glück er hatte, sich das leisten zu können.

Demütig lehnte er sich zurück und dachte über seine nächsten Schritte nach. Er hatte mit Stina heute Vormittag das grundlegende Rahmenprogramm besprochen. Sie waren erstaunlich gut vorangekommen, wenn man bedachte, wie emotional das Gespräch doch angefangen hatte. Vorhin hatte er im Büro mit Linus gesprochen und optimistisch erklärt, dass mit dem Event alles nach Plan lief. Linus hatte ihm fröhlich geglaubt und sich in den Feierabend verabschiedet.

Zum wiederholten Mal an diesem Freitag fragte Andrik sich, ob es fair von ihm war, Stina seine Anwesenheit aufzudrängen. Sie war heute überraschend offen mit ihren Gefühlen für ihn umgegangen. Er hatte ihren Schmerz, ihre Wut und ihre Orientierungslosigkeit so stark gespürt, als wären es seine eigenen Gefühle gewesen. Er bewunderte Stina beinahe dafür, dass sie ihm so schonungslos ehrlich gezeigt hatte, was sie beschäftigte. Warum tat sie das? Andrik war sich nicht so recht im Klaren darüber, was er davon halten sollte, geschweige denn, wie er sie einschätzen sollte.

Er hatte geahnt, dass sie sich mit der Vergangenheit noch nicht zurechtgefunden hatte. Dass es sie jedoch so sehr in ihrem Leben einschränkte, das hatte er naiverweise dann doch nicht gedacht. Aber vielleicht hatte er es aus Bequemlichkeit auch nur beiseitegeschoben. Redete er sich die Wahrheit schön, wie sie behauptete? Nein. Er hatte Thore, anders als Stina vermutete, auf seinem schweren Weg begleitet. Die Wutanfälle und die Tränen – er hatte sie ebenso erlebt wie Stina. Es hatte sein Herz bluten lassen und ihn fast in die Verzweiflung getrieben. Aber anders als Stina hatte er gelernt, damit umzugehen, und versucht, Thore optimistisch beizustehen.

Wo auch immer Thore untergebracht war, hatte Andrik ihn besucht und mit nach draußen genommen. Gemeinsam hatten sie die Umgebung erkundet und sich die schönsten Plätze gesucht. Er war selbst spät abends noch vorbeigekommen, um Thore seine Ausflüge zu den Sternen zu ermöglichen. Dabei hatten sie gelacht und manchmal sogar ein paar Sternschnuppen entdeckt, wenn es mal wieder Zeit dafür gewesen war. In diesen Momenten schien auch Thore sich zu beruhigen und zu erden. Andrik bildete sich ein, dass die gemeinsamen Ausflüge seinem Freund geholfen hatten, sich mit seiner Situation zu arrangieren.

Er mochte nicht mehr allein hinaus dürfen, besonders nicht abends oder nachts. Aber Andrik hatte das Gefühl, dass er seinem Freund hatte zeigen können, dass man aus der Situation das Beste machen konnte. Andrik versuchte zu zählen, wie oft er mit Thore seitdem schon in den Nachthimmel gestarrt hatte, doch er wusste es nicht. Es war jedenfalls so häufig, dass er schon seit Jahren immer eine Picknickdecke im Kofferraum hatte, um für alle Fälle vorbereitet zu sein.

Andrik würde nie behaupten, dass er besser mit Thore umging, als Stina es tat. Nein, absolut nicht. Aber wenn er heute eines erkannt hatte, dann dass er einen gänzlich anderen Ansatz verfolgte. Während Stina sich immerzu vor Augen führte, was nicht mehr möglich war, entdeckte Andrik neue Optionen, die sich boten. Er konzentrierte sich auf die guten Dinge.

Und doch hatte Stinas offensichtlicher Schmerz und die Unfähigkeit, es ihm nachzutun, heute dafür gesorgt, dass auch Andriks Schuldgefühle von früher wieder aufgeflammt waren. Lange Zeit hatte er sich die Verantwortung für Thores Unfall zugeschrieben. Allerdings auf eine gegensätzliche Weise, wie Stina es ihm vorwarf. Andrik trug Schuld an Thores Unfall. Aber nicht, weil er ihn zu der Mutprobe überredet hatte. Nein. Er hatte ihn nicht davon abgehalten. *Das* war die Schuld, die auf seinem Gewissen lastete. Und die würde ihm niemand nehmen können. Nie.

Aber das würde er auch nicht verlangen. Er begegnete diesen Gefühlen mit Aktionismus. Das war seine Art, damit umzugehen. Indem er Thore half, ein glückliches Leben zu führen, beglich er Jahr um Jahr seine Schuld. Bis an sein Lebensende. Er ließ seinen besten Freund nicht im Stich und würde es auch niemals tun.

Stina mochte recht haben, ihn zu beschuldigen. Wenngleich auf völlig andere Weise. Wünschte er sich ihre Vergebung? Gewiss. Aber ihm war klar, dass er sie nie bekommen würde. Und das war okay. Er hatte das mit den Jahren akzeptiert. Was er jedoch nicht akzeptieren konnte, war, dass sie sich selbst aufgab. Denn das war es, was sie tat. Das war Andrik heute ebenfalls klar geworden. Ihr Leben drehte sich allein um Thore. Aber wie konnte sie für sein Glück arbeiten, wenn sie ihm doch nie zugestand, ebendiesen Zustand erreichen zu können?

Andrik nahm einen großen Schluck von seinem Drink und wandte den Blick von den Flammen ab, hinaus in Richtung Schneetreiben. Heute würde man gewiss keine Sterne sehen können, selbst in den Schären nicht.

Seine Pläne in Bezug auf Thore und Stina erfolgreich umzusetzen war mit den heutigen Erkenntnissen nur noch schwerer geworden. Aber Andrik würde nicht aufgeben. Er hatte einen Plan.

Kapitel 10

Am nächsten Morgen fühlte Stina sich, als hätte man sie durch die Eisschollen geschleppt, die sich im Ladugårdslandsviken verteilten und untermauerten, wie sehr der Winter in Stockholm Einzug gehalten hatte. Es war Samstag, dennoch arbeitete sie. Da ihr Bruder heute mit den Leuten von *Livsmot* zum Eislaufen gehen würde, hatte Stina kurzfristig einige Führungen im Museum übernommen. Sie hätte das nicht tun müssen, aber sie hoffte, es würde sie ablenken.

Gestern Abend hatte sie mit Alva und Malin zusammengesessen und gespürt, wie sehr es den beiden auf der Zunge lag, sie nach Andrik zu fragen. Doch sie hatten sich zurückgehalten, und Stina wusste das sehr zu schätzen. Sie wollte für einen winzigen Moment alles ignorieren und nicht weitergrübeln. Diese Auseinandersetzung kostete sie so viel Kraft, dass sie dringend neue Energie gebraucht hatte. Diese hatten ihre beiden besten Freundinnen glücklicherweise zuhauf, und sie waren nur zu gern bereit gewesen, sie ihr zu übertragen. Und so hatten sie sich schließlich buchklubähnlich zusammengesetzt und über Romane und deren Verfilmungen diskutiert. Mit weihnachtlich süßem Glögg, Pfefferkuchen und Zimtsternen.

Das hatte geholfen. Zumindest solange, bis Stina abends spät in ihre kleine Wohnung gekommen war. Als sie ins Bett gehuscht war, hatten die Erinnerungen sie aus dem dunklen Hinterhalt überfallen. Sie hasste das. Malin hatte recht mit ihrem Kommentar vor einigen Tagen. Es wirkte bei Stina so, als hätte der Vorfall erst vor wenigen Wochen stattgefunden. Absurd, wenn sie so darüber nachdachte.

Stina machte sich gerade in ihrem Büro fertig für die erste Führung an diesem Samstag, als ihr Smartphone klingelte. Sie nahm es vom Schreibtisch hoch und erkannte Andriks Namen auf dem Display. Sie hatte seine Nummer inzwischen eingespeichert. Gestern hatte sie ihm auch ihre gegeben. Schließlich arbeiteten sie jetzt zusammen, und sie musste erreichbar für ihn sein. Aus rein geschäftlichen Gründen.

Mit einem tiefen Atemzug nahm sie den Anruf an.

»Andrik.« Ihr Ton war kühl.

»Hej!« Andriks tiefe Stimme erklang, und sofort regte sich Stinas Gänsehaut. Ein nervöses Grummeln beherrschte ihren Bauch, und Stina wünschte, sie würde es nicht spüren. Sie war eine erwachsene Frau, die es doch wohl hinbekommen würde, einmal am Tag ein geschäftliches Gespräch zu führen, ohne an ihre Vergangenheit erinnert zu werden.

Andrik schien keinerlei Nachwirkungen von ihrem gestrigen Gespräch zu haben. Freundlich fragte er: »Bist du heute im Museum?«

»Es ist Samstag.« Stinas Erklärung war schlichtweg keine. Aber sie wollte es ihm so schwer wie nur möglich machen. Kindisch? Vielleicht. Oder auch nicht. Egal. Sie räusperte sich. »Wieso?«

Er ließ sich von ihrer ablehnenden Haltung nicht entmutigen. »Ich lebe zwar seit Jahren in Stockholm, aber ich habe das *Vasa Museum* noch nie richtig von innen gesehen. Wo wir jetzt die Veranstaltung dort abhalten, dachte ich, es wäre vielleicht ganz gut, es vorher besser kennenzulernen.«

Stina wartete, doch Andrik sagte nichts weiter. Schließlich bemühte sie sich um Aufklärung. »Und das heißt was?«

»Ich wollte nicht einfach so im Museum auftauchen, sondern vorher fragen. Falls du heute da bist, hättest du Zeit, mir eine kleine Führung zu geben?«

Äh. Nein. Nicht in tausend Jahren! Stina schluckte und versuchte, sich in Erinnerung zu rufen, dass sie erwachsen war. Also reif. Und überlegt. Nach einer Pause und einem Blick in ihren Kalender versuchte sie, diesen Gedanken in der Realität anzuwenden.

»Ich habe heute Nachmittag noch etwas Zeit. So gegen siebzehn Uhr?«

»Perfekt!« Andriks Tonfall drückte Begeisterung aus. Dann schien er sich zu zügeln. »Okay, dann bis später. Und …« Er verstummte einen Moment. »Danke.«

Stina schluckte. »Das ist mein Job.« Leider, dachte sie ausnahmsweise. »Bis später.«

»Bis später!«

Stina beendete das Telefonat und warf ihr Smartphone achtlos auf den Notizblock vor sich auf dem Schreibtisch. So viel zu einer Pause. So viel zu ihrer Ablenkung. Sie würde sich auf die Führung konzentrieren. Sie liebte die Vasa. Vielleicht würde das Schiff heute endlich ihr Wingman sein. Allerdings nicht im Sinne von Anthony Edwards und Tom Cruise in *Top Gun*. Denn die Vasa sollte Stina nicht beim Aufreißen eines Dates behilflich sein, sondern sie vor schmerzhaften Erinnerungen schützen und sie davon ablenken. Mal sehen, ob der alte Segler Stinas Anforderungen gerecht werden würde.

Um Punkt fünf Uhr nachmittags fand Andrik sich im Foyer des *Vasa Museums* ein. Er bemerkte den leicht muffigen Geruch und die kühle Luft, die im Inneren des Gebäudes herrschte. An den Kassen schien der letzte Ansturm bereits vorüber zu sein und sich stattdessen im Souvenirshop zu sammeln. Das Museum würde in einer Stunde schließen.

Es war faszinierend, wie viele Menschen jedes Jahr für einen Besuch herkamen. Es verwunderte Andrik, dass er noch nie zuvor hier gewesen war. Wobei, nein. Es überraschte ihn nicht. Er wusste, dass Stina hier als Historikerin tätig war. Er war mit Absicht nie hergekommen. Warum hätte er ein Aufeinandertreffen riskieren sollen?

Nervös fuhr er sich durch die Haare und ließ seinen Blick durch die Eingangshalle schweifen. Stina hatte ihm vorhin geschrieben, sie würde ihn hier abholen kommen. Also wartete er geduldig und fragte sich, ob seine Anfrage nicht zu offensiv gewesen war. Immerhin hatte er sich an ihre Vereinbarung gehalten und vorher Bescheid gegeben. Mehr noch, er hatte sich ihr Einverständnis für sein Erscheinen geholt.

Andriks Augen nahmen einen Teil des Schiffes wahr, doch bevor er länger Gelegenheit hatte, es zu betrachten, vernahm er eine nur allzu bekannte weibliche Stimme. Er wandte sich um und erkannte Stina, die einem älteren Mann mit weißem schütteren Haar eine Frage zum Museum beantwortete. Als sie endete, nickt er ihr freundlich zu und verabschiedete sich höflich. Sie schenkte ihm ein herzliches Lächeln und strich sich eine Strähne aus dem Gesicht.

Wie gestern schon trug sie ihr Haar geflochten über der Schulter. Ihr heutiges Outfit bestand aus einer roten Bluse, die vorn in die schwarzen Jeans gesteckt war und hinten über die Hose reichte. Sie hatte die Ärmel aufgerollt und an einem ihrer Handgelenke erkannte Andrik eine schmale Armbanduhr. Um ihren Hals hing wie an jedem anderen Tag auch die feine goldene Kette mit dem grazilen Seemannsknoten. Andriks Herz stolperte für ein paar Schläge und fing sich erst wieder, als Stina ihren Blick hob und dieser auf ihn traf.

Ihr Lächeln erlosch augenblicklich, und Andrik spürte statt des Stolperns einen kleinen Stich in seiner Brust. Stina wirkte, als wäre sie auf dem Gang zum Schafott statt zu einer privaten Museumsführung. Widerstrebend kam sie auf ihn zu.

»Du bist pünktlich.«

Er bemühte sich, ihren Widerwillen zu übersehen, und lächelte. »Es ist eine Form des Respekts, seine Verabredung nicht warten zu lassen.«

Stina bedachte ihn mit einem Blick, der mehr an eine Rüge erinnerte als an Zustimmung. Was mochte sie wohl denken? Manchmal erkannte Andrik ganz genau, was in ihr vorging. In anderen Momenten war ihm, als wüsste er rein gar nichts über sie. Vermutlich traf das sogar zu.

Schließlich straffte Stina ihre Schultern und deutete auf seinen Mantel. »Den kannst du drüben an der Garderobe abgeben.« Sie zeigte auf einen kleinen Tresen seitlich des Eingangs und Andrik kam ihrer Aufforderung umgehend nach.

Fünf Minuten später führte Stina ihn am Eingang vorbei auf eine der zahlreichen offenen Ebenen, die sich rund um die Vasa erstreckten. Dadurch erhaschten die Besucher aus allen möglichen Perspektiven einen Blick auf das große Schiff.

Stina schien sich ganz auf ihre Rolle der Museumsführerin zu konzentrieren und setzte ihre Erzählung über die Vasa fort, die sie unten am Eingang bereits begonnen hatte.

»Ab Mitte der 1620er-Jahre, während des Dreißigjährigen Krieges, wollte König Gustav II. sein Land als Seegroßmacht etablieren. Wie eben schon erwähnt, sollte die Vasa im Zuge dessen das Flaggschiff der schwedischen Marine werden. Geplant war es als das größte und schwerstbewaffnete Schiff der damaligen Zeit.« Stina legte eine Kunstpause ein. »Allerdings kam dieses Prachtexemplar nach seiner Fertigstellung gerade mal 1300 Meter weit. Es sank nach etwas mehr als einem Kilometer Fahrt, nur 120 Meter vom nächsten Ufer entfernt.«

Sie blieben am Rande der Ebene zwischen einem kleinen Model der Vasa und dem großen Original stehen. Nach den ersten Minuten schien Stina seine Anwesenheit beinahe zu vergessen. Ihr Tonfall war sachlich und doch so leidenschaftlich, dass man ihr eindeutig anmerkte, wie sehr sie für ihren Job brannte. Ein erleichtertes Schmunzeln legte sich auf Andriks Lippen, während er ihrer Erzählung lauschte.

»Die Menschen waren damals nicht dumm, aber ihnen fehlte an mancher Stelle ein wenig Verständnis für die Physik der Seefahrt. Das Problem der Vasa war folgendes …« Sie wies mit dem Zeigefinger auf eine bestimmte Höhe des Schiffes. »Die zwei übereinanderliegenden Kanonendecks waren schlichtweg zu hoch für die geringe Rumpfbreite. Die rund vierundsechzig Kanonen an Bord sorgten bei geringem Tiefgang dafür, dass die Vasa topplastig wurde. Das bedeutet, der Schwerpunkt des Segelschiffs war weit oben angesiedelt. Und damit konnte es sehr leicht zur Seite kippen.«

Andrik hörte sich wie von selbst fragen: »Dann ist die Vasa einfach so umgekippt? Wegen des falschen Schwerpunkts?«

Stina lächelte und wiegte den Kopf hin und her. »Nun, nicht ganz. Ein bisschen mehr gehörte zum Untergang am Ende schon noch dazu.« Sie wandte sich wieder ihm zu, doch sobald sie sich bewusst zu werden schien, wen sie neben sich hatte, drehte sie das Gesicht wieder zur Vasa. »Ein weiteres Problem waren die unterschiedlichen Maßeinheiten, die beim Bau verwendet worden waren. Während wir uns heute ganz klar an das metrische System halten, arbeiteten damals einige Schiffbauer mit dem schwedischen Fuß, andere mit dem sogenannten Amsterdamer Fuß. Das ist insofern schwierig, als dass es eineinhalb Zentimeter Unterschied zwischen den beiden Einheiten gibt. Das hatte zur Folge, dass das Schiff auf der Backbordseite, also in Blickrichtung des Bugs links, wesentlich schwerer war.«

Verschwörerisch erhob Stina ihre Stimme zu einem lauten Flüstern, so, als würde sie ein streng gehütetes Geheimnis verraten. »Es heißt, der damals übliche Stabilitätstest wurde abgebrochen. Der bestand aus rund dreißig Mann, die auf dem obersten Deck hin und her rannten, um das Schiff ins Schwanken zu bringen. Als es während des Tests zu kentern drohte, beendete man ihn einfach vorzeitig.«

Andrik musterte das hölzerne dunkle Konstrukt. »Und trotzdem hat man das Schiff in See stechen lassen?«

Stina nickte. »Am zehnten August 1628 schleppte man die Vasa aus der Stockholmer Marinewerft, nicht weit von hier. Dann setzte sie ihre Segel, allerdings traf schon nach wenigen Metern eine Windböe das Schiff und es kippte, wie zu erwarten, nach Backbord. Man löste die Schoten. Das sind die Leinen, die die Segel nach unten hin fixieren.« Stina zeigte mit dem Finger auf das Deck der Vasa. »Dadurch konnte sich das Schiff wieder aufrichten.«

Sie führte Andrik ein paar Meter weiter, um ihm eine neue Perspektive auf die Planken der Vasa zu ermöglichen. Stina beschrieb indes den Untergang des berühmten Kriegsschiffes. »Kurz darauf folgte eine weitere, stärkere Windböe, die die Vasa erneut Richtung Backbord drückte. Dem hätte man womöglich beikommen können. Allerdings sollte die Vasa beim Auslaufen Salutschüsse abgeben. Deshalb waren die Luken der Kanonen an den Seiten allesamt geöffnet. Während das Schiff nun also auf die Seite gedrückt wurde, hatte das Wasser leichtes Spiel und drang durch die offenen Pforten ein. Das Schiff lief voll, kippte weiter und kenterte schließlich.«

»Hat man dafür jemals jemanden verantwortlich gemacht?«

Stina schüttelte den Kopf. »Es gab zwar einen Prozess, aber niemandem wurde die konkrete Schuld zugeschrieben. Am Ende kamen neben den bautechnischen Unstimmigkeiten mehrere Dinge zusammen. Henrik Hybertsson, der ursprüngliche Schiffsbaumeister, starb ein Jahr vor der Fertigstellung der Vasa. Sein Nachfolger Hein Jacobsson beteuerte, die Vasa nach den Vorgaben seines Vorgängers fertig gebaut zu haben. Die Pläne waren selbst vom König abgesegnet worden, und man hatte den Rumpf abseits der Pläne noch einen knappen halben Meter verbreitern lassen. Die Maßnahmen hatten die Vasa dennoch nicht vor dem Untergang bewahrt.« Stinas Stimme wirkte auf einmal erstickt.

Ihre Augen wanderten zu Andrik und er fühlte ihren vorwurfsvollen Blick auf sich.

»Jemand war mit Sicherheit verantwortlich für den Vorfall. Auf die Frage, warum die Vasa gesunken ist, soll der Leiter der Werft geantwortet haben: ›Das weiß nur Gott.‹« Noch immer war Stinas Aufmerksamkeit auf Andrik gerichtet. Leise meinte sie: »Wem man letztlich auch die Verantwortung hätte zuschreiben können … Er kam offiziell davon.«

Die brennende Leidenschaft von Stinas Erzählung war einer hohlen Bitterkeit gewichen. Andrik spürte, dass Stina in diesem Moment nicht mehr über die Vasa sprach. Sein Anblick hatte sie zurück nach Gotland katapultiert, und sie ließ ihn ihren Schmerz spüren. Erneut. Und verdammt, er fühlte ihn. So sehr, dass er fürchtete, sich gleich übergeben zu müssen. Wortlos starrten sie sich gegenseitig an, und Andrik las all das Unausgesprochene zwischen ihnen in ihrem Blick.

Nach Millisekunden des Schweigens riss Stina ihre blauen Augen schließlich von ihm los und marschierte voran zur nächsten Station ihrer Führung. Andrik folgte ihr nicht sofort. Unwillkürlich fragte er sich, ob es überhaupt möglich war, das, was einst zwischen ihnen gewesen war, zu erneuern. Nicht die Liebe. Nein, das war abwegig. So realistisch musste er bleiben. Aber vielleicht könnten sie eines Tages wieder so etwas wie Freunde sein. War das zu viel verlangt? Vermutlich. Er war kein Mensch, der die Dinge überstürzte. Er hatte besonnen durchdachte Pläne. Aber in Augenblicken wie diesen spürte er den Drang, schneller voranzukommen, um dem Schmerz und der Ungewissheit zu entfliehen.

Bevor Stina sich nach ihm umsehen konnte, eilte er ihr in langen Schritten hinterher. Sie stand neben einem Modell, das die Bergungsgeschichte der Vasa veranschaulichen sollte. Statt sich zu versichern, dass Andrik da war, fuhr sie einfach mit ihrem Bericht fort.

»Das Sinken der Vasa war für lange Zeit eine ziemliche Schmach für die schwedische Seefahrt. Das Schwesterschiff, die Äpplet, hat übrigens über viele Jahre hinweg gute Dienste geleistet und den Ruhm eingefahren, der eigentlich für die Vasa vorgesehen war.« Stina räusperte sich und deutete auf ein Porträt an einer nahe gelegenen Wand. »Das Wrack der Vasa wurde trotz seiner Nähe zum Ufer schon bald vergessen. Erst Mitte des 20. Jahrhunderts fand der Ingenieur Anders Franzen nach einigen Jahren der Suche in der Stockholmer Bucht die Überreste.«

»Ich kann mir gar nicht vorstellen, wie man die Bergung bewerkstelligt hat. Das muss unfassbar teuer und schwierig gewesen sein.« Andrik begutachtete das detaillierte Modell vor sich. Einige Taucher waren dabei, eine Art Schlauch unterhalb der Vasa zu verlegen.

»Es war extrem aufwendig. Die Vorbereitungen haben mehrere Jahre in Anspruch genommen. Nach langen Überlegungen entschied man sich schließlich dafür, spezielle Stahltrosse unter den Rumpf der Vasa zu ziehen. Daran waren mit Wasser gefüllte Pompons befestigt. Als man das Wasser entweichen ließ, stiegen sie auf und hoben das Schiff vom Grund.«

Stina und Andrik schlenderten im Halbkreis an den verschiedenen Stationen der Bergung vorbei, die allesamt mit solchen Modellen nachgebaut worden waren. Andrik war beeindruckt von der Mühe, die man sich damit gegeben hatte. An den Wänden ringsherum zeugten alte Fotografien zudem von dem geschichtsträchtigen Ereignis in den Sechzigern.

Schließlich gelangten sie wieder an die Brüstung der Ebene und blickten von etwas weiter oben auf die echte Vasa hinab. »Stimmt es, dass achtundneunzig Prozent der Vasa aus Originalteilen besteht?«

Stina nickte, und Andrik erkannte den Stolz in ihren zarten Gesichtszügen. »Ja, das ist richtig. Taucher haben sich explizit auf die Suche gemacht, um möglichst viele Originalteile zu finden. Das Schiff wurde nach der Bergung aufwendig von Archäologen zusammengesetzt und konserviert. Das hat ganze siebzehn Jahre gedauert. Die fehlenden Teile wurden schließlich detailgetreu nachgebaut und ersetzt.« Sie deutete auf eine der aufwendig geschnitzten Figuren am Heck des Seglers. »Man hat sie extra nicht an die dunkle Farbe der Vasa angepasst, damit man genau sieht, welche Teile nachgerüstet wurden.« Stinas Lippen umgab ein warmes Lächeln, während sie ihren Blick über das lange Schiff gleiten ließ.

Andrik beobachtete sie verstohlen und ihm wurde bewusst, dass es dieses spezielle Lächeln war, das er an ihr vermisste, seit er sie am Dienstag das erste Mal wiedergesehen hatte. Es sprach Bände über Stina, dass sie jenes Lächeln nur mehr einem alten Segler schenkte. Unbewusst berührte sie den Anhänger ihrer zarten Kette und in ihren Augen tauchte ein kleines, aber deutlich erkennbares Leuchten auf. Von dieser intimen Wandlung fasziniert, konnte Andrik den Blick nicht abwenden. Leise fragte er: »Wie kommt es, dass das Schiff so gut erhalten ist? Es lag doch über dreihundert Jahre im Wasser.«

Das Strahlen in Stinas Augen wurde größer. Bewunderung spiegelte sich auf ihrem Gesicht wider.

»333 Jahre, um genau zu sein. Es ist vor allem dem Brackwasser der Ostsee zu verdanken, dass die Vasa so gut erhalten geblieben ist. Das Wasser ist nicht salzhaltig und der Schiffsbohrwurm, eine kleine gefräßige Meermuschel, ist in solchen Gewässern nicht beheimatet. Zu unserem Glück. Sonst wäre von der Vasa kaum etwas übrig geblieben. Man könnte fast sagen, das Brackwasser hat die Vasa für uns konserviert. Ein wertvoller maritimer Schatz – so nah und doch lange Zeit vergessen.« Stinas Stimme nahm einen beinahe verträumten Klang an. »Manchmal vergessen wir, dass die wertvollsten Dinge viele Jahre überdauern und beständig vor unserer Nase darauf warten, dass wir wieder auf sie aufmerksam werden.«

Während Stina ihre Handflächen kaum merklich übereinanderstrich, beobachtete Andrik diese zarte Geste. Er schluckte schwer und bemühte sich, den Kloß in seinem Hals loszuwerden, der sich dort ohne Vorwarnung gebildet hatte. Für einen Moment schien der Groll vergessen zu sein. In diesem kurzen Augenblick wirkte Stina annähernd glücklich.

Verwundert ließ Andrik seinen Blick zwischen Stina und der majestätischen Vasa hin und her schweifen. Was hatte dieser Dreimaster nur an sich, das Stina so verzauberte? Was war es, das in ihr diesen Frieden stiften konnte? Und die größte aller Fragen: Wie konnte man dieses Gefühl auf Stinas restliches Leben übertragen? Der sanfte Ausdruck auf ihren Zügen erinnerte Andrik daran, wie sie oft gemeinsam am Hafen auf Gotland gesessen und die Segelschiffe beim Ein- und Auslaufen beobachtet hatten.

Stina kannte jede Marke, jeden Motor, jedes Modell. Seit Andrik zurückdenken konnte, hatte sie schlichtweg alles über jedes Segelschiff gewusst. Ganz besonders schlug ihr Herz schon damals für die alten, restaurierten Boote. Die hölzernen Schiffe mit den weißen Segeln und der obligatorischen schwedischen Fahne am Heck. Stundenlang saßen sie auf den großen Felsen abseits des Hafens, und Andrik hörte sich geduldig Stinas begeisterten Vortrag über die architektonischen Eigenheiten eines jeden Seglers an, der in den schaukelnden Wellen an ihnen vorbeizog. Stina hatte ihren Segelschein noch vor dem gewöhnlichen Führerschein für ein Auto gemacht. Wenn Andrik so darüber nachdachte, war er gar nicht sicher, ob sie den je gemacht hatte. Soweit er es mitbekommen hatte, war sie selbst jetzt im Winter stets mit ihrem Fahrrad unterwegs. Ein unwillkürliches Lächeln huschte über seine Lippen. Ausgerechnet in diesem Moment wandte Stina den Kopf von ihrer geliebten Vasa ab und schaute zu ihm.

»Was ist?«

Nachdenklich musterte er sie. Es waren gute Erinnerungen, die er mit ihr teilen wollte. Doch dann schüttelte er den Kopf. »Nichts.« Er würde sich an die Vereinbarung halten. Das Versprechen, nicht über die Vergangenheit zu reden, würde er nicht brechen. Das war er Stina schuldig. Auch wenn er das Gefühl hatte, dass sie endlich lernen musste, die schönen von den schmerzhaften Erinnerungen zu trennen.

Stina ließ ihren Blick eine Weile auf seinem Gesicht ruhen, dann atmete sie tief ein. Als würde sie sich für etwas wappnen. Tapfer nickte sie. »Es ist okay. Du kannst es sagen.«

Wieder musste Andrik schlucken. Diese Frau mochte mit der Vergangenheit ringen und drohte, in ihrem Schmerz zu ertrinken. Aber niemand, wirklich niemand konnte ihr vorwerfen, sie würde nicht kämpfen.

»Ich musste gerade daran denken, wie du mir früher am Hafen immer wieder technische Vorträge über die vorbeiziehenden Segelschiffe gehalten hast.« Er schmunzelte.

Ein Hauch amüsierter Empörung legte sich auf Stinas Wangen. »Das waren keine technischen Vorträge.«

Andrik schüttelte lachend den Kopf. »Aber so kam es mir vor.«

Ein zaghaftes Lächeln legte sich auf Stinas Lippen, während sie den Blick wieder in Richtung Vasa wandte. »Für dich ist alles technisch, sobald es aus mehr als einem Brett und zwei Nägeln besteht.«

»Auch wieder wahr.« Andrik hatte sie die ganze Zeit über nicht aus den Augen gelassen und stellte beinahe erleichtert fest, dass diesmal scheinbar nicht der Schmerz obsiegte. Er blickte auf seine Uhr und wagte einen weiteren Vorstoß. »Ich habe gleich einen Termin für das Probeessen in dem Restaurant, das ich mit dem Catering beauftragen will. Hättest du vielleicht Lust, mich zu begleiten?«

Der schimmernde Glanz auf Stinas Gesicht verschwand binnen Sekunden, und Andrik spürte, wie sie wieder in der Realität ankam. Sie zog sich zurück. Ihr Mund wurde zu einer dünnen Linie, und ihr Oberkörper spannte sich sichtlich an. Was hätte er dafür gegeben, seine Frage zurückzunehmen. Er wollte Stina nicht aus dieser magischen Wolke zerren. Wie dumm er doch war.

»Ich glaube nicht, dass ...«

Andrik unterdrückte den Impuls, ihr eine Hand auf den Arm zu legen, und beließ es bei einem bittenden Blick und einem vielsagenden Lächeln. »Es gibt Lebkucheneis zum Nachtisch.«

Stina hatte sich gerade umdrehen wollen, als sie mitten in der Bewegung innehielt. Langsam drehte sie sich wieder zu ihm herum, und er spürte, dass er einen Nerv getroffen hatte. Den falschen. Er war einfach nur ein Mistkerl. Aber er hatte tief in sich das Gefühl, dass es richtig war. Und so gab er nicht auf. Egal wie aussichtslos die Situation schien.

Auf Stinas Gesicht zeichnete sich der nächste emotionale Kampf ab, und Andrik fühlte sich schrecklich, behielt jedoch sein sanftes Lächeln auf den Lippen, um ihr Mut zu schenken.

»Das ist kein Zufall, oder? Das Lebkucheneis«, flüsterte Stina mit erstickter Stimme.

Andrik schüttelte den Kopf.

»Ich … ich weiß nicht, ob das süß oder einfach nur grausam von dir ist.« Stina biss sich auf die Unterlippe und bemühte sich, ein Zittern zu unterdrücken. Tränen stiegen in ihren Augen auf, und am liebsten hätte Andrik alles zurückgenommen, was er in den letzten zwei Minuten gesagt hatte.

Stumm blickten sie einander an, und der Schmerz schien Stina ins Gesicht gemeißelt zu sein. Plötzlich begann sie zu sprechen. So leise, dass Andrik Mühe hatte, ihren Worten zu folgen.

»Unser letztes gemeinsames Weihnachten. Deine Eltern haben die halbe Gemeinde zu sich aufs Weingut eingeladen. Wir haben den ganzen Abend getanzt und gegessen.« Eine Träne rann über Stinas Wange, und Andrik musste seine ganze Selbstbeherrschung aufbringen, ihr nicht näher zu kommen. Die Erinnerung, die Stina mit ihm teilte, war nur allzu präsent in seinem Kopf. Er sah die goldenen Lichterketten und die rot glitzernden Weihnachtskugeln. Die Tannenzweige und die kleinen Strohsterne, die man überall auf dem Gut aufgehängt hatte.

Stinas zaghafte Stimme mischte sich unter seine Erinnerung. »Euer neuer Koch hat zum Nachtisch ein Dessertbüfett gezaubert. Und …« Stina verstummte und atmete tief durch. »Thore und ich … wir haben jeder fast sechs Portionen von diesem Lebkucheneis gegessen. Es war so … gut.« Stina schluckte und ließ ihren Schmerz hervorbrechen. Ihr Tonfall nahm einen wütenden Klang an. »Warum tust du mir das an, Andrik? Ich versuche, hier wirklich über meinen Schatten zu springen. Ich helfe dir mit deiner blöden Feier. Ich lasse den Schmerz zu, den deine Anwesenheit und all diese furchtbaren Erinnerungen in mir auslösen. Ich kämpfe, verdammt noch mal. Und du? Du gießt immer neues Öl ins Feuer!« Verzweifelt starrte sie ihn an und nestelte an ihrer Kette herum. »Warum tust du mir das an?«, wisperte sie und warf ihm einen letzten schmerzerfüllten Blick zu. Dann eilte sie davon und ließ ihn stehen.

Andrik fühlte, wie die Ohnmacht sich über ihn legte. Er hatte es nicht böse gemeint. Er wollte sie nicht quälen. Er wollte doch nur …

Falsch! Er hatte alles falsch gemacht. Er war zu weit gegangen. Unabsichtlich. Mit einem Mal begann Andrik zu zweifeln. An sich. An seinem Plan. An seiner Überzeugung. An allem. Er ließ seinen Blick langsam über die vorwurfsvoll schweigende Vasa gleiten. Verzweiflung übermannte ihn.

»Es ist alles meine Schuld«, murmelte er und ein Gefühl breitete sich in ihm aus, von dem er dachte, dass er es längst abgelegt und überwunden hatte.

Kapitel 11

Noch nie war Stina eine Führung so schrecklich lang vorgekommen. Normalerweise flog die Dreiviertelstunde nur so an ihr vorbei. Egal wie oft sie die Geschichten und Fakten rund um die Vasa erzählte, es wurde ihr nie langweilig. Sicherlich, es gab immer mal jemanden in ihrem Publikum, der sich eher weniger für das interessierte, was sie zu sagen hatte. Aber das war okay. Es gab immer noch genügend, die interessierte Nachfragen stellten oder mit Augen und Ohren an ihren Erzählungen hingen.

Sie hatte heute insgesamt vier Führungen übernommen. Andriks mehr oder weniger private Runde war damit die fünfte gewesen. Und die Schlimmste von allen. Sie hatte sich Mühe gegeben, sich voll und ganz auf das Museum zu konzentrieren. Sie hatte gehofft, damit ausblenden zu können, dass Andriks Anwesenheit auch nach einer knappen Woche immer noch eine Qual für sie bedeutete.

Tapfer hatte sie sich mithilfe des großen Dreimasters in der Ausstellungshalle einen eigenen Weg durch die aufbrausenden Wellen ihrer Gefühle gesucht. Zwischendurch war sie einmal von ihrem Kurs abgekommen und hatte sich einen Seitenhieb nicht verkneifen können. Aber Andrik hatte ihn kommentarlos über sich ergehen lassen.

Stina war am Ende fast ein bisschen stolz darauf gewesen, dass sie diese Führung geschafft hatte, ohne zu kentern. Doch sie hatte sich zu früh gefreut. Dabei war sie selbst schuld. Denn sie war es, die Andrik schließlich aufgefordert hatte zu sagen, was er sagen wollte. Schon wieder. Warum war sie auch so blöd gewesen? Sie ahnte doch, dass er jedes Mal Erinnerungen mit ihr teilen würde. Er hielt sich verhältnismäßig brav an ihre Auflagen. Und sie? Sie musste die Starke spielen und sich wieder und wieder auf alte Erinnerungen einlassen. Nur weil sie ihre Neugier nicht zügeln konnte. Das hatte sie nun davon.

Tränen trockneten auf ihren Wangen, während sie den Mantel aus ihrem Büro holte und sich auf den Weg nach Hause machen wollte. Sie lief den Gang entlang und dachte an besagtes Weihnachtsfest. Es war Tradition, dass die Lundqvists kurz vor Weihnachten auf ihr Weingut einluden. Auf der ganzen Insel waren sie für ihre geschmackvollen Partys bekannt. Daran hatte sich bis heute sicherlich nichts geändert.

Stina und ihr Bruder hatten stets auf diese Gelegenheiten hingefiebert. Denn es versprach immer, ein ausgelassener Abend zu werden. Natürlich auch in jenem Jahr.

Dieses Dessert. Dieses Lebkucheneis. Es war grandios gewesen. Sie hatten viel zu viel davon gegessen. Andrik ebenso. Am Ende waren er und Stina mit Bauchschmerzen unter den geschmückten Toren draußen vor dem Anwesen gesessen, während Thore es sich nicht hatte nehmen lassen und sich drinnen noch eine weitere Portion gesichert hatte.

Der Himmel über Gotland war an diesem Abend so dunkel und klar gewesen. Tagsüber war frischer Schnee gefallen, und Stina hatte trotz ihres dicken Parkas gefroren. Ihr weinrotes Kleid war nur bis zum Knie gegangen, und die dünne Seidenstrumpfhose hatte nicht viel von der Kälte abhalten können.

Ein Zittern durchfuhr Stina, als sie im Hier und Jetzt die Tür des *Vasa Museums* aufstieß und in die kühle Abendluft hinaustrat. Einen Moment lang schloss sie die Augen und dachte noch einmal zurück an diesen besonderen Abend damals.

Obwohl ihr so schrecklich kalt gewesen war, hatte sie Andriks Angebot, wieder hineinzugehen, abgelehnt. Sie hatte mit ihm allein sein wollen. Ohne Thore. Ohne seine Familie. Ohne all die anderen auf der Party.

Mit starren Fingern hatte Stina hinauf in den Sternenhimmel gezeigt und lächelnd gefragt: »Ob jeder von ihnen einen Namen hat?«

Andrik hatte leise gelacht. »Bestimmt. Und Thore wird sie dir alle aufzählen, wenn du ihn lässt.«

Kopfschüttelnd hatte Stina gegrinst. »Lieber nicht.«

Dann hatten sie einander angesehen. Zärtlich hatte Andrik ihr eine Strähne hinter das Ohr geschoben und war ihr immer näher gekommen. So nah, dass sie einen Hauch Lebkucheneis auf seine Lippen schmecken konnte. Die Berührung war zaghaft gewesen, zurückhaltend und trotzdem hatte sie so viel Geborgenheit ausgestrahlt.

In diesem Moment war Stina glücklich gewesen. Denn alles hatte sich richtig angefühlt. Es war Weihnachten. Der Sternenhimmel über ihnen hatte sie in eine kalte, aber wohltuende Klarheit eingehüllt und vor ihnen war ein ganzes Leben voller guter Dinge gelegen. Stina hatte sich auf die Zukunft gefreut. Sie hatte ihren Bruder und um Andriks Zuneigung gewusst. In den kommenden Monaten sollten weitere Annäherungen zwischen ihr und Andrik folgen. Sie hatten sich an diesem Weihnachtsabend endlich dafür entschieden. Stina war glücklich gewesen. Verliebt und glücklich. Sie waren noch so jung gewesen, aber sie hatten Pläne gehabt. Gemeinsame Pläne. Sie und Andrik. Mit Thore an ihrer Seite. Zu dritt hatten sie die Welt erobern wollen. Aber nur ein halbes Jahr später sollte dieses Glück sein Ende finden.

Angespannt starrte Stina durch die Dunkelheit Stockholms. Anders als damals auf Gotland konnte sie die Sterne heute nicht sehen. Zu viele Wolken tobten sich am Himmel aus und waren kurz davor, eine neue Ladung frischer Flocken über Stockholm wehen zu lassen. Langsam lief Stina auf das Ufer zu und betrachtete die vielen goldenen Lichter, die sich im Wasser und auf den eisigen Schollen spiegelten. Sie tanzten und gaben ihr das Gefühl, als hätten die Sterne von oben ein paar Abgesandte hier auf Erden.

Thore würde ihr sicherlich zustimmen, wenn sie ihm davon erzählte. Erneut machte sich der elende Schmerz in Stinas Brust bemerkbar. Die Weihnachten, die auf dieses Fest bei den Lundqvists gefolgt waren, gehörten zu den traurigsten, die Stina je hatte durchleben müssen. Nur mühsam hatte sie sich mit der Zeit wieder eine halbwegs positive Einstellung zu den Weihnachtstagen erarbeitet.

Aber Lebkucheneis mied sie seitdem mit wachsamer Nachdrücklichkeit. Was wirklich zu einer Herausforderung geworden war, denn die süße Köstlichkeit war neben Käsekuchen und Safranpfannkuchen ein typischer Nachtisch bei schwedischen Weihnachtsfeierlichkeiten.

Stina barg ihre eisigen Finger in den Taschen ihres Mantels und zog den Kopf ein. Sie war schon wieder weggelaufen. Seit Andriks Auftauchen machte sie das viel zu oft. Dabei war sie doch ein mutiger Mensch. Sie war ein starker Mensch. Warum schaffte sie es nicht, ihm das zu zeigen und sich ihren Gefühlen zu stellen?

Plötzlich wurde Stina etwas klar. Sie musste Nägel mit Köpfen machen. Halbherzig würde hier nicht funktionieren. Sie hatte sich vorgenommen, ihren Schmerz zu zeigen und diesem bewusst entgegenzutreten. Das war es, was sie mit Alva und Malin besprochen hatte.

Aber was tat sie stattdessen? Sie rannte auf die Erinnerungen zu und zwang Andrik, sie auszusprechen, trotz gegenteiliger

Bedingung für ihre Zusammenarbeit. Und dann floh sie, weil sie den Schmerz nicht ertrug. Es war bescheuert. Absolut lächerlich. Denn so reagierte eine erwachsene Frau nicht.

Vermutlich ging sie zu hart mit sich ins Gericht, aber Stina fühlte sich überfordert. Sie wollte etwas wagen, wollte einen Weg für sich finden und doch schreckte sie die ganze Zeit davor zurück. Und immerzu gab sie Andrik die Schuld dafür. Dabei war es an ihr, das zu ändern.

Ein Schluchzen entfuhr ihr, und Stina fragte sich, wann sie zu so einem Trümmerhaufen geworden war. Sie hatte noch gute zehn Tage, um mit Andrik seine Feier im Museum zu planen. Für ihn schien viel davon abzuhängen. Und für sie gewissermaßen auch. Mit einem tiefen Atemzug setzte sie sich selbst ein Ultimatum. Sie hatte das Gefühl, dass sie es nur so schaffen würde. Weglaufen war nicht länger eine Option. Stattdessen würde sie die Zeit mit Andrik nutzen, um endlich einen Schlussstrich unter all die schlimmen Phasen ihres Lebens zu ziehen. Es würde furchtbar schwer werden, denn manchmal konnte Stina diese Emotion gar nicht mehr von anderen Gefühlen unterscheiden.

Aber so, wie es war, konnte es nicht weitergehen. Sich einzureden, dass es besser werden würde, wenn Andrik erst einmal aus ihrem Leben verschwunden war, war naiv. Und Stina wollte nicht naiv sein. Auch wenn das viel leichter gewesen wäre.

Sie knöpfte ihren Mantel auf und zog ihr Smartphone aus der hinteren Hosentasche. Langsam bewegten sich ihre kalten Fingerspitzen über das Display, bis sie schließlich fand, wonach sie gesucht hatte. Sie tippte noch einmal auf den Bildschirm, dann hob sie ihr Handy ans Ohr. Gerade als das zweite Freizeichen ertönte, hörte sie parallel ein Klingeln hinter sich. Automatisch drehte sie sich um. Andrik stand nur wenige Meter von ihr entfernt und sah überrascht auf.

Stina ließ das Telefon sinken und ging langsam auf ihn zu. In seinem Gesicht spiegelten sich ein gutes Dutzend Gefühle. Die Hälfte davon konnte Stina nicht deuten, und sie traute sich auch nicht, es näher zu betrachten. Zu viel hatte sie gerade mit sich selbst auszumachen.

Andrik deutete auf das Handy in ihrer Hand. »Du hast angerufen.«

Sie nickte.

»Warum?« Seine Stimme war nur mehr ein Flüstern.

Stina fragte sich unwillkürlich, was in ihm vorgehen mochte. Bei ihrer ersten Begegnung hatte sie ihn als wenig einfühlsam betitelt. In diesem Augenblick merkte sie rein gar nichts mehr von ihrer Einschätzung. Vielmehr spürte sie, wie er mit sich selbst im Zwist zu liegen schien. Was war nur mit ihnen beiden los?

Unwillkürlich stolperten Worte aus ihrem Mund, die sie gar nicht hatte äußern wollen. »Was würde Thore nur sagen, wenn er uns so sehen würde?« Andrik hingegen starrte sie an, auf der Suche nach etwas, das er ihr sagen konnte. Aber Stina kam ihm zuvor. Ihre ganze Stärke zusammennehmend, ging sie einen weiteren Schritt auf ihn zu. »Es tut mir leid.«

»Was tut dir leid?« Verwirrt betrachtete Andrik sie und schlug den Kragen seines Mantels hoch.

Stina suchte sich den Platz zwischen Andriks grünen Augen aus, um sich darauf zu konzentrieren, um entgegen aller Intuition endlich das auf die Reihe zu bekommen, was ihr bisher nicht gelungen war.

»Ich habe Bedingungen für unsere Zusammenarbeit gestellt. Du hältst dich daran, und während ich dich auffordere zu sagen, was dir durch den Kopf geht, verurteile ich dich gleichzeitig dafür und gebe dir die Schuld, dass ich deshalb selbst an die Vergangenheit erinnert werde. Das ist … nicht richtig.« Sie sog zitternd die kalte Dezemberluft in ihre Lunge. »Und wenn es mir zu viel wird, laufe ich einfach davon. Das … ist auch nicht richtig.«

Andrik schüttelte den Kopf. »Du musst dich für gar nichts entschuldigen.« Seine Stimme klang belegt. »Ich muss dich dahingegen sehr wohl um Verzeihung bitten.«

Aufmerksam musterte sie ihn, während er weitersprach.

»Ich habe mir nicht ausreichend Gedanken darüber gemacht, was mein Auftauchen für dich bedeutet. Ich … hatte einen Plan. Aber irgendwie habe ich das Gefühl, dass mir der mehr und mehr entgleitet.« Er runzelte seine Stirn und schenkte Stina einen Blick, der viel zu liebevoll war. Eine Gänsehaut legte sich über sie.

»Ich wollte dir nie wehtun, Stina. Ich habe das nie gewollt. Nie. Dafür bist du mir viel zu wichtig.« Seine Stimme wurde brüchig. »Es tut *mir* leid.« Er wandte sich ab, doch Stina war sich fast sicher, feuchte Augenwinkel bei ihm entdeckt zu haben. Was war das nur mit diesem Mann? Er hatte so stark und selbstsicher gewirkt, und plötzlich schien er selbst von Emotionen übermannt zu werden?

Zum ersten Mal seit seinem Auftauchen spürte Stina nicht nur Wut, Hass und Enttäuschung. Sie fühlte etwas anderes als Schmerz und Bitterkeit. Nein, sie entdeckte einen Funken Mitleid in sich. Dabei hatte er das doch gar nicht verdient. Was war nur los mit ihr? Was war überhaupt heute los?

Mit eingezogenem Kopf und den Händen in den Taschen seines Mantels steuerte Andrik auf seinen Wagen zu. Diesmal war er es, der Stina stehen ließ. Sie hätte es dabei belassen können. Doch das deckte sich einfach nicht mit ihrem Vorsatz, den sie vorher gefasst hatte. Und sie wollte, dass sich endlich etwas in ihrem Leben änderte. Glücklich werden war sicherlich zu viel des Guten. Aber verdammt, es sollte sich etwas ändern.

»Andrik!«, rief sie ihm nach und erwartete schon, dass er nicht stehen bleiben würde. Eilig lief sie ihm hinterher und prallte beinahe in ihn hinein, als er sich unerwartet zu ihr wandte. Obwohl sie weder lange noch besonders weit gerannt war, hob sich ihre Lunge schnell, und Stina rang nach Atem. Sie war mit großer Sicherheit auf dem falschen Kurs, aber etwas in ihr sorgte dafür, dass sie tat, was sie nun tat.

Ohne auf das einzugehen, was Andrik ihr soeben eröffnet hatte, meinte sie: »Dieses Probeessen. Steht die Einladung noch?«

Überrascht hob Andrik seine Brauen und schaute ihr offen ins Gesicht. Langsam nickte er.

Stina zuckte unschlüssig mit den Schultern und vergrub die Hände ebenfalls in ihrem Mantel, um sie vor nervösem Zittern zu bewahren. »Dann wäre es bestimmt gut, wenn dir jemand sagt, ob das Essen auch wirklich gut oder einfach nur überteuert ist.«

Irritiert beobachtete Andrik sie und ihren plötzlichen Stimmungswandel. Als er endlich seine Stimme wiedergefunden hatte, fragte er mit rauer Stimme: »Bist du dir sicher?«

»Ähm …« Stina schindete Zeit und überlegte, wo dieser Mut in ihr auf einmal herkam. Sie blickte hoch zum Himmel und kniff die Augen zusammen. Sie verstand ihren Bruder, der den Blick in die Sterne so liebte. Es würde sie beruhigen, würde sie in diesem Augenblick ein Leuchten am Himmel erblicken. Doch die Wolken waren zu dicht. Und die Lichter der Stadt vermutlich auch viel zu hell dafür. Dann seufzte sie und schaute zurück in Andriks Gesicht. »Irgendwie nicht. Und irgendwie schon. Also fifty-fifty würde ich sagen.« Sie machte eine kurze Pause. »Gib mir ein bisschen Zeit. Und einen großen Batzen Verständnis. Und lass uns noch mal von vorn anfangen. Ohne Bedingungen. Jeder sollte sagen, was er sagen möchte, wann er es möchte und wie er es möchte.« Sie schluckte. »Das heißt nicht, dass du für mich keine Schuld mehr an allem trägst. Das tust du weiterhin. Und ich werde dir zeigen, wie schmerzhaft das für mich ist. Aber ... ich habe das Gefühl, dass ich so nicht weitermachen kann. Ich dachte, ich wäre viel weiter. Dabei trete ich die ganze Zeit auf der Stelle. Und vielleicht ...« Sie verstummte und zog die Hände wieder aus ihren Taschen. »Vielleicht braucht es die Konfrontation mit dir, um endlich einen Umgang mit der Schuld, die ich dir gebe, zu finden.«

»Ich verlange nicht, dass du mir vergibst, Stina«, flüsterte Andrik mit erstickter Stimme.

Wieder musste Stina schlucken. Ihr Mund wurde trocken, doch sie zwang sich zu einer Antwort. »Das werde ich auch nie können. Dafür hast du zu viel zerstört.«

Schweigend starrten sie einander an, bis Andrik schließlich abrupt nickte. Er zückte seinen Autoschlüssel, und die Lichter eines nicht weit entfernt geparkten SUVs blinkten auf.

»Wollen wir?« Seine Stimme schien sich wieder zu normalisieren, aber Stina hörte immer noch einen rauen Beiklang heraus.

Sie nickte und während sie zu seinem Wagen liefen, musste sie plötzlich schmunzeln. »Wenigstens kannst du mich auf dem Beifahrersitz nicht über den Haufen fahren.«

Erstaunt wandte er ihr den Kopf zu. »Wieso sollte ich dich überfahren?«

Sie öffneten die Seitentüren und stiegen ein. Im Auto roch es nach kaltem Leder. Stina griff nach dem Gurt und schnallte sich an. Dann deutete sie mit dem Kopf ein Stück die Straße entlang. »Weil du mich vor unserem ersten Meeting da vorn an der Ecke böse geschnitten hast.«

»Hab ich?!« Entsetzt riss Andrik seine Augen auf.

»Hast du.« Stina schürzte die Lippen und musterte ihn gängelnd, aber mit einem leichten Grinsen in den Mundwinkeln.

Entgeistert schüttelte er den Kopf und drehte den Zünd-schlüssel, um den Motor zu starten. »Wie gut, dass es mir nicht gelungen ist.« Er warf ihr einen Seitenblick zu. »Es wäre schade um dich gewesen. Sehr schade.«

Eine erneute Gänsehaut legte sich über Stina und sie schob es dem eisigen Wageninneren zu. Andrik stellte die Heizung an und bevor er aus der Parklücke fuhr, schaute er ein weite-res Mal zu ihr hinüber. »Du bist viel stärker, als dir klar ist.« Verwundert wandte er den Blick ab und parkte langsam, die Augen auf den Rückspiegel geheftet, aus.

Stina ignorierte den Widerspruch, der aus ihr herausbrechen wollte. Sie war stark. Sonst hätte sie die vergangenen Jahre nicht überlebt. Also nahm sie das Kompliment wortlos an.

Fast drei Stunden später wehrte Stina sich mit erhobenen Hän-den.

»Ich esse keine Schnecken. Es gibt Grenzen.« Trotzdem musste sie sich ein Lachen verkneifen. Sie griff nach ihrem Wasserglas und nahm einen großen Schluck.

Sie saßen in einem der Restaurants, die sich an den langen Ufern Stockholms erstreckten. Ihr Tisch befand sich direkt am Fenster, sodass sie einen herrlichen Blick auf das hell erleuchtete Stockholmer Schloss auf der gegenüberliegenden Uferseite ge-nießen konnten. Überall, an Häusern, Straßenlaternen und Brücken, entdeckte man golden strahlende Lichterketten und weihnachtliche Straßendekorationen. Es war beinahe unmög-lich, mit all dem Schnee, der die Stadt unter sich begrub, dieses Jahr nicht in festliche Stimmung zu kommen.

In den vergangenen Stunden hatten Andrik und sie ein be-sonderes Menü vorgesetzt bekommen. Statt, wie es üblich war,

Vor-, Haupt- und Nachspeise serviert zu bekommen, tischte man ihnen alles in dreifacher Ausführung auf. Drei Vorspeisen, drei Hauptgerichte und drei Desserts. Doch das war längst nicht alles. Denn Stina erhielt gänzlich andere Speisen als Andrik. Somit probierten sie sich am Ende durch jeweils sechs verschiedene Gerichte pro Gang. Sie waren eine Ewigkeit damit beschäftigt, sich allein durch die Vorspeisen zu arbeiten. Cremige Kürbissuppe mit Trüffelöl, feiner Ziegenkäse, überträufelt mit Honig und Wildkräutern, handgefertigte Ravioli mit Krabbenfüllung oder ein pochiertes Wachtelei auf Rote-Beete-Carpaccio – egal was man ihnen vorgesetzt hatte, es war köstlich gewesen.

Das Restaurant war in tiefen Blau- und Grautönen gehalten, auf den Tischen modernes weißes Geschirr und an den Wänden hingen alte Drucke von prunkvollen Segelschiffen. Es war weder puristisch noch überladen. Stina befand den Stil des Raumes für exakt richtig. Hinzu kamen äußerst aufmerksame, aber keinesfalls aufdringliche Kellner, die sie mit erstklassigem Wein und Wasser versorgten.

Stina hatte schon lange, sehr lange nicht mehr so gut gegessen. Sie wusste gar nicht, wann sie überhaupt jemals in Stockholm so gut gespeist hatte. Andererseits gab sie nicht viel auf solche Vorzüge. Sie war zu beschäftigt und gestattete sich diese Art von Vergnügen nur selten. Oder eigentlich gar nicht.

Halb belustigt, halb angewidert beobachtete sie Andrik dabei, wie der sich genüsslich eine der besagten Schnecken in den Mund schob, die sie zuvor verschmäht hatte. Amüsiert verfolgte sie sein wechselhaftes Mienenspiel. Dann griff sie zum Stift und zum Notizblock, der vor ihr lag, und zog einen dicken Strich durch das Schneckengericht.

»Du siehst nicht überzeugt aus.«

Andrik schluckte und nippte an seinem Wein. Dann setzte er ein wenig überzeugendes Grinsen auf und nickte. »Doch, das war … eine interessante neue Erfahrung.«

»Es schmeckt dir nicht.« Stina ließ ihn nicht aus den Augen und schmunzelte wissend.

Nach einem tiefen Atemzug ließ er schließlich die angezogenen Schultern sinken und gab sich geschlagen. »Aber jemand, der Schnecken mag, würde die bestimmt gut finden.«

Stina lächelte. »Bestimmt.« Sie betrachtete die fast leeren Teller vor sich. »Also, wofür entscheiden wir uns?«

Andrik las die Anmerkungen auf seinem Block und tippte auf eins der notierten Gerichte. »Wir müssen unbedingt das Lachstartar nehmen. Das war großartig.«

Stina nickte zustimmend. »Und wie wäre es mit einer vegetarischen Variante? Die geräucherte Blumenkohlmousse war himmlisch!«

»Ja, das stimmt.« Andrik überlegte. »Und dazu noch die Steakstreifen auf dem Kohlrabisalat?«

»O ja, das war lecker. Ich könnte mich von nichts anderem mehr ernähren. Ehrlich!« Stina schloss für einen Moment die Augen und seufzte. Als sie sie wieder öffnete, lag ein seltsamer Blick von Andrik auf ihr. Damit sie nicht weiter darüber nachdenken konnte, deutete sie auf einen der kleinen Teller vor Andrik. Eine Handvoll schwarzer Oliven tummelte sich dort. Sie waren Teil eines Pastagerichts gewesen, von dem Andrik sich wohlweislich nur die Nudeln herausgepickt hatte.

»Hast du da nicht etwas vergessen?«

Er folgte ihrer Geste und ein fahles Lächeln legte sich auf seine Lippen. Dann erwiderte er ihren herausfordernden Blick.

»Dann ist es jetzt also so weit? Du startest deinen Feldzug?«

»Kein Feldzug.« Stina schüttelte den Kopf. »Wir führen ja keinen Krieg, oder?«

Andrik musterte sie einen Moment lang, dann nickte er und pikste eine der Oliven mit seiner Gabel auf. Er bemühte sich, seine Abneigung zu verbergen, aber er schaffte es nicht. Sein Gesicht zierte eine Mischung aus Furcht und absolutem Ekel. Trotzdem öffnete er den Mund und schob die kleine Kugel schnell hinein. Er kaute dreimal und schluckte. Sofort schüttelte es ihn, und Stina konnte sich ein leises Lachen nicht verkneifen.

»Wirklich, warum isst das jemand freiwillig?« Andrik atmete aus und sah Stina unglücklich an.

Doch sie würde ihn nicht erlösen. Versprochen war versprochen. Sie nickte ihm zu. »Aufessen.« Sie grinste. »Sonst bekommen wir morgen schlechtes Wetter.«

Andrik gab sich geschlagen. Zweimal lud er seine Gabel voll, um die Oliven möglichst zügig zu vernichten und die Sache hinter sich zu bringen.

Wieder schüttelte es ihn. Dann nahm er einen großen Schluck Wein und bedachte Stina mit einem beinahe frechen Lächeln. »Zufrieden?«

Sie überlegte einen Moment. »Vorerst, ja.«

Andrik schmunzelte und bedeutete dem Kellner, den Nachtisch zu bringen. Dieser kam der Aufforderung umgehend nach, nahm die leeren Teller mit und stellte kurz darauf viele kleine Schüsselchen vor ihnen ab.

Was Stina nun vor sich sah, war kein Nachtisch, kein Dessert oder etwas Süßes. Es war wahrhaftige Kunst. Eine Mandelmousse mit filigranen Wirbeln aus geschmolzenem Zucker, aufwendig geschnitzte Erdbeeren auf einem kreisrunden Tiramisu mit perfekt ausbalancierter Schokoladendecke und ein saftig cremiger Käsekuchen in Form eines kleinen Seemannsknotens. Dann fiel ihr Blick auf das Einzige, das zählte. Eine karamellbraune Kugel auf einem feinen Teppich aus Puderzucker, garniert mit tiefroten Johannisbeeren und einer Himbeersoße. Das musste besagtes Lebkucheneis sein.

Wie gebannt starrte sie auf das Dessert und fragte sich, wie ein bisschen gefrorene Masse so viele Erinnerungen in einem Menschen auslösen konnte. Wie war das überhaupt möglich? Geschmäcker, Gerüche oder Geräusche, mit ihnen verband man die schönsten wie schlimmsten Erinnerungen. Und man konnte es nicht abstellen.

Ohne Andrik anzusehen, griff Stina nach einem der Löffel und lud sich einen kleinen Teil der Eiskugel darauf. Sie wusste, welche Bilder sie überkommen würde, wenn sie diesen Happen aß. Sobald sich die kalte Masse in ihrem Mund erwärmte und die Flüssigkeit ihre Geschmacksknospen umhüllte, würde sie zurückdenken. An den Moment, in dem sie glücklich gewesen war. Ein Moment ohne Einschränkungen. Ohne Wut. Ohne Hass. Ohne Enttäuschung. Ohne Bitterkeit.

Sie öffnete den Mund, ließ den Löffel hineingleiten und schloss die Augen. Sie spürte die eisigen Kristalle auf ihrer Zunge. Sofort entfaltete sich dieser wundervolle süß-würzige Geschmack in ihrem Gaumen. Sie war wieder da. Auf Gotland. Auf dem Weingut von Andriks Familie. Sie saß unter dem Torbogen und spürte Andriks Lippen auf ihren.

Vor wenigen Tagen hatte er sie gefragt, ob sie glücklich sei. In diesem Moment wurde ihr bewusst, dass sie nie wieder dieses pure, reine und unschuldige Glück fühlen würde. Man hatte es ihr genommen. Für immer.

Kapitel 12

Angespannt beobachtete Andrik, wie Stina sich schweigend dem ersten Löffel des Lebkucheneises widmete. Er wagte kaum zu atmen, denn er wusste, dass dieses Dessert mehr Erinnerungen auslöste, als man einer Kugel Eis womöglich zuschreiben würde. Er dachte nur zu gern daran zurück, wie viel sie beide einst gemeinsam mit Thore davon auf der Weihnachtsfeier seiner Eltern gegessen hatten.

Aufmerksam ließ Andrik seinen Blick über Stinas zarten Gesichtszüge gleiten. Ihre Augen waren immer noch geschlossen, aber er spürte, wie es in ihr arbeitete. Als sich ihre Lider schließlich hoben, bemerkte er die Wehmut in ihren blauen Augen. Sie teilte sich den Platz mit Kummer und Sehnsucht nach etwas, das Andrik nicht benennen konnte. Er ließ ihr noch einen Moment Zeit, doch dann fragte er vorsichtig: »Wie ist es?«

Stina blinzelte zu ihm rüber. Sie überlegte eine Weile, während sie den Anhänger ihrer Kette in die Hand nahm und ihn fest mit ihren schlanken Fingern umschloss. So, als gäbe er ihr Halt.

»Fast wie früher«, erwiderte sie leise.

»Sollten wir es nehmen?«

Schweigen.

Schließlich schob Stina sich eine weitere Portion auf ihren Löffel. Sie hob ihn vor ihren Mund und betrachtete ihn eingehend.

»Ist es nicht seltsam, dass wir unsere Erinnerungen nicht beeinflussen können? Wir können uns nicht aussuchen, was unser Kopf speichert und was er vergisst. Noch weniger ist es uns möglich, den Erinnerungen zu entfliehen, wenn unser Gehirn entscheidet, sie uns vorzuspielen. Man liest so oft in Büchern, dass Protagonisten ihre Gedanken beiseiteschieben würden. Aber das ist doch nur so dahingeschrieben, oder?« Sie legte eine kurze Pause ein. »Wie machen die das? Sind die Erinnerungen dann einfach weg? Unterbrochen? Kommen sie später noch mal wieder? Dann aber viel stärker, so, als würden sie sich rächen?«

Andrik hörte die Sehnsucht in Stinas Stimme, die er zuvor in ihren Augen gesehen hatte, und wünschte, er könnte ihr etwas sagen, das ihr helfen würde. Aber konnte er das überhaupt? Stina war in einem Konstrukt gefangen, das sie sich selbst gebaut hatte. So massiv und beständig, dass ein Entkommen beinahe unmöglich schien. Er dachte einige Zeit darüber nach, schließlich erhob er sanft seine Stimme.

»Ich glaube, jede Erinnerung hat ihre Berechtigung. Die guten rufen uns ins Gedächtnis, was für schöne Zeiten wir erlebt haben. Die schlechten führen uns vor Augen, dass wir die besseren Momente umso mehr schätzen sollten. Sie lassen uns vorsichtig und achtsam werden. Aber ich denke auch, dass nicht alle schmerzhaften Erinnerungen auf Dauer schmerzhaft bleiben müssen. Manchmal ändert sich die Perspektive und es wird erträglicher.« Er wandte den Blick ab und schaute hinaus in Richtung Schloss. Herrschaftlich massiv thronte es auf der Insel Gamla Stan und bewies einmal mehr, weshalb es den Mittelpunkt der Altstadt darstellte. Der bemerkenswerte Barockbau schimmerte im Schein der umliegenden Lichter eher golden als in seiner eigentlich bräunlichen Farbe.

Stina hatte noch nichts auf Andriks Einwand erwidert und so erklärte er in ruhigem Ton, das Gesicht immer noch dem

Schloss zugewandt: »Ich habe lange gebraucht, um Mittsommer feiern zu können, ohne von Schuldgefühlen erdrückt zu werden. Immerzu habe ich den Moment vor Augen, in dem Thore von den Felsen gesprungen ist. Um mich herum taucht plötzlich das Wasser auf, ebenso der Stein, an dem ich mich damals verletzt habe. Und ich spüre die Verzweiflung, als ich Thore beim Auftauchen nicht finden konnte.« Das altbekannte bittere Gefühl schlich sich in Andriks Herz, doch er bemühte sich, es klein zu halten. »Mit der Zeit fing ich an, es anzunehmen. Ich habe zu akzeptieren gelernt, dass es diesen Unfall gegeben hat. Egal wie oft ich darüber nachdenke, ich kann es nicht rückgängig machen. Deshalb bleibt mir nichts anderes übrig, als es abzuschließen.«

Er schaute zu Stina, die ihn wortlos anstarrte, die Hand immer noch um den Anhänger ihrer Kette geschlossen.

»Danach wurde es besser. Ich konnte mich an die guten Dinge erinnern. Ich konnte an Mittsommer wieder Freude empfinden. Aber heute, im Museum, nachdem du fortgegangen bist, habe ich mich plötzlich gefragt, ob ich mir selbst etwas vormache. Ich habe deinen Schmerz gesehen und wie du mit dir und den Erinnerungen kämpfst. Und auf einmal habe ich an allem gezweifelt. Ich war mir nicht mehr sicher, ob ich es vielleicht nur zu gut beiseitegeschoben habe. So, wie es die Autoren in ihren Büchern schreiben.« Er spielte auf ihre eigene Aussage wenige Sekunden zuvor an.

Stina atmete angespannt ein. »Zu welchem Schluss bist du gekommen?«

Das fragte Andrik sich selbst die ganze Zeit. Noch im Museum hatte er in Betracht gezogen, seinen Plan ruhen zu lassen. Er hatte es nicht ausgehalten, dieses immense Leid in Stinas Gesicht zu sehen. Und so hatte er begonnen zu überlegen, ob es vielleicht doch richtig gewesen war, dass er sich in all den

Jahren nie bei ihr gemeldet hatte. Wenn er an die vielen Tränen dachte, die Stina seit seinem Auftauchen vor ihm vergossen hatte und vermutlich noch mehr davon im Verborgenen … Vielleicht war Abstand doch die bessere Option gewesen?

Stina schien sich eine erfolgreiche Karriere aufgebaut zu haben. Thore ging es gut im *Livsmot*. Also warum zwang er Stina das auf? Warum ließ er sie nicht in Ruhe? Warum schob er einen wichtigen potenziellen Vertragsabschluss vor, um ihre Nähe zu suchen?

Dass Stina auf dem Parkplatz auf ihn zugekommen war und sich gar bei ihm entschuldigt hatte, hatte ihn nur noch mehr durcheinandergebracht. Und nun saßen sie hier im Restaurant, ließen sich die fabelhaftesten Köstlichkeiten schmecken, und jetzt, wo das Gespräch so ernste Züge annahm, ging auf einmal ein Ruck durch ihn hindurch. Ein Gefühl von Hoffnung wallte in ihm auf, kämpfte sich in den Vordergrund und übertönte alle Zweifel. Er verstand endlich, warum er sowohl ihr als auch sich selbst diese Konfrontation zumutete.

Er wusste es. Aber er konnte es noch nicht in verständliche Sätze kleiden. Doch Stina wartete auf eine Antwort. Und so versuchte er es. »Weißt du, was Thore zu mir gesagt hat, kurz bevor … kurz bevor wir von dem Felsen gesprungen sind?«

Stina schüttelte weder den Kopf noch nickte sie. Ihre blauen Augen glitten nervös zuckend über Andriks Gesicht und so redete er einfach weiter und zitierte Thore vor seinem verhängnisvollen Sprung. Nie könnte er seine Worte vergessen: »Das Leben zu leben, bedeutet eine Filmauswahl zu treffen. Was wollen wir sehen, wenn das Leben kurz vor unserem Tod noch einmal im Schnelldurchlauf an uns vorüberzieht? Sind es die Zeugnisse, für die wir uns abrackern? Sind es die Kontoauszüge mit horrenden Summen, die wir verdient haben? Sind es die Autos, die wir gefahren sind? Sind es die Häuser, in denen wir gelebt haben? Oder sind es nicht viel mehr die Momente, die uns glücklich gemacht haben? Die Menschen, die wir geliebt und mit denen wir gelacht haben? Zu leben heißt, sich für Erinnerungen zu entscheiden und sie selbst zu gestalten. Es wird traurige und schwere Momente geben. Aber wir haben es in der Hand, diese mit wundervollen Erinnerungen zu überschreiben. Und heute will ich so eine Erinnerung zeichnen. Eine, an die ich mit Freuden zurückdenke.«

Andrik verstummte für einen Augenblick. Seine Hand wanderte unruhig über die feine weiße Tischdecke. Er rückte ein Weinglas zurecht und fuhr mit dem Zeigefinger den langen Stiel entlang. Dann lächelte er und sah auf. »Ich schiebe die Erinnerung an Thores Unfall nicht beiseite, Stina. Ich will sie mit schönen Momenten überschreiben. Damit ich vor meinem Tod einen Film sehe, der mir vor Augen führt, welch ein Geschenk das Leben gewesen ist, das ich geführt habe.«

Er tastete mit dem Zeigefinger nach der kleinen Narbe. So hatte er es noch nie für sich selbst formuliert. Doch jetzt, wo er es ausgesprochen hatte, fühlte es sich richtig an. Es glich einer makaberen Ironie, dass Thore vor seinem Unfall so eine wichtige Lebensweisheit formuliert hatte. Aber so war Thore gewesen. Er hatte die seltsamsten Augenblicke genutzt, um seine Ansichten über das Leben mit anderen zu teilen. Obwohl er noch ein Teenager gewesen war, hatte er ein ausgesprochen gutes Gespür für solche Dinge besessen.

Andrik erinnerte sich an jedes dieser Worte. Sie hatten ihn durchhalten lassen, als Thore nach der Klinik mit seinem eigenen Schicksal kämpfte. Statt seinem besten Freund die Situation zu erklären, wie Stina es gemacht hatte, hatte Andrik versucht, sich an dem zu orientieren, was Thore ihm in jener Nacht gesagt hatte. Und er hatte sich bemüht, neue, schöne Erinnerungen für Thore zu schaffen. Damit dieser später zurückblicken konnte und feststellte, dass er trotz allem ein lebenswertes Leben geführt hatte. Er sollte glücklich sein und die vielen Jahre, die er noch vor sich hatte, genießen, statt sich zu grämen – darüber, dass er anders war als andere.

Nein, für Andrik war sein bester Freund nicht anders. Er war einfach sein bester Freund. Und für ihn würde er alles tun.

Stinas wütende Stimme riss Andrik aus seinen Gedanken. »Du überschreibst die Erinnerungen? Ist das nicht viel mehr ein Vergessen? Es war deine Schuld, dass Thore gesprungen ist, Andrik. Was du tust, ist, dir eine Ausrede zurechtzulegen, warum du ein schönes Leben führst, während Thore seine Träume aufgeben musste.« Da war er wieder. Der bittere Tonfall. Stinas Augen blitzten ihn verständnislos an, während das Eis auf ihrem inzwischen abgelegten Löffel zu schmelzen begann. »Du machst es dir verdammt einfach, Andrik. Verdammt einfach.«

Es war nicht verwunderlich, dass Stina so empfand. Dennoch war sie im Unrecht. Doch wie konnte Andrik ihr das klarmachen, ohne einen weitaus größeren Schaden anzurichten? Wenn er eine Bestätigung für seinen Plan gesucht hatte, dann war es dieser Moment. Stina musste verstehen lernen, was Andrik tat. Denn nur so würde auch sie endlich mit allem abschließen und anfangen, Erinnerungen für ein lebenswertes Leben zu schaffen. Davon war Andrik überzeugt.

»Was würdest du sehen, wenn du morgen sterben würdest?« Die Frage klang provokativer, als er es gemeint hatte. Aber Andrik hat das Gefühl, nur so zu ihr durchzudringen. Und das musste er, wenn er sie endlich in die richtige Richtung schubsen wollte. Wenigstens im Ansatz.

Stina umklammerte den Anhänger ihrer Kette so fest, dass ihre Knöchel weiß hervortraten. Andrik bemerkte die Anspannung, die sich auf ihren gesamten Körper gelegt hatte.

»Das willst du nicht wissen.« Ihre Worte glichen einem Zischen, das sie zwischen zusammengepressten Zähnen hervorstieß.

Andrik nickte. »Doch, sag es mir. Was würdest du sehen?«

Eine Träne schlüpfte aus Stinas Augenwinkel und wieder einmal musste Andrik mühsam an sich halten, um sie nicht zu berühren. Sie würde es nicht zulassen.

Mit weit aufgerissenen Augen starrte sie ihn an. Sie biss sich auf ihre Unterlippe und schluckte schließlich. Dann, er hatte schon nicht mehr daran geglaubt, fing sie an zu erzählen.

»Ich würde eine glückliche Kindheit auf Gotland sehen, die viel zu schnell vorüberzieht. Gefolgt von Thore, der wegen seines besten Freundes und einer bescheuerten Mutprobe einen Felsen hinunterspringt. Ich würde sehen, wie die Ärzte im Krankenhaus um sein Leben kämpfen, wie er in der Reha mit sich selbst kämpft, und ich würde sehen, wie meine Eltern daran zerbrechen. Ich würde sehen, wie sie mir am Esstisch erklären, dass sie sich scheiden lassen. Ich würde sehen, wie sie Thore im Stich lassen. Und mich auch. Ich würde sehen, wie ich meinen Freunden den Rücken kehre, weil ich das Gefühl habe, dass niemand meinen Schmerz versteht. Ich würde sehen, wie der Junge, den ich geliebt habe, mein Leben zerstört hat.«

Träne um Träne rann über Stinas Wangen, und Andriks Herz drohte, in ihnen unterzugehen.

»Wenn ich morgen sterben würde, würde ich sehen, dass mein Bruder die Hälfte seines Lebens in Pflegeeinrichtungen verbracht hat, weil ich nicht fähig war, mich ganz und gar selbst um ihn zu kümmern. Ich würde sehen, dass ich inzwischen neue Freunde gefunden habe, aber selbst nach siebzehneinhalb Jahren nicht über diese eine Mittsommernacht in meinem Leben hinwegkomme.« Verzweifelt schluchzte sie. »Ich würde sehen, wie der Mann in mein Leben tritt, der an all dem die

Schuld trägt, und mir erklärt, dass es darum gehe, schöne Erinnerungen zu sammeln, um die schlechten zu überschreiben. Ungeachtet dessen, was diese Erinnerungen mit meinem Leben gemacht haben.« Außer Atem hielt sie inne und schnäuzte sich leise. Dann nahm sie einen Schluck Wasser und wischte sich die Tränen von den Wangen. »Das ist der Film, den ich sehen würde.« Leise wisperte sie: »*Titanic* wäre dagegen ein absoluter Wohlfühlstreifen.« Wieder griff sie nach dem schmalen goldenen Seemannsknoten, der an der Kette um ihren Hals hing.

Obwohl Andrik kein Wort gesagt hatte, empfand er eine ähnliche Atemnot wie Stina. Jeder Satz ihrer Zusammenfassung traf ihn wie eine meterhohe Welle. Die aufbrausende Gischt legte sich um seine Lunge und zog sich enger und enger zusammen. So fest, dass er kaum noch Luft in sie hineinpumpen konnte. Fühlte es sich so an, wenn man zu ertrinken drohte?

Während der Sturm sich nur langsam über seinen Gewässern legte, bemühte Andrik sich um eine Reaktion auf Stinas Offenbarung. Er hatte gewusst, dass ihre Eltern sich einige Jahre nach dem Unfall hatten scheiden lassen. Doch war ihm nicht klar gewesen, dass Thores Schicksal der Grund dafür gewesen war.

Mitfühlend suchte er Stinas Blick. »Eure Eltern haben sich wegen Thore scheiden lassen?«

Stina nickte. Ihr Gesicht hatte an Farbe verloren und sie wirkte auf einmal schlapp und kraftlos. Ihre Wut war verraucht, so, als hätte sie sie mit all ihren vorherigen Worten hinausgeschleudert. Übrig blieb nur noch eine gewisse Müdigkeit. Eine Abgeschlagenheit. Dem Schicksal ergeben. Kein Selbstmitleid, dafür war Stina zu stolz.

»Mama ertrug die Vorstellung nicht, dass Thore all seine Träume hatte aufgeben müssen. Die Marine, die Weltumsegelungen, eine eigene Familie. Ihn zu sehen und zu wissen, was er nie haben würde, brachte sie um den Verstand. Als seine Wutanfälle und die depressiven Phasen folgten, fing sie an, ihn immer seltener zu besuchen. Papa tat es ihr gleich. Er hielt ein paar Monate länger durch als sie, hat aber auch schon bald das Handtuch geworfen. Ähnlich wie Mama, sah er in seinem Sohn nur noch den Pflegefall und das eigene Versagen, ihn nicht ausreichend beschützt zu haben. Sie fingen an sich selbst die Schuld an dem Unfall zu geben. Die gegenseitigen Vorwürfe wurden mit der Zeit immer schlimmer. Ihren Sohn heranwachsen zu sehen, aber zu wissen, er würde immer im Geist eines Teenagers gefangen sein, ließ auch sie stehenbleiben. Das hatte zur Folge, dass sie nicht wussten, wie sie mit ihm umgehen sollten.« Stina räusperte sich. »Und so behandelten sie ihn wie das, was sie fortan in ihm sahen. Einen Vierzehnjährigen. Thore spürte das und wehrte sich trotzig dagegen. Ihre Besuche glichen schon bald einem einzigen Desaster aus Wut- und Schreianfällen. Thore begann, um sich zu schlagen und auf sie loszugehen. Er spürte ihre Hilflosigkeit und rächte sich dafür, dass sie ihm die Geborgenheit verwehrten, die er so dringend gebraucht hätte.«

In solch deutlichen Worten hatte Andrik diese Vorfälle noch nie geschildert bekommen. Er hatte durchaus gehört, dass es schwierig gewesen war, nicht aber in diesem Ausmaß. Und gewiss nicht mit den Folgen, von denen Stina nun sprach.

»Zu Hause wurde die Stimmung immer schlechter. Papa trank, um zu vergessen. Mama fühlte sich allein gelassen und vernachlässigt. Immerzu hing eine Wolke aus Verbitterung und Schuldzuweisungen über ihnen.« Stina schnaubte. »Sie zogen das Unausweichliche in die Länge, bis es schier unerträglich wurde. Als sie sich schließlich für die Scheidung entschieden und es mir sagten, war ich beinahe erleichtert. Ich hatte sie in der gleichen Nacht verloren, in der mein Bruder seine Träume aufgeben musste.« Stina blinzelte. »Die Scheidung erfolgte relativ zeitgleich mit meinem Abschluss am Gymnasium. Ich nutzte den Zeitpunkt, um mit Thore aufs Festland zu fliehen. Wir mussten weg von alldem.«

Entsetzt war Andrik Stinas Schilderungen gefolgt. Ein säuerlicher Geschmack bildete sich in seinem Mund und er bemerkte, wie seine Hand sich zur Faust ballte.

Leise, aber aufgebracht meinte er: »Du warst ein Kind, Stina. Sie haben dir die Pflege deines Bruders aufgehalst, obwohl du selbst noch ein Kind gewesen bist. Das ist …«

»… meine Aufgabe als Schwester«, unterbrach Stina ihn heftig. »Thore hatte nur mich und ich hätte ihn niemals allein gelassen. Hätte ich mir es anders gewünscht? Mit Sicherheit. Aber die Welt richtet sich nun mal nicht immer nach den Wünschen Einzelner.«

Stina sollte wütend sein, aber alles, was Andrik in ihrem Gesicht entdeckte, war die Liebe zu ihrem Bruder und die Sorgen, die sie sich zeitlebens um ihn machte.

»Wie oft siehst du deine Eltern?«, fragte Andrik. Sie musste noch Kontakt zu ihrem Vater haben. Über ihn und den darauffolgenden Inseltratsch wusste er von Stinas Werdegang im *Vasa Museum*. Zwar erzählte auch Thore von seiner Schwester, aber die grundlegenden Informationen hatte Andrik stets über mehrere Ecken aus Gotland erhalten.

»Ein paar Jahre nach der Scheidung hat Mama erneut geheiratet. Der Kontakt zu ihr wurde weniger. Sie bemühte sich, aber …« Stinas Gesicht zeigte keine Regung. »Sie kommt etwa alle drei Monate mal für ein Wochenende nach Stockholm. Mit Papa telefoniere ich immer mal wieder. Vor allem, wenn es um Thores Finanzen geht. Da ich mich weigere, einen Fuß auf Gotland zu setzen, und Papa das Festland hasst, haben wir nicht mehr viele Gemeinsamkeiten. Thore und ich schicken ihnen zu Weihnachten regelmäßig eine Karte und ein Foto. Im Sommer haben wir uns für ein Wochenende unten in Västervik gesehen. Aber … das Verhältnis ist eher distanziert. Der Alkohol war lange Papas treuer Begleiter. Inzwischen ist er seit vier Jahren trocken, aber ich tue mir trotzdem schwer mit ihm.«

»Stina, ich … Das wusste ich nicht. Wenn ich geahnt hätte …« Andrik brachte kaum einen geraden Satz zustande, so schockiert war er von dem, was Stina ihm erzählt hatte. Inseltratsch hin oder her, das war ihm nicht klar gewesen. Einmal mehr verstand er ihren Hass auf ihn. Und einmal mehr wurde ihm klar, dass er ihr nie die Wahrheit sagen durfte. Der säuerliche Geschmack in seinem Mund zog hinunter in seine Speiseröhre, überfiel seine Lunge und brodelte in seinem Magen.

»Was dann?« Müde schaute Stina ihn an. »Wärst du in deiner schimmernden Rüstung angeritten gekommen und hättest uns gerettet?« Sie verspottete ihn. Er hatte es verdient. Sie schüttelte den Kopf. »Ich hätte deinen Anblick in jener Zeit noch weniger ertragen als heute. Was hättest du schon ausrichten können? Die Ehe meiner Eltern war gescheitert. Ihre Liebe zu Thore war nicht stark genug. Und zu mir auch nicht. Daran hättest auch du nichts ändern können.«

Aber er hätte für Stina da sein müssen, dachte Andrik. »Es tut mir leid.«

»Ja.« Ausdruckslos musterte sie ihn. »Fällt es dir jetzt immer noch so leicht, die schlechten Erinnerungen zu überschreiben? Bei mir gibt es eine ganze Menge davon. Mein restliches Leben müsste aus purem Glück bestehen, um das alles auszumerzen.« Wieder schüttelte sie den Kopf und versuchte, ihre Worte ins Lächerliche zu ziehen. »Ich denke, ich will vor meinem Tod gar keinen Film sehen. Zumindest nicht den, der mein Leben widerspiegelt. Dann lieber noch einmal *Titanic*. Ich schalte einfach aus, bevor Jack stirbt.«

Es müsste bitter klingen, aber Stina schien sich damit abgefunden zu haben. Sie hatte dieses Los akzeptiert. Dieser

Umstand war für Andrik viel schlimmer als ihre Wut. Bevor er etwas erwidern konnte, bemerkte er Stinas andere Hand, die sich nicht um ihren Anhänger klammerte. Sie lag auf dem Tisch und Andrik erkannte die feinen blauen Adern unter ihrer blassen Haut.

Andrik war gewiss kein Ritter in einer schimmernden Rüstung. Er war überhaupt kein Retter. Diese Rolle stand ihm nicht. War er doch selbst von Gotland geflohen, um nicht daran denken zu müssen, was er auf dieser Insel alles verloren hatte. Aber er hatte mit den Jahren einen Weg gefunden, besser damit umzugehen. Die Momente, in denen es unerträglich war, waren seltener geworden. Er konzentrierte sich auf das Gute im Leben.

Nein, er war kein Held. Und er würde es auch nie sein. Aber um sein Ziel zu erreichen, würde er Stinas Jack sein, der ihr auf den brüchigen Schiffsplanken im eisigen Meer das Versprechen abnahm, ein erfülltes Leben zu führen. Auch wenn das bedeutete, dass er kein Teil davon sein durfte. Sein Herz krampfte sich zusammen und wieder spürte er die Atemnot in seiner Brust. Er hatte gewusst, dass es so kommen könnte. Und er würde es verstehen. Um Stina zu helfen, würde er die volle Schuld auf sich nehmen. Sie sollte ihre Wut weiter auf ihn konzentrieren. Zunächst. Und dann … dann sollte sie endlich glücklich werden.

Er bemühte sich um ein Lächeln und suchte ihren Blick. »Wenn du vorher ausmachst, veränderst du die Perspektive.«

Verwirrt sah Stina ihn an, wieder ein bisschen mehr Farbe im Gesicht. »Was meinst du?«

»Wenn du den Film vorzeitig beendest, weißt du nicht, ob Jack stirbt. Vielleicht wird er noch gerettet. Wie kannst du das wissen, wenn du das Ende nicht anschaust?«

»Ich kenne das Ende«, hielt sie ihm stur entgegen.

»Du kennst *dieses* Ende. Du könntest aber dein eigenes Ende schreiben.«

»Mein eigenes … ?«

Andrik nickte und bemerkte dankbar, dass er wieder etwas besser Luft holen konnte. Ihm war immer noch flau im Magen, aber er überging dieses Gefühl und konzentrierte sich auf Stina. »Was für ein Ende fändest du schön?«

Unwillkürlich musste Stina lächeln. Sobald sie das bemerkte, presste sie die Lippen aufeinander und schüttelte den Kopf. »So funktioniert das nicht.«

Andrik zuckte mit den Schultern. »Doch. Nichts anderes machen sie in Hollywood.«

»Das Leben ist aber nicht wie Hollywood«, flüsterte Stina und senkte den Blick.

»Nenn mich naiv, aber ich finde, es ist genau so.«

Verständnislos hob Stina ihr Gesicht und runzelte die Stirn. »Du bist naiv.«

Schmunzelnd fuhr Andrik sich mit den Fingerspitzen über das Kinn. »Wie heißt dieser Kalenderspruch? *Das Leben schreibt Geschichten …* So ist es doch. Hollywood denkt sich das manchmal aus. Aber eigentlich zeigen sie uns damit, nicht in allen Fällen, aber in einigen, wie wir handeln sollten, damit es mit dem Happy End auch bei uns klappt.«

»Du redest wirr, Andrik. Wie viel Wein hast du getrunken?« Sie beäugte sein Glas und Andrik bemerkte, dass er sie aus ihrer Apathie gezogen hatte. Ein erster Erfolg!

Geschwind sprach er weiter. »Sieh doch mal, Schauspieler handeln nach einem Drehbuch. Das macht es für sie ganz leicht, sich zu überwinden und Gespräche zu führen, die ihre Rolle sonst vielleicht nie geführt hätte. Sie durchbrechen die Ängste ihrer Charaktere, in dem sie sich ihnen stellen. Und dafür werden sie belohnt. Wie viele Menschen kennst du, die sich ihren

Ängsten im echten Leben gestellt haben? Wurden sie dafür belohnt?«

Stina öffnete den Mund für einen Widerspruch, doch dann hielt sie inne und ließ ihre Hände in den Schoß sinken. Sie dachte einen Moment lang nach. Dann regten sich trotzige Züge, gepaart mit Unsicherheit auf ihrem Gesicht.

»Das heißt trotzdem nicht, dass …«

»Nein, heißt es nicht.« Andrik lehnte sich vorsichtig nach vorn und näherte sich mit seinen Fingerspitzen Stinas Hand. Er heftete seine Augen fest auf die zarten Knöchel und berührte sie behutsam. Sie waren eiskalt. Stina zuckte kaum merklich zusammen, doch sie ließ ihre Hand, wo sie war.

Andrik traute sich nicht zu atmen, aus Angst, etwas falsch zu machen. Trotzdem hob er langsam seinen Blick. »Ändere die Perspektive, Stina. Schreib dein eigenes Ende. Es ist dein Leben. Füll es mit schönen Erinnerungen.«

Nach einigen Sekunden des Schweigens fügte Andrik hinzu: »Das bedeutet nicht, dass du vergisst. Aber der Schmerz wird damit erträglicher.«

Unumwunden starrte Stina ihm in die Augen. Hatte er sie mit seinen Worten erreicht? Durfte er ihr all das überhaupt sagen oder handelte er gar anmaßend?

Langsam zog Stina ihre Hand zurück und Andrik spürte die Leere unter seinen Fingern. Schnell griff er zu seinem Wasserglas und nahm einen Schluck. Als er es wieder absetzte, hörte er Stinas belegte Stimme.

»Wir sollten die Desserts endlich probieren. Es wäre eine Schande, wenn man das zurückgehen lassen würde.« Sie griff nach einer kleinen Gabel und stach damit in den Käsekuchen in Seemannsknotenform. »Wir sind schließlich hier, um zu arbeiten.«

Kapitel 13

Durch den Wind. Diese Formulierung war vermutlich eine gehörige Untertreibung. Trotzdem beschrieb sie Stinas Verfassung an diesem Sonntag noch am ehesten. Der gestrige Tag und besonders das unerwartete Abendessen mit Andrik waren furchtbar aufwühlend gewesen. Stina wusste gar nicht, wohin mit den vielen Emotionen. Es fühlte sich an, als hätten alle Gefühle dieser Welt sich in ihr gesammelt und einen Gruppenausflug durch ihren gesamten Körper gemacht. Nur dass sie dabei ihre Hinterlassenschaften nicht wieder mitgenommen hatten.

Stina hatte Kopfschmerzen, Bauchweh und ihr war übel. In der Nacht hatte sie sich mehr im Bett herumgewälzt als tatsächlich geschlafen. Und wann immer ihr die Augen zugefallen waren, sah sie kurz darauf diesen Film, von dem sie Andrik erzählt hatte. Ihren Film. Ihr Leben. Und es gefiel ihr nicht.

Dass sie gestern bereits nach der Führung im Museum durcheinander und überfordert gewesen war, hatte ihr vergessener Rucksack bewiesen. Sie hatte zwar ihr Handy in der Hosentasche gehabt und sich ihren Mantel aus dem Büro geholt, doch ihre Tasche hatte sie mal wieder übersehen. Erst als Andrik sie nach dem Essen mit dem Auto zu ihrer Wohnung gefahren hatte, war es ihr aufgefallen. Ein weiteres Mal hatte es sich bezahlt gemacht, dass sie die kleine Schlüsselbox angebracht hatte. Stina hatte endlich fliehen müssen vor diesem Mann, der so viel Wirbel in ihrem Kopf und ihrem Herzen verursachte. Nach einer äußerst schnellen Verabschiedung hatte sie die kleine Kiste mit einem Zahlencode geöffnet, nach dem Schlüssel gegriffen und die Haustür aufgesperrt. Bevor sie den Flur des mehrstöckigen Apartmentgebäudes betreten hatte, hatte sie sich noch einmal umgedreht. Andrik, ganz der Gentleman, hatte im Auto gewartet, bis sie sicher im Inneren verschwunden war. Es war zu dunkel gewesen, um sein Gesicht im Wagen zu erkennen, aber Stina war sich sicher gewesen, dass er sie genau beobachtet hatte. Vorsichtig hatte sie die Hand zum Gruß gehoben und sich dann schleunigst abgewandt.

Die folgenden Stunden hatte sich ihr Hirn in der Verarbeitung des Gesprächs, das sie mit Andrik geführt hatte, vergraben. Es hatte so wehgetan. All die Wunden, die nie ganz verheilt waren, waren wieder aufgerissen worden. Stinas Wut hatte sich abgewechselt mit Niedergeschlagenheit, Traurigkeit und sturem Trotz. Irgendwann um sieben Uhr morgens hatte Stina es schließlich nicht mehr ausgehalten und war aufgestanden. Sie hatte sich in ihrer kleinen Küche einen starken Kaffee zubereitet und sich damit auf das breite Fensterbrett gesetzt, das hinaus in den Hinterhof führte.

Eine wuchtige Kastanie ächzte nun in den frühen Morgenstunden dieses 13. Dezembers und dritten Adventssonntages unter den Schneemassen und Stina lehnte ihren Kopf an das kühle Fenster. Sie war hin- und hergerissen. Sie wollte ja weiterkommen. Sie wollte ihr Leben wieder positiver betrachten, aber es fiel ihr so schwer. Alte Muster legte man eben nicht von heute auf morgen ab. Egal, wie ambitioniert man war.

Wie viele Menschen kennst du, die sich ihren Ängsten im echten Leben gestellt haben? Wurden sie dafür belohnt? Andriks Stimme ertönte in Stinas Ohren, während sie an ihrem dampfenden Kaffee nippte. Sofort hatte Stina an eine ihrer beiden besten

Freundinnen denken müssen. Alva. Sie hatte sich ihren Ängsten gestellt, nachdem ihr Großvater gestorben war. Und Siljan, Alvas Verlobter. Wenn sich jemand im echten Leben mit seiner Furcht auseinandergesetzt und sie überwunden hatte, dann er. Und ja, sie waren beide dafür belohnt worden. Sie hatten zueinandergefunden. Sie hatten das größte Geschenk erhalten, das es auf dieser Welt wohl geben mochte. Die bedingungslose und aufrichtige Liebe füreinander.

Als Stina an ihre Freunde denken musste, konnte sie Andrik nicht mehr widersprechen. Nicht so sehr, wie sie es gern getan hätte. Trotzdem befand sie ihn für naiv. Er gab die Pippi Langstrumpf und »macht sich die Welt, wie sie ihm gefällt«. Aber so funktionierte das Leben nicht. Wäre Stina gern glücklich? Ja, natürlich. Aber das passierte nun mal nicht einfach so auf Knopfdruck. Sie nahm einen weiteren, diesmal größeren Schluck von dem bitteren Gebräu in ihrer Tasse.

Trotzdem, Andriks Worte begannen, sich in ihrem Kopf einzunisten. Sie bekam sie nicht mehr heraus und hatte das seltsame Gefühl, dass sie gar bleiben würden, wenn Andrik wieder aus ihrem Leben verschwand.

War es denn wirklich eine Option, schmerzhafte Erinnerungen zu überschreiben? Oder vielleicht wenigstens erträglicher zu machen, wenn man sich auf die guten Gedanken konzentrierte? Es klang viel zu simpel, um wahr zu sein.

Ihre müden Augen flogen über die Dächer der Stadt, während sie sich etwas tiefer in das Kissen auf der Fensterbank kuschelte. Ihre Wohnung lag direkt unter dem Dach, sodass sie einen ganz passablen Ausblick genießen konnte. Viele der umliegenden Terrassen unter ihr waren im Sommer gemütlich hergerichtet und reich bepflanzt. Jetzt funkelte abends eine Reihe von Lichterketten in den Wohnungsfenstern. Sterne, Weihnachtsmänner und Rentiere leuchteten an den Balkongeländern, und die dicke Schneedecke auf den Fenstersimsen sog das helle Licht auf und reflektierte es. Auf einigen Balkonen standen bereits geschmückte Tannenbäume, was Stina daran erinnerte, dass es nur noch elf Tage bis Heiligabend waren.

Für einen kurzen Moment schaute sie sich in ihrem winzigen Apartment um. Seit sie hier eingezogen war, hatte sie nie auch nur eine Weihnachtskugel aufgehängt. In den ersten Jahren war sie an Weihnachten zu Thore ins *Livsmot* gegangen und sie hatten dort gemeinsam mit den anderen Bewohnern gefeiert. Später waren sie stets bei Alvas Großvater oder nun eben bei Alva und Siljan eingeladen gewesen. Es bestand also keine Notwendigkeit, Stinas Wohnung saisonal aufzuhübschen.

Es ist dein Leben. Füll es mit schönen Erinnerungen!

Wieder blitzte Andriks Stimme in ihrem Kopf auf. Sie wurde ihn einfach nicht mehr los. Warum fiel es ihr so schwer, seine Worte anzunehmen? Insgeheim hatte sie doch irgendwie das Gefühl, dass er recht haben könnte. Vielleicht. Ganz vielleicht. Aber gleichzeitig fühlte sie immer noch den Vorwurf, er mache sich das Leben zu leicht. Wieder spürte Stina einen Funken Wut in sich aufflammen.

Es ließe sich bestimmt einfacher leben, wenn man nicht täglich daran erinnert wurde, welche Folgen das eigene Handeln für den besten Freund hatte. Andrik hatte Thores Leiden nicht miterlebt. Er hatte ihn nicht getröstet, beruhigt und seine Wutanfälle ertragen. Er hatte nicht von den Ärzten eröffnet bekommen, dass Thore künftig immer in Betreuung leben musste. Er hatte den verzweifelten Ausdruck nicht in Thores Augen gesehen, wenn er das Pflegeheim nach seinem Besuch wieder verließ. Stina schon. Stina hatte all das gesehen, gelebt und gefühlt. Ihre Ausgangssituation war viel schwieriger als Andriks.

Mühsam versuchte Stina, nicht wieder in die endlose Spirale der Wut zu stolpern. Würde das wohl jemals enden? Selbst Andrik, der einen Umgang mit seiner Schuld gefunden zu haben schien, wirkte nicht immer so überzeugend. Auf dem Parkplatz vor dem Museum gestern Abend hatte sie ihm die Zweifel angesehen, von denen er im Restaurant anschließend kurz gesprochen hatte. Aber wusste überhaupt jemand, wie man es richtig machte? Menschen waren so individuell, da lag es doch nahe, dass auch ihr Umgang mit solchen Geschehnissen individuell war. Ihre Eltern waren ein trauriges, aber leider gutes Beispiel dafür.

Stina hatte es mit der Zeit geschafft, das Drama um ihre Eltern bestmöglich zu verdrängen. Einer ihrer wenigen Erfolge, wenn es um ihre Erinnerungen ging. Sie schaffte es überraschend gut, den Gedanken an das Handeln ihrer Mutter und auch das ihres Vaters zu ignorieren. Warum gelang ihr das bei den beiden, nicht aber bei allem anderen?

Groll grummelte in ihrem Magen und Stina begann, sich über sich selbst zu ärgern. Sie schwelgte nicht in Selbstmitleid, aber voran kam sie irgendwie auch nicht. Das war frustrierend. Sie nahm einen letzten Schluck ihrer halb vollen Kaffeetasse und begab sich schließlich ins Bad. Eine lange, heiße Dusche würde vielleicht helfen, ein paar ihrer Erinnerungen wenigstens mit Schaum zu überspülen und ein bisschen weicher wirken zu lassen. Wenigstens für den Moment.

Eilig setzte Stina einige Stunden später einen Fuß vor den anderen. Sie war auf dem Weg zu ihrem Bruder. Thore wartete bestimmt schon ungeduldig auf sie. Schließlich hatte sie ihm versprochen, am heutigen Sonntag endlich die Tour durch die Kunstgalerie der Stockholmer U-Bahn zu machen. Zum Glück hatte sie die Tickets auf ihrem Handy. Und da man in Schweden sowieso fast überall nur noch kontaktlos zahlte und sie ihre Kreditkarte auf ihrem Smartphone hinterlegt hatte, war auch das geregelt. Ihr Rucksack samt Portemonnaie weilte also noch bis morgen in ihrem Büro im Museum. Es lebe die Digitalisierung!

Da sich auch ihr Fahrrad noch vor dem *Vasa Museum* befand, war sie heute zu Fuß unterwegs. Allerdings war das kein Problem. Bis zum *Livsmot* war es nicht weit und dann würden sie sowie den ganzen Tag mit der *Tunnelbana*, der Stockholmer U-Bahn, unterwegs sein. In der Nacht hatte es ausnahmsweise keinen weiteren Neuschnee gegeben, sodass die Wege weiterhin gut geräumt und die noch liegenden Schneekristalle ausreichend festgetreten waren.

Stina zog ihre weiße Wollmütze tiefer über die Ohren. Es war kalt an diesem Adventsmorgen. Ohne nach links oder rechts zu blicken, erklomm sie die wenigen Stufen zum Eingang des Betreuten Wohnens. Unter der Dusche hatte sie beschlossen, heute einen Versuch zu wagen, um voranzukommen. Sie wollte eine schöne Erinnerung mit Thore schaffen. Vielleicht würde ihr das ja doch eines Tages helfen, die schmerzhaften Gedanken zu mäßigen. Und nur darauf würde sie sich heute fokussieren. Auf Thore. Auf das Gute. Auch wenn sie schon jetzt wusste, dass es schwer werden würde.

»Hej, Stina!« Die freundliche Stimme des anderen Rezeptionisten, der zusätzlich zu Kristian hier arbeitete, ertönte und Stina hob ihren Kopf.

Lächelnd grüßte sie ihn. »Hej, Torben. Geht's dir gut?«

Er nickte und Stina fiel einmal mehr seine schlanke hochgewachsene Gestalt auf. Er maß bestimmt zwei Meter und war vermutlich der größte Mensch, den Stina in ihrem Umfeld kannte. Auf dieser Körperlänge verteilte sich dafür aber wahnsinnig viel gute Laune und immer ein herzliches Lachen.

»Na, bei Thore scheint heute ja richtiger Besuchstag zu sein.« Das schmale Gesicht von Torben verzog sich zu einem fröhlichen Grinsen.

Irritiert neigte Stina den Kopf ein wenig zur Seite. Manchmal kamen Alva und Malin tatsächlich vorbei, aber in der Regel kündigten sie das vorher bei Stina an. Ob sie es heute vielleicht vergessen hatten? Thore hatte Alva letzten Sonntag ja schon daran erinnert, dass er neue Bücher brauchen könnte. Ob sie ihm welche gebracht hatte? Bei dem Gedanken, möglicherweise spontan auf ihre Freundin zu treffen, lächelte Stina.

»Er ist eben beliebt«, witzelte sie und trat in den Fahrstuhl. Als sich die Türen schlossen und sie in den vierten Stock hinauffuhr, prüfte sie den Posteingang auf ihrem Handy. Vielleicht hatte sie Alvas Nachricht ja übersehen, so, wie sie auch ihren Rucksack gestern vergessen hatte. Aber nein, da war nichts.

Wenige Sekunden später trat Stina aus dem Aufzug und wollte schon, wie gewohnt, zum Zimmer der Pfleger hinübergehen und sich nach Thore erkundigen, als sie die Stimme ihres Bruders aus dem Gemeinschaftsraum tönen hörte. Ein herzhaftes Lachen folgte und ein siegessicheres: »Den kriegst du nie!«

Schmunzelnd lief Stina auf das Zimmer zu. Es war noch nicht mal Mittag und schon steckte Thore in seinem nächsten Tischtennisturnier. Er war wirklich nicht davon loszubekommen, dachte Stina lächelnd. Sie war nur noch einen Schritt von der offenen Tür entfernt, als sie plötzlich eine tiefe Männerstimme hörte, die ihr Herz stillstehen ließ.

»Okay, den habe ich nicht bekommen. Aber was ist mit dem hier? Den Aufschlag konterst du bestimmt nicht.« Ein ebenso tiefes Lachen folgte.

Dann das schnelle, helle Klock eines Tischtennisballs und Thores fröhlich verärgerter Ausruf: »O Mist! Das war knapp!«

Trotz der Lähmung, die ihren Körper erfasste, überbrückte

sie wie von selbst die letzten Meter bis zum Gemeinschafts-raum. Schließlich stand sie im Türbogen und traute ihren Augen nicht. Sie griff sich entsetzt an den Hals und rang nach Atem, während sich ihre Hand zur Faust ballte. Ihr Rücken versteifte sich und auf ihren Schultern lag eine tonnenschwere Anspannung. Ihre Lippen begannen zu zittern, und ihre Augen starrten erschrocken auf den Mann, der sich mit dem Rücken zu ihr im Raum befand. Er ging leicht in die Knie, einen Tisch-tennisschläger in der Hand und bereit für Thores nächsten Matchball.

Stina konnte nicht sprechen. In ihrem Kopf drehte sich alles und ihr Magen stand dem in nichts nach. Nicht Alva war bei Thore zu Besuch. Sondern Andrik.

Ausgerechnet in dieser Minute erblickte Thore seine Schwes-ter und ließ seinen Schläger überrascht sinken. »Stina!«

Dann für einen kurzen Moment schaute er zu seinem Turnierpartner und wieder zurück zu Stina. Unsicherheit legte sich auf sein Gesicht, und Stina bildete sich sogar ein, so etwas wie Panik zu erkennen. Und dann schien es Thore einzufallen, warum sie an einem Sonntag im *Livsmot* auftauchte.

»Unser Ausflug! Gestern habe ich noch dran gedacht und dann waren wir Eislaufen und ich habe es vergessen. Ich …« Er redete weiter ohne Punkt und Komma, aber Stina verstand die Worte nicht. Sie sah nur Andrik, der sich langsam zu ihr umdrehte.

Er trug eine dunkle Jeans, Winterstiefel und einen schwarzen Pullover von Marc O'Polo. An seinem Kragen blitzte ein wei-ßes T-Shirt hervor. Seine starken Finger hielten einen Tisch-tennisschläger in der einen Hand, die er nun ähnlich wie Thore sinken ließ. Er sagte kein Wort und schaute sie unumwunden an. Vermutlich auf der Suche nach einer passenden Reaktion.

Was hatte er hier verloren? Reichte es nicht, dass er ihr Leben im Museum durcheinanderbrachte? Woher wusste er überhaupt, dass Thore hier lebte? Und wieso zur Hölle spielten die beiden vergnügt eine Partie Tischtennis?! Stinas Hirn lief auf Hochtouren und sowohl ihr Herz als auch ihre verwundete Seele überlagerten jeden rationalen Gedanken. Sie sollte nicht schreien. Aber sie wollte. Trotzdem tat sie es nicht.

Langsam schaute sie hinüber zu Thore, der sich scheinbar immer noch um Kopf und Kragen redete. »… kommt normalerweise, wenn du nicht da bist. Aber ich muss vergessen haben, ihm Bescheid zu geben. Ich …«

»Thore, holst du mir ein Glas Wasser? Ich könnte nach diesem Match wirklich was zu trinken gebrauchen.« Andriks sanfte Stimme richtete sich an ihren Bruder. Der zögerte einen Moment, legte dann jedoch seinen Schläger auf der grünen Platte ab und huschte an Stina vorbei, um Andriks Getränkewunsch zu erfüllen. Bevor er das Zimmer verließ, drückte er Stina noch einen brüderlichen Kuss auf die Wange. »Ich hab dich lieb!«, murmelte er und lief davon.

Dann war er fort und Stina stand mit Andrik allein in dem ausnahmsweise leeren Gemeinschaftsraum. Ihre Nerven waren zum Zerreißen gespannt. Fragen über Fragen stoben durch ihr Hirn, gepaart mit schweren Vorwürfen und Schuldzuweisungen. Alle richteten sich gegen Andrik.

Sie wollte ihrer Empörung Luft machen, doch sie konnte nicht. Der Schock über seine Anwesenheit war zu groß. Und das, obwohl sie ihn nun schon seit fast einer ganzen Woche jeden Tag gesehen hatte. Aber eben nicht hier. Nicht bei ihrem Bruder. Sie spürte, wie sich die allzu bekannten Gewitterwolken auf den Weg zu ihr machten. Sie wollte sich wehren, aber die Stürme waren zu stark. Es geschah einfach.

Kurz bevor die Blitze sie mit grellem Licht blendeten, hörte sie Andrik. Vorsichtig kam er einen Schritt auf sie zu und erklärte in ruhigem Ton: »Ein Missverständnis. Ich sollte eigentlich nicht hier sein.« Er überlegte einen Moment. »Thore hat mir bestimmt Bescheid gegeben, aber ich habe die Nachricht wohl übersehen.«

»Thore schreibt dir Nachrichten?!« Stina hatte so viele Fragen, aber irgendwo musste sie anfangen. Warum also nicht dort.

Andrik nickte.

»Wieso? Seit wann?« Auf die Blitze in ihrem Inneren folgte das erste laute Donnergrollen, just als Andrik zu seiner Antwort ansetzte. Das Gewitter nahm seinen Lauf und Stina fühlte sich zurückversetzt in den Moment, als sie Andrik auf Gotland in der Klinik erklärt hatte, dass er sich für immer von ihrem Bruder fernhalten sollte.

»Wir haben nie damit aufgehört.« Er kam einen weiteren Schritt auf sie zu und stand nun nur noch gut einen halben Meter von ihr entfernt.

»Wie konntest du …?«

Leise unterbrach er sie. »Ich habe Thore immer besucht. Wir sind immer in Kontakt geblieben. Ich … habe es nur im Verborgenen gemacht. Ich wusste, dass ich für dich eine Persona non grata war, du wolltest mich aus deinem Leben streichen. Ich habe das verstanden. Aber ich konnte nicht zulassen, meinen besten Freund im Stich zu lassen. Das ging einfach nicht, Stina. Auch nicht für dich.«

»Aus unserem Leben, ich wollte dich aus *unserem* Leben streichen!« Stina funkelte ihn empört an und schnappte nach Luft. »Du hast mich hintergangen. All die Jahre. Und dann tauchst du am Dienstag im Museum auf und tust so, als wäre nichts.« Erschüttert starrte sie ihn an.

»Es war nicht geplant, dass du hiervon erfährst. Noch nicht.«

»Oh, großartig! Für wann hattest du dir das denn in deinen

Kalender geschrieben? Weihnachten? Silvester? Oder vielleicht zu Thores nächstem Geburtstag?« Stina rettete sich in Sarkasmus, anders wurde sie dem Gewitter in ihrem Kopf nicht Herr. So viel zu den schönen Erinnerungen.

»Thore ist mein bester Freund. Kannst du nicht verstehen, dass ich mich nicht einfach so von ihm abwenden konnte?« Bittend sah Andrik sie an.

»Wieso habe ich davon nie erfahren?« Mühsam versuchte Stina, ihre Stimme zu dämpfen. Es musste nicht die ganze Station mitbekommen, was sich hier abspielte.

»Es war unser Geheimnis.«

»Euer Geheimnis?!« Stinas Welt hob sich aus den Angeln und drohte, in einen Abgrund zu rutschen. Entgeistert starrte sie Andrik an. Seit wann hatte ihr Bruder Geheimnisse vor ihr? Und dann noch über so viele Jahre hinweg!

»Thore konnte sich nie an den Unfall erinnern. Aber er wusste, dass wir beste Freunde sind. Bei meinen ersten Besuchen in der Reha habe ich ihn gebeten, ob wir das mit uns für uns behalten wollen, weil ich … Weil ich nicht wollte, dass du verletzt wirst. Ich habe ihm erzählt, dass es mit uns nicht …« Er räusperte sich. »Dass wir uns wegen eines Streits getrennt hätten und du mich nicht mehr sehen, geschweige denn etwas von mir hören wollen würdest.« Andrik fuhr sich mit den Fingerspitzen verwundert über das Kinn. »Ich bin selbst überrascht, dass es so lange funktioniert hat.« Er lächelte zurückhaltend. »Dass du dich an deine Routinen hältst, hat mir geholfen. Ich wusste, an welchen Tagen du Thore besuchst, und habe meine Anwesenheit so geplant, dass wir uns nicht begegnen.«

Ein seltsamer Sturm fuhr durch Stinas Gedanken. Er war heftig und schmerzhaft, aber er drückte die Gewitterwolken zurück. Das Donnergrollen wurde leiser.

»Du hast ihn angelogen«, stellte sie fest.

»Damit er es versteht.« Andrik nickte. »Und damit ich dich nicht verletzen muss.«

»Was hast du den Pflegern gesagt? Nie hat auch nur einer ein Wort über dich verloren. In keiner der Einrichtungen.« Stina schüttelte ungläubig den Kopf.

»Ich habe ihnen die Wahrheit gesagt.«

»Welche Wahrheit?« Aufmerksam musterte sie Andrik, wie er die Hände in seine Hosentasche steckte und mit den Schultern zuckte.

»Dass Thores Unfall meine Schuld ist. Und dass du mir das nicht verzeihen kannst, ich aber nicht bereit bin, meinen besten Freund im Stich zu lassen.«

»Das haben sie dir geglaubt?«

Andriks Mundwinkel zuckten. »Nicht nur du trägst eine Menge Schmerz mit dir herum, Stina.« Seine grünen Augen richteten sich auf sie und Stina erkannte, wie viel Wahrheit in seinen Worten steckte. Es machte ihr beinahe Angst zu sehen, wie ernst es Andrik damit war.

Sie wollte wütend auf ihn sein. Sie wollte ihn anschreien und zurechtweisen. Aber es ging nicht. Es war unmöglich. Je tiefer seine Stimme sich in ihr Herz hineinbohrte, desto weniger konnte sie ihn für sein Tun verurteilen. Im Gegenteil.

Vor Kurzem noch hatte sie ihm vorgeworfen, Thore allein gelassen zu haben und nicht zu wissen, wie es ihm ging. Ja, selbst heute Morgen hatte sie ihn gedanklich dafür abgestraft, weil er sein Leben viel einfacher mit schönen Erinnerungen bepflastern konnte. Aber das war nicht der Fall.

»Du hast ihn nie allein gelassen?«, fragte Stina leise.

»Nie.« Andrik schüttelte den Kopf. »Ich habe ihn mindestens einmal pro Woche besucht. Er war nie allein. Auch wenn du mal nicht da warst.«

Wieder stand Stinas Herz still. Diesmal allerdings nicht wegen aufbrausender Wut und schockiertem Entsetzen. Diesmal wegen einer seltsamen Erleichterung. Eine kleine Träne erzwang sich ihren Weg über Stinas Wange.

Andrik musste sie gesehen haben. Er hob seine rechte Hand, ließ sie jedoch zunächst wieder sinken und machte dann einen kleinen Schritt auf sie zu. Behutsam strich er ihr schließlich den nassen Tropfen aus dem Gesicht, und Stina spürte die Wärme, die seine Haut ihr spendete. Für einen kurzen Moment ließ sie es zu und vergaß, wo sie sich befand. Für einen winzigen Augenblick schob sie die schrecklichen Erinnerungen beiseite. So, wie es die Autorinnen und Schriftsteller in ihren Romanen immer zu Papier brachten.

Doch lange funktionierte es nicht. Dann wurde sie sich ihrer Umgebung wieder gewahr und dem Grund, warum sie überhaupt in dieser Einrichtung stand. Thore. Er lebte in einer Pflegeeinrichtung. Wegen Andrik. Dem Mann, der sanft über ihre Wange strich und ihr viel zu nah war. Ruckartig drehte sie den Kopf zur Seite und wandte ihm den Rücken zu.

In dieser Sekunde kehrte Thore mit einem Glas Wasser in der Hand zu ihnen zurück. Er blieb vor Stina stehen und guckte äußerst betreten drein.

»Es tut mir leid. Du solltest ihn eigentlich gar nicht sehen.« Unsicher schaute er zu ihr hinab, er war schließlich immer noch größer als sie. »Bist du mir böse?«

Ein Schniefen unterdrückend schüttelte Stina den Kopf. »Natürlich nicht.« Sie zwang sich zu einem Lächeln.

Hinter ihr ertönte Andriks leise Stimme. »Ich sollte jetzt gehen.«

Stina drehte sich um und auch Thore wandte sich Andrik zu. Er hielt ihm sein Wasser hin. »Aber du wolltest doch etwas trinken!«

Für eine Millisekunde irritiert nahm Andrik das Glas an und trank es dann in einem Zug leer. »Stimmt.« Er stellte das Glas auf der Tischtennisplatte ab und holte seine Jacke, die auf einem der Sessel lag. »Also dann …«

Stina beobachtete ihren Bruder. Ein trauriger Ausdruck legte sich auf sein Gesicht. Er wirkte unschlüssig und wusste nicht, wie er mit der Situation umgehen sollte. Er wollte weder seine Schwester noch seinen besten Freund vor den Kopf stoßen. Unsicher blinzelte Thore, während er sich von Andrik mit einer Umarmung verabschiedete.

»Wir sehen uns bald.« Andrik klopfte Thore freundschaftlich auf die Schulter. Danach sah er zu Stina und nickte ihr mit einem flüchtigen Lächeln zu. »Ich melde mich wegen … der Arbeit.«

Stina nickte ebenfalls und Andrik schob sich elegant an den beiden vorbei und lief in Richtung Treppenhaus. Stina schaute zu ihrem Bruder und fühlte sich schrecklich. Wer war sie, ihrem Bruder vorzuschreiben, mit wem er sich traf? Hatte sie wirklich das Recht besessen, Andrik von Thore fernhalten zu wollen? Ganz gleich, ob sich sein Freund darüber hinweggesetzt hatte oder nicht?

Besser, dachte Stina, sie wollte besser werden. Ohne darüber nachzudenken, folgte sie Andrik hinaus in den Gang und rief: »Warum bleibst du nicht?«

Überrascht drehte Andrik sich um, die Jacke noch immer in seiner Hand. Unangenehm berührt ging Stina sicher, dass niemand auf dem Flur war. Sie spürte Thores hoffnungsvollen Blick auf sich. *Schöne Erinnerungen.* Sie brauchte schöne neue Erinnerungen, sagte sie sich wieder und wieder und sprang über ihren Schatten. An Andrik gewandt meinte sie: »Wir wollten uns heute die Kunst in den Tunneln der U-Bahn angucken. Du …« Sie räusperte sich. »Du könntest mitkommen, wenn du Lust hast.« Als Andrik nicht sofort antwortete, schob Stina schnell hinterher. »Falls du überhaupt Zeit dafür hast.«

Angespannt wartete sie ab und versuchte, Andrik währenddessen nicht gar so sehr anzustarren. Unruhig ließ sie ihre Zungenspitze über ihre Lippen fahren und vergrub die Hände in den Taschen ihres Mantels.

Endlich rührte Andrik sich. Abschätzend musterte er sie und nickte schließlich. »Ich komme gern mit.«

»Gut.« Stina nickte automatisch. Hatte sie richtig entschieden? O Gott, sie hatte keine Ahnung. Ihr Kopf war ein einziges großes Durcheinander. Von ihrem Herzen wollte sie gar nicht erst reden. Aber ihre Seele, die schien für einen Moment beruhigt worden zu sein.

Thore erschien an ihrer Seite und umarmte sie stürmisch. »Ich hole noch schnell meine Sachen!« Im nächsten Augenblick lief er auch schon in sein Zimmer und ließ die beiden erneut allein.

Langsam gingen sie aufeinander zu und Stina wurde sich des flauen Gefühls in ihrem Magen gewahr.

Andrik beobachtete sie aufmerksam und fragte: »Ist das wirklich okay?«

Stina atmete tief durch und straffte ihren Rücken. »Du bist mir eine ganze Nasenlänge voraus, wenn es um gute neue Erinnerungen mit Thore geht. Vielleicht zeigst du mir heute, wie du das anstellst.« Sie wandte den Blick ab, denn sie hatte auf einmal den Eindruck, viel mehr in diesen grünen Augen zu sehen, als ihr lieb war. Eilig ergänzte sie: »Das bist du mir schuldig.«

Kapitel 14

In den nächsten Stunden erkundeten Stina, Thore und Andrik gemeinsam das U-Bahn-Netz der schwedischen Hauptstadt. Andrik hatte sich online spontan noch ein Ticket kaufen können. Obwohl er selbst schon einige Jahre in Stockholm lebte, hatte er sich noch nie mit der Kunst der *Tunnelbana* auseinandergesetzt. Zugegeben, er war meistens mit dem Auto unterwegs.

Umso aufmerksamer folgte er nun den Worten der jungen Studentin, die die Tour leitete. Sie war vielleicht Anfang zwanzig, trug einen seltsamen Flickenteppich, der sich als Mantel entpuppte, und studierte an der Königlichen Kunsthochschule hier in Stockholm. Nebenbei verdiente sie sich bei der Stadt etwas mit dem Sightseeing dazu.

Während ihrer Reise durch das Streckennetz nutzten sie sowohl die rote als auch die grüne und blaue Linie der U-Bahn und stiegen mehrmals um. Allerdings konzentrierte sich die Führung auf die Stationen nördlich der Altstadt. Sie waren eine überschaubare Gruppe von rund zehn Leuten und schon bald hatte man das Gefühl, mit Freunden unterwegs zu sein.

Kira, wie die junge Studentin hieß, hatte einige der eindrucksvollsten Bahnhöfe für die Führung ausgesucht. Wer es genau nahm, konnte an so gut wie jeder der rund einhundert Stationen, knapp die Hälfte davon unter Tage, die Hälfte darüber, aussteigen und sich die einmalige Kunst ansehen. Doch dafür brauchte man wesentlich mehr Zeit als die veranschlagten zwei bis drei Stunden.

Da Stockholm sich über mehrere Inseln erstreckte, hatte man die unterirdischen Stationen in bestehenden Felsen gehauen. Wie Kira ihnen zu Beginn der Tour erklärt hatte, hatte der graue Stein nicht besonders einladend gewirkt und so hatte man sich bereits in den Fünfzigerjahren dazu entschieden, Künstler damit zu beauftragen, die ungemütlichen Wände in Kunstwerke zu verwandeln.

Besonders beeindruckt war Andrik hierbei vom Bahnhof *Stadion*. Die ungleichmäßigen Wände gingen in ausladenden Bögen in die Decken über, und überall gab es rundliche Vorsprünge, so, als würde der Stein aus rollenden Wellen bestehen. Es wirkte wie eine Höhle tief unter der Erde. Man hatte die gesamte Station in einem kräftigen Hellblau gestrichen. In einem der breiten Durchgänge, die von einem Gleis zu anderem führten, hatte man einen großen, farbenfrohen Regenbogen an die Felsen gemalt. Er erstreckte sich wie ein wahrhaftiges Wetterphänomen von der linken Wand über die Decke bis hinüber auf den Boden der rechten Mauer. Man lief sprichwörtlich unter dem farblichen Gebilde hindurch.

Darüber hinaus hatten die Künstler Åke Pallarp und Enno Hallek überall in der Station Formen in den bunten Regenbogenfarben hinterlassen. Ein geschwungenes »S«, eine Hand, dessen Zeigefinger wesentlich länger war als üblich und am Ende einem Richtungspfeil glich sowie ein buntes Werk aus gelben, orangen und roten Blumen. Der Bahnhof glich einem einzigen Farbspektakel und lud die Besucher zum Träumen ein, wenn sie auf die nächste Bahn warteten.

Während der gesamten Tour warf Andrik immer wieder einen wachsamen Blick auf Stina. Thore war indes begeistert und teilte das munter mit allen Umstehenden. Interessiert stellte er

Nachfragen und wollte sogar mehr über die Künstler erfahren. Kira hatte allerhand zu tun, seine Neugier zu befriedigen. Aber sie nahm sich Zeit für ihn und schien es sehr zu begrüßen, dass es jemanden gab, dem es um mehr ging als Oberflächlichkeiten. Schnell führten Kira und Thore die kleine Gruppe an und Andrik und Stina hatten Zeit, mit der neuen Situation zurechtzukommen.

In der ersten Stunde hatte Andrik still Kiras Vorträgen gelauscht und auch auf der Fahrt zu den nächsten Stationen nicht das Gespräch mit Stina gesucht. Sie hatte besonders zu Beginn äußerst unschlüssig gewirkt. Vermutlich zermarterte sie sich den Kopf darüber, ob sie Andrik unauffällig vor den nächsten Zug schubsen sollte oder ob er womöglich doch eine Chance verdient hatte. Immer wieder bemerkte er, wie sie ihn ihrerseits beobachtete. Doch wann immer er zu ihr sah, wandte sie schnell den Kopf ab und tat so, als würde sie den Bahnhof, an dem sie gerade waren, genauer begutachten.

Die Bahn, in der sie nun unterwegs waren, fuhr die nächste Station an und die Gruppe stieg gemeinsam am *Hallonbergen* aus. Schmunzelnd musterte Andrik die hellen Felswände. Überall sah man krakelige Zeichnungen in allen möglichen Farben. Als der Zug wieder losfuhr, ließ Andrik seinen Blick über den Bahnsteig gleiten. Zwischen diesen beiden Gleisen und zwei weiteren befand sich ein Bett aus Steinen, darauf eine Art weißer Gartenzaun und eigenwillig ausgeschnittene Motive. Er erkannte Herzen, eine Schranke, aber auch ein grinsendes Gesicht auf zwei Beinen ohne Arme. Es wirkte gar, als hätte man die Striche mit bunten Filzstiften auf Papier gemalt und diese Werke vergrößert. Auf einmal erklang Kiras Stimme. Herzlich lachend erklärte sie: »Falls sich gerade jemand fragt: Ja, das sind Kinderzeichnungen!«

Andrik nickte bestätigend. Hatte er es sich doch gedacht!

»Die Künstler Elis Eriksson und Gösta Wallmark haben für diesen Bahnhof Bilder aus ihrer Kindheit als Vorlage verwendet, aber auch Zeichnung ihrer eigenen Kinder.« Sie deutete auf die Wand hinter sich. Zwischen bunten Tupfern schwamm ein mit schwarzem Stift gemalter Wal, daneben lief ein ebenso großer Vogel herum. Ein halber Zoo hatte an diesem Felsen sein Zuhause gefunden. Ein Zoo, gezeichnet von Kinderhänden. Andrik fand es großartig.

Stina sah sich neben ihm neugierig um und hatte ein Lächeln auf den Lippen. Ohne nachzudenken, beugte sich Andrik zu ihr und zeigte auf eine der Zeichnungen.

»Ist das da drüben ein Segelboot, das von einer Möwe gelenkt wird?«

Stina reckte den Kopf und nickte. »Ja, sieht ganz so aus.«

»Weißt du noch, wie Thore und ich für den Kunstkurs in der Schule eine Meerlandschaft zeichnen sollten und ich so unfähig war, dass du mir den Bleistift aus der Hand gerissen und es selbst gemalt hast?« Andrik lachte leise und schüttelte den Kopf. In Gedanken sah er das genervte wie amüsierte Gesicht von Stina und die Belustigung von Thore, der weiterhin selbst an seinem Werk arbeitete.

Stina schwieg und Andrik wurde sich bewusst, dass er einfach so darauf losgesprochen und Erinnerungen geweckt hatte. Er traute sich kaum, zu ihr zu schauen, und heftete deshalb seinen Blick fest auf das entsprechende Boot an der Wand.

»Das Bild könnte von dir sein.« Stinas ironische Stimme ging im Lärm der einfahrenden Bahn beinahe unter.

Zögernd schaute Andrik zu ihr und bemerkte das Lächeln um ihre Mundwinkel. Sie blinzelte und im nächsten Moment schaute sie zu Thore, der in ein Gespräch mit Kira vertieft war und ihr aufmerksam zuhörte. Andrik folgte ihrem Blick. Wie auch Stina fiel ihm der leicht steif herunterhängende rechte

Arm seines besten Freundes auf. Die Physiotherapeuten hatten gute Arbeit geleistet. Trotzdem war der Ellbogen so hinüber, dass Thore den Arm kaum mehr nutzen konnte. Er hatte sich bei allem auf links umschulen müssen. Besonders in den ersten Jahren hatte er darunter gelitten, denn Thore liebte es zu zeichnen. Auch seinen Lieblingssport, das Tischtennis, hatte er lange Zeit nicht ausüben können.

Heute war er so wendig mit der linken Hand, man merkte kaum, dass er ursprünglich Rechtshänder gewesen war. Seine Zeichenkünste waren erstaunlich, wenngleich sie nicht ganz an die seiner Vergangenheit heranreichen mochten. Trotzdem ließ er sich nicht abhalten und bekritzelte ständig irgendwelche Zettel oder hinterließ schon mal ein beeindruckendes Graffito an der dafür zur Verfügung gestellten Mauer im Innenhof des *Livsmot.*

Stina biss sich auf die Unterlippe und Andrik konnte ihr den inneren Kampf regelrecht ansehen. Statt seine schöne Erinnerung zu teilen, stoben ihre Gedanken sofort ins Negative. Sie führten ihr vielmehr vor Augen, was Thore durch den Unfall vermeintlich verloren hatte.

Vorsichtig näherte Andrik sich ihr ein Stück, sodass er ganz dicht bei ihr stand. Noch immer schauten sie beide zu Thore, der sich bewundernd umsah. Auf seinem Gesicht lag ein fasziniertes Strahlen, das seine blauen Augen zum Leuchten brachte.

»Wehr dich, Stina«, flüsterte Andrik. »Es ist die Perspektive, auf die es ankommt. Lass dir diese Erinnerung nicht vermiesen. Sieh nur, wie glücklich Thore aussieht.«

Eine Träne lief über Stinas Wange und Andrik hätte sie, wie schon so oft, am liebsten weggewischt. Doch er ließ seine Hände, wo sie waren. Bei sich.

»Ja, Thore hat seinen rechten Arm eingebüßt. Aber er ist ein hervorragender Linkshänder geworden. Er mag vielleicht nicht mehr so akkurat und genau zeichnen können wie früher. Aber dafür hat er die Spraydosen für sich entdeckt. Er lebt seine künstlerische Ader einfach anders aus. Das ist nichts Schlechtes. Das ist etwas Gutes. Etwas, das ihn glücklich macht.«

Stina schwieg verbissen und sog mühsam Luft in ihre Lunge. Was hätte Andrik nur gegeben, um ihr diesen Kampf abzunehmen. Aber das war unmöglich. Sie musste ihn selbst führen. So, wie er es einst getan hatte. Er wusste, was Stina durchlebte. Aber Andrik wusste auch, dass es sich lohnte, die Perspektive zu wechseln.

Energisch hob Stina ihre Hand und wies die dreiste Träne in ihre Schranken. Dann atmete sie zweimal tief durch und versuchte zu lächeln. Eine Weile beobachteten sie beide, wie Thore sich von den vorbeilaufenden Menschen nicht beirren ließ und sich ganz genau am Bahnhof umschaute. Aus der Ferne wirkte er wie ein gewöhnlicher Mann, der lediglich ein bisschen kindliche Begeisterung versprühte.

Schließlich trommelte Kira die Gruppe wieder zusammen und sie machten sich auf den Weg zur nächsten Station. Als sie in die U-Bahn einstiegen, wurde Andrik für einen Moment dicht an Stina gedrängt und unwillkürlich streiften seine Finger die ihren. Erschrocken sah sie auf und wollte zurückweichen. Doch das war in diesem Augenblick kaum machbar.

Ihre Blicke trafen sich, und Andrik spürte ein kleines Hüpfen in seinem Herzen. Stinas Augen hatten nichts von dem klaren Blau verloren, das ihn früher schon in seinen Bann gezogen hatte. Er lächelte und für eine Sekunde wirkte es gar, als würde Stina die Geste erwidern. Und plötzlich, ohne Vorwarnung, spürte Andrik noch etwas. Etwas, von dem er wusste, dass es noch da war. Aber bisher hatte er es erfolgreich verdrängt. Es war der falsche Zeitpunkt. Trotzdem kam er nicht umhin, dieses intensive Gefühl zu registrieren.

Just in diesem Moment verteilten sich die Leute im Zug wieder und Stina rückte ein Stück von ihm ab. Doch trotz der neuen Distanz schien sich zwischen ihnen eine Verbindung aufgebaut zu haben. So kam es Andrik zumindest vor.

Stina hob ihren Kopf und warf ihm einen erneuten Blick zu. Besorgt zog sie die Stirn in Falten und biss sich auf die Unterlippe. Etwas beschäftigte sie. Und Andrik wusste nicht, ob er hoffen sollte, dass es das Gleiche war, das ihm soeben deutlich geworden war. Nein. Nein, vielleicht war es besser, wenn es das nicht war.

Ruckelnd setzte sich die Bahn in Bewegung und beinahe gleichzeitig wandten Andrik und Stina ihre Gesichter voneinander ab. Andrik atmete tief durch und fragte sich einmal mehr, wo sein Plan ihn am Ende wirklich hinführen würde. Er verlor langsam, aber stetig die Kontrolle.

Eine halbe Stunde später sammelte sich die Gruppe an dem letzten Bahnhof der heutigen Führung, *T-Centralen*. Sie waren zurück im Zentrum und befanden sich in dem Teil der Station, an dem die blaue Linie verkehrte.

Stina entschied, dass dieser Abschnitt ihr mit am besten von allen bisherigen gefiel. Es war wieder ein unterirdisches Gleis, sodass wuchtige Felswände sie umgaben. Die unteren eineinhalb Meter der Mauern waren hellblau gestrichen. Alles darüber, inklusive der Decke, strahlte in einem sauberen Weißton. Vom Boden aus rankten große, ebenfalls blaue Blättergebilde hinauf, die an Lorbeerzweige erinnerten. Elegant und unaufdringlich und dennoch einnehmend schlängelten sie sich an den unebenen Felsen entlang. Es wirkte wie eine wunderschöne Tischdecke, die man an die Decke gemalt hatte.

Stina konnte die Augen kaum davon abwenden. Immerzu legte sie ihren Kopf in den Nacken, um sich die Details der Malerei einzuprägen. Sie sah sie nicht zum ersten Mal. Schließlich lebte sie schon einige Jahre in Stockholm und war natürlich schon häufig hier mit der *Tunnelbana* gefahren. Aber es war eben etwas anderes, wenn man eilig von A nach B hetzte oder ob man sich bewusst Zeit für etwas nahm, um es eingängig zu betrachten und auf sich wirken zu lassen. So entdeckte sie auch Zeichnungen, die ihr zuvor nie richtig aufgefallen waren.

In einem Nebenraum der Gleise, dort, wo der Lift an die Oberfläche führte, hatte man an den Mauern zwar die gleiche Farbkombination von Hellblau und Weiß hinterlassen. Doch statt der Lorbeerzweige widmete sich dieser Teil den fleißigen Bauarbeitern, die die Stockholmer U-Bahn in den schweren Felsen gehauen hatten. Silhouetten der Menschen sowie von ihren Werkzeugen und Baugerüsten zierten Wände und Decke. Mit ein bisschen Fantasie hatte man gar das Gefühl, mitten unter ihnen zu sein, ihre Hammer klopfen und ihre Bohrer röhren zu hören.

Stina schloss für einen Moment die Augen und ließ sich auf die Kunst ein. Aufmerksam lauschte sie dabei Kiras Stimme, die etwas über den Künstler erzählte, der die Station gestaltet hatte.

»Per Olof Ultvedt stammte eigentlich aus Finnland, ist aber in den Dreißigerjahren nach Schweden übergesiedelt. Ab 1945 hat er unter anderem an der Königlichen Kunsthochschule hier in Stockholm studiert. Er gilt bis heute als ein wichtiger Vertreter der Kinetischen Kunst in Skandinavien.«

Thore, der neben seiner Schwester weilte, meldete sich zu Wort und Stina öffnete die Augen. Er deutete auf die Silhouetten an der Wand. »Gab es diese Menschen wirklich oder hat er sich die ausgedacht?«

Stina wollte schon schmunzeln, als sie Kiras zustimmende Antwort hörte und überrascht innehielt.

»Tatsächlich hat Ultvedt während seiner Arbeiten an diesem Werk Menschen dazugeholt, die wirklich an den Bauarbeiten mitgewirkt hatten. Sie mussten sich vor eine Lampe stellen, damit der Künstler ihre exakten Schatten nachzeichnen konnte. Anfangs hatte er sogar vorgehabt, ihre Namen hinzuzufügen. Allerdings bemerkte er bald, dass man viele Namen an einer Felswand eher mit einem Grabstein in Verbindung brachte. Und das sollte es ja nicht werden, also beließ er es bei den Silhouetten der Männer.«

Thore nickte verständnisvoll. »Hm, ja, das war wohl gut so. Es hätte sonst wirklich etwas von einem Mahnmal.« Er drehte sich zu Stina. »So wie beim *Estoniaminnesvården*, dem Denkmal hinter deinem *Vasa Museum*. Da haben sie auch die Namen der verunglückten Passagiere angebracht.«

Stina dachte an das schiffsbugähnliche Steingebilde, das sich in der Tat auf der Rückseite des Museums befand. Es erinnerte mit den eingravierten Namen an die mehr als achthundert Opfer der *Estonia*. Die Ostseefähre war unterwegs von Stockholm nach Tallinn gewesen und 1994 aus ungeklärten Gründen vor der finnischen Insel Utö gesunken. Mit 852 Toten galt der Vorfall als schwerstes Schiffsunglück der europäischen Nachkriegsgeschichte.

»Stimmt«, meinte Stina und spürte, wie Thore seine Hand in ihre schob. Eine Geste, die er häufig zeigte und ihr jedes Mal das Herz weich werden ließ.

»Gut, dass Ultvedt die Namen nicht auf die Wand geschrieben hat.«

Sie betrachteten die Silhouetten noch eine Weile schweigend, als Kira schließlich fröhlich das Ende der Führung verkündete und sich für das rege Interesse an der »größten Kunstgalerie der Welt« bedankte.

Strahlend wandte Thore sich nach seiner Verabschiedung von Kira an Stina. »War das nicht super? Wir sollten viel öfter U-Bahn fahren!«

Stina lachte. »Ich sehe es vor mir. In Zukunft sind wir nur noch mit der Bahn unterwegs.«

Thore grinste schelmisch. »Da wird man wenigstens nicht nass, wenn es regnet, und man friert nicht, wenn es kalt ist.«

»Das kommt auf den Bahnhof an«, hielt Stina ihm schmunzelnd entgegen.

Ihr Bruder dachte einen Moment nach, dann zuckte er mit den Schultern. »Dann bleiben wir eben immer bei den unterirdischen Stationen.« Er lachte. »Davon gibt es ja genug!«

Stina hatte für einen Moment fast vergessen, dass Andrik auch zugegen war, und erschrak ein wenig, als seine tiefe Stimme neben ihr erklang.

»Wie wäre es mit einem Mittagessen? Nach so viel Kultur knurrt mein Magen wie verrückt.«

Thores Augen begannen zu leuchten. »Gute Idee! Ich habe auch Hunger.«

»Worauf habt ihr Lust?« Andrik warf Stina einen freundlichen Blick zu und unwillkürlich spürte sie ein seltsames Kribbeln in ihrem Magen. Sie schob es ihrem eigenen Appetit zu. Bis auf den Kaffee in aller Frühe hatte sie heute noch nichts zu sich genommen.

Sie gab die Frage weiter an ihren Bruder. »Wonach steht dir der Sinn, Thore?«

Der musste nicht lange überlegen. »Krabbenbrötchen!«

»Im Ernst?« Amüsiert musterte Stina ihn, aber er nickte nachdrücklich.

»Und danach noch eine warme Waffel mit Puderzucker.«

»Wie wäre es, wenn wir mit der Straßenbahn nach Djur-gården fahren und uns auf dem Weihnachtsmarkt im *Skansen* etwas zu essen holen. Danach könnten wir noch ein bisschen durch das Freilichtmuseum spazieren.« Andrik nickte Stina zu. »Auf dem Rückweg könntest du dein Fahrrad beim *Vasa Museum* einsammeln. Das liegt ja um die Ecke vom *Skansen*.«

Überrascht schaute Stina auf. Daran hatte Andrik noch gedacht? Sie hingegen hatte wohl wieder einmal vergessen, wie aufmerksam er war. »Ja, warum nicht?«

Thore, der aufgeregt auf ihre Reaktion gewartet hatte, schlang begeistert seinen gesunden Arm um die Schultern seiner Schwester. »Worauf wartet ihr noch? Ich sterbe vor Hunger!«

Stina ließ ihren Blick zwischen ihrem Bruder und Andrik hin und her schweifen und wurde sich bewusst, dass sie wieder zu dritt waren. Die beiden Männer an ihrer Seite lachten über etwas, dass Thore gesagt hatte, und Stina fühlte sich in der Zeit zurückversetzt. Zu dem Augenblick, als noch alles gut gewesen war. Damals auf Gotland.

Schließlich löste Thore sich von ihr und lief mit Andrik neben sich bereits Richtung Oberfläche, um zur Straßenbahn zu gelangen, die sie auf die Museumsinsel Djurgården bringen sollte. Der Anblick der beiden rührte etwas in Stina. Sie sah sie nur von hinten, eingepackt in dicke Winterjacken, einen Schal um den Hals, in hellen und dunklen Jeans und ähnlichen Winterstiefeln. Beide waren von der Größe her etwa gleich. Nur war Stinas Bruder etwas schmaler und sein rechter Arm hing steif an der Seite runter. Noch immer lachten sie über irgendetwas und Andrik fuhr fort, Thore etwas zu erzählen.

Man bemerkte kaum, dass die Männer zwar im gleichen Alter waren, sich aber im Geist um Jahre unterschieden. Von hinten betrachtet, wirkten sie wie zwei Menschen, die eine enge Freundschaft verband. Unerschütterlich, locker und vertraut. Wie hatte Stina all die Jahre übersehen können, dass Andrik nie von Thores Seite gewichen war?

Sie hätte wohl wütend auf ihn sein sollen, dass er ihre Bitte damals im Krankenhaus auf Gotland einfach missachtet hatte. Aber das wäre lächerlich gewesen. Denn sie war nicht dumm. Sie spürte, wie gut Andrik ihrem Bruder offensichtlich tat. Viel eher stellte sie sich die Frage, wie sie hatte verlangen können, dass Andrik sich von Thore fernhielt. Sie hätte für seine Vereinsamung gesorgt, vor der sie sich doch gleichzeitig so gefürchtet hatte.

Denn auch wenn ihre Freunde auf Gotland es damals gut gemeint und Thore immer mal wieder besucht hatten, so waren diese Momente mit den Jahren seltener geworden. Besonders während Thores depressiver Phase zu Beginn. Reumütig musste Stina sich allerdings auch eingestehen, dass sie nicht gerade dazu beigetragen hatte, dass ihre Freunde Kontakt zu Thore hielten. Schließlich war sie es gewesen, die allen Vorwürfe gemacht und ihnen den Rücken gekehrt hatte. Immer unter der Prämisse, dass sie Stinas Schmerz und Thores Schicksal nicht verstehen würden. Hatte sie einen Fehler begangen und Thores frühere Freunde vertrieben?

Über all die Jahre hinweg hatte Stina das Gefühl gehabt, Thore hätte nur noch sie. Weil alle anderen mit der Zeit weggeblieben waren. Selbst ihre Eltern hatten ihn im Stich gelassen. Und Thores besten Freund hatte sie am deutlichsten fortgeschickt.

Während sich die Männer immer weiter von ihr entfernten, spürte Stina, wie ein feiner Riss in einer der Mauern entstand, die ihr Herz umgaben. Sie blickte hinüber zu den blauen Silhouetten an der Wand und hatte das Gefühl, die fleißigen Männer, die dabei waren, eine Höhle in den massiven Felsen unterhalb Stockholms zu hauen, kümmerten sich nicht länger um den Bahnhof. Nein, sie hatten einen Weg in ihr Herz gefunden und hämmerten nun auf den schwerfälligen Stein ein, der das sensible Organ umgab.

Andrik hatte sich über sie hinweggesetzt. Weil es richtig gewesen war. Er war an Thores Seite geblieben, hatte ihn durch die schwerste aller Zeiten begleitet und nebenbei auch noch Rücksicht auf Stinas Gefühle genommen. Er hatte ihr die Distanz gegeben, die sie dachte zu brauchen, und doch war er immer ganz nah bei ihrem Bruder geblieben. Ganz gleich, wo er gelebt hatte.

Stina spürte einen Ruck, der durch ihr Herz ging. Einer der Hammerschläge hatte eine empfindliche Stelle getroffen. Kleine imaginäre Kieselsteine polterten aus dem Riss ihrer Mauer und verwandelten sich in feinen Staub.

»Stina! Hast du Wurzeln geschlagen?« Thores laut lachende Stimme drang zu ihr durch und sie wandte sich zu ihm um. Er und Andrik waren schon gute dreißig Meter von ihr entfernt.

»Ich komme schon!« Sie warf einen letzten Blick auf die Bauarbeiter an der Wand. Dann beeilte sie sich, zu den beiden Männern aufzuschließen.

Kapitel 15

Eine Viertelstunde später fuhren sie mit der Straßenbahn über die Hamngatan, vorbei am nördlichen Ende des Kungsträdgården, dem Königsgarten, und einem weiteren kleinen Stadtpark. Die Bäume, die im Sommer angenehmen Schatten spendeten, waren von einer dicken Schneehaube bedeckt. Die Springbrunnen, die sonst gemütlich vor sich hin plätscherten, waren mit Holzplanken versehen worden, auf denen sich ebenfalls einige Zentimeter Schnee befand.

Wenig später ruckelte die Bahn auf den Strandvägen, der sich am Ufer Richtung Osten entlangschlängelte. Zahlreiche weiße Ausflugsschiffe ankerten rechts an dem breiten Anlegesteg. Im Sommer herrschte hier reger Touristenverkehr, doch heute war etwas weniger los. Das Eis in der Stockholmer Bucht wurde dichter, und so fielen die meisten Fahrten witterungsbedingt aus.

Links von ihnen lagen elegante mehrstöckige Häuser, die mit ihren schlichten, aber dennoch prunkvollen Fassaden von früheren Zeiten erzählten. Stina erkannte die roten Markisen des *Hotel Diplomat*, das sie immerzu ein bisschen an diese klassischen Grand Hotels erinnerte, die oft in Filmen vorkamen.

Da es heute ziemlich bewölkt war, lag über der Stadt ein trübes Licht. Umso heller und goldener wirkten die zahlreichen Weihnachtsdekorationen. An den Laternen, quer über die Straße hinweg, und in den Fenstern der angrenzenden Hotels und Restaurants erblickte man überall weihnachtlich warme Lichter, gebundene Tannenzweige und allerhand farbige Kugeln und Sterne. Die Stadt befand sich wahrhaftig in einem verträumten Weihnachtsmodus. Der viele Schnee tat sein Übriges, um diesen märchenhaften Eindruck zu verstärken.

Stina wandte ihren Kopf wieder gen rechts und für einen Moment schlug ihr Herz ein bisschen schneller. In der Ferne sah sie das eindrucksvolle Gebäude des *Vasa Museums*. Aus dem schiefen Dach ragten drei Segelmasten heraus, die eindeutig auf den Schatz im Inneren des Museums aufmerksam machten. Stina liebte dieses Haus mit allem, was dazugehörte.

Es mochte seltsam anmuten, aber seit ihrem ersten Tag im *Vasa Museum* spürte sie diese innige Verbindung zu dem Schiff, dessen Glanzzeit viel zu kurz gewesen war. Was hätte es nicht alles für Erfolge verzeichnen können? Glorreiche Kämpfe, Beutezüge und machtvolle Manöver.

Unwillkürlich fiel Stinas Blick auf Thore, der auf dem Sitz am Fenster saß und verträumt in das aufkommende Schneetreiben schaute. Andrik saß neben ihm und hing ebenfalls seinen eigenen Gedanken nach. Es war so ungewohnt, die beiden nebeneinander zu sehen. Einst waren die beiden die wichtigsten Menschen in ihrem Leben gewesen. Dann war der Unfall gekommen und einen von beiden hatte sie selbst aus ihrer Welt gestrichen, während sie den anderen verzweifelt hatte festhalten wollen.

Manchmal glichen sich die alte Vasa und Thore in Stinas Vorstellungen. Zu sehr vielleicht. War Thores Leben doch auch viel zu kurz im Scheinwerferlicht gestanden. Viel zu früh war der zerstörerische Untergang gekommen. Ähnlich der Vasa kämpfte auch Thore sich zurück ins Leben, doch würde er nie wieder die Möglichkeit haben, so zu leuchten wie davor. So wie die Vasa. Millionen von Menschen kamen, um sie zu sehen und zu bewundern, aber auch sie würde nie wieder in See stechen. Die Schäden waren zu massiv.

Thore und die Vasa. Stina schnappte leise nach Luft. Der Vergleich war schmerzhaft und doch hatte sie in diesem Augenblick das Gefühl, dass er passender nicht sein konnte. Andrik sah auf und musterte sie. Er sagte kein Wort und doch schien er zu spüren, dass etwas in ihr vorging. Unauffällig lehnte er sich nach vorn und tat so, als würde er besser nach draußen sehen wollen. Dabei streckte er seine Hand unauffällig nach ihr aus und strich ihr sanft über ihre unruhigen Finger, die auf ihrem Oberschenkel lagen. Die Berührung dauerte nur wenige Sekunden und hätte auf Außenstehende beinahe zufällig wirken können, aber Stina wusste es besser. Allerdings war sie sich nicht im Klaren darüber, ob es eine tröstende Geste sein sollte oder etwas anderes.

Nein, sie rückte ihren Kopf imaginär zurecht. Stina begann gerade erst, sich an seine Anwesenheit zu gewöhnen. Ihre Wut auf ihn wurde in manchen Momenten leiser, aber noch war sie längst nicht weg. Nur weil sie sich derzeit bemühte, einen realistischen Umgang damit zu finden, bedeutete das nicht, dass sie vergessen würde, was er ihr angetan hatte, was er Thore angetan hatte.

Dankbar bemerkte Stina, wie die Straßenbahn den Strandvägen verließ und auf die Djurgårdsbron bog. Die Brücke führte auf die Insel Djurgården, auf der sich nicht nur das *Vasa Museum*, sondern auch das bekannte Freilichtmuseum, der *Skansen*, befand. Sie passierten die Abzweigung, an der Andrik Stina vor einer knappen Woche mit seinem SUV geschnitten hatte. Wie aufs Stichwort schaute Andrik zu Stina, als er die Stelle erkannte.

Leise meinte er: »Ich kann mich immer noch nicht daran erinnern, dich auf dem Fahrrad gesehen zu haben.«

Spöttisch verzog Stina ihren Mund. »Das liegt daran, dass du viel zu sehr in deiner eigenen Welt lebst, anstatt auf die Menschen um dich herum zu achten.« Von wegen. Stina wollte ihn provozieren und war dabei um Längen über das Ziel hinausgeschossen. Aber wer konnte es ihr verübeln? Die letzte Woche hatte einer Achterbahn der Gefühle geglichen. Sie wusste immer noch nicht, wohin mit all ihren Emotionen.

Andrik schien es ihr nicht übel zu nehmen. Er lächelte sogar. »Wird wohl dringend Zeit, das zu ändern.«

Thore mischte sich ungefragt in das Gespräch der beiden ein. »Was redest du da, Stina? Andrik kümmert sich hervorragend um die Menschen, die er liebt.« Er boxte seinem Freund in die Schulter. »Sieh dir nur an, was er alles für mich gemacht hat. Er …«

»Zu viel des Guten!«, unterbrach Andrik ihn eilig und zeigte mit dem Finger auf die sich nähernde Station der Bahn. »Wir sind da. Lasst uns aussteigen, ich brauche endlich etwas zu essen.«

Verwirrt beobachtete Stina, wie Andrik sich erhob und seinen Mantel zurechtzupfte. Im nächsten Moment hielt der Zug, und gemeinsam mit den anderen Fahrgästen verließen sie das Verkehrsmittel. Draußen beeilte Stina sich, neben Andrik zu gelangen.

Neugierig musterte sie ihn. »Was hat Thore da eben gemeint?«

»Nichts. Er redet zu viel, wenn er hungrig ist. Das weißt du doch.« Andrik gab vor zu grinsen. »So wie damals, als wir stundenlang für die Mathearbeit gepaukt haben und er einfach nicht den Schnabel halten konnte, bis du ihm eine Portion Rührei hingestellt hast und er sie innerhalb von zwei Minuten verschlungen hat.«

Thore meldete sich neben ihnen erneut zu Wort, während sie über die verschneiten Wege in Richtung *Skansen* stapften.

»Was soll ich machen? Der Hunger macht etwas mit mir.«
Er zuckte lachend die Schultern und Stina schüttelte lächelnd
den Kopf.

Sie dachte unwillkürlich an die Hirnblutung, die er damals
vom Sprung ins Wasser davongetragen und die schwere Schäden hinterlassen hatte. Aber sie war dankbar dafür, dass er sich
an beinahe alles, was vor dem Unfall gewesen war, erinnern
konnte. Manchmal sorgte das bei ihm auch für Irritationen, besonders in den ersten Jahren war das der Fall gewesen. Denn sein
Hirn war zwar auf dem Stand eines Vierzehnjährigen, trotzdem
wusste er, dass er Dinge erlebt hatte, die einem älteren Thore
zuzuordnen waren. Das waren unter anderem die Auslöser gewesen, die ihn so wütend hatten werden lassen. Er hatte nicht
verstanden, was mit ihm los war. Aber er spürte eindeutig, dass
etwas nicht mit ihm stimmte.

Heute konnte er das viel besser verarbeiten. Die Gesprächs-
therapie hatte ihm geholfen, diese Erinnerungen einzuordnen
und sie anzunehmen, ohne sich vor ihnen zu fürchten oder
seinen heutigen Zustand zu verteufeln. Manchmal erzählte er
inzwischen sogar selbst von solchen Erlebnissen vor dem Unfall. Dass er also diese Angewohnheit hatte, im hungrigen Zustand viel zu reden, war ihm durchaus bewusst. Und das war
etwas, dass er auch heute noch zu tun pflegte. Wie um diesem
Umstand Bedeutung zu verleihen, legte er auch schon los und
erzählte munter von seinem letzten Besuch im *Skansen*.

»Im August haben sie im *Skansen* ein großes Krebsfest ver-
anstaltet. Es gab massenhaft gekochte rote Krebse zu essen.
Wir durften sogar helfen, auf traditionelle Art Brot zu backen,
und sie haben uns gezeigt, wie man in alten Zeiten Käse her-
gestellt hat.«

»Habt ihr im *Livsmot* nicht sogar extra Laternen für das Fest
gebastelt?«, fragte Andrik und sah zu Thore.

Der nickte begeistert. »Genau! Die haben wir mitgenommen und als es dunkel wurde angezündet. Überall auf dem ganzen Gelände haben die Menschen Laternen dabeigehabt. Es war ein großes Lichtermeer!«

Erstaunt verfolgte Stina die Unterhaltung der beiden. Sie erinnerte sich ebenfalls an das Krebsfest. Es war das erste Mal, dass sie überhaupt davon gehört hatte. Sie wusste nur zu gut, dass Feiern wie Mittsommer oder das weihnachtliche Lucia-Fest im *Skansen* zu Hause waren. Doch dass dort auch das traditionell schwedische Krebsfest zelebriert wurde, war für sie neu gewesen. Erst durch Thores Aktivitäten mit dem Betreuten Wohnen hatte sie davon erfahren.

Sie hatte Thores Gruppe an dem Nachmittag begleitet. Sie sah die rot-weiß karierten Picknickdecken noch genau vor sich. Es war ein herrlicher Tag gewesen. Die Sonne schien angenehm warm auf sie herab und sie hatten reichlich leckeres Essen in ihre Mägen gestopft. Anschließend wurde auf einer Bühne Musik gespielt und sie hatten ausgelassen getanzt. Später bevor die Dämmerung eingesetzt hatte, spielten sie auf den grünen Wiesen *Kub*, das berühmte Schwedenschach. Danach hatten sie schließlich die Laternen angezündet und waren damit durch das gesamte Freilichtmuseum gezogen.

Ein Lächeln legte sich unbewusst auf Stinas Lippen. »Ich glaube, ich habe noch nie zuvor so viele Krebse auf einmal gegessen.«

Thore lachte. »Ich habe schon drauf gewartet, dass sie dir zu den Ohren wieder herauskrabbeln.«

Grinsend schüttelte Stina sich. »Gott bewahre!«

Auf einmal meinte Andrik: »Wie damals, als du schreiend davongelaufen bist, als sich der kleine Frosch auf deinen Oberschenkel verirrt hat. Auf unserem Felsen, wisst ihr noch?«

»O ja! Das war so witzig!«, prustete Thore und hielt sich den Bauch vor Lachen.

»Das war nicht witzig!«, empörte sich Stina und unterdrückte selbst ein Schmunzeln. »Der war total glitschig.«

»Ich habe nie verstanden, dass du Kröten über die Straße hilfst und wenn sie dir ein bisschen näher kommen, rennst du davon.« Andrik schüttelte amüsiert den Kopf.

»Es ist ein Unterschied, ob ich mich entscheide, die kleinen Tierchen zu beschützen, oder ob sie mich ungefragt anspringen.« Stina rümpfte die Nase und lachte schließlich doch.

Auf einmal riss Thore seinen linken Arm in die Höhe und zeigte auf den Eingang des *Skansen*.

»Seht mal, wir sind schon da!«

Während Andrik und Thore sich um die Tickets kümmerten, machte Stina eine überraschende Feststellung. Dieser Moment eben. Sie hatte keine Wut verspürt. Keine Reue. Keine Traurigkeit. Trotz der Erinnerung an alte Zeiten, an gemeinsame alte Zeiten, hatte sie nur die schöne Erinnerung wahrgenommen. Anders als noch vor wenigen Stunden war sie nicht von einem Gewitter überrollt worden. Zum ersten Mal seit langer Zeit war es ihr tatsächlich gelungen, diesen Gedanken nicht darin enden zu lassen, was mit Thore geschehen und ihm genommen worden war.

Stina wurde beinahe schwindelig. Das war so neu für sie. Es fühlte sich gut an. Ja, schön sogar! Aber auch so, als würde etwas fehlen, was absolut verrückt war. Sie wollte diese schlechten Erinnerungen ja gar nicht. Sie wollte das Gute sehen. Aber wie war es ihr diesmal nur gelungen? Von der Situation und der Erkenntnis überfordert, lehnte sie sich an einen schmalen Laternenpfahl und schloss für einen Moment die Augen.

Durch ihre Wollhandschuhe hindurch spürte sie das eisige Material der grauen Leuchte und atmete tief durch. Als sie die

Lider wieder hob, kamen Andrik und Thore lachend auf sie zu. Thore schien Andrik mit irgendetwas aufzuziehen, doch der ließ es über sich ergehen und zuckte einfach nur mit den Schultern. Um seine Mundwinkel herum tauchte dieses Schmunzeln auf, das bis hinauf zu seinen grünen Augen reichte und diese auf so wundersame Weise funkeln ließ. Seine markanten Züge verzogen sich zu einem herzhaften Lachen und Stina verspürte wieder dieses Flattern in ihrer Magengegend.

Schnell wandte sie den Blick zu ihrem Bruder. Auch sein Gesicht zierte ein breites Grinsen. Seine blauen Augen, die ihren so ähnlich waren, leuchteten aufgeregt auf, und für einen winzigen Moment vergaß Stina gar, welches Schicksal er teilte.

Dieses Bild von den beiden Männern, deren Freundschaft so viele Jahre überdauert hatte, brannte sich in Stinas Seele ein. *Es gibt traurige und schwere Momente. Aber wir haben es in der Hand, diese mit wundervollen Erinnerungen zu überschreiben.* Stina hörte Andriks Stimme in ihrem Kopf, wie er Thores vermeintliche Worte zitierte. War es das, was sie gerade tat? Überschrieb sie einen schlechten Moment mit einer neuen, schönen Erinnerung? Der Erinnerung, wie sie mit Thore und Andrik an einem weihnachtlich verschneiten Sonntag zum *Skansen* spazierte, um Krabbenbrötchen und Waffeln mit Puderzucker zu essen?

In diesem Augenblick machten die Männer vor ihr Halt, und Thore verzog fragend das Gesicht. »Was ist los mit dir?«

»Nichts.« Schnell stellte Stina sich wieder aufrecht hin und lächelte. »Habt ihr die Tickets?«

Nach einer kritischen Sekunde beließ Thore es dabei und grinste frech. »Ja, und Andrik hat einen Korb bekommen.«

Erstaunt hob Stina ihre Augenbraue in die Höhe. »Wie das?«

»Thore übertreibt.« Andrik schmunzelte und fuhr sich mit den Fingerspitzen über sein Kinn. Stina schaute unwillkürlich zu seiner Narbe und verspürte einen leichten Stich in der Brust, doch Thores aufgeregte Erzählung lenkte sie ab.

»An der Kasse saß eine ältere Dame und Andrik hat ihr ein Kompliment für ihren selbst gestrickten Schal gemacht. Daraufhin hat sie gelächelt und ihn abblitzen lassen. Er sei zwar ein hübscher *Kerl*«, Thore hob seine linke Hand und schrieb Anführungszeichen in die winterliche Luft, »aber sie sei bereits seit drei Jahrzehnten glücklich verheiratet.« Er lachte.

Unvorbereitet musste Stina grinsen, während Andrik weiterhin den Kopf schüttelte. »Ich habe ihr doch nur ein Kompliment gemacht.«

»Oje, wie geht es deinem Ego damit?« Sie zog ihn auf, und Thores zustimmendes Gelächter war Balsam für Stinas Seele.

Andriks Augen suchten die ihren und für ein paar Sekunden musterte er sie schweigend. Dann verzogen sich seine Lippen zu einem amüsierten Grinsen. »Ich denke, ich komme gerade noch so klar.«

Stumm erwiderte Stina seinen Blick. Dieser Tag war so seltsam. Alles fühlte sich so unwirklich an. Als würde sie eine Pause von ihrem normalen Leben nehmen und in eine Welt eintauchen, die ihr bisher verborgen geblieben war.

Andriks Lächeln sorgte für winzige Fältchen um seine Augenwinkel, und Stina hatte das Gefühl, als würde sie schon wieder den Zug in die Vergangenheit besteigen. Hin zu dem Moment, in dem sie erkannt hatte, dass sie sich in den besten Freund ihres Bruders verliebt hatte. Er hatte sie damals ganz genauso angesehen, und sie hatte dasselbe Kribbeln in ihrem Bauch gespürt. Wie Sterne, die leise explodierten und zahlreiche Funkenschauer durch ihren Körper jagten.

Sekunden kamen ihr vor wie Stunden und sie musste viel Kraft aufbringen, um sich diesen Augenblick nicht selbst kaputt zu machen. Sie würde sich nicht wieder in Andrik verlieben. Dafür war zu viel zwischen ihnen passiert. Zu viel Schuld lastete auf ihm. Zu viel Schmerz lastete auf ihr. Eine unmögliche Kombination.

»Okay, wollen wir jetzt endlich los? Ich dachte, ihr habt Hunger.« Sie hob die Hände und scheuchte die beiden Männer vor sich her. »Los, los, los!«

In den nächsten beiden Stunden zogen die drei über den Adventsmarkt des *Skansen*, aßen Krabbenbrötchen, bestellten sich Waffeln mit Puderzucker und sogen die weihnachtliche Stimmung in sich auf. Stina kannte keinen Ort, der gemütlicher und traditioneller auf das Fest im Dezember vorbereitete als der *Skansen*.

Rund hundertfünfzig Gebäude aus den unterschiedlichsten vergangenen Jahrhunderten waren in ganz Schweden abgebaut und hier wiedererrichtet worden. Die liebevolle Pflege und Restaurierung der Häuser, Scheunen und Höfe zahlte sich aus. Egal wo man auch hinschaute, man spürte, wie die Vergangenheit zum Leben erweckt wurde.

Man hatte die gut erhaltenen Bauten mit der Pflanzenwelt umgeben, die für dessen Heimat typisch waren. So hatte man beinahe das Gefühl, einen Ministreifzug durch ganz Schweden zu machen, wenn man im Sommer das Freilichtmuseum durchquerte. Jetzt im Winter war alles mit Schnee bedeckt, trotzdem blieb dieser Eindruck irgendwie bestehen.

Das Gelände war Ende des 19. Jahrhunderts eröffnet worden, doch hatte es über die Zeit nicht an Schönheit eingebüßt. Es gab sogar einen kleinen Zoo, in dem vorrangig Tiere lebten, die typisch für die schwedische Natur waren. Rentiere, Luchse und Elche oder gar Bären, der *Skansen* glich einem Miniatur-

Schweden, platziert auf einer der Hauptstadtinseln. Man konnte Stunden hier verbringen und es wurde einem nicht langweilig.

Abseits des gemütlichen Adventsmarktes beobachteten Stina, Thore und Andrik den Einzug der Heiligen Lucia. Am heutigen 13. Dezember gedachte Schweden nämlich der italienischen Märtyrerin, deren Geschichte so grausam war, dass Stina lieber nicht daran denken mochte. Da der Gedenktag vor der gregorianischen Kalenderreform zeitweise auf den Tag der Wintersonnenwende fiel, stand dieser Tag in Schweden besonders im Zeichen des Lichts.

In ganz Schweden zogen junge Frauen in schlichten, langen weißen Kleidern – ein rotes Band um die Taille gebunden und brennende weiße Kerzen in den Händen – aus. Hier im *Skansen* hielten sie nach ihrem Gedenkzug quer über das Gelände Einzug in der alten Seglora-Kirche. Angeführt wurden sie von Lucia, die auf ihrem Kopf einen Blätterkranz mit brennenden weißen Kerzen trug. Stina war nicht besonders gläubig, doch das Lucia-Fest galt in Schweden besonders als Hoffnung für die nun bald wieder länger werdenden Tage. Das Licht würde bald zurückkehren und das galt es zu feiern. Mit Kerzen, Gebäck und Gesang.

In der Seglora-Kirche, die den Namen ihres ursprünglichen Heimatortes in Westschweden trug, hörten Stina, Andrik und Thore sich einen Teil des Gänsehaut verursachenden Konzerts an. Klare Stimmen sangen alte schwedische Lieder und das schimmernde goldene Kerzenlicht hüllte das Kircheninnere in einen magischen Zauber.

Da der Andrang auf dieses besondere Fest im *Skansen* groß war, entschieden die drei sich, auch anderen die Sicht auf den singenden Chor zu gönnen. Sie verließen das Konzert früher und folgten dem süßlichen Duft des Weihnachtsmarktes.

Noten von schwedischem Glögg, Zimtschnecken und den

typisch herzförmigen Waffeln verbreitete sich in der Luft, und als würde Thor es besonders gut mit ihnen meinen, fing es kurz darauf an zu schneien. Der Gott des Donners schien wohl eine Ausnahme zu machen und statt eines Gewitters schickte er ihnen fluffige Schneewolken, die Stina nur zu gern annahm.

Kurz bevor sie nach einer ganzen Weile auch die letzte der hölzernen Buden hinter sich gelassen hatten, blieb Thore stehen. »Wir müssen ein Foto machen.«

»Ein Foto?«, fragte Stina.

Thore nickte. »Ja, das war ein schöner Tag. Wir sollten das festhalten. Für immer.« Er zuckte mit den Schultern und fügte leise hinzu: »Wir sind wieder zusammen. Wir drei. Für mich ist heute schon Weihnachten.«

Ohne Ankündigung blieb Stina mit einem Mal die Luft weg. Ihr Herz krampfte sich zusammen, und ihre Emotionen überwältigten sie aus dem Hinterhalt. Erstarrt schaute sie zu ihrem Bruder auf. In seinen Augen lag ein zurückhaltendes Funkeln, das Stina zunächst nicht einzuordnen wusste. Es war keine Sehnsucht, keine Wehmut und erst recht kein Zorn. Und dann überkam es sie. Thore sah glücklich aus.

»Du hast recht, wir sollten unbedingt ein Foto machen.« Andrik überbrückte die aufkommende Stille und zückte sein Smartphone. Er schaltete den Selfie-Modus an und hob den Arm in die richtige Position für eine Aufnahme.

Thore kam auf Stinas rechte Seite und legte einen Arm um ihre Schultern, während Andrik sich links von ihr platzierte. Um mit aufs Foto zu kommen, musste er sich dicht neben Stina stellen. Wie von selbst legte auch er einen Arm um sie und allesamt sahen sie in die Kamera. Stina konnte kaum atmen. Dieser Spiegel, in den sie blickte … Er zeigte ihr etwas, von dem sie nie gedacht hätte, es jemals wiederzusehen. Einen glücklichen Thore. Und sie war für den Moment vereint mit dem Mann, der ihr Leben ins Chaos gestürzt hatte, während er ihr Herz in den Händen hielt.

»Stina, du musst lachen!« Thore knuffte sie liebevoll in die Seite, und Stina kam seiner Aufforderung pflichtschuldig nach.

Das Lächeln fühlte sich einerseits so falsch an und doch auch irgendwie richtig. In Stinas Seele kämpften zwei Welten miteinander und sie konnte nicht sagen, welche die echte war. Welche die richtige war! Trauer traf auf Freude. Wut traf auf Dankbarkeit. Schatten traf auf Licht. Regen traf auf Sonnenschein. Je länger Stina in diesen Spiegel blickte, desto härter kämpften ihre Gefühle miteinander, und sie hatte absolut keinen Schimmer, wie dieses Durcheinander enden würde. Ja, sie wusste ja nicht einmal, welchen Ausgang sie sich wünschte.

Für Stinas Empfinden stand Andrik noch viel zu lange so dicht bei ihr. Nachdem er das Handy schließlich sinken gelassen hatte, nutzte sie den Moment und schlüpfte aus den Armen der beiden Männer und lief ein paar Schritte voraus. Sie schob ihren Handschuh ein Stück zur Seite und warf einen Blick auf ihre Uhr. Es war schon Nachmittag, und das Tageslicht begann, sich zu verabschieden. In einer guten Stunde würde schwarze Dunkelheit über Stockholm liegen, obwohl es längst nicht Abend war. Schon jetzt erhellten die vielen Lichterketten das weitläufige Freilichtmuseum.

»Wir sollten uns langsam auf den Rückweg machen«, meinte Stina, während sie sich zu Andrik und Thore umdrehte. Die beiden schlossen bereits zu ihr auf, und Andrik nickte zustimmend.

»Bleibt ihr noch für eine Partie Tischtennis?« Thore wollte diesen Tag eindeutig noch nicht enden lassen.

Abwartend blickte Andrik zu Stina. Er schien seine Antwort von ihr abhängig zu machen. Er nahm Rücksicht auf sie, schoss es Stina durch den Kopf. Andrik musste wissen, wie auf-

wühlend der gesamte Ausflug für sie gewesen war, obwohl sie
ihm kein Wort davon gesagt hatte. Stina schaute zu ihrem Bruder und schaffte es nicht, ihn zu enttäuschen. So wie immer.
Also nickte sie. »Aber nur eine Runde.«

Siegessicher lachte Thore und hakte sich mit seinem gesunden Arm bei seiner Schwester ein. »Ich lasse dich auch gewinnen.«

»Ich will keine Almosen.« Stina schmunzelte und legte ihren
Kopf für einen Moment an Thores Schulter. Er war schmäch-
tig, trotzdem hatte sie kurzzeitig das Gefühl, als wäre er viel
stärker, als sie es jemals gewesen war.

Andrik kam auf ihre andere Seite. »Als könnte Thore absichtlich verlieren. Ein Ding der Unmöglichkeit.« Er grinste und
Thore zuckte unschuldig mit den Schultern.

»Für Stina würd ich's tun.«

Sehr viel später an diesem Sonntag machte Stina sich auf den
Weg zum Fahrstuhl des *Livsmot*. Andrik sah ihr nach, während er seinen Mantel überzog und ihr gleich folgen würde.
Thore stand neben ihm und schaute seiner Schwester ebenfalls
hinterher. Plötzlich meinte er leise: »Sie sah heute viel weniger
traurig aus.«

Andrik wandte seinem besten Freund fragend das Gesicht
zu, doch der nickte bestätigend.

»Ja, wirklich. Heute hat sie viel öfter gelacht als sonst.«

»Findest du?« Andriks Stimme klang belegt.

Lächelnd drehte Thore ihm den Kopf zu. »Ja.« Dann wurde
er ernst. »Ich weiß gar nicht, was sie immer so traurig macht.
Sie sagt es mir nicht.«

Andrik spürte, wie sein Herz innerlich anschwoll. Manchmal

vergaß er, dass Thore aufgrund seiner Situation nicht auf dem gleichen Stand war wie er. »Vielleicht hat sie nur viel um die Ohren.« Seine Ausrede klang lahm.

Thore durchschaute ihn. Er war gewiss nicht dumm. »Nein, das glaube ich nicht.« Dann schwieg er einen Moment. »Denkst du, sie ist sauer auf mich, weil ich ihr nichts von deinen Besuchen erzählt habe?«

Bevor Andrik antwortete, atmete er tief ein und aus. »Nein. Sie versteht das.«

»Meinst du wirklich?« Unsicher trat Thore von einem Fuß auf den anderen.

»Ganz sicher.« Andrik umarmte seinen Freund und klopfte ihm liebevoll auf den Rücken.

Als er sich von ihm löste und sich schon auf den Weg zu Stina machen wollte, die bereits den Fahrstuhlknopf gedrückt hatte, meinte Thore plötzlich: »Ich glaube, sie mag dich immer noch.« Er grinste verwegen. »Also so richtig.«

Andrik schluckte. Er durfte sich nicht anmerken lassen, wie wenig Wahrheit in Thores Worten lag. Keinesfalls könnte Stina Andrik noch *mögen*. Sie mochten eine Verbindung zueinander haben. Aber darüber hinaus würde es wohl kaum jemals gehen. Zu tief saß der Schmerz in Stinas Herzen. Ihre Mauern waren zu dick. Andrik würde es kaum hindurchschaffen. Selbst, wenn er es wollte. Und er *wollte* es. Das war ihm heute klar geworden. In der U-Bahn. Als sie einander unabsichtlich berührt hatten. Aber er war realistisch. Allein diese Woche war für Stina unfassbar anstrengend gewesen. Er hatte sie mit der Vergangenheit konfrontiert und sie gar aufgefordert, ihre Perspektive in Bezug auf ihren Bruder zu verändern. Das alles war zu viel für nicht mal ganze sieben Tage gewesen.

Selbst wenn sie über die nächsten Wochen hinweg einen Weg fand, damit umzugehen, würde es nichts an der Situation zwischen ihnen ändern. Im besten Fall konnten sie vielleicht wieder Freunde werden. Aber mehr? Nein, mehr würde wohl kaum drin sein. Diese Erkenntnis schmerzte Andrik mehr, als er zugeben wollte. Und so unterdrückte er dieses Wissen und setzte ein Lächeln auf.

»Wohl kaum.« Er zwinkerte seinem besten Freund zu. »Schlaf gut!«

»Hej då!«, rief Thore, und auch Stina drehte sich weiter vorn noch einmal um und winkte ihrem Bruder lächelnd.

Gemeinsam betraten Andrik und sie den Aufzug und verließen das *Livsmot*. Stina lief hinüber zu ihrem Fahrrad, das sie auf dem Heimweg beim *Vasa Museum* eingesammelt hatten.

»Bist du sicher, dass du damit durch den Schnee kommst?« Andrik deutete auf den Neuschnee, der sich auf den Straßen niedergelassen hatte.

Sie waren wesentlich länger bei Thore geblieben als ursprünglich vereinbart. Aus einer Partie waren fünf geworden. In der Zeit hatte es draußen immer kräftiger geschneit. Das Ergebnis lag nun zu ihren Füßen.

Stina ließ ihren Blick über die weiße, beinahe unberührte Decke schweifen. »Ich hab's ja nicht weit. Das geht schon.« Im Gegensatz zum Rest des Tages klang ihr Tonfall auf einmal unsicher.

Langsam ging Andrik auf sie, bis er schließlich kurz vor ihr zum Stehen kam. »Alles okay?«

Stina hielt in der Bewegung inne und ließ das Schloss, das sie eben aufsperren wollte, wieder sinken. Sie starrte auf den Lenker ihres Drahtesels und überlegte. Nach einer Weile des Schweigens meinte sie schließlich, den Blick immer noch auf das Gestänge gerichtet: »Nein. Irgendwie nicht.«

Schweigend wartete Andrik.

»Thore hat recht. Der Tag heute war schön.« Sie machte eine Pause. »Aber es fühlt sich nicht … Es fühlt sich so seltsam an.«

»Seltsam?«

Sie nickte.

»Aber ist das denn etwas Schlechtes?«, hakte Andrik sanft nach. Er ahnte, was in ihr vorging. Er wollte ihr Sicherheit geben und wünschte, sie würde sie annehmen.

Langsam hob sie ihr Gesicht und schaute ihm durch die herabfallenden Schneeflocken in die Augen. Nervös bearbeitete sie ihre Unterlippe, und Andrik bemerkte die vielen Zweifel in ihrem Gesicht.

»Ich weiß es nicht.« Sie zupfte an ihrer weißen Wollmütze und zog sie tiefer in die Stirn. Kleine eisige Kristalle verfingen sich in ihrem geflochtenen Zopf und tanzten über ihre Strähnen hinweg. »Ich habe das Gefühl, als würde ich zwischen zwei Welten stehen und nicht wissen, welche von beiden die echte ist.« Sie betrachtete ihn. »Eigentlich will ich sauer auf dich sein, weil du Thore hinter meinem Rücken besucht hast. Und gleichzeitig … will ich dir um den Hals fallen, weil du ihn nie im Stich gelassen hast.« Sie räusperte sich und schien sich auf einmal bewusst zu werden, welche Wahrheit sie soeben mit ihm geteilt hatte. Unangenehm berührt mied sie seinen Blick.

Andrik wollte sie in seine Arme schließen und ihr versichern, dass alles gut werden würde. Aber das konnte er nicht. Denn diese Entscheidung lag allein bei ihr. Doch ganz konnte er nicht auf eine Berührung verzichten. Zu sehr verzerrte es ihn nach Stina. Behutsam legte er seine Hand auf ihre Finger, die sie unschlüssig auf dem Sattel ihres Fahrrads abgelegt hatte. Sofort richtete sie ihre Augen wieder auf ihn.

»Du musst dich nicht sofort entscheiden.« Er lächelte sie ermutigend an. »Es ist okay, wenn du beides fühlst.« Seine nächsten Worte wählte er äußerst sorgfältig. »Siebzehn Jahre lassen sich nicht an einem Tag aus der Welt schaffen.«

Eine gefühlte Ewigkeit starrte Stina ihn an. Dann nickte sie abrupt. »Das stimmt.« Mit diesen Worten entzog sie ihm ihre Hand, nestelte an dem Fahrradschloss herum und wuchtete ihren Drahtesel durch den Neuschnee zu der Stelle auf der Straße, die bereits geräumt worden war.

Nach einigen Metern wandte sie sich um. »Bis morgen.«

Andrik nickte. »Bis morgen.« Dann ließ er sie ziehen. Schweren Herzens.

Kapitel 16

»Also, wie sieht's mit deiner grandiosen Weihnachtsfeier aus?«
Linus lehnte sich in seinem Stuhl zurück und legte, wie so oft,
seine gekreuzten Füße auf der Tischplatte ab.

Andrik sah von seinem Laptop auf, den er in den wöchent-
lichen Meetings mit Linus stets dabeihatte. Sie hatten gerade
alle wichtigen Themen abgearbeitet und Andrik wollte schon
in sein Büro zurückkehren. Er räusperte sich und erklärte: »Es
geht voran.«

»Warum werde ich das Gefühl nicht los, dass hinter deiner
fabelhaften Idee ein Plan steckt, den ich nicht durchschaue?
Du wirkst eigenartig, seit du ständig in diesem Museum ein
uns aus gehst.«

Nervös lachte Andrik. »Wie kommst du darauf?«

Linus nahm einen Schluck aus seiner Kaffeetasse und ließ die
Füße wieder sinken. »Ich kenne dich schon ein Weilchen, mein
Lieber. Ich habe ein Gespür dafür.« Er grinste.

Ein Schmunzeln legte sich auf Andriks Lippen, gefolgt von
einem leisen Seufzen. Er klappte den Laptop zu und überlegte, wie viel er seinem Freund verraten sollte. Schließlich
ging es hier auch um die Zukunft ihrer gemeinsamen Firma.
Vermutlich war es nur fair, ihn einzuweihen. Wenigstens ein
bisschen.

»Ich habe dir doch mal von Thore erzählt. Und dem Unfall
auf Gotland.«

Linus nickte. »Wie kommst du denn jetzt darauf?«

»Seine Schwester gibt mir die Schuld für Thores Sprung.«

»Ist es deine Schuld?«

Andrik schwieg einen Moment. Dann wiegte er den Kopf hin und her. »Gewissermaßen. Das ist Ansichtssache.«

Linus, wie immer modisch aktuell gekleidet, lehnte sich in seinem Stuhl nach vorn und musterte seinen Geschäftspartner argwöhnisch.

»Was hat das mit unserer Weihnachtsfeier und Sundgrens Vertragsunterschrift zu tun?«

»Stina, Thores Schwester … Sie ist im Museum für die Planung der Feier zuständig.«

Entsetzt riss Linus seine Augen auf. »Das kann nicht dein Ernst sein?!«

Beschwichtigend hob Andrik seine Hände. »Kein Grund zur Aufregung.«

Linus stand auf und tigerte durch den Meetingraum, während Andrik seinen Blick eisern auf die Tischplatte richtete.

»Du findest es nicht problematisch, wenn das Event, von dem abhängig ist, ob unser bis dato größter und wichtigster potenzieller Kunde bei uns einen Vertrag unterschreibt, in den Händen von der Frau liegt, die dich für den wohl schlimmsten Unfall im Leben ihres Bruders verantwortlich macht?«

Linus hatte die Situation einwandfrei zusammengefasst. Abgesehen von winzigen Details, die fehlten, weil er von ihnen nichts wusste.

»Ich habe das unter Kontrolle. Wirklich.«

Linus, der normalerweise zu den entspanntesten Menschen gehörte, die Andrik je in seinem Leben getroffen hatte, raufte sich die Haare. Dann blieb er stehen und deutete mit dem Zeigefinger auf Andrik. »Sagst du mir die Wahrheit? Oder ist da noch irgendetwas, das ich wissen sollte?«

»Stina ist professionell. Sie kann Berufliches und Privates trennen. Es wird keine Probleme geben.« Andrik dachte an die letzte Woche und fragte sich, ob er nur Linus oder auch sich selbst etwas vormachte. Sein wohlüberlegter Plan löste sich mehr und mehr in Luft auf. Als er gestern Abend in seine Wohnung gekommen war, hatte er bedauernd feststellen müssen, dass er längst nicht mehr auf Kurs war. Er agierte nach Gefühl. Und das tat er sonst nie. Aber es war zu zu vielen Wendungen gekommen, die er so nicht vorhergesehen hatte. Sein Plan war aufgrund dessen längst über Bord gegangen, und nun versuchte er sich in Spontaneität.

Keine Frage, er konnte flexibel reagieren. Aber diese Sache war zu wichtig, um zu riskieren, dass es schiefging. Nicht nur in Bezug auf den alten Sundgren. Allerdings war dies der Punkt der Gleichung, der Linus besonders interessierte. Verständlicherweise. Von allem anderen wusste er ja kaum etwas. Und wenn Andrik ihn weiter dabei beobachtete, wie er sich erneut durch die Haare fuhr, beließ er es auch lieber dabei.

Normalerweise hatten die beiden keine Geheimnisse voreinander. Sie waren ungemein gute Freunde. Sonst hätten sie das Unternehmen auch nicht zusammen gegründet. Aber irgendetwas hielt Andrik davon ab, seinem Partner *alles* zu erzählen.

Linus stöhnte aufgebracht. »Frauen machen immer Probleme.«

Andrik flüchtete sich in Ironie. »Feministen würden dich für diese Aussage kreuzigen.«

Linus verdrehte die Augen. »Scheiße, Andrik. Versau uns das nicht. Es war deine Idee, dieses Spektakel zu planen, um den alten Sundgren von uns zu überzeugen. Wenn deine Stina ...«

»Sie ist nicht *meine* Stina«, korrigierte Andrik seinen Freund und spürte einen Stich in seinem Herzen.

»Wie auch immer. Wenn uns diese Stina einen Strich durch die Rechnung macht ...«

Andrik erhob sich und stellte sich vor seinen Geschäftspartner, der ihn aufgebracht anfunkelte. Er straffte seine Schultern und schlug einen ernsten, überzeugenden Ton an.

»Sie wird keine Probleme machen. Ich habe das im Griff.«

Abschätzend musterte Linus ihn. »Da ist noch mehr, nicht? Euch verbindet mehr als dieser Unfall.«

Andrik schwieg beharrlich.

»Okay, sag's mir nicht. Auch in Ordnung.« Linus schüttelte abwehrend den Kopf. Dann stach er mit seinem Zeigefinger auf Andriks Brust ein, genau an der Stelle, wo sein Herz unruhig pochte. Mit strengem Blick schaute Linus ihm in die Augen. »Vermassle uns das nicht.« Er schnalzte mit der Zunge. »Ich meine es ernst. Wehe, du baust hier irgendeinen Scheiß, weil du mit dieser Stina ...«

»Ich hab's im Griff«, versicherte Andrik erneut und ließ einen warnenden Unterton mitschwingen.

Linus atmete tief durch und unterzog Andrik einer letzten Begutachtung. Dann nickte er. »In Ordnung. Bisher hast du immer bewiesen, dass es so war. Ich vertraue dir.« Linus lief zu seinem Platz und griff nach seiner Kaffeetasse und dem Tablet, das auf dem Tisch lag. Dann wandte er sich zum Gehen. An der Tür drehte er sich noch einmal um. Die Entrüstung von eben wich einem freundschaftlichen Lächeln. »Sag Bescheid, wenn du darüber reden willst. Ich bin dein Geschäftspartner, aber ich bin auch dein Freund.« Er zwinkerte. »*Ich* kann Berufliches und Privates trennen.«

Andrik stieß seine angehaltene Luft aus und erwiderte das Lächeln dankbar. »Das weiß ich zu schätzen. Ich melde mich, wenn ich etwas brauche.«

Linus klemmte sich sein Tablet unter den Arm und klopfte mit der freigewordenen Hand auf den weißen Türrahmen. »Na, dann. Toi, toi, toi.« Anschließend verschwand er im Flur und ließ Andrik allein im Meetingraum zurück.

Ein weiteres Mal atmete Andrik tief durch und schaute zum Fenster hinaus. Sofort fiel sein Blick auf den unverkennbaren Bau des *Vasa Museums.* Vor nur einer Woche hatte er hier gestanden und den Plan gefasst, aktiv in Stinas Leben zu treten. Nach nur sechs Tagen in ihrer Gegenwart wusste er schon nicht mehr, ob er richtig gehandelt hatte. Was er wusste, war, dass sein Körper sich längst entschieden hatte. Und sein Herz? Das auch. Nur würde er sich das lieber nicht eingestehen.

Plötzlich vibrierte sein Smartphone auf dem Tisch des Meetingraums. Eilig wandte Andrik sich um und nahm den Anruf entgegen, nachdem er Stinas Namen auf dem Display gesehen hatte.

»Hej!«

»Hej.« Allein ihre Stimme zu hören, brachte Andriks Herz für einen Moment aus dem Takt. »Ich weiß, wir haben heute eigentlich noch einen Termin, aber ich muss hier ein paar Dinge fertig bekommen. Können wir das Wichtigste daher vielleicht jetzt telefonisch besprechen?«

Andrik fühlte Enttäuschung aufkommen, kämpfte sie jedoch sogleich herunter. Stina übernahm den Job der Eventplanerin neben all ihren anderen Aufgaben. Es war kein Wunder, dass sie derzeit viel zu tun hatte. Ihre Bitte war also nur nachvollziehbar. Und wenn sie auf Abstand ging? Dann war das auch in Ordnung. Andrik hatte ihr versprochen, sie nicht zu drängen und ihr Raum zuzugestehen, wenn sie ihn brauchte. Und nach dem gestrigen Tag war es mehr als verständlich, wenn sie diesen nun einforderte. »Natürlich.« Er räusperte sich, setzte sich und klappte seinen Laptop auf.

»Super, danke.« Stinas Tonfall drückte Erleichterung aus.

In der nächsten halben Stunde gingen sie die offenen Punkte auf ihrer Liste durch und Andrik fühlte sich nach jedem abgearbeiteten Thema bestätigt. Er hatte alles im Griff. Zumindest, was die Planung der Weihnachtsfeier im Museum anging. Es würde ein großartiges Event werden. Stina hatte Dutzende Ideen eingebracht, um deren Umsetzung sowohl sie als auch Andrik sich in dieser Woche kümmern würden. Zeitlich war es eine verdammt knappe Kiste, aber sie waren beide optimistisch, dass sie es hinkriegen würden.

Für Andrik stand heute vor allem Telefondienst an. Zwar waren letzte Woche bereits per Eilpost die Einladungen für das Event rausgegangen, aber es konnte nicht schaden, bei den wichtigsten Leuten, besonders Sundgren, noch einmal persönlich anzurufen. Gerade in der Weihnachtszeit blieben viele Briefe zunächst ungeöffnet, da man von einer gewöhnlichen Karte mit besten Wünschen ausging. Daher war es gut möglich, dass manch einer ihre Einladung noch gar nicht wahrgenommen hatte. Und das wäre fatal.

Als Stina und Andrik auch den letzten offenen Punkt besprochen hatten, herrschte kurze Stille am Telefon. Stina schien sich noch ein paar schriftliche Notizen zu machen. Nach ein paar Sekunden fasste Andrik sich schließlich ein Herz und sprach an, was ihn beschäftigte.

»Wie geht's dir heute?«

Erneute Stille am anderen Ende der Leitung. Angespannt wartete Andrik, bis er Stinas leise Stimme vernahm.

»Ich denke, ich brauche ein bisschen Zeit.«

Obwohl Stina es nicht sehen konnte, nickte Andrik. »Das verstehe ich.« Nervös fuhr er mit den Fingern über das Mauspad seines Laptops.

»Gut.« Sie machte eine Pause. Dann schlug sie wieder einen geschäftlichen Ton an. »Kannst du mir bis Mitte der Woche

Bescheid geben, wie viele Leute es wohl werden? Wir müssen das für die Führungen wissen. Davon hängt ab, wie viel Personal wir einplanen.«

»Selbstverständlich.«

»Sehr schön. Dann ... melde ich mich, wenn ich etwas Neues für dich habe.«

»Alles klar.«

»Hej då!«

»Hej då!«

Bevor Andrik auf den roten Button seines Handys tippen konnte, hatte Stina das Gespräch bereits beendet. Ein weiteres Mal an diesem Vormittag stand Andrik auf und starrte durch das Fenster rüber zum *Vasa Museum*. Die Eisdecke auf dem Wasser rund um die Stockholmer Innenstadt schloss sich immer weiter. Es war ein Winter, wie er sonst nur in Büchern zu finden war.

Andriks Augen verfingen sich an den einprägsamen Segelmasten des Museums. Es war nur fair, Stina Zeit zu geben. Dennoch juckte es ihn in den Fingern, sich ins Auto zu setzen und zu ihr zu fahren.

Um der Versuchung zu widerstehen, holte er seine kabellosen Kopfhörer hervor und stopfte sie sich in die Ohren. Dann nahm er sein Smartphone in die Hand und wählte die erste Nummer auf seiner Liste. Er hatte zu tun. Sonst würde die Feier gewiss nicht zu dem Erfolg führen, für den sie ursprünglich angedacht gewesen war. Und das wäre fatal.

Erschöpft ließ Stina den Tischtennisschläger sinken und zupfte ihr Haargummi zurecht. Nach dieser aufreibenden Partie hatte es sich nämlich leise von dannen schleichen wollen. Aber Stina erwischte es gerade noch rechtzeitig und flocht ihren Zopf neu. Mit einer schnellen Bewegung spannte sie das schwarze Band um ihre Haarspitzen und griff wieder nach ihrem Schläger.

Grinsend beobachtete Thore sie. »Sicher, dass du eine Revanche willst? Du siehst ziemlich fertig aus.«

»Hey!« Empört funkelte Stina ihren Bruder an. »Das will ich überhört haben.« Sie klopfte mit der Kante auf die Tischtennisplatte. »Komm schon, ich will heute wenigstens einmal gewinnen.«

Lachend warf Thore den kleinen orangen Ball in die Luft und lieferte dann mit der gleichen Hand einen perfekten, unmöglich zu erreichenden Aufschlag. In den nächsten Minuten punktete Stina zwar ab und an, doch am Ende gewann Thore die Partie mit vier Punkten Vorsprung.

Es war Dienstagabend und wie immer besuchte Stina an diesem Tag ihren Bruder im *Livsmot*. Vor zwei Tagen hatte sie Andrik in diesem Raum erblickt und entsetzt festgestellt, dass sie siebzehn Jahre lang hintergangen worden war. Sie hatte es erstaunlich gut verkraftet, wenn sie an die letzten achtundvierzig Stunden dachte.

Tagsüber vergrub sie sich in ihrer Arbeit. Sie war selbst überrascht, wie gut das funktionierte. War das vielleicht dieses *Beiseiteschieben* ihrer viel beneideten Buchcharaktere? Möglicherweise.

Gestern Abend hatte sie sich mit Alva und Malin zum Abendessen verabredet. Die Ablenkung durch ihre besten Freundinnen hatte ihr gutgetan. Besonders nach diesem aufwühlenden Sonntag. Sie hatte sogar ein bisschen davon erzählt, doch hatte sie auch durchblicken lassen, dass sie noch nicht bereit war, das Ganze ausführlich zu erörtern. Dafür waren die Erlebnisse und allen voran die Emotionen noch zu frisch. Alva und Malin hatten Verständnis dafür gehabt und sie nicht bedrängt. Im Gegenteil. Sie hatten ihr Geborgenheit geschenkt und einen Rückzugsort. Gesellschaft ohne die Erwartung, sich zu erklären. Sie hatten Stina wie versprochen aufgefangen und sichergestellt, dass sie in ihren Gefühlen nicht unterging. Auch wenn sie nicht über jedes Detail zu sprechen bereit gewesen war. Dankbar dachte Stina an die beiden wundervollen Frauen, die diesen Weg gemeinsam mit ihr gingen.

»Du hast dich heute gut geschlagen.« Thore klopfte seiner Schwester anerkennend auf die Schulter und grinste sie an, während sie sein Zimmer betraten.

Stina nahm einen Schluck Wasser aus ihrem Glas und ließ sich auf dem Sessel nieder. Thore warf sich hingegen auf sein Bett, überkreuzte die Beine im Schneidersitz und lehnte sich mit dem Rücken an die Wand. Für einen Moment schwiegen sie einvernehmlich. Dann begann Thore, unruhig mit seiner gesunden Hand über seine Oberschenkel zu klopfen. Aufmerksam musterte Stina ihren Bruder.

»Was hast du?«, fragte sie liebevoll.

Verzagt hob Thore seinen Kopf. »Bist du wirklich nicht sauer?«

Stina wusste, worauf er anspielte, und überlegte. Dann legte sie den Kopf schief. »Warum hast du mir nichts gesagt, Thore? Wieso das Geheimnis über so viele Jahre?«

Thore seufzte. »Ich wusste, dass du Andrik gernhast. Und ich wusste, dass dein Herz für ihn geschlagen hat. Von Anfang an. Es war doch nur eine Frage der Zeit, bis ihr zusammen kommt. Aber …«

»Aber?«

»Andrik hat mir von eurem Streit erzählt und wie sehr er dich verletzt hat. Ich wollte nicht, dass du noch mehr leidest, wenn ich von ihm erzähle und dich daran erinnere.«

Stina wollte ihre Neugier zügeln, doch es gelang ihr nicht. »Was hat Andrik dir erzählt?« Es war nicht richtig, Thore das zu fragen. Aber sie schaffte es nicht, sich zurückzuhalten. Machte sie das zu einer schlechten Schwester? Vielleicht. Vermutlich machte es sie aber auch einfach nur zu einem normalen Menschen.

»Dass du ihn an Mittsommer mit einer anderen gesehen hast. Das war ziemlich gemein von ihm.« Betreten schaute Thore drein.

Stina wünschte, es wäre so gewesen. Das hätte sie mit Sicherheit besser weggesteckt als das, was wirklich geschehen war. Mühsam behielt sie ihre Fassung und versuchte, ein überzeugendes Lächeln aufzusetzen. Ihr Bruder sollte sich nicht schlecht fühlen, weil Andriks Geheimnis aufgeflogen war.

»Das ist viele Jahre her. Ich denke, ich komme über eine enttäuschte Jugendliebe inzwischen gut hinweg.« *Was für eine Lüge,* schrie ihr Herz. Aber Stina hörte nicht darauf, denn Thore schaute sie hoffnungsvoll an.

»Wirklich? Es ist alles gut? Auch zwischen dir und Andrik?«

Es wäre in der Tat einfacher gewesen, wenn die Geschichte, die Andrik ihrem Bruder erzählt hatte, wahr wäre. Auch das hätte wehgetan. Gewiss. Aber sie wäre darüber hinweggekommen. Gleichzeitig wusste sie eines ganz sicher: Andrik war kein Mann, der eine Frau betrog. Niemals. Dazu war er zu aufrichtig.

Während dieser Gedanke durch Stinas Kopf schnellte, stellte sie fest, dass sie kaum etwas über Andriks heutiges Leben wusste. Gleichzeitig war sie sich gar nicht sicher, ob sie überhaupt mehr über ihn wissen wollte. Es würde seine Existenz in ihrem Leben nur realer machen. Und sie hatte doch sowieso schon genug zu kämpfen. Allerdings schienen ihr Mund und ihr Gehirn getrennte Wege zu gehen und so hörte Stina sich fragen: »Findest du, dass Andrik glücklich aussieht?«

Thore löste seine Beine aus dem Schneidersitz und streckte sie zu ihrer vollen Länge aus, sodass die Füße über den Rand seines Bettes hinaushingen. Er dachte eine Weile nach.

»Meistens schon. Aber manchmal ist er ein bisschen einsam, glaube ich.«

»Einsam?«

Thore nickte. »Ja.«

Zu gern hätte Stina weiter nachgehakt, aber sie wusste, dass sie es lieber nicht tun sollte.

Plötzlich klopfte es an der Tür und Kaspar, Thores Lieblingspfleger, streckte den Kopf herein. »Ich unterbreche ja nur ungern, aber es ist längst Essenszeit. Wo bleibst du denn, Thore?«

Verdutzt sah Stinas Bruder auf die Uhr in seinem Zimmer. »O Mist! Ich habe nicht aufgepasst. Entschuldigung!« Stina erhob sich von dem Sessel und griff nach ihrer Winterjacke. »Das war meine Schuld. Ich habe ihn aufgehalten.«

Kaspar lächelte. »Kein Ding. Das kommt vor.« Dann verschwand er, und Stina drückte ihren Bruder fest an sich.

»Ich hab dich lieb, Thore.«

Herzlich und ein wenig ungestüm erwiderte er die Geste mit seinem gesunden Arm. »Ich dich auch.«

Gemeinsam gingen sie auf den Flur hinaus und bevor Thore ins Esszimmer der Station abbog, meinte Stina: »Ich bin dir wirklich nicht böse. Denk das bitte nicht, ja?«

Thore wandte sich um und strahlte sie dankbar an. »Da bin ich froh.«

Stina winkte ihm und wollte schon zum Fahrstuhl gehen, als Thore ihr mit einem Grinsen hinterherrief: »Andrik ist übrigens Single.«

Irritiert drehte Stina sich um.

Jugendhaft grinsend zwinkerte Thore seiner Schwester zu. »Ich mein ja nur.«

Streng zeigte sie mit dem Finger zum Speiseraum. »Ab mit dir!« Er mochte im Kopf eines Vierzehnjährigen gefangen sein, aber bei Gott, er besaß einen hellwachen Geist.

Thore lachte fröhlich und sputete sich.

Für einen Moment stand Stina regungslos im Flur des vierten Stocks und versuchte, ihre frei schwirrenden Gedanken zu sortieren. Die von Thore soeben überbrachte Info war für sie nicht von Interesse. Als würde sie sich auf eine Liaison mit Andrik einlassen! Lachhaft! Dafür stand viel zu viel zwischen ihnen. Sie waren nicht mehr die verliebten Teenager von früher. Und gewiss würden sie kein Liebespaar werden. Undenkbar. Immerzu würde die Schuld zwischen ihnen stehen.

Stina wusste, dass sie dieses Gefühl irgendwann würde überwinden müssen. Aber sie würde nicht jetzt damit anfangen und sich bei allem, was gerade geschah, verzetteln. In erster Linie würde sie diese dämliche Weihnachtsfeier im Museum bewerkstelligen, und dann würde sie Andrik weit von sich weisen und ganz in Ruhe nach einem Weg für sich und ihre Erinnerungen suchen. Alles andere war in diesem Moment übereilt.

Als Stina auf den Fahrstuhl wartete, kam Kaspar noch einmal den Flur entlang. Aus einer plötzlichen Eingebung heraus, rief sie nach dem Pfleger. Gut gelaunt kam er zu ihr.

»Was gibt's?«

»Thore hat in den letzten Jahren Besuch von einem Andrik Lundqvist bekommen ...«

»Ja, Andrik.« Kaspar nickte. »Ein netter Typ.«

Stina schluckte. »Wieso hat mir niemand Bescheid gegeben, dass er so häufig bei Thore war?« Sie wollte nicht vorwurfsvoll klingen, konnte es aber dennoch nicht ganz vermeiden.

Unbeteiligt zuckte Kaspar mit den Schultern. »Puh, also es gibt ja keine Liste von Leuten, die ein Besuchsverbot haben. Und Thore hat sich immer wahnsinnig auf ihn gefreut, und auch danach war er immer gut drauf.« Kaspar lächelte und schob die Hände in seine Hosentaschen.

»Aber ist euch nie eingefallen, mich zu informieren?«

Etwas defensiv, aber durchaus deutlich erklärte Kaspar: »Offiziell bist du nicht Thores Vormund. Wir haben deshalb ehrlich gesagt keine Notwendigkeit gesehen. Zumal Thore klar genug im Kopf ist, um das selbst zu entscheiden. Und er hat uns gebeten, nichts zu sagen.«

Stina spürte, dass sie dem Pfleger unrecht tat, aber eine kleine Flamme der Wut loderte in ihr auf und sie war zu schwach, um sich dagegen zu wehren. »Klar genug?! Er ist auf dem Level eines Vierzehnjährigen!«

»Und damit kein Kind mehr.« Freundlich lächelte Kaspar sie an. »Ist es denn ein Problem, dass Andrik zu Besuch kommt?«

»Es ist …« Stina verstummte. Vor ihrem inneren Auge tauchte das strahlende Gesicht von Thore auf, wie er am Sonntag gemeinsam mit Andrik vom Ticketschalter des *Skansen* zurückgekehrt war. Sie hörte sein aufrichtiges Lachen und erinnerte sich an das Leuchten in seinem Blick. Schließlich musste sie zugeben: »Nein, ganz und gar nicht.« Ganz aufgeben wollte sie dennoch nicht. »Es wäre trotzdem schön gewesen, wenn man mich in diese Entscheidung einbezogen hätte.«

Entschuldigend hob Kaspar die Hände. »Soweit ich weiß, hat unsere Leitung Thores Vormund informiert. Alles andere lag und liegt bei Thore und dem Vormund.«

Stina nickte automatisch, doch dann registrierte sie die Bedeutung von Kaspars letzter Aussage. Entsetzt starrte sie ihn an. »Ihr habt meinen Vater informiert?!«

Kaspar überlegte und bejahte ihre Frage dann. »Wenn ich es richtig weiß, haben wir uns an alle Regeln gehalten. Da Thores Vormund vor Jahren keinerlei Einwände hatte, haben wir uns nichts weiter dabei gedacht. Es dir nicht auf die Nase zu binden, war Thores Bitte. Und wir nehmen die Wünsche unserer Bewohner ernst. Egal aus welchen Gründen sie bei uns leben.«

In jedem anderen Fall wäre Stina bei diesen Worten das Herz aufgegangen. Das war schließlich der Grund, weshalb sie so gern hierherkam und sich sicher sein konnte, dass es Thore im *Livsmot* an nichts fehlte. Doch die Nachricht, dass ihr Vater die ganzen Jahre über Bescheid gewusst und mit keinem Sterbenswort etwas erwähnt hatte, brodelte gefährlich heiß in ihrem Inneren. Bevor sie etwas Falsches sagen konnte, entschuldigte sie sich bei Kaspar und floh über die Treppe.

Wann und wie genau hatte sich ihr gut geordnetes Leben in solch ein Chaos verwandelt?

Kapitel 17

Nicht mehr ganz eine Woche. Dann würde die Weihnachtsfeier von Andriks Firma im *Vasa Museum* stattfinden und es würde sich entscheiden, ob der alte Sundgren seine Unterschrift unter diesen so wichtigen Vertrag für *Tillsammans* setzen würde oder nicht.

Andrik hatte sich diesen Anruf extra für Mittwochmittag aufgehoben. Er wusste, dass Karl Sundgren Mittwochvormittag immer für ein ausgiebiges Frühstück in seinen Segelklub ging und danach stets guter Laune war. Andrik wollte die Gunst der Stunde nutzen und ihn an die Einladung zur Feier im *Vasa Museum* erinnern. Schon nach dem ersten Freizeichen ging Sundgren ans Telefon.

»Jaha?« Die tiefe, schon leicht raue Stimme ging mit dem allseits bekannten, lang gedehnten schwedischen *Ja* ans Telefon.

»Karl, guten Morgen! Andrik Lundqvist hier.« Natürlich sprachen auch sie sich mit dem persönlichen *Du* an, wie es in Schweden üblich war. Höflichkeit und Respekt wurden in dieser Sprache auf anderem Wege vermittelt. Und darauf verstand Andrik sich bestens.

Ein erfreutes Lachen ertönte. »Andrik, wie geht es dir?«

»Sehr gut, danke der Nachfrage!« Andrik legte sein Smartphone auf dem Schreibtisch in seinem Büro ab und wanderte langsam hin und her, während er in sein Headset sprach. Freundlich erkundigte er sich nach Karls Besuch im Segelklub. Nachdem sie eine Weile über das perfekte Segelwetter, die schönsten Strände an der schwedischen Ostküste und den perfekten Wein für einen Nachmittag auf hoher See geplaudert hatten, ebnete Andrik den Weg für seinen eigentlichen Grund des Anrufs.

»Es sind sicherlich schon viele Weihnachtskarten angekommen. Ich wollte nur sichergehen, dass unsere Einladung nicht untergegangen ist.«

»Welche Einladung?«, fragte Sundgren erstaunt.

Und wieder war es gut, dass Andrik telefonisch nachgehakt hatte. Rund die Hälfte seiner Kunden hatte bereits überrascht auf seinen Anruf reagiert. Trotz der kurzfristigen Ankündigung hatten dennoch fast alle zugesagt. Gleiches erhoffte er sich nun auch von dem Mann, um den es bei all dem überhaupt ging.

»Wir geben eine gemütliche Weihnachtsfeier im Kreise unserer Mitarbeiter und Kunden. Einfach mal Danke sagen für ein tolles gemeinsames Jahr. Und da wir dafür das *Vasa Museum* als Veranstaltungsort gewinnen konnten, wollten wir es uns natürlich nicht nehmen lassen, einen begeisterten Segler wie dich ebenfalls an Bord zu wissen.«

»Nein wirklich?!« Sundgren lachte begeistert auf. »Nun, das will ich mir in der Tat nicht entgehen lassen. Wann soll das Fest denn steigen?«

Andrik nannte ihm Datum und Uhrzeit und Sundgren murmelte etwas in seinen Schnauzbart, das Andrik nicht gut verstehen konnte. Dann sagt er: »Ich werde meiner Sekretärin Bescheid geben, sie soll meine Termine entsprechend arrangieren. Ich werde da sein, auch wenn mir derzeit nicht sehr nach Feiern zumute ist.« Unwillkürlich hielt der ältere Mann inne und versuchte, seinen letzten Satz mit einem weiteren tiefen Lachen zu entkräften.

Doch Andrik machte seinen Job schon zu lange und hatte mit einigen großen CEOs und Geschäftsinhabern verkehrt. Er wusste, wenn etwas im Busch war. »Gibt es ein Problem, bei dem ich behilflich sein kann?«

Sundgren druckste ein wenig herum.

»Karl, wir sind doch Freunde. Wie kann ich helfen?« Andrik schlug einen freundlichen, aber nicht zu schleimigen Ton an.

Sundgren biss schließlich an. »Nun, mein Prokurist für unsere Logistiksparte hat mir gestern eröffnet, nach seiner gesetzlichen Kündigungsfrist sein Amt niederlegen zu wollen.« Sundgren grummelte aufgebracht. »Das ist wirklich unerhört! Ich habe den Mann vom ersten Tag an aufgebaut.«

Aufmerksam hörte Andrik zu und witterte eine Chance. »Warum will er gehen?«

»Persönliche Gründe.« Sundgren spuckte die beiden Worte verächtlich aus. Man hörte ihm an, wie sehr ihn der angekündigte Weggang von einem seiner führenden Mitarbeiter traf. »Es ist wirklich ein Jammer. Der Mann hat bei uns gelernt! Seit zwanzig Jahren ist er in meiner Firma tätig.«

»Hat er sich näher zu den persönlichen Gründen geäußert?«

»Nicht wirklich.« Sundgren befand sich an einem windigen Ort. Andrik hörte es im Hintergrund ordentlich rauschen. Er war sich sicher, dass Sundgren ihm nicht die Wahrheit sagte. War das womöglich seine Chance, sich Sundgren zu beweisen und ihm zu zeigen, dass *Tillsammans* der richtige Partner für das Multimilliardenunternehmen war?

Er zügelte seinen Enthusiasmus und erwähnte in beiläufigem Ton: »Sollen wir uns der Sache mal annehmen? Ganz unverbindlich?« Er machte eine Kunstpause. Dann setzte er nach. »Ein Freundschaftsdienst, Karl.«

»Ich weiß nicht recht.« Sundgren reagierte wie erwartet zurückhaltend.

»Wir fühlen ihm nur mal auf den Zahn und halten dich selbstverständlich auf dem Laufenden. Vielleicht lässt sich da ja noch etwas machen. Für *Sundgren AB* entstehen weder Kosten noch Verpflichtungen.«

»Hm …«

»Wie gesagt, unter Freunden hilft man sich.« Andrik hielt die Luft an.

Sekunden verstrichen und wieder hörte er eine Windböe im Hintergrund. Schließlich gab Sundgren ein künstliches Husten von sich. »Meinetwegen. Meine Sekretärin lässt euch nach Absprache mit meinem Prokuristen die Kontaktdaten zukommen.«

Andrik streckte stumm, aber siegessicher die Faust in die Höhe. Vollkommen ruhig entgegnete er am Telefon: »Wunderbar. Dann gucken wir mal, was wir tun können.«

»Aber der soll bloß nicht glauben, dass er alles haben kann! Ich habe den Mann zu dem gemacht, was er heute ist. Er sollte dankbar sein, für mich zu arbeiten!«

Andrik verdrehte die Augen. Wenn er das schon wieder hörte, konnte er sich nur zu gut vorstellen, warum der Prokurist das Weite suchte. Höflich erwiderte er: »Wir regeln das. Keine Sorge!« Er wollte sich schon verabschieden, als Sundgren hinterherschob: »Ihr müsst euch aber beeilen. Er will Ende des Monats offiziell seine Kündigung einreichen. Ich will nicht, dass das meine Investoren unruhig werden lässt.«

»Natürlich.« Das wurde ja immer besser. Kein Wunder, dass Sundgrens Laune derzeit an einem Tiefpunkt war. Wenn Schlüsselpositionen in der Schwebe waren, wurden Teilhaber wie Investoren immer nervös. Mit ein Grund, weshalb Firmen häufig bemüht waren, Personalveränderungen äußerst spät zu kommunizieren. Oder am besten erst, wenn adäquater Ersatz gefunden war. Dies schien bei Sundgren allerdings noch längst nicht der Fall zu sein. Das könnte sich für *Tillsammans* als

Glücksfall herausstellen. Wenn sie es schafften, den Prokuristen zum Bleiben zu bewegen, hatten sie bei Sundgren definitiv einen Stein im Brett. Vielleicht brachte ihnen das auch die ersehnte Unterschrift auf dem Vertrag ein.

Und so setzte Andrik auf zwei Pferde. Eine überzeugende Weihnachtsfeier. Und ein beispielhafter Fall von prominenter Mitarbeiterbindung. Wie war das noch? *Wenn du jemanden für dich gewinnen willst, löse ein »unlösbares« Problem für ihn und führe ihm deine Unentbehrlichkeit vor Augen.* Ganz genau!

Höflich beendete Andrik schließlich das Gespräch und wartete ungeduldig auf eine Nachricht von Sundgrens Sekretärin. Er durfte diese Gelegenheit nicht ungenutzt verstreichen lassen und musste sofort handeln! Er schickte Linus eine Nachricht und informierte ihn über diese einmalige Möglichkeit. Aufgekratzt krempelte er sich die Ärmel seines Hemds hoch, setzte sich an seinen Laptop und begann zu recherchieren.

Später am Abend saß Stina über einigen Forschungsarbeiten, die sie aus dem Museum mit nach Hause genommen hatte. Ihre eigenen Forschungen zu dem Bootsfund in Norwegen wurden zurzeit sträflich vernachlässigt. Aber Moritz, ihr Kollege, der sich eigentlich um die Events im *Vasa Museum* kümmern sollte, fiel immer noch aus. Und neben der großen Weihnachtsfeier von Andriks Firma, musste Stina parallel noch zwei weitere kleine Empfänge planen. Hinzu kamen die Führungen, die eine ihrer Hauptaufgaben im Museum waren. Viel Zeit für ihre eigenen Forschungen blieb derzeit also nicht.

Sie vermisste es, sich in die alten Geschichten und dazugehörigen Daten einzugraben und nach Zusammenhängen zu suchen. Und so hatte sie heute beschlossen, dass das genau die

Ablenkung war, die sie brauchte. Nachdem sie gestern im *Livsmot* erfahren hatte, dass scheinbar selbst ihr Vater von Andriks Besuchen gewusst, ihr aber nichts davon erzählt hatte, fuhren ihre Gefühle mal wieder Achterbahn.

Wut und Enttäuschung wechselten sich mit Erstaunen und Erleichterung ab. Und nichts davon stellte Stina zufrieden. Sie wusste derzeit irgendwie selbst nicht, was sie eigentlich wollte. Wie nervtötend!

Raschelnd blätterte sie die Seite des vor ihr liegenden Dokuments um und griff nach der Tasse Tee, die sie vor sich stehen hatte, als es plötzlich an der Haustür klingelte. Erschrocken fuhr Stina zusammen und verschüttete die Hälfte des heißen Getränks über ihrer Hand und den ausgedruckten Papieren. Fluchend stellte sie den Becher beiseite und lief zur Tür. Währenddessen trocknete sie ihre Hand an ihrer Hose ab und pustete auf die leicht verbrühte Stelle. Allzu schlimm war es nicht, dennoch reichte es, um Stina in ihrer aktuellen Situation in einen gereizten Zustand zu versetzen.

Ungeduldig wartete sie, bis der unangekündigte Besuch die Treppen bis zu ihr hinauf ins Dachgeschoss erklommen hatte. Dabei sah sie zu dem kleinen Wecker, der auf der Kommode in dem schmalen Wohnungsflur stand. Es war kurz vor zehn Uhr abends. Wer klingelte um diese Zeit noch bei ihr? Alva und Malin würden es kaum sein. Die besaßen nämlich die Güte und kündigten sich vorher an. Besonders, wenn es so spät war.

Eine flaue Vorahnung machte sich in Stina breit, und je näher die Schritte auf der Treppe kamen, desto sicherer wurde sie sich. Trotzdem war sie einigermaßen überrascht, als Andriks Schopf schließlich auftauchte und er die letzten Stufen zu ihrer Wohnung hinauflief.

Eilig verschränkte Stina die Arme vor der Brust und wurde sich gewahr, dass sie alles andere als passend angezogen war.

Sie trug lediglich eine ausgebeulte Jogginghose, die am linken Knie sogar schon ein kleines Loch aufwies, und einen weiten Kapuzenpullover. Auf dem schwarzen Oberteil tummelten sich allerhand lachende Eiskugeln in spitz zulaufenden Waffeln. Ein äußerst erwachsenes Kleidungsstück. Nicht. Aber Stina liebte es. Thore hatte es ihr letztes Jahr zu Weihnachten geschenkt.

»Was machst du hier?« Stinas Ton war nicht besonders freundlich. Aber sie hatte ja auch nicht mit Besuch gerechnet. Sie trug unter ihrem Pullover nicht mal einen BH, so *zu Hause* war sie.

Andrik war wie immer elegant, aber schlicht gekleidet. Die übliche dunkle Hose, die allzu bekannten Winterboots und der graue Mantel mit hochgeschlagenem Kragen. Seine Ohren waren von der Kälte draußen gerötet. Es waren minus zwölf Grad und er trug immer noch keine Mütze. Stina schüttelte kaum merklich den Kopf. Männer.

»Hej!« Andrik wirkte kein bisschen außer Atem. Natürlich nicht. Wenn Stina nach der Arbeit hier rauflief, bekam sie spätestens im dritten Stock zu wenig Luft. Und das, obwohl sie so viel mit ihrem Fahrrad unterwegs war und eigentlich eine ganz gute Kondition besaß.

Er zog einen Briefumschlag aus seiner Manteltasche. »Die Gästeliste.«

Irritiert hob Stina eine Augenbraue und nahm das Dokument entgegen. »Das hättest du mir auch einfach per Mail schicken können.«

Er zuckte mit den Schultern. »Ich war sowieso in der Nähe.«

Aufmerksam betrachtete Stina ihn. »Du warst bei Thore.«

Andrik nicke. Auf einmal lächelte er. »Er hat mich schon wieder beim Tischtennis fertiggemacht.«

»Recht so.« Stina konnte ihr stolzes Schmunzeln nicht verbergen.

Unschlüssig stand sie im Eingang ihrer Wohnung. Sie wollte Andrik eigentlich nicht in ihr Apartment lassen. Das war einer der letzten Orte, die er noch nicht vereinnahmt hatte. Sowohl das Museum als auch das *Livsmot* hatte er erfolgreich erobert. Stina blieben nicht mehr viele Rückzugsorte. Ihr kleines Zuhause war einer davon.

Aufmerksam musterte sie Andrik. »Du bist aber nicht nur wegen der Gästeliste hier.«

Dass Andrik nicht sofort antwortete, zeigte ihr, wie recht sie mit ihrer Annahme hatte. Er ließ seine grünen Augen langsam über ihr Outfit hinweggleiten. Noch immer verschränkte Stina ihre Arme emsig unter der Brust. Sie war zu Hause. Sie konnte rumlaufen, wie sie wollte. Sie würde sich dafür nicht erklären.

Schließlich schlich sich ein dezentes Grinsen auf Andriks Lippen. Er deutete mit einem Nicken auf ihren Pullover. »Hübsch.«

Trotzig antwortete Stina: »Ein Geschenk von Thore.«

Wieder nickte er. »Ich weiß.«

»Woher …?« Stinas Frage verklang im Treppenhaus, als sie sich bewusst wurde, wie präsent Andrik in Thores und damit eigentlich auch in ihrem Leben in den letzten Jahren gewesen war. Und wieder fiel ihr auf, wie wenig sie über ihn und sein heutiges Sein wusste.

Sie atmete tief durch und musterte Andrik. Schließlich gab sie sich einen Ruck und trat einen Schritt zur Seite. »Willst du auf einen Tee reinkommen?«

Ein überraschter Ausdruck huschte über Andriks Gesicht. Er schien doch tatsächlich zu überlegen.

Ungeduldig betrachtete sie ihn. »Das ist eine zeitlich begrenzte Einladung.«

»Wenn das so ist.« Andrik lächelte und zog die Schuhe vor ihrer Tür aus. Dann quetschte er sich an ihr vorbei in den

Flur und lief weiter in das einzige Zimmer von Stinas kleiner Wohnung. Während er seinen Mantel auf der Lehne des schmalen Sofas ablegte, schaute er sich unauffällig um. In diesem Moment fühlte sich Stinas Apartment noch winziger an als sonst.

Der Raum war gerade groß genug für ein Doppelbett, daneben ein Regal als funktionale Trennwand, das mit Büchern und Ordnern vollgestopft war, und gegenüber davon das kleine Sofa. Auf einen Esstisch hatte Stina verzichtet. Das gab das Zimmer nicht her. Stattdessen hatte sie zur Abgrenzung der offenen Küchenzeile einen kleinen Bartresen besorgt. Passend dazu zwei Hocker, die perfekt unter besagte Theke passten.

Auf dem Couchtisch lagen Stinas Papiere aus dem Museum verteilt, inklusive der fast getrockneten Teepfütze. Da die Oberfläche allerdings nicht für alle Dokumente ausreichte, hatte sie sie zusätzlich auf dem Boden ausgebreitet. Andrik stand am Rand dieser modernen Art des Arbeitens und nahm die Wohnsituation in sich auf. Als er seine Musterung schließlich beendet hatte, wandte er Stina fragend den Kopf zu.

»Ich wusste, dass Museen Geld brauchen. Aber dass du so schlecht bezahlt wirst, hätte ich nicht erwartet.«

»Ich habe keine hohen Ansprüche.« Stina musste sich nicht verteidigen. Trotzdem hatte sie das Bedürfnis. Eilig kniete sie sich nieder und räumte die Arbeiten ihrer Kollegen auf. »Als Studentin konnte ich mir nicht mehr als das leisten. Und da es so nah am *Livsmot* ist, war es damals geradezu perfekt für mich.«

Andrik schien im Kopf nachzurechnen. »Das ist mehr als dreizehn Jahre her.«

Es erschreckte Stina, dass er das so genau wusste.

»Ich könnte mir durchaus etwas anderes leisten, aber ich mag die Nähe zu Thore. Und hier in der Umgebung etwas Größeres passend für meinen Geldbeutel zu finden, ist dann doch wieder recht schwierig. Also bleibe ich hier, bis sich irgendwann etwas ergibt.«

»Suchst du aktiv?«

»Nein, aber ich komme hier wirklich gut zurecht.« Nachdrücklich klopfte sie die einzelnen Papiere in ihrer Hand zurecht, damit sie einen sauberen Stapel ergaben.

»Was ist das alles?« Andrik wechselte das Thema, und Stina nahm es dankbar an.

Während er sich auf die viel zu kleine Couch setzte, stellte Stina ihm kurz und knapp ihre Arbeit vor. Es war seltsam, ihn hier in ihrer Wohnung zu haben. Jahrelang hatte sie ihn für alles verantwortlich gemacht, was ihr widerfahren war, und nun saß er auf einmal vor ihr und interessierte sich für ihre Forschung? Das war absurd. Ganz absurd.

Dass Stinas Magen seit Andriks Auftauchen im Treppenhaus zudem verrücktspielte, war leider überhaupt kein gutes Zeichen. Dank ihres Pullovers konnte sie wenigstens verstecken, dass sich in regelmäßigen Abständen eine feine Gänsehaut auf ihren Armen bildete, sobald Andrik sie auch nur ansah. Was zur Hölle war nur los mit ihr? Oder besser gesagt mit ihrem Körper? Das war nicht richtig. Sie empfand doch eigentlich nur Wut und Enttäuschung für diesen Mann. Gut, vielleicht war es inzwischen ein bisschen besser geworden. Aber so weit, dass es für Schmetterlinge im Bauch und Gänsehaut auf ihren Armen reichte, war sie nun auch wieder nicht. Nein, keine Schmetterlinge. Sie korrigierte sich im Geiste. Es fühlte sich eher nach einer einsamen Hummel an. Süß und flauschig, aber irgendwie überhaupt nicht dazu in der Lage, ihren Weg zu finden, sodass sie ständig unabsichtlich irgendwo dagegenflog. Ja, das traf es schon eher, dachte Stina.

Mühsam konzentrierte sie sich auf die Schilderungen der

Schiffsteile, die man in Nordnorwegen gefunden hatte und zu denen sie im Herbst gereist war.

Anerkennend hob Andrik eine Augenbraue in die Höhe. »Dann schreibst du quasi Geschichte.«

Unwillkürlich musste Stina lachen. »Ich halte sie fest. Geschrieben wurde sie indirekt von den Wikingern. Ich bin nur ihr Werkzeug, um es den Menschen heute mitzuteilen.« Sie lächelte bei dem Gedanken an ihre Arbeit. »Sozusagen eine Übersetzerin für modrige Schiffsplanken.«

Andrik schmunzelte. »Eine schöne Berufsbezeichnung.«

Ihre Blicke trafen sich und verhakten sich für einen Moment ineinander. Stina spürte ein eigenartiges Gefühl in ihren Armen und Beinen. Die Hummel schien Gesellschaft von einigen Artgenossen zu bekommen. So schnell wie nur möglich wandte sie den Kopf ab und erhob sich vom Boden. Schnurstracks lief sie zu ihrer Küchenzeile.

»Möchtest du etwas trinken?«, fragte sie, ohne Andrik dabei anzusehen.

Sie hätte ihn nicht hereinbitten dürfen, dachte sie auf einmal. In Gedanken versunken nahm sie Andriks Antwort gar nicht wahr und machte ganz automatisch zwei Tassen Kamillentee. Der Wasserkocher war für ihren Geschmack viel zu schnell fertig. Sie goss das heiße Wasser in zwei saubere Becher, warf jeweils einen Teebeutel hinein und zwang sich, mit den Heißgetränken zurück zum Sofa zu gehen. Sie hätte sich gern ganz weit weg von ihm niedergelassen. Aber diese Couch war nicht dazu bestimmt, mehr als zwei schmale Personen zu beherbergen. Besonders nicht, wenn eine der Personen einen gut gebauten männlichen Körper besaß.

Sie stellte die beiden Becher auf dem freigeräumten Tisch ab und unterdrückte ein Seufzen. Trotz des Platzmangels versuchte Stina, sich ganz ans andere Ende des Sofas zu setzen.

Seitlich, um sich mit dem Rücken an die Armlehne zu stützen. Dadurch saß Andrik geradeaus vor ihr. Schließlich sah sie zu ihm und folgte seinem Blick. Dieser führte geradewegs auf das Bett, das nur eineinhalb Meter vom Couchtisch entfernt an der Wand gegenüberstand. Was mochte in seinem Kopf nur vorgehen? Stina wusste es nicht einzuschätzen.

Schnell bemühte sie sich, ihm ein Gespräch aufs Knie zu nageln. Sie hoffte irgendwie, er würde eine Ausrede finden, warum er plötzlich gehen musste, aber den Gefallen tat er ihr natürlich nicht. Warum auch?

»Wo bist du damals nach deinem Umzug nach Stockholm untergekommen?« Eine seltsame Frage, wenn Stina sie laut hörte. In ihrem Kopf hatte das irgendwie mehr Sinn ergeben.

Andrik riss seine grünen Augen von ihrem ungemachten Bett und bemerkte die Teetasse vor sich. Er warf ihr einen verwirrten Blick zu, den Stina schon wieder nicht deuten konnte. Dann lehnte auch er sich zurück und begann zu erzählen.

»Ich wohne drüben in *Södermalm*.«

Stina nickte wissend. »Bei den Künstlern und Intellektuellen.«

Andrik schmunzelte. »Nicht nur, aber auch.«

Nur zu gut konnte Stina sich Andrik in den modern sanierten Häusern vorstellen. Er würde nicht in einem der vielen Holzhäuser wohnen, die es ebenfalls auf der südlichen Seite von Stockholm gab. Dafür war er nicht der Typ. Er hatte schon immer alles Moderne geliebt. Mit Sicherheit spiegelte sich das auch in seinem Apartment wider. Stina teilte seinen Geschmack. Auch wenn man das ihrer Wohnung gewiss nicht ansah. Aber wie schon gesagt, sie war nicht so anspruchsvoll und kam auch mit weniger zurecht.

Einen Augenblick lang musterte sie Andrik, wie er so auf ihrem schmalen Sofa saß, als gehörte er wie selbstverständlich dorthin. Stolz bemerkte sie auf einmal, dass sie seit seiner Ankunft noch kein einziges Mal an all das Schlimme gedacht hatte, was ihr seinetwegen widerfahren war. Sie verzeichnete das als Fortschritt und arbeitete hart daran, dass es vorerst auch dabei blieb. Sie versuchte, in sicherere Gewässer zu steuern.

»Ich weiß fast nichts über dich. Erzähl mir von dir.«

Zurückhaltend lächelnd schaute Andrik sie an und stützte seine Ellbogen auf den Oberschenkeln ab, während er sich ein wenig nach vorn beugte. »Du bist neben Thore vermutlich der Mensch, der am meisten über mich weiß.«

Stinas Herz setzte einen Moment lang aus. Da saß Andrik und haute diesen Satz einfach so raus. Einfach so. Stina schluckte und bemühte sich, den Faden wieder aufzunehmen. Nervös lachte sie. »Das glaube ich kaum. Wir haben uns fast zwei Jahrzehnte weder gesehen noch gesprochen. Ich weiß gar nicht, was in deinem Leben seither passiert ist. Außer dass du das Weingut deiner Eltern verlassen hast, nach Stockholm gezogen bist und eine Unternehmensberatung gegründet hast.«

Andrik lächelte. »Das ist doch schon eine ganze Menge.«

Maßregelnd betrachtete sie ihn. Solange, bis er schließlich zu reden begann.

»Ich habe die Firma mit einem Freund aus dem Studium gegründet. Linus. Er ist neben Thore vermutlich so etwas wie mein engster Vertrauter. Wenn ich nicht arbeite oder im *Livsmot* bin, dann streife ich meistens irgendwo draußen durch die Schären. Ich mag Stockholm, aber manchmal fehlt mir die weite Sicht aufs Meer.« Er lachte leise. »Einmal Inselkind, immer Inselkind.«

Stina wollte ihm zustimmen, doch sie hielt sich rechtzeitig zurück. Nicht einmal vor Alva und Malin, ihren besten Freundinnen, hatte sie je zugegeben, dass sie das Inselleben oft vermisste. Auch sie lebte gern in der Stadt. Stockholm hatte wahnsinnig viel zu bieten. Besonders die Nähe zum Wasser war ein großer Pluspunkt. Trotzdem war es nicht das Gleiche.

Andrik hatte ihr Zögern wohl nicht bemerkt und fuhr fort.

»Ich habe mir hier einen kleinen, aber feinen Freundeskreis aufgebaut. Wir gehen abends manchmal zusammen etwas trinken oder probieren ein neues Restaurant aus. Ich denke, ich habe mich hier in der Großstadt ganz gut eingelebt.«

»Wie oft fährst du ... nach Hause?« Die Worte fühlten sich in Stinas Mund ungewohnt an.

Andrik zog indes eines seiner langen Beine zu sich, schob den linken Fuß unter den rechten Oberschenkel und drehte ihr den Oberkörper zu.

»Nicht so oft. Meistens zu Geburtstagen oder jetzt an Weihnachten. Ich war im Herbst zur Weinlese da, aber nur für ein Wochenende. Ich ... vermisse Gotland, aber ich halte es dort nicht besonders lange aus.«

Ein verräterisches Zucken schlich über Andriks Mundwinkel und Stina hatte das Gefühl, dass es sich bis in ihr Herz hineinarbeitete. Was unmöglich war, denn dafür waren die feinen Risse in ihren Mauern noch nicht tief genug. So dachte sie zumindest.

»Wieso?«, fragte sie leise, ängstlich wegen Andriks ehrlicher Erklärung.

Langsam ließ er seinen Blick über Stina wandern, bis er ihre Augen fand und tief in sie hineinschaute. Leise flüsterte er: »Weil nicht nur du in dieser Mittsommernacht die wichtigsten Menschen in deinem Leben verloren hast.«

Kapitel 18

Stina hielt Andriks Blick überraschend lange stand. Trotzdem bemerkte er, wie aufwühlend sein letzter Satz für sie gewesen war. Sie rang kaum merklich nach Luft und fuhr sich abwesend durch die offenen Haare. Es war das erste Mal, seit er sie wiedergesehen hatte, dass sie die weichen hellbraunen Strähnen offen über der Schulter trug. Ihm gefiel, wie sanft sie sich an Stinas Hals entlangschmiegten.

Plötzlich wandte Stina die Augen ab und starrte auf ihre Hände, die in ihrem Schoß lagen. Einmal mehr fiel Andrik auf, dass sie über seine spontane Anwesenheit zwar nicht glücklich war, sie ihm aber auch nicht vorhielt.

Er fragte sich selbst, wie er überhaupt hierhergekommen war. Er hatte wie so oft an einem Mittwochabend bei Thore vorbeigeschaut. Die Gästeliste hatte sich beinahe wie von selbst in seine Mantelinnentasche geschmuggelt. Als er das *Livsmot* verlassen hatte, war er nicht zu seinem Wagen gegangen, sondern hatte auf direktem Wege den Pfad zu Stinas Wohnung eingeschlagen. Nach dem gemeinsamen Abendessen vergangenen Samstag hatte er sie nach Hause gefahren und wusste daher, wo sie lebte.

Während des kurzen Fußmarsches hatte er die ganze Zeit überlegt, ob es richtig war, zu ihr zu gehen. Sie hatte am Montag eindeutig erklärt, dass sie Zeit für sich brauche. Er war auch gewillt, sie ihr zu geben. Und doch musste er sich davon überzeugen, dass es ihr gut ging. Sie war so verkopft. Andrik hatte Angst, dass sie sich in einem Loch vergrub, sich an die schmerzhaften Erinnerungen klammerte und nicht mit der neuen Situation umzugehen wusste, in die er sie unabsichtlich gezwungen hatte. Bezeichnete man das als Beschützerkomplex? Vielleicht. Ziemlich sicher sogar. Stina würde es bestimmt so nennen. Und mit hoher Wahrscheinlichkeit nicht gutheißen.

Trotzdem waren seine Füße einfach weitergelaufen. Und nun saß er hier neben ihr in dieser winzigen Wohnung, die eher als Dachkammer inseriert werden sollte denn als Apartment. Andrik spürte ein verräterisches Gefühl, seit er sie oben am Treppenabsatz erblickt hatte, und er bemühte sich mit aller Kraft, dem zu widerstehen. Die Selbstbeherrschung, auf die er sich häufig so viel einbildete, geriet allerdings ins Straucheln. Insbesondere in diesem Moment, als Stina ihren Kopf hob und ihn mit großen traurigen Augen anstarrte.

»Daran bist du selbst schuld«, wisperte sie und bemühte sich, ihre zitternde Unterlippe unter Kontrolle zu bringen.

Ein grelles Brennen durchzuckte Andrik. Unvermittelt fragte er: »Stellst du dir manchmal vor, was aus uns geworden wäre, wäre dieser Unfall nie passiert?« Er senkte den Blick für wenige Sekunden, dann schaute er wieder zu ihr. Sein Herz klopfte unsicher und aufgeregt zugleich. Was würde sie wohl sagen?

Stina presste ihre Kiefer aufeinander und versuchte, die auftauchenden Erinnerungen abzuschütteln. Sie sah Andrik, wie er ihr gegenübersaß und sie erwartungsvoll vorsichtig betrachtete. Gleichzeitig schaute sie in das Gesicht des jungen, verzweifelten Mannes, der neben ihrem Bruder auf dem Boden kniete.

Hatte sie sich vorgestellt, was aus ihnen geworden wäre? Natürlich. Sie würden lügen, würde sie Nein sagen. Nicht in den ersten Wochen nach Thores Unfall. Aber als er in die Reha kam und Stina sich einsam fühlte, da dachte sie darüber nach. Ihre gesamte Zukunft hatte sich plötzlich verändert. Ihre Pläne, sie waren passé. Der Gedanke daran war so schmerzhaft, dass sie sich allein auf ihren Bruder konzentrierte. Er war es, dem man die Zukunft geraubt hatte. Ihm galt ihre Fürsorge. Sie konnte sich auch später noch selbst bemitleiden. Aber … Sie zog ihre Stirn in Falten und wurde sich auf einmal einer wichtigen Sache bewusst.

Dieses Selbstmitleid, das für eine kurze Zeit vielleicht tatsächlich angebracht gewesen wäre, hatte sie sich nie zugestanden. Sie ließ ihr Leben im Schnelldurchlauf Revue passieren. Nein, sie hatte sich diese Phase der Verarbeitung nie gegönnt. Gewiss hatte sie daran gedacht, dass sie ihre Jugendliebe nach dem Unfall von sich gestoßen und aus ihrem Leben gestrichen hatte. Es war ihr wie eine dringende Notwendigkeit vorgekommen. Sie musste ihr eigenes emotionales Überleben absichern, um für ihren Bruder stark zu sein.

Aber hatte sie sich irgendwann einmal erlaubt, um diese Liebe aufrichtig zu trauern?

Schweigend und geduldig wartete Andrik auf eine Reaktion von ihr. Sie verknotete ihre Finger ineinander und heftete die Augen fest auf das Sofapolster vor sich.

»Manchmal habe ich an unsere Pläne gedacht. Was wir zusammen vorhatten. Wie wir uns die Zukunft vorgestellt hatten. Unser gemeinsames Leben. Aber ich hatte keine Zeit, länger darüber zu grübeln oder mir Dinge auszumalen.« Nach einer kurzen Pause fügte sie hinzu: »Es war zu schmerzhaft und mit zu vielen Erinnerungen verbunden, die mich aus der Bahn zu werfen drohten. Das konnte ich mir nicht leisten.«

Überrascht stellte Stina fest, dass sie erstmals ohne Wut im Bauch darüber sprach. Alles, was sie fühlte, war die Trauer um eine verpasste Gelegenheit in ihrem Leben.

Ein schlechtes Gewissen breitete sich auf Andriks Gesicht aus. »Ich frage mich ständig, ob ich bei dir hätte bleiben sollen. Dich zwingen sollen, mich in deinem Leben zu behalten. Damit ich für dich hätte da sein können.«

Erstaunt hob Stina den Kopf und schaute ihn an. »Nein, ich habe dich weggeschickt. Das war meine Entscheidung.«

»Aber ich habe sie akzeptiert, und das hätte ich vielleicht nicht tun dürfen.« Andriks Stimme nahm einen rauen Klang an und wieder spürte Stina die verirrte Hummel durch ihren Bauch fliegen.

Langsam schüttelte sie den Kopf. »Es war richtig so. Ich wäre nie zurechtgekommen, wenn du geblieben wärst.« Als Stina diese Worte laut aussprach, merkte sie, dass sie wahr waren. Es tat weh, sich das einzugestehen, aber es war besser so gewesen. Davon war Stina nach wie vor überzeugt.

Andrik holte Luft und wollte etwas sagen, überlegte es sich dann jedoch anders. Er schien einen Moment darüber nachzudenken, dann streckte er vorsichtig die Hand aus und griff nach ihren kalten Fingern. Stina spürte die Wärme, die von seiner Haut ausging.

Behutsam strich er mit den Fingerspitzen über ihre Knöchel. »Du hast mir gefehlt. Jeden Tag.« Er blinzelte. »Deshalb kann ich nicht lange auf Gotland bleiben. Dort erinnert mich alles – jeder Fels, jeder Strand, jede Blumenwiese – an dich.« Er stockte. »Und daran, dass ich dich in dieser Nacht verloren habe.« Wie versteinert starrte sie ihn an, doch er fuhr leise fort. »Hier in Stockholm weiß ich, dass du in der Nähe bist. Auch wenn ich nicht bei dir sein kann. Ich stand so oft vor dem *Livsmot* und habe auf dich gewartet. Aber ich habe mich letztlich doch nie getraut, zu dir zu gehen.«

Ungläubig blinzelte Stina. Ihr Herz raste, und die Hummel schien endlich ihre Freunde gefunden zu haben. Gemeinsam führten sie in Stinas Bauch einen Tanz auf, der sich bis in ihren Schoß ausweitete. Sie sollte das nicht fühlen und doch verspürte sie den Drang, Andrik ebenfalls zu berühren. Wo war ihre Wut? Wo war ihre Enttäuschung? Sie hatte ihm nicht verziehen. Wieso also reagierte ihr Körper so? Mühsam riss sie sich zusammen.

»Das fanden deine Freundinnen bestimmt nicht sehr erbaulich.« Mit rostiger Stimme versuchte sie, der Situation die schwere Ernsthaftigkeit zu nehmen, von der sie fürchtete, nicht damit klarzukommen. Wenn Andrik in diesem Ton weiterredete, würde sich ihr Herz verselbstständigen, und das war eine ganz schlechte Idee. Denn auch wenn Stinas Wut und Enttäuschung für einen Moment von ihr gewichen waren, so würden sie gewiss wiederkehren.

Zwischen ihr und Andrik konnte sich keine neue Beziehung entwickeln. Selbst wenn sie entdeckte, dass sie ihn immer noch liebte, was sie nicht hoffte. Womöglich würde es sogar für eine kurze Zeit funktionieren. Doch der Tag würde kommen, an dem Stina ihm erneut die Schuld für Thores Unfall zuwies und ihn mit ihrer Wut konfrontierte.

Dann würde sie Andrik ein zweites Mal verlieren und dieses Mal würde sie es gewiss nicht überleben.

Ein schmales Lächeln glitt über Andriks Lippen. »Keine von ihnen wusste davon. Dafür waren sie nicht lange genug Teil meines Lebens.«

»Aber du hast sie … geliebt?« Stina wollte auf Teufel komm raus, dass er das zugab. Was sie sich davon erhoffte? Dass ihr eigenes sprunghaftes Herz hinter seinen Mauern blieb und sich damit zufriedengab, dass sie bestimmt nicht die einzige Frau in Andriks Herzen gewesen war. Sie redete sich ein, es würde ihr helfen, um dieser Szene die gefährlichen Schwingungen zu nehmen.

Lange blickte Andrik sie stumm an. Seine grünen Augen hatten sich zu schmalen Schlitzen gezogen, so, als würde er sie genau beobachten. Dann schüttelte er ganz langsam den Kopf. »Ich mochte die ein oder andere. Sehr gern sogar. Aber … sie waren nicht du.«

Ein verzweifelter Ruck ließ Stina kaum merklich zusammenfahren. Aus der Hummel und ihren wenigen Freunden war ein riesiger Schwarm geworden, der sich in ihrem gesamten Körper verteilte und sie zum Klingen brachte. Entsetzt spürte sie, wie Hitze und Kälte gleichzeitig über ihren Rücken stoben. Ihr Atem ging schnell und in ihrem Kopf drehte sich alles.

Andrik hatte sie mit seinen Worten, seinem Blick und seiner Berührung in ein Chaos geschubst, von dem sie nicht wusste, wie sie es wieder in Ordnung bringen sollte. Vor ihren Augen verschwamm die Realität. Erinnerungen blitzten auf, wie sie lachend, Hand in Hand mit Andrik über die Weiden auf Gotland rannte. Sie sah, wie sie gemeinsam auf den Felsen am Wasser saßen und die Füße in die kühle Ostsee tauchten. Sie spürte, wie der Inselwind ihre Haare durcheinanderbrachte und Andrik ihr eine Strähne aus dem Gesicht strich. Sie hörte, wie er ihr ins Ohr flüsterte, dass es Zeit sei, nach Hause zu gehen, und sie trotzdem noch stundenlang in den Abendhimmel schauten. Solange, bis sie die Sterne in der Dunkelheit aufleuchten sahen.

Mit klopfendem Herzen sehnte sie sich nach Andrik. Nach der Geborgenheit und der Sicherheit, die er ihr vor so vielen Jahren geschenkt hatte. Sie verzehrte sich nach dem Moment, als noch alles gut gewesen war. Damals. Vor so vielen Jahren.

Eine Träne rann über ihre Wange und sie spürte, wie Andrik sie ihr behutsam mit dem Daumen wegwischte. Doch statt seine Hand wieder zurückzuziehen, blieb sie, wo sie war, und Stina fühlte, wie er sanft über ihre Haut streichelte.

»Ich konnte keine andere Frau in mein Herz lassen, weil du es mitgenommen hattest. Mein Herz war immer nur bei dir, Stina.« Andriks Stimme glich einem Reibeisen, versehen mit wundervollen Emotionen.

Emotionen, vor denen Stina sich in Wahrheit fürchtete. Doch ihr Körper schien andere Pläne zu haben. Langsam hob sie ihre Lider und schaute in Andriks Gesicht, das nur noch wenige Zentimeter von ihrem entfernt war. Sie verlor die Kontrolle über ihr Handeln. Als würde sie über sich schweben, beobachtete sie sich selbst dabei, wie sie sich leicht nach vorn lehnte. Andrik folgt ihrem Beispiel, und auf einmal spürte Stina die weichen, warmen Lippen auf ihren.

In diesem Augenblick kehrte ihr Geist zurück in ihren Körper. Dennoch war dieser nicht bereit, auf sie zu hören und den zaghaften Kuss zu unterbinden. Im Gegenteil. Sie kam Andrik ein weiteres kleines Stück entgegen und vertiefte die Berührung. Stina fühlte, dass Andrik es vorsichtig angehen ließ. Langsam und behutsam streifte sein Mund ihre Lippen, die sich leicht öffneten. Erst nach einigen Sekunden brachte er seine Zungenspitze ins Spiel und zeigte ihr, dass mehr möglich war als ein zurückhaltendes Lippenbekenntnis.

Während er sie sanft umwarb und sie selbst zögerlich begann, seinen Mund intensiver zu erkunden, strichen seine Hände über ihren Hals, ihre Schultern und legten sich wie von selbst um ihre Taille. Seine Berührung hinterließ ein Prickeln auf Stinas Haut. Gleichzeitig war sie von der Geste fast ein wenig überfordert. Sie wollte ihn und wollte ihn doch nicht. Sie sehnte sich nach ihm und sehnte sich doch nicht.

Sie war gefangen in einer Schleife aus Zurückhaltung und Begehren.

Nur langsam hob Stina ihre Hände und legte sie zaghaft auf Andriks Brust, die sich schnell hob und senkte. Er drängte sie nicht. Gab ihr alle Zeit der Welt. Sie näherten sich langsam an, gaben sich wieder ein wenig Raum und überbrückten erneut die kurze Distanz zueinander.

Stinas Kopf hatte längst das Mitspracherecht verloren. Für sie eine ungewohnte Erfahrung, die sie sowohl in Aufregung wie auch in Angst versetzte. Andrik schien zu spüren, dass sie sich im Inneren nicht darüber einig war, wie es weitergehen sollte. Seine Hände hielten noch immer ihre Taille umschlossen, doch er zog seinen Kopf zurück und sah Stina liebevoll in die Augen. Ihr fehlten die Worte, um zu beschreiben, wie sehr er sie durcheinanderbrachte. Er lehnte sich noch ein Stück zurück und sofort vermisste Stina die Nähe zu ihm.

»Vielleicht ist das zu viel für diesen Abend.« Es kostete ihn sichtlich Überwindung, ihr diesen Ausweg anzubieten.

Stina spürte es. Er wollte sie. Doch wusste er auch, dass sie in kürzester Zeit von blankem Hass bis zu diesem Punkt der Annäherung gekommen waren. Dass Stina Zeit benötigte, war klar. Dass er sie ihr ohne Weiteres einräumte, machte es ihr nur noch schwerer, sich gegen ihn zu wehren und ihm zuzustimmen.

Tränen füllten Stinas Augen, und sie wurde wütend. Nicht auf ihn. Auf sich. Sie wusste nicht, was sie wollte, und das machte sie rasend. Andrik lächelte und fuhr ihr mit einer Hand sanft über die Wange. Er drückte ihre einen letzten Kuss auf die Lippen und Stina war, als würde er sich genau einprägen, wie sie sich anfühlte. Schließlich gab er sie frei und murmelte:

»Es ist meine Schuld. Ich hätte nicht herkommen sollen.«

Er nahm seine Hände von ihrem Körper und beeilte sich

aufzustehen. Verwirrt blieb Stina auf dem Sofa zurück. Plötzliche Kälte umgab sie, obwohl sich die Temperatur in ihrer kleinen Wohnung nicht verändert hatte. Ein Schauer der Enttäuschung rann über ihre Wirbelsäule, und für einen Moment schien die Welt stillzustehen.

Sie hatte sich nie gestattet, nach dem Unfall um ihre erste Liebe zu trauern. Anders als andere Teenager hatte sie nie den typischen Liebeskummer gehabt. Stattdessen hatte sie all ihre Energie in ihren Bruder investiert. Trotz regte sich in ihr. War es nicht vielleicht an der Zeit, wenigstens ein einziges Mal das zu tun, wonach sie sich sehnte? Auch wenn das bedeutete, ein Risiko einzugehen? Jetzt, hier, in diesem Augenblick ging es ganz allein um sie. Nicht um Thore. Nicht um den Unfall. Nicht um die Schuld. Es ging nur um sie. Um Stina.

Und wenn sie ehrlich war, dann spürte sie, dass sie es wollte. Sie wollte Andrik und das, was er ihr anbot. Sie ahnte, dass es sie nur noch mehr ins Chaos stürzen würde. Aber das war ein Problem, dem sie sich morgen stellen konnte.

Andrik wollte bereits die Wohnung verlassen, er hatte seinen Mantel in der Hand und wandte sich noch einmal um. Mit sorgenvoll verzogener Stirn und einem schlechten Gewissen in den grünen Augen blickte er sie an. Seine markanten Wangenknochen bekräftigten den Eindruck, dass er seinen Besuch als großen Fehler einstufte.

Schnell stand Stina auf und stolperte beinahe über den Couchtisch. Reflexartig griff Andrik zu und hielt sie am Oberarm fest. Nachdem er sicher war, dass sie stand, ließ er sie los, und sofort spürte Stina wieder diese eigenartige Kälte.

»Verzeih mir«, wisperte Andrik und wollte sich Richtung Tür drehen. Doch Stina langte mit ihrer Hand nach seiner Schulter und hinderte ihn daran. Sofort wandte er ihr den Oberkörper wieder zu und betrachtete sie fragend.

Leise und immer noch ein bisschen verschreckt von ihrer eigenen Entscheidung flüsterte sie: »Geh nicht.«

Andrik schluckte, und Stina erkannte den teuflischen Schmerz in seinen Augen. Wie hatte sie den in den letzten eineinhalb Wochen übersehen können? Hatte ihr eigener Schmerz sie so blind werden lassen? Oder die Wut?

Stumm musterte er sie, während sie ihre Hand hob und sie nun ihrerseits auf seine Wange legte.

»Bleib. Nur für heute. Nur für dieses eine Mal.« Ihr Ton zitterte und sofort regte sich dieser sanfte Ausdruck auf Andriks Gesicht. »Bleib und gib uns die Nacht, die wir nie hatten.« Stinas Stimme ging beinahe unter, so sehr fluteten die unterschiedlichen Emotionen ihre Seele. Verlangen machte sich in jedem ihrer Körperteile bemerkbar.

Wortlos starrte Andrik sie an. In seinen Augen spiegelte sich der Kampf zwischen Vernunft und Verlangen wider. Stina konnte es so gut nachvollziehen. Doch ähnlich wie bei ihr siegte schließlich der Drang nach Nähe. Der Drang aufzuholen, was sie verpasst hatten. Der Drang, alles zu vergessen, was ihre Leben hatte auseinanderdriften lassen.

Stina hörte, wie er seinen Mantel zu Boden fallen ließ. Aber statt sie zu berühren, schaute er sie einfach nur an. Sein Blick wanderte über ihren Mund, ihren Hals, hinab zu dem unförmigen Pullover, über ihre rundlichen Hüften bis zu ihren Beinen. Sie nahmen den gleichen Weg zurück, und es kam Stina wie eine Ewigkeit vor, bis er endlich wieder in ihre blauen Augen sah.

Auf seinen Lippen war kein Lächeln zu erkennen. Kein Schmunzeln. Kein fröhliches Zucken. Alles, was Stina dort beobachtete, war der schmerzhafte Zug, den sie von sich selbst so gut kannte. In seinen Augen stand immer noch die Frage, ob Stina sich ihrer Sache wirklich sicher war. Ohne dass er es aussprach, hörte sie im Kopf seine sanfte Stimme, die ihr sagte, dass es danach kein Zurück geben würde.

Sie rührte sich kaum und nickte nur einmal. Dann griff sie nach seiner Hand und zog ihn zu sich. So nah, dass er die aufgeregten Hummeln in ihrem Bauch spüren können musste. Sie kreisten um ihren Bauchnabel, erkundeten im Sturzflug ihren Schoß und versetzten Stina in einen angespannten, erwartungsvollen Zustand. Langsam hob sie ihre Arme und legte sie um Andriks Hals. Vorsichtig stellte sie sich auf die Zehenspitzen und legte ihre Lippen auf seinen Mund. Bevor sie sie für einen Kuss öffnete, wisperte sie: »Lass mich nicht allein.«

Es war die Aufforderung, die Andrik gebraucht hatte. Die Bestätigung, dass sie es wirklich wollte. Die Erlaubnis. Mit einem leisen Stöhnen neigte er den Kopf zu ihr und öffnete seine Lippen. Statt übereilt voranzuschreiten, genossen sie einander langsam, Stück für Stück. Sie erkundeten, neckten und liebkosten einander. Obwohl sie beide noch vollständig bekleidet waren, hatte Stina das Gefühl, nach nur wenigen Minuten in Flammen zu stehen. Ein klischeehaftes Bild, doch es traf zu.

Sie brannte. Innerlich. Vor Verlangen. Vor Ungeduld. Und vor jugendlicher Erwartung.

Andrik schien ihr in nichts nachzustehen. Sein Atem ging schnell, und Stina bemerkte schon bald, dass er sich zwang, sich zurückzuhalten. Er wollte sie nicht überfallen, dabei war sie nicht daran interessiert zu warten. Sie ließ ihre Hände sinken und knöpfte ungeschickt Andriks burgunderfarbenes Hemd auf. In ihrer Aufregung vergaß sie einen letzten Knopf ganz unten. Sie schob ihm den Stoff bereits über die Schultern und Andrik riss seine Arme aus dem Hemd, als sie plötzlich ein dumpfes Geräusch hörte. Gleich darauf vernahm sie den leisen Aufprall des kleinen Knopfes auf dem Boden ihrer Wohnung.

Das war der Moment, in dem sie unwillkürlich lachen musste. Sie wollte sich schon entschuldigen, hob den Blick und schaute in Andriks Gesicht. Doch der schmunzelte nur.

»Scheiß auf den Knopf.« Dann zog er sein Shirt über den Kopf, warf es beiseite und zog sie wieder an sich.

Während er sie erneut mit einem warmen Kuss um den Verstand brachte, folgten seinem Shirt schon bald ihr Pullover sowie ihrer beider Hosen. Und so fiel auf, dass Stina aufgrund ihres Feierabendmodus keinen BH trug. Doch sie besaß nicht viel, das von einem Bustier hätte gehalten werden müssen. Jetzt allerdings stand sie nur noch mit einem schmalen Slip bekleidet vor Andrik.

Obwohl sie sich einst monatelang umworben hatten, waren sie damals auf Gotland nie übers Küssen und Händchen halten hinausgegangen. Es hätte bald so weit sein sollen, doch dann war ja alles ganz anders gekommen. Stina streckte den Rücken durch und wollte automatisch ihre Hände heben, um das bisschen, was es gab, zu verdecken. Doch Andrik hielt sie mit einer sanften, aber unnachgiebigen Geste davon ab. Er griff nach ihren Fingern, hielt sie in seinen. Dann ließ er im Schein der schwachen Stehlampe, die neben der Couch stand und das einzige Licht im Raum war, seinen Blick langsam über ihren Körper hinwegschweifen.

Stinas Brustwarzen richteten sich auf und sie wurde nervös. Um sich von der liebevollen Musterung abzulenken, tat sie es Andrik nach und ließ ihrerseits ihre Augen über ihn gleiten. Er war gewiss kein Teenager mehr, wenngleich er bereits damals einen durchtrainierten Körper besessen hatte. Dieser war nun erwachsen geworden und beglückte Stina mit einer definierten Brust und einem flachen Bauch, auf dem sich wenige Haare vom Bauchnabel hinab zu … Stina schluckte und riss ihren Blick wieder nach oben.

Andrik hatte es natürlich bemerkt und lachte leise.

Beinahe peinlich berührt wandte Stina den Kopf ab, doch er ließ sie nicht davonkommen. Sanft hob er die Hand und zwang sie, ihm wieder in die Augen zu blicken.

»Komm her«, flüsterte er mit rauer Stimme und küsste sie erneut.

Ihre Scheu überwindend lehnte sie sich an ihn, spürte ihn und verdrängte den Gedanken an das, was kommen würde. Stattdessen genoss sie das Gefühl, das die Berührung seiner Haut in ihr auslöste. Die schuldigen Hummeln waren inzwischen längst verschwunden. An ihre Stelle war ein brennendes Verlangen getreten, das Stinas Körper bestimmte.

Ihr war klar, dass es nicht perfekt werden würde. Was war heutzutage schon perfekt? Und das würde sie auch gar nicht verlangen. Dennoch fühlte sie neben dem unbändigen Drang voranzuschreiten auch eine gewisse Unsicherheit in sich aufsteigen.

Bevor sie sich darin verlieren konnte, löste sich Andrik für eine Sekunde von ihr und holte etwas aus seinem Geldbeutel. Von der kurzen Unterbrechung unbeeindruckt widmete er sich schließlich wieder Stina. Langsam glitten Andriks Hände über ihren nackten Körper und zwangen sie schließlich zärtlich, aber äußert bestimmt in Richtung ihres Bettes. Die Wohnung war so klein, der Weg war nicht besonders weit. Und so fanden sich die beiden nach nur wenigen Metern bereits auf der Matratze wieder. Sie war ein wenig durchgelegen und hatte an Spannungskraft verloren. Doch davon nahmen weder Stina noch Andrik in diesem Moment Notiz.

Andrik, der sich inzwischen auch seiner Boxershorts entledigt hatte, fuhr mit tanzenden Fingerspitzen über Stinas Oberschenkel. Ihre Haut meldete wieder dieses heiße Prickeln und gerade als Andrik ihr einen weiteren intensiven Kuss gab, fühlte sie, wie seine Finger den Weg unter den Stoff ihres Slips gefunden hatten. Unwillkürlich sog Stina scharf die Luft ein und starrte Andrik an. Der lächelte und zog seine Hand unauffällig wieder zurück. Im nächsten Moment schon bemerkte Stina, wie er ihr den Slip von den Hüften schob. Er hatte an diesem Abend eindeutig den aktiveren Part inne, doch das war Stina egal. Für sie war alles so neu.

Andrik kehrte zurück zu ihr und strich ihr sanft durch die offenen Haare. Winzige Küsse verteilten sich über ihrem quasi nicht vorhandenen Dekolleté. Er ließ nichts aus und steigerte ihr Verlangen ins Unermessliche, bis es beinahe schmerzte. Ohne zu registrieren, dass sie es war, hörte Stina einen kehligen Laut. Ihre Hände fuhren über Andriks definierten Körper und sie bog sich ihm entgegen. Er folgte ihrer Aufforderung und aus dem Augenwinkel bemerkte Stina, wie er sich ein Kondom überstreifte. Während er ihre Lippen sogleich wieder mit einem heißen Kuss und einer verspielten Zungenspitze verschloss, schob er sich langsam über sie.

Stina war bereit und war es doch nicht. Sie spürte ihn, aber es fühlte sich nicht richtig an. Noch nicht. Behutsam drückte er ihre Oberschenkel ein bisschen weiter auseinander und gab ihr Zeit, sich an ihn zu gewöhnen. Kleine Schweißperlen erschienen auf seiner Stirn, und Stina spürte, wie viel Kraft es ihn kostete, auf sie zu warten. Trotzdem gab er ihr das Gefühl, die ganze Nacht so verharren zu können. Liebevoll ließ er seine Hand sinken und half ihr, sich auf ihn vorzubereiten. Die ganze Zeit über liebkosten seine Lippen ihre Haut, ihren Mund, ihr Haar. Er war so sanft, es trieb ihr Tränen in die geschlossenen Augen.

Und dann, endlich, war sie so weit. Vorsichtig und mit mehreren sanften Stößen verschaffte Andrik sich Zugang zu ihr. Ein kurzer zuckender Schmerz ließ Stina zusammenfahren, doch Andrik hielt sie mit beiden Armen fest umschlungen und fing sie auf. Er schenkte ihr Sicherheit, während sich Schweiß auf seiner Haut bildete, weil er sich immer noch zurückhielt. Wie konnte ein Mann nur so sein? Wie konnte ein Mann, auf den Stina ihr halbes Leben lang so wütend gewesen war, so zärtlich mit ihr umgehen?

Sie fand keine Antwort darauf, denn in diesem Moment öffnete sie die Augen. Andrik lag auf ihr, schaute sie durch einen verschleierten Blick hindurch an und wisperte: »Ich liebe dich.«

Dann ließ er endlich los. Er warf seine Zurückhaltung über Bord und schenkte ihnen das, was sie sich als Teenager nicht hatten geben können. Sie verlangte Erlösung, spürte die Wucht und wollte mehr davon. Viel mehr. Sie bekam mehr. Andrik passte sich an ihren Rhythmus an. Seine Haut verschmolz mit ihrer.

Sie waren in der Stadt, in Stinas winziger Wohnung. Und doch sah Stina den klaren Sternenhimmel über sich. Mit einem letzten Aufbäumen nahmen sie und Andrik gemeinsam Anlauf und sprangen im selben Moment von dem Felsen hinein in das unbekannte kalte Nass. Wellen der Gischt schlugen über Stina zusammen. Gemeinsam schwammen sie durch einen Sturm, der so heftig war wie die Gefühle, die sie in dieser Nacht in einen weichen Nebel hüllten.

Kapitel 19

Andrik fühlte sich alt. Viel älter als seine vierunddreißig Jahre. Es lag nicht daran, dass er und Stina in der vergangenen Nacht mehr miteinander beschäftigt gewesen waren, als die Stunden zu nutzen und zu schlafen. Nein, es lag an der durchgelegenen Matratze. Wie konnte Stina nur jede Nacht darauf liegen und immer noch aufrecht stehen?

Dass er sich mit dieser Frage befasste, bewies, dass er eigentlich viel größere Probleme hatte. Denen wollte er sich allerdings nicht stellen.

Ich liebe dich.

Die fatalen Worte, die er Stina heute Nacht zugeflüstert hatte, hallten in seinem Kopf nach, seit er die Augen heute Morgen aufgeschlagen und festgestellt hatte, dass Stina bereits zur Arbeit aufgebrochen war. Sie hatte ihn nicht geweckt, sich nicht verabschiedet.

Inzwischen war Donnerstagmittag, und Andrik befand sich in seinem Büro drüben in *Södermalm*. Nachdem er Stinas Wohnung verlassen hatte, war er noch einmal zu sich gefahren, hatte geduscht und sich frische Kleidung angezogen. Dann hatte er sich in die Räume von *Tillsammans* begeben, die sich unweit von seinem Apartment befanden.

Linus hatte ihn reinkommen sehen und interessiert begutachtet.

»Hattest du einen Termin? Habe ich im Kalender gar nicht gesehen.«

»Hab verschlafen«, hatte Andrik ausweichend gebrummt und sich beeilt, an seinem Freund vorbeizugehen.

Der hatte ihm vielsagend hinterhergesehen und es sich nicht nehmen lassen, provokant zu fragen: »Du hast alles im Griff, nicht wahr?«

Andrik hatte genickt und war wortlos in seinem Büro verschwunden. Es war in der Firma allgemein bekannt, dass Andrik nie verschlief und nie zu spät kam. Er war immer der Erste im Büro, außer er hatte andernorts einen Termin. Linus kannte ihn gut genug, um zu erkennen, dass etwas anderes hinter dem ungewöhnlichen Verhalten steckte. Allerdings besaß sein Freund auch das nötige Taktgefühl, um ihn vorerst damit durchkommen zu lassen.

Viel Freiraum würde er ihm nicht geben, denn am Ende ging es um die Zukunft von *Tillsammans*. Linus hatte ein Recht darauf sicherzugehen, dass Andrik diese mit seinen Eskapaden nicht aufs Spiel setzte.

Ich liebe dich.

Verdammt, wieso war ihm das nur über die Lippen gekommen? Es stimmte. Ja. Natürlich. Er hatte Stina in all den Jahren nicht vergessen können. Und er hatte die Wahrheit gesagt, als er meinte, dass keine andere Frau es je in sein Herz hinein geschafft hatte.

Er und Stina waren noch jung gewesen, aber sie hatte dieses gewisse Etwas. Dieses Funkeln, das nur die Frau besitzen konnte, die die Eine für ihn war. Trotzdem war ihm bewusst gewesen, dass er sich auch täuschen konnte. Erinnerungen betrogen einen manchmal. Das Gehirn machte sie besser, als sie in Wirklichkeit waren. Also hatte er sich auf andere Frauen eingelassen. Doch immerzu hatte er sie im Kopf mit Stina verglichen. Das war unfair gewesen. Den anderen gegenüber. Denn sie konnten kaum etwas dafür, dass sie nicht mit Andriks Vorstellung seiner Jugendliebe mithalten konnten. Und so hatte er oftmals nach nur wenigen Monaten wieder Schluss gemacht. Wieder und wieder hatte er es versucht, aber es hatte einfach nicht funktioniert. Irgendwann hatte er daran gezweifelt, ob er überhaupt zu einer langfristigen Beziehung fähig war. Es konnte doch nicht allein daran liegen, dass keine der Frauen wie Stina war. Hatte er das Mädchen von Gotland vielleicht auf einen Sockel gestellt, der schlichtweg unerreichbar für andere Frauen war?

Nein. Das Wiedersehen mit Stina hatte ihm vor Augen geführt, dass es sein Herz war, das Schuld daran trug. Schon im ersten Augenblick, als er sie im Meetingraum des *Vasa Museums* erblickt hatte, hatte er den kräftigen Schlag seines überlebenswichtigen Organs bis hinauf zum Hals gespürt. Sofort hatte er sich lebendig gefühlt. Hatte gespürt, wie das Blut durch seine Adern bis hinab in seine Lenden geflossen war und sein gesamter Körper begonnen hatte, sich nach ihr zu verzehren.

Die ganzen Tage über hatte er sich streng ermahnt, ihr Raum zu geben und sie nicht zu bedrängen. Sie hatte genug damit zu kämpfen, dass er die schlimmsten Bilder in ihr auslöste. Das wiederum hatte bei ihm zu unsagbarem Schmerz geführt. Seine Anwesenheit allein hatte ausgereicht, um die Frau, die sein Herz begehrte, in einen Abgrund zu stürzen.

Und dann war er gestern Abend einfach bei ihr aufgetaucht, obwohl es besser gewesen wäre, er hätte ihr ihren Abstand gelassen. Es war nicht Teil seines Plans gewesen. Aber die Situation hatte sich mal wieder verselbstständigt. Er hatte dem schließlich Einhalt gebieten wollen. Doch dann hatte Stina ihn am Gehen gehindert und er es nicht länger geschafft, sich von ihr fernzuhalten. Es war unmöglich gewesen, der Drang, sie zu berühren, sie zu fühlen und zu spüren, nicht länger beherrschbar.

Es hatte sich richtig angefühlt. Auch wenn sie ihn maßlos überrascht hatte. Sie hatten nicht mehr darüber gesprochen. Überhaupt hatten sie in dieser Nacht nicht viele Worte gewechselt. Zu sehr waren sie damit beschäftigt gewesen, verpasste Dinge aufzuholen und die sensibelsten Stellen des anderen zu erforschen. Schon wieder spürte Andrik das Verlangen in sich aufsteigen. Mühsam kämpfte er es nieder.

Ich liebe dich.

Warum hatte er das gesagt? Ihm war durchaus bewusst, dass Stina noch etwas für ihn fühlte. Etwas anderes als Wut, Hass und Schuldzuweisung. Die letzte Nacht hatte das bestens bewiesen. Aber verdammt. *Ich liebe dich?* Das war kaum das richtige Maß an Zuneigung, das er ihr hätte eröffnen dürfen. Er nahm ihr damit den Freiraum, den sie zu Recht einforderte. Er setzte sie unter Druck. Im schlimmsten Fall stieß er sie damit ganz von sich. Weil sie sich nicht überwinden konnte, die Vergangenheit aus einer anderen Perspektive zu betrachten.

Energisch verbot Andrik sich die stille Hoffnung auf ein Happy End. Es war schlichtweg nicht realistisch. Trotz der Nähe, die sie heute Nacht bei ihm gesucht hatte, zweifelte er daran, dass sie das ein weiteres Mal zulassen würde. Er kannte Stina. Sie war viel zu streng mit sich selbst. Vermutlich überhäufte sie sich bereits mit Selbstgeißelungsmaßnahmen für das, was sie vergangenen Abend zugelassen hatte.

Donnerstage waren grauenvoll. Sie wurden *kleine Freitage* genannt, aber wer hatte sich diesen Quatsch nur ausgedacht? *Kleiner Freitag?* Man musste genauso zur Arbeit wie sonst auch. Und am darauffolgenden Tag hatte man ebenso wieder im Job zu erscheinen. Es ergab überhaupt keinen Sinn, diesem Tag einen besonderen Beinamen zu geben.

Stina war offensichtlich nicht gut gelaunt. Sie war aufgekratzt und ungnädig. Das durfte auch Katja, ihre Chefin, feststellen, als sie den Kopf in Stinas Büro steckte.

»Kommst du mit der Eventplanung zurecht?«

»Ja, wieso fragst du?« Stinas Ton war schärfer als beabsichtigt, und Katja hob wortlos eine Augenbraue und taxierte sie.

Dann erklärte sie in ihrem hellrosa Hosenanzug und dem sauber frisierten blonden Dutt auf ihrem Kopf: »Ein Kunde hat sich bei mir gemeldet. Er scheint dich den ganzen Vormittag schon nicht zu erreichen.« Ihr Tonfall klang streng. Eben wie der einer nicht zufriedenen Vorgesetzten.

»Andrik weiß, dass ich mich um alles kümmere. Ich bin dran.« Stina klopfte mit dem Kugelschreiber in ihrer Hand auf die Oberfläche ihres Schreibtischs. Allein seinen Namen auszusprechen, verbrannte ihre Lippen fast.

Katja kniff ihr rechtes Auge zu und verschränkte die Arme vor der Brust. »Es geht nicht um Lundqvist.« Sie nannte einen anderen Namen und Stina erinnerte sich daran, dass es ja noch zwei kleinere Empfänge gab, die es vorzubereiten galt.

Mit dem Anflug eines schlechten Gewissens zwang sie sich zu einem Lächeln. »Ich rufe ihn umgehend zurück.«

Misstrauisch beobachtete Katja sie aus ihrer erhöhten Position. »Ist alles in Ordnung? Du wirkst heute irgendwie …«

»Mir geht's gut.« Stina erhob sich von ihrem Stuhl, um auf Augenhöhe mit Katja zu sprechen. »Es ist gerade nur unheimlich viel los. Wie so oft vor den Feiertagen. Ich wäre wirklich dankbar, wenn Moritz bald wiederkommen würde.«

Katja nickte. »Er hat heute Morgen Bescheid gegeben, dass er ab Montag wieder zurück ist.«

Erleichtert seufzte Stina auf. »Super!«

Katja warf ihr einen letzten maßregelnden Blick zu und wandte sich dann um. Kurz bevor sie das Büro endgültig verließ, drehte sie sich noch einmal zu ihr und musterte Stina unnachgiebig. »Ich kann mich doch auf dich verlassen?«

Stina zwang sich zu einem Nicken. »Natürlich.«

»Sehr schön.« Katja zupfte ihr Jackett zurecht. Dann deutete sie auf Stinas Festnetztelefon. »Und denk dran, dich beim Kunden zu melden.«

»Mach ich sofort«, antwortete Stina und hoffte, ihre Chefin würde endlich gehen. Sie tat ihr den unausgesprochenen Gefallen und ließ Stina allein zurück. Die ließ sich unsanft in ihren Stuhl fallen und drehte sich zu der großen Fensterfront um.

Zur Abwechslung hatte es aufgehört zu schneien. Trotzdem schimmerten volle Quellwolken über der Skyline Stockholms. Das gräulich-kalte Licht hob die sonnenfarbenen Fassaden der Gebäude in Ufernähe hervor. Als würde es den Häusern einen besonders adretten Rahmen geben wollen, damit sie ihre Schönheit dem winterlichen Publikum präsentieren konnten. Ohne Firlefanz und etwaige Ablenkung. Abgesehen von der weihnachtlichen Dekoration und den umliegenden Schneebergen, die die Räumfahrzeuge immerzu auftürmten.

Stina hatte heute Morgen ihr Rad stehen lassen und war mit den öffentlichen Verkehrsmitteln zur Arbeit gefahren. Der Schnee wurde einfach zu viel für die schmalen Reifen ihres geliebten Drahtesels.

Dieser Morgen. Er lag Stina schwer im Magen. Sie war in Andriks Armen aufgewacht und hatte seinen nackten Körper an ihrem gespürt. Wie zu erwarten fühlte sie eine gewisse Reue in ihrer Magengegend, als die daran dachte, was sie in dieser Nacht zugelassen hatte.

Gleichzeitig verspürte sie aber auch einen eigenartigen Auftrieb. Der hielt allerdings nicht lange an. Vorsichtig löste sie sich aus Andriks liebevoller Umarmung, schlich auf Zehenspitzen zu ihrem Kleiderhaufen, zog sich an und wusch sich im Eilverfahren Zähne und Gesicht. Dann band sie ihre durchwühlten Haare zu einem festen Pferdeschwanz zusammen und floh aus ihrer eigenen Wohnung. Es war nicht besonders erwachsen von ihr gewesen. Doch sie konnte sich noch nicht sofort mit dem auseinandersetzen, was zwischen ihr und Andrik vorgefallen war. Es verwirrte sie zu sehr. Ihre Gefühle machten, was sie wollten und erschwerten Stina den Durchblick um ein Vielfaches. Andere Frauen hätten in ihrer Situation die Konfrontation gesucht und die Dinge geklärt. Aber Stina war dazu nicht in der Lage.

Ihr Herz pochte verwirrt vor sich hin, hielt ihren Körper am Leben und vergaß zwischendurch einen Schlag, sodass ihre Seele erneut in Aufruhr geriet. Sie hatte sich Andrik hingegeben. Und es hatte sich verräterisch gut angefühlt. Aber Stina war nicht naiv. Sie wusste, dass es sich hierbei um eine Momentaufnahme handelte. Sie würde sich nicht in wilde Hoffnungen verstricken, die weit ab der Realität lagen.

Fakt war immer noch, dass Andrik Schuld an dem trug, was Thore widerfahren war. Und diese Überzeugung würde Stina nicht von heute auf morgen ablegen können. Denn schon in diesem Augenblick spürte sie, wie sie sich von den Zehen zu ihrem Herzen hinaufarbeitete.

Ein schlechtes Gewissen überkam sie. Während sie mit Andrik intim geworden war, hatte Thore wenige Hundert Meter entfernt im Betreuten Wohnen allein in seinem Zimmer gelegen. Ihm blieb so vieles in seinem Leben versagt. Wie hatte sie sich zur selben Zeit mit dem Mann einlassen können, der dafür verantwortlich war?

Gestern Abend hatte sie das für einen kurzen Augenblick anders gesehen. Aber das war gestern gewesen. Heute, mit dem gebührenden Abstand zu Andrik und seinem verheißungsvollen Körper sowie dieser sanften Art und Weise, wie er mit ihr umgegangen war, konnte sie wieder klar sehen. Diese Nacht war etwas Einmaliges gewesen. Sie würde sich nicht wiederholen. Das schuldete sie ihrem Bruder. Und es war besser so für sie.

Ich liebe dich.

Andrik wusste mit Sicherheit nicht, was er da zu ihr gesagt hatte. Undenkbar. Es war im Affekt geschehen. Aus der Situation heraus. Es war für sie beide ein emotionaler und aufwühlender Moment gewesen. Obwohl sie sich so lange nicht gesehen hatten, verband sie immer noch so vieles. Er konnte die wahre Bedeutung dieser drei Worte nicht im Sinn gehabt haben, als er sie ihr zugeflüstert hatte, kurz bevor …

Stina schüttelte den Kopf. In welche Kategorie würde diese Erinnerung fortan bloß fallen? In die der schmerzhaften? Oder in die der guten? Hatte sie einen neuen, schönen Moment mit Andrik zu ihrer Sammlung hinzugefügt? Würde er eine der schlimmen Erinnerungen überschreiben? Stina wusste es nicht. Sie hatte keine Ahnung. Keinen Schimmer. Absolut nicht. Ihr Kopf war auf einmal ganz leer.

Sie schaute hinaus auf die hüpfenden kleinen Wellen, die gegen das Ufer vor dem Museum plätscherten und das Eis in Bewegung hielten. Sie verhinderten, dass die Bucht schließlich ganz zufror.

In Stinas Kopf hingegen hatte sich die Eisdecke fest verschlossen. Sie ließ keinerlei vernünftigen Gedanken mehr zu. Sie wusste nicht, wie sie weitermachen sollte. Das Einzige, dessen sie sich sicher war, war, dass sie wegmusste. Weg von Andrik.

Montag. Nächsten Montag würde Moritz wieder da sein. Dann würde sie ihm alles übergeben. Dienstag würde Andriks Weihnachtsfeier im Museum stattfinden und dann war sie ihn erst mal für eine Weile los. Er würde nach Gotland fahren, sie würde mit Thore Weihnachten bei Alva feiern, und dann würde sie sehen, wie sie fortfahren würde.

Kleiner Freitag. Stina seufzte. Von wegen. Mittwoch wäre gut. Mittwoch nächste Woche. Dann wäre endlich alles vorbei.

Den restlichen Nachmittag vergrub Stina sich in ihrer Arbeit und bereitete die beiden Empfänge für das kommende Wochenende vor. Wie versprochen rief sie den Kunden an, beruhigte ihn und versicherte, alles sei bestens geregelt.

Die Veranstaltungen waren von der Größe her überschaubar. Stinas Anwesenheit würde nicht zwingend notwendig sein, trotzdem nahm sie sich vor, kurz vorbeizuschauen, um zu prüfen, ob alles nach Plan verlief.

Abends stattete sie wie gewohnt ihrem Bruder einen Besuch ab. Er fiel kürzer aus als sonst. Im *Livsmot* war heute Kino-Nacht. Ein Event, das Thore sich nie entgehen ließ. Und Stina war ehrlich gesagt dankbar, dass sie sich schon bald verkrümeln konnte. Sie liebte ihren Bruder, aber das Gefühlschaos in ihrem Kopf machte ihr schwer zu schaffen. Vor Augen geführt zu bekommen, welche Realität hier auf sie wartete, machte es irgendwie nur noch schlimmer. Und dass sie so fühlte, stürzte sie nur wieder in ein schlechtes Gewissen.

Als sie ihre Wohnung betrat, bemerkte sie unwillkürlich den Duft, den Andrik hinterlassen hatte. Auf dem Boden erblickte sie den Knopf, der sich von seinem Hemd verabschiedet hatte. Eine halbe Minute hielt sie es im Apartment aus. Dann griff sie nach ihrem Rucksack, rauschte ins Treppenhaus hinaus und während sie die Stufen hinunterpolterte, rief sie eine ihrer beiden besten Freundinnen an. Malin ging sofort ans Telefon.

Noch bevor sie sich nach Stinas Befinden erkundigen konnte, rief diese: »Ich brauche jemanden, der mich auffängt.« Tränen begannen, über ihre Wangen zu laufen und ein Schluchzen presste sich aus ihrer Lunge hervor.

Besonnen redete Malin auf sie ein. »Ich sag Alva Bescheid. Wir treffen uns im Laden.«

Stina legte auf und machte sich im Dunkeln auf den direkten Weg zu *Ekströms Bokhandel* in der Altstadt. Der einzige Ort in Stockholm, den Andrik noch nicht mit seiner Anwesenheit gebrandmarkt hatte.

Zur gleichen Zeit lief Andrik in einem schicken grauen Anzug und einem weißen Hemd ohne Krawatte auf Niels Holm zu. Eigentlich hatte er keinen Kopf für dieses Gespräch, aber seine Gedanken an Stina durften ihm heute Abend nicht im Weg stehen.

Der Prokurist von Karl Sundgrens Logistiksparte lächelte zurückhaltend und nahm Andriks angebotenen Handschlag an. Gemeinsam begaben sie sich zu der eleganten Bar, die in schlichten Grün- und Goldtönen gehalten war. Andrik hatte einen neutralen Ort für diese Unterredung gewählt, um Holm nicht das Gefühl zu geben, ihn in die Ecke drängen zu wollen. Heute Abend ging es darum herauszufinden, warum der Prokurist nach so vielen Jahren auf einmal Sundgrens Unternehmen verlassen wollte.

Aber allem voran galt es für Andrik, eine Lösung zu finden, sodass Holm es sich anders überlegte. Getreu dem Motto, alle beteiligten Parteien am Ende des Tages glücklich zu machen.

»Danke, dass wir uns so kurzfristig treffen konnten.« Andrik nahm auf dem samtbezogenen Barhocker Platz und lächelte freundlich.

Holm tat es ihm nach und wiegte den Kopf unschlüssig hin und her. »Es hat dringend geklungen.« Er schaute sich in der Bar um und grinste verschmitzt. »Und du hast gesagt, die Drinks gehen auf dich.«

Andrik lachte und nickte. »Dazu stehe ich nach wie vor.«

Die Barkeeperin tauchte vor ihnen auf und sie bestellten. Dann legte Holm die Karten direkt auf den Tisch.

»Ich weiß, dass du mich umstimmen sollst. Aber ich werde *Sundgren AB* verlassen.«

Andrik gab vor, sich entspannt zurückzulehnen. »Darf ich fragen, wieso?«

Holm zuckte mit den Schultern. »Private Gründe.«

»Das müssen sehr gute Gründe sein, wenn du nicht mal mit dir reden lässt.«

Holm war einige Jahre älter als Andrik, aber etwa so groß wie er. Zudem besaß er einen rotblonden Haarschopf und eine dazu passende, von Sommersprossen gesprenkelte Haut. Seine Mundwinkel bogen sich bei Andriks Kommentar ein wenig nach unten. In leicht bitterem Ton erwiderte er: »Möglich.«

Die Barkeeperin brachte die bestellten Drinks und zog sich dann wieder zurück. Andrik griff nach seinem Moscow Mule, nahm einen Schluck und wandte sich dann wieder an Holm. »Du musst mir natürlich nicht sagen, worum es geht. Aber ich werde das Gefühl nicht los, dass mehr dahintersteckt.« Er machte eine Kunstpause und beobachtete, wie Holms Augenbraue verräterisch zuckte. »Habe ich recht?«

Andriks Gegenüber schwieg eine Weile, dann hob auch er sein Bier an die Lippen, nahm einen kräftigen Zug und stellte es zurück auf den Tresen. Er schien mit sich zu ringen, und Andrik gab ihm einen vorsichtigen Schubs in Richtung Ehrlichkeit.

»Ich will aufrichtig sein. Sundgren ist verzweifelt. Er will nicht, dass du gehst. Wenn ich dich umstimmen kann, hilft das meiner Firma, einen mehrjährigen lukrativen Vertrag mit

Sundgren abzuschließen. Aber ich werde dich nicht dafür ins Messer laufen lassen. So einer bin ich nicht.« Andrik entwaffnete Holm mit grundlegender Transparenz. »Aber ich glaube, du bist mit deiner Kündigung selbst nicht ganz zufrieden. Wäre es nicht viel schöner, wenn wir alle Beteiligten an einen Tisch holen und uns eine Lösung überlegen könnten, bei der alle zufrieden rausgingen?«

Holm grunzte, was überhaupt nicht zu seiner adretten Erscheinung passte. Es unterstrich allerdings, wie wenig er an einen erfolgreichen Ausgang dieser Unterhaltung glaubte. Er nahm einen weiteren Schluck von dem goldgelben Getränk. Dann wandte er sich an Andrik.

»Sundgren ist nicht daran interessiert, eine Lösung zu finden.«

Andrik erinnerte sich an die ungehaltenen Worte des Geschäftsmannes. Trotzdem hakte er nach. »Wie kommst du darauf?«

»Weil ich selbst bei ihm war und darum gebeten habe.«

Aufmerksam lauschte Andrik dem Noch-Prokuristen der *Sundgren AB*, der sich langsam, aber stetig zu öffnen begann.

»Meine Frau und ich haben vier Kinder. Der Jüngste ist jetzt vier Jahre alt. Die Älteste ist zehn. Bis vor Kurzem haben wir ein wirklich gutes Leben gehabt.« Ein bitterer Zug umspielte seine Lippen. »Aber jetzt ist alles anders.«

Andrik unterbrach ihn nicht, auch als Holm einige Zeit benötigte, bevor er fortfuhr. Schließlich holte er tief Luft. »Vor einem Jahr hatte meine Frau einen Unfall. Ein Auto hat die Vorfahrt übersehen und sie mit überhöhter Geschwindigkeit gerammt, als sie auf dem Weg zur Arbeit war. Seitdem musste sie mehrfach operiert werden. Derzeit sitzt sie im Rollstuhl. Eine vorübergehende Lähmung, von der die Ärzte aber überzeugt sind, dass sie wieder verschwindet.« Energisch sprach

Holm weiter. »Vier Kinder, Andrik. Unsere Familien leben beide oben im Norden. Wir haben hier niemanden, der uns im Alltag helfen kann.«

»Das muss sehr schwer sein.« Einfühlsam musterte Andrik den Mann an seiner Seite.

»Meine Eltern und meine Schwiegereltern versuchen regelmäßig, nach Stockholm zu kommen und uns zu unterstützen. Aber das reicht nicht. Meine Frau hat für nächsten Sommer einen Platz in einer vielversprechenden Rehaklinik erhalten. Die Ärzte sind optimistisch und wir dürfen nichts unversucht lassen.«

Andrik nickte und spürte, wie sehr ihn das Thema berührte. Er musste an Thore denken. Und an Stina. Eisern richtete er seine Aufmerksamkeit wieder auf Holm.

»Ich habe Sundgren gebeten, meine Arbeitszeit für das kommende Jahr um fünfzehn Prozent reduzieren zu dürfen. Meine Frau und meine Kinder brauchen mich jetzt mehr denn je.«

Andrik ahnte Böses. »Wie hat Sundgren reagiert?«

Holm nahm einen erneuten kräftigen Zug von seinem Bier. »Dafür, dass wir in Schweden für unsere familienfreundlichen Arbeitsplätze berühmt sind, hat er mir erstaunlicherweise erklärt, dass das Leben nun mal kein Zuckerschlecken sei und wir uns nicht aussuchen könnten, wen das Schicksal trifft. Entweder ich würde eine andere Lösung finden oder er müsse sich einen Prokuristen suchen, der den Anforderungen besser gewachsen sei.«

Andrik verschluckte sich beinahe an seinem Drink. Bemüht, sein Entsetzen zu verbergen, sah er auf.

Etwas leiser meinte Holm: »Sundgren ist ein knurriger Hund. Das war er schon immer. Aber so hat er das Unternehmen an die Spitze des Landes geführt. Ich respektiere das. Ich habe mich mit seiner Art immer arrangiert und mich von ganz unten hochgearbeitet. Ich habe ihm in Bezug auf meine berufliche Karriere viel zu verdanken. Aber das entschuldigt dieses Verhalten nicht. Ich stelle meinen Job nicht über meine Familie. Auch wenn das bedeutet, dass ich nach über zwanzig Jahren das Unternehmen verlassen muss, das ich mit aufgebaut habe.« Er räusperte sich unangenehm berührt über seinen Ausbruch. »Ich habe bereits neue Angebote, die mir und meiner privaten Situation entgegenkommen.« Nachdrücklich sagte er: »Und ich bin gewillt, sie in Betracht zu ziehen.«

Stumm nickte Andrik. Wenn es tatsächlich so abgelaufen war, wie Holm es schilderte, dann war es verständlich, dass er das Weite suchte. Leider konnte Andrik sich nur viel zu gut vorstellen, dass dem tatsächlich so war.

Vorsichtig fühlte Andrik bei dem Prokuristen vor. »Wenn es eine Möglichkeit gäbe, ein ähnliches Angebot auch bei Sundgren auszuhandeln, würdest du bleiben?«

Holm gab vor zu überlegen. Dann zuckte er mit den Schultern. »Wie schon gesagt, Sundgren ist ein verdrießlicher Mann, wenn es um die zwischenmenschliche Ebene geht. Auf Geschäftsbasis ist er ein Unternehmer, von dem ich immer noch viel lernen kann.« Er pausierte einen Moment. Dann meinte er mit hochgezogenen Brauen: »Ich habe meine Ausbildung bei *Sundgren AB* gemacht und bin über die Jahre in allen möglichen Abteilungen gewesen, habe mich Ebene für Ebene hochgearbeitet. Das Unternehmen ist Teil meiner Familie. Ich will dort gar nicht weg. Ich will lediglich, dass man mir Zeit für mein Privatleben einräumt. Das ist alles.«

Andrik lächelte. »Gib mir eine Woche. Ich regle das.«

Ungläubig musterte Holm ihn. »Bist du naiv oder einfach nur Optimist?«

Gute Frage. Was war er? Andrik dachte an Stina, die ihn ohne Weiteres als naiv bezeichnet hatte. Er legte den Kopf schief, dann hob er seinen Drink und lächelte verschmitzt. »Beides.«

Holm lachte kopfschüttelnd und nahm ebenfalls sein Bier in die Hand. »Skål!«

Kapitel 20

Stina schaute in ihre Tasse und betrachtete den kümmerlichen Rest rötlichen Glöggs, der um eine Handvoll Mandeln und Rosinen schwankte.

»… Kunde wollte einfach nicht verstehen, dass ich ihm kein Buch bestellen kann, das noch nicht offiziell im Handel ist.« Malin schüttelte den Kopf und beendete lachend ihre Erzählung.

Dann wurde es auf einmal still auf der Empore in *Ekströms Bokhandel*. Stina fühlte sich gezwungen, den Kopf zu heben und ihre beiden Freundinnen anzusehen, die sich ja eigentlich nur wegen ihres Notrufs an diesem Donnerstagabend hier eingefunden hatten.

Liebevoll schauten Alva und Malin zu ihr. Stina räusperte sich und griff nach dem Löffel, der neben ihr auf einem kleinen Beistelltisch aus Birkenholz lag. Sie klirrte damit in ihrem Becher herum und versuchte, die losen Kleinteile herauszufischen.

»Willst …«, begann Malin, doch Stina unterbrach sie.

»Ich hab's gleich.« Stina ließ die Augen wieder tief in ihrem Becher verschwinden, dann klapperte sie weiter herum, bis sie schließlich auch die letzte Rosine auf ihrem Löffel hatte und sie sich in den Mund schob. Sie schluckte die Früchte samt gehackten Nüssen herunter. Der leicht bittere und gleichzeitig süße Geschmack des Glühweins nistete sich in ihrem Mund ein, und Stina spürte ein bisschen von dem darin enthaltenen Alkohol. Oder besser gesagt von der gesamten Portion, die sie vom Glögg getrunken hatte.

War sie nun endlich bereit, ihren Freundinnen zu erzählen, was in den letzten Tagen geschehen war? Nein, eigentlich nicht. Aber sie wusste, dass es besser war, wenn sie darüber sprach.

»Okay, also ...« Sie hob ihren Blick und schaute erst zu Malin, dann zu Alva. Sie saßen beide auf einem gemütlichen Sessel, so wie Stina. Gemeinsam bildeten sie ein kleines Dreieck, sodass sie sich jederzeit ansehen konnten, wenn eine von ihnen redete.

Stinas Blick fiel auf die Tannengirlande mit rot-weißen Zuckerstangen und kleinen goldenen Kugeln und Sternen, die quer über der Empore an der Decke hing. Es waren nur noch gut sechs Tage bis Weihnachten, zählte man den 24. Dezember nicht mit.

Seufzend zog sie das Kissen hinter ihrem Rücken hervor und legte es schützend vor ihren Bauch. Dann begann sie zu erzählen. Sie fing bei der Zusammenarbeit mit Andrik an, sprach von dem aufwühlenden Restaurantbesuch samt Lebkucheneis, dem unerwarteten Aufeinandertreffen im *Livsmot* und endete schließlich mit letzter Nacht.

Mucksmäuschenstill verfolgten Alva und Malin ihren Bericht. Sie wirkten wirklich wie zwei kleine, süße Mäuse, die sich nicht zu rühren wagten. Die Befürchtung, Stina würde die Geschichte sonst nicht zu Ende erzählen, schien groß zu sein. Und wie recht sie damit hatten. Jedes Wort war ein Kampf für Stina, wenngleich sie wusste, dass es besser war, das Erlebte mit ihren Freundinnen zu teilen. Nach jedem Satz spürte sie den Schmerz in ihrer Brust aufflammen. Erinnerungen schossen durch ihren Kopf. Gute, schlechte, von allem war etwas dabei, aber nichts davon folgte Regeln. Es war ein heilloses Durcheinander.

Mit großen Augen musterten die beiden Frauen Stina, als sie schließlich fertig war. Obwohl sie gewusst hatte, dass sie als Erstes auf dieses eine Ereignis reagieren würden, überraschte sie die Heftigkeit von Alvas und Malins kleinlautem Aufschrei trotzdem.

»Oh, mein Gott, du hast mit ihm geschlafen?!«, riefen sie wie aus einem Mund.

Betreten nickte Stina. Hatte sie doch gesagt, oder? Sie räusperte sich und rutschte unruhig auf ihrem Sessel hin und her.

Neugierig betrachtete Alva sie. »Was wirst du jetzt tun?«

»Gute Frage. Nächste Frage.«

»Ihr habt seitdem nicht gesprochen?« Malin lehnte sich nach vorn und riss ihre Augen weit auf.

Stina schüttelte den Kopf. »Es ist doch erst letzte Nacht gewesen.«

Alva zuckte mit den Schultern und sah auf ihre zierliche Armbanduhr. »Bald vierundzwanzig Stunden, in denen ihr ein Wort miteinander hättet wechseln können ...«

Stina verdrehte die Augen. »Danke für den *nicht* hilfreichen Hinweis.«

»Ich finde es bewundernswert, dass Thore dieses Geheimnis für sich behalten hat«, meinte Malin, und Stina registrierte dankbar, dass es nicht länger um ihre Nacht mit Andrik ging. Wenngleich sie sich empörte. »Bewundernswert?! Das ist nicht ...«

»Beruhige dich, Stina. Er ist ein eigenständiger Mensch und darf ebenso Geheimnisse haben wie du«, erinnerte Alva sie sanft. Dann setzte sie ein Schmunzeln auf. »Oder hast du ihm von deiner Nacht mit Andrik erzählt?«

Entsetzt starrte Stina ihre Freundin an. Hatte sie den Verstand verloren? »Das ist das Letzte, was ich ihm sagen werde.«

Alva nickte verständnisvoll. »Siehst du.«

»Das ist etwas anderes.«

Malin schüttelte den Kopf. »Ist es nicht.«

Das war nicht der Zuspruch, den Stina sich von ihren Freundinnen erhofft hatte. Ein wenig aufbrausend merkte sie an: »Es geht hier nicht darum, was ich Thore erzähle oder nicht.«

»Worum geht es dann?« Alvas unvermittelte Frage warf Stina aus der Bahn.

»Na, um … Es geht um …«, stammelte Stina und ihr wurde klar, dass sie es nicht wusste. Mühsam riss sie sich zusammen und amtete tief durch.

»Andrik ist schuld an Thores Situation. Er kümmert sich um ihn, er hat ihn nicht im Stich gelassen. Obwohl ich das dachte. Aber das spricht ihn noch lange nicht von seiner Verantwortung frei.«

Malin sog Luft in ihre Lunge und auch Alva schien mit Stinas Bemerkung nicht einverstanden zu sein.

Rüde funkelte Stina die beiden Frauen an. »Was?!«

Alva und Malin wechselten einen vielsagenden Blick. Liebevoll wandten sie sich anschließend an Stina. Malin ergriff zuerst das Wort. »Süße, das ist siebzehn Jahr her!«

»Na, und?! Das heißt nicht, dass …«

»Jeder hat eine zweite Chance verdient. Und nach dem, was du erzählst, klingt es, als würde Andrik jeden Tag Buße tun.«

In Stinas Kopf fand ein erbitterter Kampf darum statt, welche Erinnerung sie als Erstes ereilen sollte. Da war das letzte Weihnachtsfest auf dem Weingut von Andriks Eltern. Da war der Sprung von Andrik und Thore ins Wasser. Da war der Wutanfall von Thore in der Reha auf Gotland. Da war der glückliche Ausdruck auf dem Gesicht ihres Bruders, als sie die Tickets für den *Skansen* besorgt hatten. Da war Andriks Stimme, die ihr die drei Worte zuflüsterten, die sie nicht wahrhaben wollte – und die sie weder Alva noch Malin verraten hatte.

Ihre Augen füllten sich mit Tränen. Sie hasste diese Schleife, in der sie sich befand. Sie kam nicht vor und nicht zurück. Verwundert fragte sie sich, wie ihre Freundinnen es nur mit ihr aushielten, wenn sie sich selbst kaum ertrug.

»Was wünschst du dir denn?« Alva schlug ihr linkes Bein über das rechte und legte ihre Hände in den Schoß.

Irritiert blinzelte Stina. »Zu Weihnachten?«

»Vom Leben.«

»Oh, wird das jetzt so eine Hobby-Psychoanalyse?«

Alva schüttelte lächelnd den Kopf. »Nein, wirklich. Was wünschst du dir vom Leben?«

Stina überlegte schweigend. Was wünschte man sich vom Leben? Den Weltfrieden? Dass niemand Hunger leiden musste? Dass Pandemien endeten und die Menschen ein gutes Leben führen konnten? Aber was war ein gutes Leben? Bestand ein gutes Leben aus Gesundheit und Arbeit? Aus genügend finanziellen Mitteln und einem Dach über dem Kopf? Ansichtssache. Je nachdem, auf welchem Fleck dieser Erde man lebte, oder?

Alva schien Stinas abwegige Gedanken zu erahnen.

»Es geht jetzt nur um dich. Nicht um das große Ganze. Was wünschst du dir von *deinem* Leben?«

»Ich will, dass Thore glücklich ist.« Wie aus der Pistole geschossen rückte Stina mit der Antwort heraus. Alva stellte das allerdings nicht zufrieden. »Das ist Thores Leben, nicht deins. Was ist mit deinem Leben?«

Leise flüsterte Stina: »Thore *ist* mein Leben.«

An dieser Stelle übernahm Malin das Gespräch. Sanft wandte sie ein: »Vielleicht ist genau das das Problem.«

»Thore hat nur …«, begann Stina zu widersprechen, doch wieder fiel ihr Malin ins Wort.

»Thore ist bestens untergebracht. Er hat das *Livsmot*. Er hat Freunde. Er hat uns. Er hat dich. Und er hat seinen besten

Freund.« Dankenswerterweise nannte Malin diesen nicht beim Namen. Trotzdem spürte Stina einen Stich in ihrer Brust.

Mit dem Herzen auf der Zunge sprach Malin weiter. »Thore hat sein eigenes Leben. Ein gutes Leben. Es ist an der Zeit, dass du es ihm nachmachst. Mach dein Leben lebenswert. Richte es nach deinen Wünschen aus. Nicht nach den vermeintlichen Bedürfnissen von Thore.«

Eisern presste Stina ihre Kiefer aufeinander. »Das ändert aber nichts daran, was Andrik getan hat.«

Behutsam redete Alva auf sie ein. »Das sagt auch niemand. Aber wenn du ganz tief in dich hineinhorchst … Was fühlst du dann? Willst du ihn wirklich wieder aus deinem Leben verbannen?« Alva schüttelte den Kopf. »Ich glaube nicht, dass du das willst. Aber du denkst, dass es so sein muss. Weil du dir nicht gestattest, auch ein glückliches Leben zu führen. So, wie dein Bruder es längst tut.«

»Das ist nicht wahr …« Stina warf das Kissen fort und erhob sich rasant aus ihrem Sessel. Tränen rannen über ihre Wangen und sie wandte sich eilig ab. Sie barg das Gesicht in ihren flachen Händen und konnte nicht verhindern, dass ein Schluchzen ertönte. Nach einigen Sekunden spürte sie, wie ihre Freundinnen beide einen Arm um sie schlangen und sie in einer Gruppenumarmung gefangen nahmen.

Minutenlang standen sie so da, während immer neue Tränen aus Stina hervorbrachen. Irgendwann meinte sie leise und mit belegter Stimme: »Ihr solltet eine Gemeinschaftspraxis eröffnen.«

Sie spürte das Lächeln auf Malins Lippen, obwohl sie es nicht sehen konnte. »Was glaubst du, was wir hier im Laden den ganzen Tag machen?«

Alva schien ebenfalls zu grinsen. »Auf ein Gespräch mit Alva und Malin, immer zu Diensten, wenn dein Herz nicht weiterweiß.«

Stinas Schultern hoben sich ein letztes Mal zuckend und sie atmete tief durch. »Was passiert, wenn man euren Rat nicht befolgt?« Sie hob den Kopf und wandte sich zu ihren beiden Freundinnen um.

Die schmunzelten ihr aufmunternd zu. »Dann übernehmen wir keine Garantie für ein glückliches Leben.«

Stina lächelte matt. Die beiden mochten es gut mit ihr meinen, aber sie war noch nicht so weit. Sie lebte doch ihr eigenes Leben. Im *Vasa Museum*, auf ihren Expeditionsreisen, hier mit den beiden in *Ekströms Bokhandel*. Wie kamen sie nur darauf, dass sie das nicht tat? Ja, Thore nahm einen großen Teil ihres Lebens ein. Aber war das verwunderlich? Gewiss nicht! Sie hatten nur einander, und es lag an ihr, für ihn da zu sein. Ungeachtet dessen, welche Opfer sie womöglich dafür bringen musste.

Keinen dieser Gedanken würde sie Alva und Malin mitteilen. Sie wusste zu schätzen, dass die beiden so ehrlich mit ihr sprachen. Trotzdem war sich Stina nicht sicher, was sie davon halten sollte. Vielleicht brauchte sie einfach zu allem etwas Abstand, um wieder zur Ruhe zu kommen. Die vergangenen Tage waren zu emotional gewesen. Ihre Gefühle fuhren kreuz und quer über ihre Synapsen und ließen sich nicht genau bestimmen. Ordnung in dieses Chaos zu bringen war jetzt ihr oberstes Ziel.

Sie blieb noch eine kurze Weile bei ihren Freundinnen in der Buchhandlung und brach eine halbe Stunde später auf. In einer Woche würden sie und Thore bei Alva Weihnachten feiern. Vielleicht sah die Welt bis dahin schon ganz anders aus.

Nachdem Stina gegangen war, wandte Alva sich besorgt an Malin. »Sie bekommt die Kurve nicht.«

Malin biss sich auf die Unterlippe und nickte. »Ich fürchte auch.«

Alva seufzte und sammelte die leeren Tassen zusammen. »Warum tut sie sich so schwer, die Vergangenheit ruhen zu lassen? Wovor hat sie Angst?«

»Ich wünschte, ich wüsste es.«

»Können wir noch irgendetwas für sie tun?« Alva blickte gequält an die Decke. »Ich hasse es, sie so zu sehen. Manchmal denke ich, ihr Schmerz wird eins zu eins an mich weitergeleitet. Das ist unerträglich.«

Malin schüttelte den Kopf. »Da muss sie allein durch. Wir können ihr nur eine Hilfestellung geben. So wie beim Handstand. Wir können ihre Füße festhalten, aber wann sie die in die Luft hebt, muss sie selbst entscheiden.«

»Was hältst du von diesem Andrik?«

Malin schmunzelte. »Ich würde ihn zu gern persönlich treffen. Ich kenne niemanden, der Stina so aus dem Konzept bringt. Im Guten wie im Schlechten.«

Nachdenklich fuhr Alva sich durch die blonden Locken. »Könntest du jemandem das verzeihen, wofür Andrik in Sachen Thore verantwortlich ist?«

Malin überlegte eine Weile. »Es würde mich bestimmt viel Überwindung kosten. Aber nach so langer Zeit?« Sie zuckte mit den Schultern. »Wenn ich dadurch endlich Frieden finden würde, würde ich es vermutlich versuchen.«

Alva nickte zustimmend. Dann lächelte sie auf einmal. »Sie liebt ihn immer noch, nicht wahr?«

Malin lachte leise. »O ja, sie weiß es nur noch nicht.« Dann verstummte sie und blickte betrübt drein. »Oder sie weiß es und traut sich nicht, es anzunehmen. Sie liebt den Mann, der ihren Bruder für sein Leben gezeichnet hat. Womöglich verurteilt sie sich deshalb selbst zu diesem Drama.«

Eine kleine Träne mogelte sich auf Alvas Wange. »Ich habe keine Ahnung, wie, aber ich glaube an das Happy End, Malin. Stina muss es schaffen. Wenn sie es jetzt nicht hinbekommt, dann …«

»Ich weiß.« Berührt nickte Malin. »Ich weiß.«

Die beiden Frauen umarmten sich auf der Empore, während Stina längst wieder durch den weißen Schnee in den alten Gassen der Stockholmer Innenstadt stapfte und noch immer mit sich und ihren Gefühlen rang. Ein Ende war nicht in Sicht.

Die nächsten Tage flogen nur so an Stina vorbei. Und das war gut so. Sie wollte alles so schnell wie möglich hinter sich bringen, um die lang ersehnte Ruhe zu finden. Die Anrufe und Nachrichten von Andrik ignorierte sie. Nicht besonders reif, aber sie schaffte es nicht, mit ihm über das Geschehene zu sprechen, solange sie sich selbst nicht im Klaren darüber war, was sie tun sollte. Sie ließ ihn in einer kurzen Nachricht am Freitagmorgen wissen, dass sie Zeit brauche und hoffe, er werde das verstehen. Das tat er. Und ließ sie in Frieden. Vorerst.

Glücklicherweise hatten sie die meisten Details für die Weihnachtsfeier seiner Firma am kommenden Dienstag bereits geklärt. Die wenigen offenen Themen sammelte Stina in einer Mail und schickte sie noch am Freitagmittag an Andrik. Binnen weniger Minuten erhielt sie eine Antwort auf all ihre Fragen, sodass sie alles fertigstellen konnte.

Nach ihrem offiziellen Feierabend blieb sie noch einige Stunden in ihrem Büro und kümmerte sich um ihr Forschungsprojekt. Der Gedanke an die alten Schiffsteile hob ihre Laune ein wenig. Nach einer kurzen Nacht in ihrer kleinen Wohnung, die ihr viel zu eng vorkam, seit Andrik sie Mittwochabend betreten hatte, kehrte sie am frühen Samstagmorgen zurück ins Museum. An beiden Wochenendtagen fand am späten Nachmittag jeweils ein Empfang statt, den sie begleitete, um bloß keinen Gedanken an Andrik oder ihre gemeinsame Vergangenheit, Gegenwart oder Zukunft zu verlieren. Bevor der Empfang am Samstag losging, machte sie allerdings noch ihren üblichen Besuch bei Thore im *Livsmot*.

Unten am Eingang hatte Kristian heute Dienst – der etwas kräftigere der beiden Portiere, dessen Frau an Weihnachten aus ihrem Haus am liebsten ein echtes Pfefferkuchenhaus zaubern würde.

Wie gewohnt grüßten sie einander. Stina wollte bereits in den Fahrstuhl steigen, als sie die freundliche brummige Stimme nach ihr rufen hörte.

»O Stina, warte einen Moment!«

Stina hielt inne und wandte sich um. Kristian kam auf sie zugelaufen und reichte ihr eine rote Keksdose mit weißen Schneeflocken darauf. Überrascht sah sie auf. »Was ist das?«

Kristian lächelte. »Die berühmten Pfefferkuchen von Lotte. Sie hat mal wieder viel zu viel gebacken. Bis Weihnachten schaffen wir nie, das aufzuessen.«

Stina wurde warm ums Herz. »Dankeschön!«

Der stämmige Mann winkte ab. »Dafür nicht.«

Anschließend machte Stina sich auf den Weg zu den Pflegern im vierten Stock. Obwohl sie mittlerweile durchaus nachvollziehen konnte, dass man sie nicht über Andriks Besuche informiert hatte, fiel es ihr ein bisschen schwer, einen lockeren Ton anzuschlagen, als sie sich nach Thores Befinden erkundigte.

Lilith, die leitende Betreuerin, sah fröhlich auf und kam auf sie zu. Freundlich nahm sie Stina am Arm und führte sie in ein Nebenzimmer.

»Ist etwas nicht in Ordnung?«, fragte Stina besorgt. Sofort malte sie sich die schlimmsten Szenen in ihrem Kopf aus.

Lilith schüttelte die krausen Locken. »Nein, nein. Thore geht es wie immer wunderbar. Wir haben heute gemeinsam Plätzchen gebacken. Das war vielleicht ein Spaß.« Sie lachte, doch dann setzte sie einen ernsten Ausdruck auf. »Es tut mir leid, wie das letztens gelaufen ist. Kaspar hat mir erzählt, was passiert ist.«

Stina widersprach. »Nein, das muss es nicht. Ich … ich habe vermutlich ein bisschen überreagiert.«

»Wir pflegen hier ein sehr herzliches Verhältnis mit den Angehörigen. Das weißt du selbst. Trotzdem ist es wichtig, eine professionelle Distanz zu wahren. Wir vertreten in erster Linie die Interessen unserer Bewohner.«

Stina wusste, dass es nicht so gemeint war. Trotzdem hatte sie das Gefühl, als hätte man sie zur Schuldirektorin zitiert, die ihr nun eine freundlich, aber ernste Standpauke zu ihrem Verhalten hielt.

Lilith, die etwa Mitte fünfzig war und ihre widerspenstigen grauen Locken mit einem Kurzhaarschnitt zu bändigen versuchte, gehörte trotz ihrer robusten und manchmal unnachgiebigen Art zu Stinas Lieblingspersonal im *Livsmot*. Sie war direkt, aber immer herzlich und ließ auch mal fünfe grade sein, wenn es nötig war.

Stina nickte. »Natürlich, das ist mir klar.«

»Wunderbar.« Lilith strahlte. »Ich hatte gehofft, dass dieser kleine Vorfall fortan nicht zwischen uns steht. Wir sind doch praktisch so etwas wie Familie.« Sie zwinkerte Stina zu und öffnete die Tür des kleinen Nebenraums, in dem sie das kurze Gespräch geführt hatten.

»Ich hätte da noch eine Frage«, meinte Stina plötzlich.

»Bitte.« Lilith wartete und lächelte freundlich.

»Was …« Stina biss sich auf die Unterlippe, »für einen Eindruck hat das Personal von Andrik?«

Ehrliche Begeisterung legte sich auf Liliths Gesicht. »Er ist großartig. Alle hier lieben ihn. Er besucht zwar offiziell Thore, aber meistens sind die beiden mit den anderen aus dem Stockwerk im Gemeinschaftsraum. Vor ein paar Wochen hat er uns sogar die Tischtennisplatte inklusive neuer Schläger und Bälle gespendet.«

Stina musste sich wahrlich um Haltung bemühen. Die Tischtennisplatte war von Andrik? Wieso hatte er das mit keinem Wort erwähnt? Auf einen Schlag fühlte Stina, wie ihr Magen unruhig wurde und die feinen Risse in der Mauer rund um ihr kleines Herz größer wurden. Still ermahnte sie sich, daraus kein zu großes Ding zu machen.

Während Lilith in den Gang hinaustrat und ihre Lobeshymne auf Andrik beendete, fragte Stina sich, ob das nun endlich alles war, was sie in Bezug auf Andrik bisher übersehen hatte.

Anschließend ging sie zu Thore, der sich wie immer überschwänglich auf ihr Kommen freute. Gemeinsam verließen sie das *Livsmot* und machten einen kleinen Schneespaziergang in der Umgebung. Während sie nebeneinander durch den tiefen Schnee schlenderten und die eiskalte Luft einatmeten, erzählte Thore fröhlich von seinem Vormittag. Sie hatten, wie Lilith bereits erwähnt hatte, Plätzchen gebacken. Stinas Bruder erklärte in ernstem Ton, wie wichtig es sei, den Teig eine Zeit lang ruhen zu lassen, bevor man ihn zu Keksen verarbeitete.

Ein Lächeln huschte über Stinas Lippen. Sie liebte ihren Bruder. Er nahm die Dinge immer sehr genau. Selbst jetzt noch.

Sie durchquerten gerade eine kleine Parkanlage, deren Bäume unter der schweren Schneelast ächzten, als Stina stehen blieb. Thore folgte ihrem Beispiel und sah sie erwartungsvoll an. »Was ist?«

Stina musterte den dunkelblauen Parka ihres Bruders und die dazu passende Mütze. In einem Handarbeitskurs hatte Thore einen ledernen Seeknoten ausgeschnitten und ihn mithilfe einer Nähmaschine auf den Rand der Mütze gesetzt. Stina tastete ihrerseits nach ihrem goldenen Anhänger, den sie unter dem dicken weißen Schal verbarg.

Nachdenklich zog sie die Brauen zusammen. »Geht es dir gut, Thore?«

Er lachte. »Natürlich geht es mir gut.« Er schob seine Hände in die Jackentasche. »Ich hatte diesen Winter noch keine einzige Erkältung. Nicht mal eine Schnupfennase.« Er grinste stolz. »Das ist ein neuer Rekord!«

Stina lächelte milde. Thore hatte den Zusammenhang ihrer Frage anders gedeutet als sie. Aber das machte nichts. Es war vielleicht auch besser so. Deshalb nickte sie und beide liefen weiter.

Einsetzender Schneefall unterbrach ihre Gedanken. Nein, sie würden lieber wieder zurückgehen. Vielleicht sollten sie noch eine Partie Tischtennis spielen, bevor Stina wieder ins Museum fuhr. Sie unterdrückte ein Seufzen. Sie würde fortan wohl immer an Andrik denken müssen, wenn ihr Bruder sie zu einem Match aufforderte. Andrik mochte es nicht ahnen, aber er hatte sich ungefragt in ihr Leben geschlichen und hinterließ überall Spuren. Lange würde Stina der direkten Konfrontation nicht mehr aus dem Weg gehen können.

Plötzlich spürte sie einen dumpfen Aufprall an ihrer Schulter. Erschrocken wandte sie sich um und bemerkte, wie kalte Kristalle zu Boden fielen.

»Hey!« Lachend rief sie ihren Bruder zur Ordnung. »Hast du mich etwa mit einem Schneeball abgeworfen?«

Herrlich stolz nickte Thore und hatte den nächsten bereits in seiner gesunden Hand. Grinsend machte er sich bereit für den Wurf.

Kichernd lief Stina zu einer nahe gelegenen Parkbank, häufte eine Portion Schnee zusammen und wandte sich just in dem Augenblick um, in dem Thores weiße Kugel sie am Oberschenkel traf.

»Na, warte! Dir werde ich zeigen, wie man eine Schneeballschlacht führt!«

Lachend ging Thore hinter einem Baum in Deckung. Stinas Wurf zerplatzte an dem dicken braunen Stamm. Frech streckte Thore seinen Kopf hervor. »Du gewinnst diese Schlacht nie, wenn du mich mit Absicht verfehlst, Stina! Na, los! Ich bin doch nicht aus Zucker.« Lachend huschte er zum nächsten Baum.

Stina griff nach mehr Schnee und verfolgte Thore mit ihren Augen, während sie eine stabile Kugel aus den Flocken formte. Ein weiteres Mal erschien das gerötete Gesicht ihres Bruders hinter einem Ahornbaum, der ihm als Schutzwall diente. »Wie willst du mich treffen, wenn du nur am Spielfeldrand stehst?« Er grinste.

Stina hatte bereits werfen wollen, doch Thores dahingesagte Worte ließen sie ruckartig innehalten. Hatte er recht? Stand sie etwa die ganze Zeit über nur am Rand und sah den anderen zu? Beim Leben? Beim Glücklichsein? Nein. Unmöglich. Er wusste ja kaum, was Stina derzeit alles beschäftigte. Ein Zufall.

Ungeduldig trat Thore hinter dem Baum hervor und wedelte herausfordernd mit seinem gesunden Arm herum. Mit einem Strahlen im Gesicht rief er: »Das Leben wartet auf dich, Stina! Komm schon! Zeig mir, ob dein Wurfarm noch genauso viel drauf hat wie früher!«

Ein Beben erschütterte Stina. Eines, für das sie noch nicht bereit war. Schweigend starrte sie ihren Bruder an, der immer noch darauf wartete, dass sie ihn endlich ins Visier nahm. Durfte sie? Sollte sie? Konnte sie?

Sie schloss einen Moment lang ihre Augen. Währenddessen holte sie aus. Dann hob sie ihre Lider und sah ihren Bruder. So, wie er war. Lachend. Fröhlich. Glücklich?

Voller Kraft warf sie ihren Schneeball in seine Richtung.

»Wow, der kommt schnell! Der ist …« Thore wich ihrem Angriff gekonnt aus und drehte sich lachend zu ihr. »Netter Versuch! Noch mal!«

Während Stina der Aufforderung ihres Bruders nachkam, fragte sie sich, wie viele Versuche man im Leben wohl bekommen mochte, um glücklich zu werden.

Kapitel 21

Stina überstand das restliche Wochenende mit viel Arbeit und noch mehr Fokussierung auf ihre geliebte Vasa. Das Schiff brachte sie im wahrsten Sinne des Wortes ans sichere Ufer. Die Empfänge wurden beide ein passabler Erfolg. Die Gäste waren begeistert und die Kunden lobten die gelungene Umsetzung. Katja, ihre Chefin, war zufrieden. Stinas Kopf war voll mit anderen Dingen, sodass es ihr fast egal war.

Am Montag, der Kalender verzeichnete bereits den 21. Dezember, tauchte Moritz endlich wieder in ihrem Leben auf. Der Eventmanager des Museums setzte sich etwa eine Stunde mit ihr zusammen, und sie brachte ihn auf den neuesten Stand. Zwischen Weihnachten und Neujahr gab es grundsätzlich keine Veranstaltungen im Museum, sodass die nächsten erst wieder Anfang oder Mitte Januar stattfanden. Stina hatte das Notdürftigste bereits vorbereitet, sodass Moritz nun wieder übernehmen konnte. Sie war froh, dass er trotz der anstehenden Weihnachtsfeiertage jetzt schon wieder da war. Moritz stand das schlechte Gewissen allerdings auch wahrlich ins Gesicht geschrieben.

Er war ein paar Jahre älter als Stina und ein bisschen flippig, aber sie kam gut mit ihm aus. Gegen Ende ihrer Besprechung fragte sie: »Geht es deiner Mutter wieder besser?«

Moritz nickte erleichtert und rückte seine schwarz umrandete Brille zurecht. »Eigentlich haben wir eine Pflegerin, die sich rund um die Uhr um sie kümmert. Aber die ist kurzfristig krank geworden und da meine Schwester im Urlaub war, musste ich notgedrungen einspringen. Aufgrund der Demenz meiner Mutter können wir sie nicht mehr allein lassen. Es war also an sich gar nicht so schlimm, aber eben alles sehr spontan.« Er schüttelte bedauernd den Kopf. »Tut mir echt leid, dass Katja ausgerechnet dir das alles aufgehalst hat. Ich weiß, wie sehr du diesen Job hasst.«

»Kein Problem. Dafür sind Kollegen doch da, oder? Um einzuspringen, wenn Not am Mann ist.« Stina bemühte sich um ein neutrales Lächeln. »Und solange du dich jetzt wieder um alles kümmerst …«

Moritz nickte. »Definitiv.«

Erleichtert seufzte Stina. »Danke.« Sie erhob sich bereits und wollte wieder in ihr Büro flüchten, als Moritz sich erkundigte: »Aber diese Feier morgen managst du, wie besprochen, oder? Es ergibt ja eigentlich keinen Sinn, dass ich mich da jetzt noch auf den letzten Drücker einmische.«

Sie hatten vorher bereits darüber gesprochen und Stina nickte notgedrungen. »Ja, ich wickle das fertig ab.« Dann deutete sie an, in einen Folgetermin zu müssen, und eilte den Flur entlang in ihr Büro. Sie wollte sich verkriechen. So wie in den letzten Tagen auch. Um ehrlich zu sein, war sie ziemlich feige geworden, überlegte sie missmutig. So viel zu ihrem Vorsatz, sich Andrik und ihrer Vergangenheit zu stellen, um das Thema ein für alle Mal hinter sich zu lassen. Aber da hatte sie auch noch nicht damit gerechnet, *wie* nah sie Andrik kommen würde.

Sie hätte sich diese Nacht mit ihm lieber nicht erlauben sollen. Es hatte alles verkompliziert. Und das, obwohl sie nach den gemeinsamen Aktivitäten, besonders jenen, bei denen sowohl Andrik wie auch Thore dabei gewesen waren, sowieso schon genug verwirrt gewesen war.

Ihre ständigen Begleiter, die Wut und die Enttäuschung, meldeten sich vehement und hartnäckig zu Wort. Währenddessen kämpften andere Gefühle um Stinas Aufmerksamkeit. Andrik war nicht mehr nur ihr Objekt des Hasses. Sie hatte gesehen, wie sehr er sich um Thore kümmerte. Er tat beinahe alles, um seinen besten Freund glücklich zu machen.

Buße, so hatte Malin es genannt. Trotz der Momente, in denen Stina auch in Andriks Augen den Schmerz der Vergangenheit erblickt hatte, schien es ihr jedoch so, als würde Andriks sogenannte Buße nicht ansatzweise dem entsprechen, wie sie es sich vorstellte. Es sollte wehtun. Es sollte schwer sein. Es sollte Andrik jeden Tag vor Augen führen, was er zu verantworten hatte! Aber stattdessen? Thore und er wirkten, als wäre nie etwas passiert. Sie lachten, machten Blödsinn und zogen sie auf. So wie früher. Das war keine Buße!

Aufgewühlt und in wütende Gedanken versunken, betrat Stina ihr Büro und wäre fast in einen unerwarteten Gast hineingestolpert. Entsetzt hob sie den Kopf und blickte in ein nur allzu bekanntes Paar grüner Augen, umgeben von diesen winzigen attraktiven Fältchen.

Stina schluckte und ging automatisch zwei Schritte zurück.

»Was machst du hier?«, fragte sie und bemühte sich, ihrem Ton die Schärfe zu nehmen.

»Ich denke, wir sollten reden.«

Stina schüttelte den Kopf. »Für morgen ist alles geklärt und vorbereitet. Dieser Sundgren wird begeistert sein und den Vertrag bei euch unterschreiben. Es gibt also nichts zu besprechen.«

Andrik, der seinen Mantel über die Stuhllehne gehängt hatte, legte den Kopf ein wenig schief. Sanft, viel zu sanft, meinte er: »Ich weiß, dass du Zeit brauchst.«

»Dann gib sie mir, verdammt noch mal!«, rief Stina aufgebracht und lief im größtmöglichen Bogen um ihn herum, hinter ihren Schreibtisch. Alles, was Abstand zu diesem Mann brachte, musste sie nutzen.

Er verfolgte sie mit seinem Blick. Während er sich zu ihr umwandte, sah sie, dass sich seine Muskeln nur allzu gut unter seinem tannengrünen Hemd bemerkbar machten. Nicht aufdringlich, aber Stina fiel es dennoch auf. Was sie nur noch wütender werden ließ. Denn darum ging es doch gar nicht. Darum sollte es nicht gehen.

»Ich gebe dir alle Zeit der Welt, Stina.« Ruhig redete er auf sie ein. »Aber ich glaube ehrlich gesagt, dass du davonläufst. Und ich …«

»Ich laufe nicht davon!« Ihr Ausruf klang nicht besonders überzeugend. Nicht mal für sie. Nervös strich sie über ihre schwarze Stoffhose, die sie heute passend zu einer senfgelben Seidenbluse trug.

Als hätte sie gar nichts gesagt, überging Andrik ihren Kommentar. »Es tut mir leid, wenn ich dich in eine unangenehme Situation gebracht habe.«

Stina wusste nicht, wie ihr geschah. »Unangenehme Situation?«

Andrik nickte.

Dann, zum ersten Mal nach einer gefühlten Ewigkeit, begann Stina wieder, wie eine Erwachsene zu reagieren. Sie schüttelte kaum merklich den Kopf. »Nein, das habe ich mir selbst eingebrockt. Ich … wollte nicht, dass du gehst.« Sie schluckte und mied seinen Blick. Sie erwartete, er würde ihr widersprechen, doch das tat er nicht. Nachdem er beharrlich schwieg, hob sie ihren Kopf und schaute zu ihm. Seine wachsamen Augen musterten sie und für einen kurzen Moment spürte Stina das Verlangen, das sie überhaupt erst in diese Lage gebracht hatte.

Andrik kam einen Schritt näher und stand nun seitlich von

ihrem Tisch. Liebevoll glitt sein Blick über sie. »Warum hast du nichts gesagt?«

»Wovon?« Stina versteifte sich. Sie wusste genau, worauf er anspielte, aber sie wollte nicht darüber sprechen.

Ein verständnisvoller Ausdruck legte sich auf sein Gesicht. »Dass es das erste Mal für dich war.«

Nervös griff sie nach ihrem geflochtenen Zopf, legte ihn sich wie üblich auf die rechte Schulter und suchte dann mit ihrer Hand nach dem Anhänger ihrer Kette. Dem goldenen Seemannsknoten. Dankbar bemerkte sie, dass sie vorhin die Tür ihres Büros geschlossen hatte, sodass es keine ungewollten Zuhörer geben konnte.

»Weil es dich nichts angeht.«

»Findest du?«

Stina nickte und funkelte ihn erzürnt an. »Ich bin dir keine Rechenschaft schuldig.«

Verwundert deutete er auf sie. »Wie kann eine so schöne Frau mit Anfang dreißig noch nicht ...«

»Es ist eben so, okay?!« Stina verfluchte sich dafür. Wieso führten sie dieses absurde Gespräch? Sie wandte sich zu der breiten Fensterfront, um Andrik nicht länger ansehen zu müssen. Stille breitete sich zwischen ihnen aus. Vielleicht hatte er endlich begriffen, dass das allein ihre Sache war. War es ihr peinlich? Ja, irgendwie schon. Aber es war auch nicht so, als hätte sie mit Absicht die Enthaltsame gespielt. Es hatte in ihrem Leben schlichtweg keinen Platz und keine Gelegenheit dafür gegeben. Sie musste sich Andrik gegenüber nicht erklären. Ganz und gar nicht. Und trotzdem machten sich die Worte in ihrem Mund selbstständig.

»Ich hatte andere Prioritäten in meinem Leben als ...« Sie verstummte.

Sie hörte ein leises Rascheln und spürte, dass Andrik sich

neben sie ans Fenster stellte. Er berührte sie nicht. Beide schauten sie hinaus auf die verschneiten Ufer von Stockholm.

»Du hast wirklich alles für ihn aufgegeben, nicht?«

Fragend wandte Stina Andrik schließlich doch den Kopf zu. Er blickte noch immer über die gefrorene Eisdecke in der Bucht vor ihnen. Leise fuhr er fort.

»Thore. Du hast dein ganzes Leben nach ihm ausgerichtet. Du versagst dir selbst sogar ein bisschen Vergnügen wegen ihm, nicht wahr? Du denkst, es stehe dir nicht zu.«

Stina spürte, wie die Zuneigung, die sie absurderweise vor wenigen Tagen noch für Andrik empfunden hatte, in Bedrängnis geriet. Wut und Enttäuschung spielten sich in den Vordergrund und demonstrierten ihre machtvolle Position in Stinas Herzen. Die Risse, die sich noch vor einigen Tagen auf der *Tunnelbana*-Führung in die Mauern um ihr Herz geschlichen hatten, schienen von der Wut wieder gekittet worden zu sein. Die Wände waren so undurchdringlich wie nie zuvor.

»Du weißt gar nichts über mich«, versuchte Stina, sich mit erstickter Stimme zu wehren.

Doch sie hatte die Rechnung ohne Andrik gemacht. Er wandte sich ihr zu und war ihr so nah, dass sie sein Aftershave riechen konnte. Erinnerungen an ihre winzige Wohnung tauchten in ihrem Kopf auf. Der Moment, als sie ihre Hand nach Andrik ausgestreckt und ihn zum Bleiben bewegt hatte. Reue überfiel sie. Wut strömte durch ihre Adern. Und Selbstverachtung. Durch den Nebel dieser tobenden Gefühle hörte sie Andriks liebevolle Stimme.

»Doch, ich glaube schon.« Er machte eine kurze Pause. »Thore ist dein Leben. Dabei hast du vergessen, wie es ist, das eigene Leben in die Hand zu nehmen. Wut und Hass haben sich in deinem Herzen verankert, und du hast keine Ahnung, wie du sie dort wieder herausbekommst. Weil du dich an diese Gefühle klammerst. Weil du Angst hast, was passiert, wenn du sie loslässt. Du brauchst sie ebenso, wie du sie loswerden willst.«

Tränen schossen in Stinas Augen. Sie war nie aggressiv gewesen, aber in diesem Moment wollte sie Andrik einfach nur schlagen. Sie wollte auf ihn einprügeln und ihn zum Schweigen bringen. Denn, verdammt, jedes seiner Worte entsprach der Wahrheit. Nur, dass Stina sie noch nie ausgesprochen gehört hatte. Ihr Herz verkrampfte sich hinter seinen hohen Mauern. Ihr Magen rumorte und ihr wurde schwindelig. Mühsam hielt sie sich aufrecht.

»Und wessen Schuld ist das? Warum bin ich so geworden, Andrik? Wenn du doch so viel über mich weißt, wie konnte ich so ein schrecklicher Mensch werden, wie du ihn beschreibst?«

Ein trauriges Lächeln legte sich auf seine Lippen. »Du bist kein schrecklicher Mensch.«

»Das klingt anders, wenn man dir zuhört.« Bitter versuchte Stina sich abzuwenden, doch Andrik legte ihr eine Hand auf die tränenfeuchte Wange.

»Du musst lernen loszulassen«, flüsterte er.

Eine Flut von Emotionen sprengte Stinas inneres Chaos in die Luft. Es wurde immer schlimmer. Sie strauchelte und hatte keine Ahnung, wie sie ihr Schiff wieder auf Kurs bringen sollte. Sie fühlte sich so hilflos.

Mühsam hob sie ihren Blick und sah Andrik in die Augen. Plötzlich ahnte sie, warum er hier war. Ein Gefühl der Enge überkam sie. Der Platz um sie wurde kleiner, die Welt begann, sich zu drehen, und obwohl sie immer noch festen Boden unter den Füßen hatte, verlor ihre Seele den Halt. Plötzlich schüttelte sie den Kopf. Immer heftiger, bis Andrik seine Hand zurückzog. Neue Tränen eroberten die freigelegte Stelle.

»Lass mich dir helfen, Stina. Du musst das nicht allein machen. Gib deinem Leben eine Chance.« Andriks Stimme war stark und doch zitterte sie. In seinem Gesicht lag ein sehnsüchtiger Ausdruck. Aber Stina konnte nicht auf ihn zugehen. Sie war nicht bereit dafür. Was er von ihr verlangte, war unmöglich. Dieser Moment bewies es am allerdeutlichsten. Sie würde ihre Wut auf ihn nie ablegen können. So sehr wie nie zuvor wünschte sie, sie wäre dazu fähig. Aber es ging nicht.

Ihr Herz rebellierte hinter den geschlossenen Mauern, doch die Wut legte ihre brennenden Finger um das zappelnde Organ und ließ es verstummen.

Aufgebracht und verzweifelt zugleich blinzelte Stina. Sie holte tief Luft und stellte die Frage, die Andrik verdeutlichen sollte, dass sie keine Wahl hatte.

Leise wisperte sie: »Warum hast du ihn zu dieser Mutprobe überredet, Andrik? Warum hast du Thore seiner Zukunft beraubt?«

Andrik hatte gewusst, dass diese Frage früher oder später kommen würde. Es wunderte ihn beinahe, dass Stina es zwei Wochen lang geschafft hatte, sie zurückzuhalten. Er musterte ihren verkrampften Körper, den er einfach nur in seine Arme schließen und ihm Geborgenheit schenken wollte.

Er konnte die Überraschung kaum beschreiben, als er in jener Nacht mit ihr gespürt hatte, wie eng Stina doch gewesen war. Zunächst hatte er einfach angenommen, dass ihr letztes Mal schon einige Zeit her sein musste. Doch dann hatte er in ihre blauen Augen gesehen, das kurze Aufflackern der Angst, das schließlich von Verlangen verdrängt worden war. In diesem Moment war es ihm klar geworden. Stina war noch Jungfrau

und er der erste Mann gewesen, den sie so nah an sich heran-
gelassen hatte.

Vermutlich war das der Auslöser gewesen, weshalb es ihn
schließlich überkommen hatte, diese drei gewissen Wörter zu
murmeln. Neben seinem eigenen Verlangen hatte er in seinem
Herzen die bedingungslose Zuneigung für dieses zarte Wesen
unter sich gespürt. Er liebte Stina. Hatte sie immer geliebt.
Und dass sie in den vergangenen Jahren nie auch nur einmal
das körperliche Vergnügen mit jemandem geteilt hatte, hatte
einen unerwarteten Schalter in seinem Kopf umgelegt.

Er verbot sich, sich einzureden, dass sie ihn ebenso wenig
hatte vergessen können und sich gar für ihn aufgehoben hätte.
Das war lächerlich. Absolut abwegig. Doch je länger er darüber
nachdachte, wie eine Frau wie Stina es bis in die Dreißiger geschafft hatte, ohne wenigstens ein einziges Mal Sex gehabt zu
haben, ließ ihn die Wahrheit erkennen. Stina hatte ihr Leben
aufgegeben. Sie mochte ihre Arbeit und ihre Forschungsprojekte
haben, für die sie brannte. Doch abgesehen davon drehte sich
einfach alles in ihrem Leben um Thore. Alles.

Ihre Worte waren oft genug deutlich zu hören gewesen. Sie
verbot sich selbst jegliches Leben, weil sie der Meinung war, es
nicht zu verdienen, solange ihr Bruder nicht das gleiche Glück
erleben konnte.

Andrik hatte nicht vorgehabt, dass dieses Gespräch so aus-
uferte. Aber er hatte es nicht mehr ausgehalten. Er verstand
durchaus, dass Stina Zeit benötigte, um das, was zwischen
ihnen geschehen war, einzuordnen. Ebenso war ihm bewusst,
dass seine Rolle in ihrem Leben innerhalb der letzten zwei
Wochen Züge angenommen hatte, mit denen sie kaum umzugehen wusste. Sie hasste ihn, gab ihm die Schuld an Thores
Leben und doch hatte sie sich auf ihn eingelassen und sogar

versucht, sich Andriks Art und Weise, wie er schmerzhafte Erinnerungen überschrieb, zu eigen zu machen.

Gleichzeitig kannte er sie aber zu gut, um zu glauben, dass sie es tatsächlich schaffte. Er wünschte, es wäre anders. Dass sie sich gänzlich von ihm zurückgezogen hatte, bewies, wie stark der Kampf war, den sie innerlich ausfocht. Er war heute hergekommen, weil er ihr hatte helfen wollen. Ein Schubs in die richtige Richtung hatte es sein sollen. Nicht aber der schmerzhafte Stoß in einen unüberwindbaren Abgrund.

Doch genau das hatte er getan. Er war ein Idiot. Ein Mistkerl. Ein Egoist. Er gaukelte sich vor, Stina helfen zu wollen. Wenn er jedoch ehrlich war, dann hatte er es nicht ausgehalten, sie nicht zu sehen und nicht zu wissen, wie es ihr ging. Die Liebe, die seit Jahren leise und beständig in seinem Herzen gewartet hatte, war in imposanter Größe hinaus in die Welt getreten und verlangte nach Aufmerksamkeit. Sie pochte darauf, dass man ihr endlich Folge leistete.

Andrik hätte Stina mehr Zeit einräumen sollen, statt sie hier in die Enge zu treiben. Aber wenn er sie ansah, bemerkte, wie sie litt und mit sich rang, wusste er, dass sie es allein nicht schaffen würde, ihre Dämonen zu überwinden. Sie brauchte keine sanfte Seelsorge. Was Stina hören musste, war die Wahrheit. Er durfte es ihr nicht länger verheimlichen.

Angst stieg in ihm auf. Welche Konsequenzen würden sein Handeln haben? Welche Folgen würde es für Stina haben? Für Thore? Für ihn selbst? War es sein unbedingter Drang nach einer Chance auf ein gemeinsames Leben mit Stina wert, dass er ihre Welt noch einmal in Aufruhr brachte? So viel hatte er ihr bereits angetan, indem er nicht gut genug aufgepasst hatte. Wie egoistisch war es, ihr einen noch viel größeren Schaden zuzufügen? Immer mit der Ausrede, es für sie und ihr Glück zu tun? Und glich es nicht vielmehr einem Verrat an seinem besten Freund?

Hin- und hergerissen biss Andrik sich auf die Unterlippe, während Stina ihn wartend anstarrte. Er betrachtete ihre weichen Gesichtszüge, die zugleich wütend und undurchdringlich wirkten. Ihr hellbraunes Haar lag immer noch in einem geflochtenen Pferdeschwanz auf ihrer Schulter und der senfgelbe Ton ihrer Seidenbluse verlieh ihren eisblauen Augen einen ganz besonderen Charme. Ihre Lippen pressten sich so stark aufeinander, dass ihnen bald jegliche Farbe fehlen würde.

Er räusperte sich, um noch ein paar Sekunden Zeit zu gewinnen. Und um den Frosch loszuwerden, der sich auf einmal auf seine Stimmbänder gesetzt hatte. Viel half es nicht, denn sein Ton klang immer noch ziemlich rau, als er endlich antwortete.

»Thore hat eine Zukunft. Eine gute Zukunft.«

Stina schoss ihm einen harten Blick zu. »Er wird für immer an das Betreute Wohnen gebunden sein. Er wird in seinem Zustand nie eine eigene Familie gründen können. Er kann nicht zur See fahren, so, wie er es sich immer erträumt hat. Er wird für immer im Geist eines Vierzehnjährigen gefangen sein. Was für eine Zukunft ist das?!« Nach Atem ringend verstummte Stina für einen kurzen Augenblick. Dann erhob sie gefährlich leise ihre Stimme und bewies einmal mehr, dass sie nicht über Andriks Schuld hinwegkam. »Du hast sein Leben ruiniert und doch seid ihr weiterhin die besten Freunde geblieben? Wie hast du das mit deinem Gewissen vereinbaren können? Wie kannst du zu ihm gehen und so tun, als wärst du sein Freund?! Du hast ihm die Mutprobe eingeredet. Wegen dir ist er gesprungen. Wegen dir führt er dieses Leben!«

Andrik bemühte sich um einen ruhigen Ton, doch es fiel ihm immer schwerer, sich zurückzuhalten. Er sah den Schmerz in Stinas Augen. Er wusste, welche Teufelchen auf ihren Schultern saßen und welche Wut sich in ihrer Seele verankert hatte. Trotzdem musste er ihr widersprechen.

»Thore hat ein gutes Leben. Er ist glücklich! Sprich ihm das verdammt noch mal nicht ab, Stina. Tu das nicht. Indem du das machst, verurteilst du ihn zu einem Menschen zweiter Klasse. Aber das ist er nicht. Sieh ihn dir doch mal an! Es könnte ihm gar nicht besser gehen. Er hat Freunde. Er hat ein gutes Zuhause. Er hat Leidenschaften und Hobbys. Er hat dich! Er hat ein gutes Leben.«

»Was fällt dir ein …?!« Wütend verzerrte sich Stinas Gesicht und Andriks Herz krampfte sich zusammen. Sein Magen war quasi nicht mehr existent und in seinem Kopf hämmerte es unentwegt. Doch er konnte es nicht lassen. Er war hier, um einen Kampf zu führen. Er hatte es anders gewollt, aber Stina ließ ihm keine Wahl.

Um einen leisen Tonfall bemüht, erklärte Andrik: »Du musst endlich deine Perspektive ändern. Wenn du weiterhin an deiner jetzigen festhältst, verlierst du dich. Und Thore auch.«

Er griff nach ihren zitternden Händen, während sie ihn voller Abscheu betrachtete und sich von ihm zu befreien versuchte. Doch er war stärker und hielt sie, wo sie war.

»Thore geht vielleicht keiner üblichen Arbeit nach, so wie wir beide. Er lebt vielleicht nicht allein in einem Apartment, so wie wir beide. Er kann vielleicht nicht allein herumspazieren, so wie wir beide. Aber verdammt, Stina. Er lebt ein glückliches Leben. Auf seine Art. Auf seine Weise. Die Maßstäbe sind ganz andere als bei uns beiden. Versteh das doch endlich.«

Tränen über Tränen strömten aus Stinas wunderschönen blauen Augen, und Andrik fühlte sich furchtbar. Aber er hatte es sagen müssen. Stinas Reaktion bewies nur, wie überfällig dieses Gespräch war.

»Du tust so, als wäre ich ein Monster, das seinen Bruder klein hält.«

»Du bist kein Monster.« Andrik schluckte. »Aber du hältst ihn klein.«

»Ich fasse nicht, dass du …« Stinas Blick wurde dunkel und blind vor Wut. »Wie kannst du es wagen, hier aufzutauchen, mein Leben durcheinanderzubringen … Und obwohl ich dir Zutritt zu meiner Welt gegeben habe, schmeißt du mir im erstbesten Moment an den Kopf, ich würde meinen Bruder klein halten und ihm absprechen, glücklich zu sein?« Erzürnt entriss sie ihm ihre Hände, um sich möglichst schnell von ihm zu entfernen. Vom anderen Ende ihres Büros schrie sie ihn an. »Was stimmt nicht mit dir?!«

»Das war nicht meine Absicht, ich …«

»Nicht deine Absicht? Was zur Hölle *ist* deine Absicht? Warum bist du hier?«

Stina unterdrückte ein Schluchzen. Sie kämpfte. Gegen ihn. Und gegen sich selbst.

»Was willst du von mir?«, wisperte sie verzweifelt.

All seinen Mut zusammennehmend, sprach er die Wahrheit aus. »Ich will, dass du glücklich bist.«

Verständnislos starrte sie ihn an. Gefährlich leise erwiderte sie: »Das zeigst du auf eine äußerst seltsame Art und Weise.«

»Das ist mir klar. Aber … Ich liebe dich, Stina. Und ich will, dass du glücklich wirst. Ich ertrage es nicht, dich so zu sehen.«

»Dann wärst du besser nie hier aufgetaucht«, meinte sie bitter. »Es ging mir gut, Andrik. Bis du aufgetaucht bist und all den schmerzhaften Erinnerungen wieder ein Gesicht gegeben hast. All dieses Gerede von *Erinnerungen überschreiben* und *die Perspektive wechseln* – von wegen! Es ging dir immer nur um dich.«

Andrik schüttelte den Kopf. »Du bist nicht glücklich. Und du weißt, dass du dich selbst belügst, wenn du das behauptest.«

Er sollte aufhören und endlich den Mund halten. Wer war er denn, ihr das alles an den Kopf zu werfen, wo sie doch nach

Jahren gerade mal seit zwei Wochen wieder Kontakt hatten? Was er wusste, wusste er von Thore und den Begegnungen aus den letzten Tagen. Durfte er es sich da wirklich herausnehmen, über sie zu urteilen?

Ja. Denn Stina und er hatten einander gekannt wie niemand sonst. Sie hatten gefühlt, was der andere gefühlt hatte. Sie waren füreinander bestimmt gewesen, doch das Schicksal hatte es anders kommen lassen. In den letzten beiden Wochen hatte er gespürt, dass es immer noch so war. Er fühlte, was sie fühlte. Ob sie nun wollte oder nicht.

Langsam kam Stina wieder auf ihn und die Fensterfront zu. Gut einen Meter von ihm entfernt, blieb sie stehen.

»Du bist schuld an Thores Zustand. Rede es dir so schön, wie du nur kannst. Aber ich verschließe meine Augen nicht vor der Realität. Du liebst mich? Wie kannst du das behaupten, während du mir gleichzeitig so viel Schmerz zufügst?« Bitterkeit troff aus ihrer zarten Stimme. »Wenn du erwartest, dass dein Geständnis irgendetwas ändert, muss ich dich enttäuschen. Wie könnte ich mir dir zusammen sein wollen? Jeden Tag würdest du mich daran erinnern, was in dieser Mittsommernacht geschehen ist. Ich will das nicht.« Neue Tränen bahnten sich den Weg über ihre Wangen. »Ich kann das nicht. Ich hätte dich letzte Woche nie am Gehen hindern dürfen«, flüsterte sie. In ihrem Gesicht erschien blanke Selbstverachtung. »Ich will dich nach dem Event morgen nie wiedersehen. Du kannst Thore besuchen. Ich kann es dir kaum verbieten. Aber du hast es so lange geschafft, mir dabei aus dem Weg zu gehen.« Sie blitzte ihn erzürnt an. »Dann sollte es ein Leichtes für dich sein, das in Zukunft ebenfalls möglich zu machen.«

»Stina, ich …« Andrik konnte kaum sprechen vor Schmerz. Er spürte ihn überall. In seinem Herzen, seinem Körper, seiner Seele.

»Nein, Andrik. Ich kann nicht mehr. Ich will meine Ruhe.«
Langsam wandte sie sich ab. »Das bist du mir schuldig.« Nach
einem kurzen Zögern öffnete Stina die Tür ihres Büros und
ließ Andrik stehen. Sie floh.

Und Andrik hatte nichts, was er ihr hätte anbieten können.
Außer der Wahrheit. Aber er hatte sich anders entschieden. Er
war es, den sie aus ihrem Leben streichen sollte. Er hatte ihr
genug Schmerz zugefügt. Er würde dem nicht noch die Krone
aufsetzen.

Stinas Schmerz saß so tief, dass sie längst nicht mehr erkannte,
dass er im Grunde genommen gar nicht mehr so schlimm war.
Stina hing fest. An einem Punkt ihres Lebens, der längst vorbei-
gezogen war. Doch sie hatte es nicht geschafft, ihren Weg weiter-
zuführen. Ähnlich einem Plattenspieler, der immerzu an der
gleichen Stelle von der Scheibe sprang. Sie hörte immer nur
dieselbe Melodie, nie aber das ganze Lied. Andrik hatte ihr den
Rest des Songs zeigen wollen, aber sie war noch nicht bereit
dafür. Und in diesem Moment verstand er, dass er sie nicht
zwingen konnte. Er hatte es vermasselt. Gründlich vermasselt.

Nur, dass ihn dieser Fehler mehr kostete, als er je erwartet
hatte. Sein Herz gehörte der Frau, die ihn abgrundtief hasste. Vielleicht war irgendwo in ihrer Seele noch ein Rest ihrer
einstigen Liebe für ihn verankert. Aber die Wut und die Enttäuschung über ihn waren so einnehmend, dass dieses zarte Gefühl keine Chance hatte. Das musste Andrik akzeptieren. Er
hatte gekämpft. Und er hatte verloren. Endgültig.

Kapitel 22

Den Dienstagvormittag verbracht Andrik schlecht gelaunt in seinem Büro von *Tillsammans*. Er hatte in den letzten Tagen nicht nur über Stina gegrübelt und sich letztlich für einen völlig falschen Schachzug entschieden. Nein, er hatte auch einen gut durchdachten Plan auf die Beine gestellt, wie er den Zwist zwischen dem alten Sundgren und seinem Prokuristen Niels Holm würde lösen können. Er hatte alles bis ins kleinste Detail auseinandergenommen. Jetzt hing alles davon ab, wie weit Sundgren zu Zugeständnissen und ungewöhnlichen Lösung bereit war. Und ob Niels Holm nach dieser Sache weiterhin bei *Sundgren AB* bleiben wollte.

Zu gut konnte Andrik verstehen, dass der Mann seine Familie an erste Stelle setzte. Hatten er und Stina es doch ähnlich gemacht und in erster Linie für Thores Wohl gesorgt. Stina mochte es ihm absprechen, weil sie nicht alle Fakten kannte. Immer noch nicht. Gleichzeitig war Andrik jedoch weiterhin der Meinung, dass Stina sich zu sehr auf ihren Bruder versteift und sich selbst dabei vergessen hatte.

Etwas, vor dem er Holm und seine Familie seltsamerweise schützen wollte. Er hoffte inständig, dass er Karl Sundgren von seiner Idee überzeugen konnte.

Andrik atmete tief durch, griff nach seinen Kopfhörern und wählte Sundgrens private Nummer, die er letzte Woche schon einmal gewählt hatte. Es dauerte eine Weile, doch dann nahm der Unternehmer das Gespräch an.

»Alles bereit für die Feier?« Ein polterndes Lachen ertönte.

»Alles bereit.« Andrik bemühte sich um einen positiven Klang. Jetzt musste er Sundgren überzeugen. »Ich habe mich übrigens um die Sache mit deinem Prokuristen gekümmert.«

»Ach wirklich?« Sundgren schien eindeutig überrascht zu sein.

»Holm hat mehr als zwanzig Jahre für *Sundgren AB* gearbeitet, nicht?«

»Das stimmt«, pflichtete der Geschäftsmann ihm bei. Ein wenig ärgerlich fügte er hinzu: »Umso größer ist die Schande, dass er einfach gehen will.«

Andrik hielt seine persönliche Meinung zurück und konzentrierte sich auf die Lösung, die er an den Mann bringen wollte.

»Holm ist ein wertvolles Mitglied deiner Top-Manager-Ebene. Ihn zu ersetzen wird wahnsinnig schwer. Besonders wenn man bedenkt, wie gut er das Unternehmen und seine unterschiedlichen Sparten kennt. In zwanzig Jahren hat er sich allerhand unersetzbares Wissen angeeignet.«

»Das musst du mir nicht erklären, Andrik. Was meinst du, weshalb es mir nicht in den Kram passt, dass er kündigt?«

Andrik hatte eindeutig einen Nerv bei Sundgren getroffen. Gut so. Er musste ihm vor Augen führen, wie hoch der Verlust sein würde, wenn Holm tatsächlich seinen Posten aufgab. Deshalb setzte er noch einen drauf. »Es wird dich eine Menge Geld kosten, jemand halbwegs Fähigen für die Lücke zu finden, die Holm hinterlässt. Ich habe mich mit seinen Leuten unterhalten, er hat viel Rückhalt in der Belegschaft. Weil er einer von ihnen ist. Hast du jemanden, der eine ähnliche Laufbahn vorweisen kann?«

Unverständliches Grummeln folgte, von dem Andrik annahm, dass es seine These stützte, dass Sundgren eben keinen solchen Ersatz vorweisen konnte. Langsam legte er die Spur aus Brotkrumen aus.

»Abgesehen von dem horrenden Gehalt, was Holms Nachfolger voraussetzen wird, wird es viel Zeit und Personal kosten, ihn in die Abläufe deines Imperiums einzuarbeiten. Und es ist fraglich, ob er sich dieselbe Loyalität der Belegschaft zu eigen machen kann.«

»Du steigerst meine Laune gerade nicht besonders, mein Junge.« Sundgren wurde ungeduldig und hatte einmal mehr erkannt, wie schlecht Holms Weggang für ihn sein würde. Andrik ließ die imaginären Brotkrumen in engerem Abstand zu Boden fallen.

»Wenn ich dir eine Lösung vorschlage, die dich zwar etwas Geld kosten würde, aber gewiss weniger, als einen neuen Prokuristen einzustellen. Was würdest du sagen?«

»Dass ich erst mal wissen will, wofür ich mehr Geld ausgeben soll.« Sundgren bückte sich eindeutig nach den auf dem Boden liegenden Krümeln.

In den nächsten Minuten legte Andrik seinen Plan dar und erläuterte gekonnt die Vorteile seiner Überlegung. Sundgren blieb zunächst skeptisch. Diese Art von Lösung gehörte nicht zu seiner üblichen Verfahrensweise. Aber Andrik appellierte an Sundgrens Sinn für Loyalität und Teamgeist. Zwei Eigenschaften, mit denen der alte Mann sein Imperium so groß hatte werden lassen. Deshalb war ihm Holms drohende Kündigung auch so bitter aufgestoßen. Er hatte den jungen Mann unter seine Fittiche genommen, gefördert und mit großer Verantwortung betraut. Dass dieser ihn nun – seiner Meinung nach – *fallen ließ*, ging gegen den Ehrenkodex, den der alte Hobbysegler seiner Mannschaft abgenommen hatte.

In diesem Augenblick war das allerdings auch der Schlüssel, um Sundgren zum Umdenken zu bewegen. Ein erfolgreicher

Kapitän erkannte die Bedürfnisse seiner Crew. Auf dem Meer war man allein und kämpfte gegen die Gezeiten, aufkommende Stürme und meterhohen Wellen. Es war nicht richtig, einen seiner besten Offiziere auf einem brüchigen Floß ziehen zu lassen, wenn dieser eigentlich viel dringender den Rückhalt seines Kapitäns benötigte, um seinen Aufgaben gerecht zu werden. Um die Mannschaft auf Kurs zu halten, brauchte es einen Kapitän, der seinen Offizieren Handlungsspielraum gab.

Sundgren stellte viele kritische Fragen, zog so manchen Vorschlag ins Lächerliche – und begann zu verhandeln. Das war jedoch auch das Zeichen dafür, dass Sundgren angebissen hatte. Andrik war auf dem besten Weg, dafür zu sorgen, dass Holm der *Sundgren AB* erhalten bleiben würde. Vorausgesetzt, dieser würde sich ebenfalls mit Andriks Lösungsvorschlag abfinden.

Die Sache mit Stina mochte Andrik gegen die Wand gefahren haben, aber immerhin schien er für seine Firma in gutes Fahrwasser zu geraten.

Kurz nachdem Andrik das Gespräch mit Sundgren beendet hatte, tauchte Linus in seinem Büro auf. Er stellte sich ungeduldig wartend vor Andriks Schreibtisch auf.

»Und?«

»Er ist dabei.« Andrik lächelte. »Ein paar Abstriche musste ich machen, aber die hatte ich bereits eingeplant. Unterm Strich haben wir ein wirklich gutes Angebot für Holm.«

Linus klatschte in die Hände. »Großartig!« Lachend wandte er sich zum Gehen. »Hätten wir das doch nur vorher gewusst, dann hätten wir uns diese überteuerte Party im *Vasa Museum* sparen können!«

Unwillkürlich ballte Andrik seine Hände zu Fäusten. Er war schon wieder allein in seinem Büro, trotzdem schluckte er die aufkommenden Gefühle runter. Er durfte jetzt nicht daran denken, was sein ursprünglicher Plan für Entwicklungen genommen hatte. Sollte der Geniestreich mit dem Prokuristen dafür sorgen, dass *Tillsammans* den ersehnten Vertrag mit dem alten Sundgren schloss, hätte Andrik eigentlich Grund zu feiern. Doch in seinem Herzen spürte er nur den Verlust. Den Schmerz. Und die Ohnmacht. Er hatte gepokert. Mit einem Plan, der alle Beteiligten zufriedenstellen sollte. Am Ende hatten alle gewonnen. Außer Stina. Die Frau, die er so unbedingt hatte glücklich machen wollen. Er hatte versagt.

Im Eingang des *Vasa Museums* erstrahlte der riesige Tannenbaum unter zahlreichen goldenen Lichtern. Silberne Kugeln, Glocken und Eiszapfen reflektierten das schimmernde Leuchten. Ebenso das glitzernde Lametta, das in dünnen Fäden über den duftenden Zweigen hing. Stina zupfte einen der Sterne zurecht und ging dann zwei Schritte zurück, um das Gesamtwerk zu betrachten.

Hinter ihr rückte das zusätzlich gebuchte Event-Personal die letzten Dekokränze zurecht, deckte Stehtische ein und gab dem Buffet den letzten Schliff.

»Das sieht fantastisch aus!«

Stina fuhr herum und sah Katja in einem eleganten roten Hosenanzug auf sich zustöckeln. Wie immer trug sie ihre blonden Haare in einer aufwendigen Hochsteckfrisur auf dem Kopf und eine Perlenkette um ihren schlanken Hals. Zufrieden nickte sie Stina zu.

»Ist alles vorbereitet?«

»Ja, wir sind so gut wie fertig. Die ersten Gäste dürften auch bald eintreffen, denke ich.« Stinas Stimme klang ein wenig rostig, doch das schien ihre Chefin nicht zu bemerken. Glücklicherweise.

»Sehr schön!« Katja ließ ihren Blick durch das Foyer schweifen. Zwei Tage vor Weihnachten erstrahlte das Museum nun in einem derart festlichen Glanz, wie man es wohl lange nicht gesehen hatte. Selbstverständlich gab es zu den Feiertagen immer ein wenig Deko, auch einen Tannenbaum hätte man geschmückt. Allerdings war das nichts im Vergleich zu dem, was Stina für diesen Abend organisiert hatte. Lichterketten tauchten das Foyer in einen wundersamen Glanz, auch hier hingen silberne Kugeln, Sterne und sogar kleine Anker von der hohen Decke und ermöglichten einen Blick in einen maritimen Himmel. Das Schönste war jedoch, dass es trotz allem nicht überladen wirkte. Vielmehr elegant. Dezent, aber perfekt.

Stina hatte trotz ihrer Abneigung für diesen Job und ganz besonders diesen Kunden, wirklich gute Arbeit geleistet. Sie hätte stolz auf sich sein können. Aber stattdessen fühlte sie sich einfach nur elend. Sie wollte auf die Empore von Alvas Buchhandlung fliehen, ihrem letzten sicheren Rückzugsort, und die Welt um sich herum vergessen. Sie wollte die Erinnerungen loswerden, die sie seit ihrem Streit mit Andrik gestern in ihrem Büro verfolgten.

Es war kaum auszuhalten. In der Nacht hatte sie nur wenig geschlafen. Überall in ihrer Wohnung bildete sie sich ein, Andriks Aftershave zu riechen. Sie sah ihn auf ihrem viel zu kleinen Sofa sitzen, obwohl er nicht da war. Er beugte sich mit liebevollem Gesicht über sie, obwohl sie allein im Bett lag. Er war überall. Dabei wollte sie ihn nicht um sich haben.

Denn gemischt mit diesen Bildern tauchte die Vergangenheit auf und machte Stina das Leben zur Hölle. Der Unfall schien sich in Dauerschleife vor ihrem inneren Auge zu wiederholen. Ebenso die beschwerlichen Monate und Jahre danach. Thores Wutanfälle, seine depressiven Phasen, die Tränen. Die Trennung ihrer Eltern, die Einsamkeit, die Stina in dieser Zeit umgeben hatte und die Wut. Allem voran hatte sich diese schreckliche Wut in ihrem gesamten Körper ausgebreitet und dafür gesorgt, dass Stinas Seele sich kaum mehr aus ihrem Versteck hervortraute.

So sah es also aus in Stina … nur zwei Tage vor Weihnachten. Großartig.

Katja hatte eben noch irgendetwas zu ihr gesagt, doch es schien nicht besonders wichtig gewesen zu sein, und so fragte Stina nicht nach, was sie wegen ihrer verqueren Gedanken verpasst hatte.

Katja lächelte ihr noch einmal anerkennend zu und durchquerte dann das Foyer des Museums auf ihren klappernden High Heels. Auch Stina hatte sich heute an die etwas höheren Absätze gewagt. Neben Katja, Andrik und seinem Geschäftspartner würde sie als Gastgeberin fungieren, und die konnte bei so einer Veranstaltung kaum in dicken Winterstiefeln herumlaufen.

Auf einmal spürte Stina einen Lufthauch um ihre nackten Waden. Sie hatte sich für ihre Rolle ein elegantes, aber eher unscheinbares blaues Cocktailkleid angezogen, das sich eng an ihren Körper schmiegte und über den Schultern eine Art Blazer aufgenäht hatte. Automatisch wandte sie sich um, um die ersten Gäste zu begrüßen, als sie einen gut gebauten, hochgewachsenen Mann in perfekt sitzendem Smoking eintreten sah. Die Ohren gerötet von der Kälte und auf seinem braunen Haar ein paar Schneeflocken, die vor dem Museum schon wieder vom Himmel rieselten. Andrik. Natürlich war er der Erste. Es war schließlich seine Party.

Ein Kellner lief in der Nähe mit einem Tablett voller Aperitifs vorbei. Kurzerhand eilte Stina ihm nach, griff nach einem der Aperol-Gläser und nahm zwei große Schlucke. Dann atmete sie tief durch und bemühte sich, die Emotionen in ihrem

Körper gänzlich zu ignorieren. Sie schaltete auf Überlebensmodus.

Andrik kam auf sie zu und wollte etwas sagen, aber Stina tat so, als wäre ihr etwas eingefallen, das sie noch erledigen musste. Sie hob entschuldigend die Hand und huschte durch den offenen Eingang in das Museumsinnere. Sie wollte nicht mit ihm sprechen. Was würde er ihr sagen? Dass sie ihr Leben nicht lebte? Dass Thore im Gegensatz zu ihr total glücklich war? Dass er sie liebte und sie ihnen doch eine Chance geben sollte?

Egal was, es würde lediglich neuen Schmerz bei Stina verursachen. Und den wollte sie nicht. Also ging sie Andrik für den gesamten Abend, so gut sie konnte, aus dem Weg.

In der nächsten Stunde füllte sich das Foyer mit Gästen, Häppchen wurden verteilt und fröhliches Gelächter ertönte innerhalb der Museumsmauern. Ohne die Menschen zu kennen, die in schicken Kleidern und Anzügen die Feier zu genießen schienen, bemerkte Stina, dass eine gute Atmosphäre herrschte. Es war vermutlich noch zu früh dafür, aber das Event würde ziemlich sicher ein Erfolg werden. Wenigstens etwas Gutes, das sie nach diesen zwei aufreibenden Wochen vorweisen konnte.

Andriks Wangen taten weh vom vielen höflichen Lächeln. Er und Linus hatten die Menge an Menschen unter ihre Fittiche genommen. Sie sprachen mit Mitarbeitenden, Kunden und langjährigen Partnern von *Tillsammans*.

Die Stimmung war hervorragend und selbst der grummelnde alte Sundgren schien sich zu amüsieren. Er war vom Anblick der indirekt beleuchteten Vasa gar nicht mehr wegzubekommen. Seit seiner Ankunft auf der Party hatte Andrik ihn bestimmt schon zweimal durch die gesamte Ausstellung schlendern sehen. Immer wieder suchte er dabei auch das Gespräch mit Stina, die sich natürlich als Museumsmitglied zu erkennen gegeben hatte.

Auch jetzt wieder standen die beiden beisammen und Stina deutete mit ihrer schlanken Hand auf eine der gestutzten Mastkonstruktionen der Vasa. Dabei rutschte der breite Ärmel ihres Kleides ein Stück zurück, sodass Andrik die helle Haut ihrer Schulter sehen konnte. Selbst aus der Entfernung bemerkte er den kleinen dunklen Leberfleck, den er noch vor wenigen Tagen mit heißen Küssen versehen hatte.

Andrik schluckte und atmete tief durch. Er sollte den Blick abwenden und sich auf seinen Gesprächspartner, einen langjährigen Kunden, konzentrieren, doch er konnte nicht. Stinas Anblick war atemberaubend. Statt des geflochtenen Zopfes fielen ihre hellbraunen Haare in weichen Locken über ihre Schulter. Kleine unauffällige Klammern sorgten am Hinterkopf dafür, dass ihr Hals frei lag und die Welle lediglich auf einer Seite vorn auf ihrer Brust lag. Sie hatte nicht viel Oberweite, doch der Rest ihres Körpers stand so im Einklang mit ihrer Figur, dass das kaum weiter auffiel.

Schmerzlich zogen sich Andriks Lenden zusammen und er riss energisch den Blick von ihr los. Es brachte rein gar nichts, sich vor Augen zu führen, wie sehr ihr das maritime Blau ihres eleganten Outfits schmeichelte. Es war gänzlich unnötig zu sehen, wie die hohen Absätze ihre starke, aufrechte Körperhaltung untermalten. Es war kaum hilfreich zu bemerken, dass selbst der verheiratete, wesentlich ältere Sundgren sich ihrem Charme nicht entziehen konnte.

Just in diesem Moment trat Andriks Freund und Geschäftspartner an seine Seite.

»Bist du so weit? Ich denke, wir sollten jetzt anfangen. Hast du die Notizen für die Rede?«

Nach einem weiteren tiefen Atemzug zog Andrik sein Smartphone aus seiner Hosentasche, entsperrte den Bildschirm und reichte es Linus. »Hier, kannst du dir das für ein paar Minuten einprägen?«

Linus lachte und überflog das geöffnete Dokument auf dem Handy. »Ich schon. Wie steht's mit dir?«

Andriks Blick glitt erneut hinüber zur Vasa. Sundgren und Stina waren verschwunden. Vermutlich gab sie ihm eine weitere kleine private Vorabführung. Andrik sollte ihr später dafür danken. Sie musste sich nicht um den knurrigen Unternehmer kümmern. Schließlich wandte er sich wieder an Linus. »Natürlich.« Er räusperte sich. »Wollen wir?«

»Sicher.«

Andrik lief Richtung Vasa und gab dem Tontechniker das verabredete Zeichen. Dann griff er nach dem vorbereiteten Mikrofon. Linus schüttelte noch ein paar Hände und stieß dann zu ihm. Die Lautstärke der Musik wurde gedrosselt, bis sie schließlich nicht mehr zu hören war. Während Andrik die Menge nach Stina absuchte, begann er, seine Rede an die Gäste zu richten.

»Guten Abend allerseits! Mein Partner und ich wissen es wirklich zu schätzen, dass so kurz vor Weihnachten noch so viele Leute Lust auf eine Party haben. Wir wissen schließlich, wie viele Weihnachtsfeiern in den letzten Wochen schon stattfanden.« Gelächter ertönte. Andrik schmunzelte. »Lasst euch daher versichern, wir haben heute absichtlich auf Glögg und Plätzchen verzichtet.«

Begeisterter Applaus brandete auf.

Linus übernahm das Mikrofon und fuhr fort. »Als Andrik die Idee hatte, die Feier ausgerechnet hier in diesem Museum zu veranstalten«, er deutete mit der freien Hand um sich, »war ich wirklich skeptisch.« Er grinste. »Aber ich muss sagen, ich bin überrascht, was die Gesellschaft eines mehr als dreihundert Jahre alten Segelschiffs bewirken kann. Ich fühle mich gleich so viel jünger!«

Erneutes Lachen unter den Gästen.

»Wir wollen gar nicht lange um den heißen Brei herumreden. Wir haben euch mit der fantastischen Hilfe des Museums eine Führung der Extraklasse vorbereitet. Wem das allerdings zu historisch ist, der findet dort drüben«, Linus zeigte Richtung Foyer, »zwei hervorragend ausgebildete Barkeeper, die den ganzen modernen Kram für euch mixen. Da wir das Weihnachtsmotto nicht ganz unter den Tisch fallen lassen wollten, gibt es unter dem riesigen Baum da hinten für alle ein ganz persönliches Geschenk.« Linus grinste von einem Ohr zum anderen. »Sofern ihr eure Namen auf den Schildern entdeckt.«

Tosender Applaus. Geschenke waren eben noch immer ein Highlight. Andrik nahm das Mikro wieder entgegen und sah nebenbei, wie Stina sich gemeinsam mit Sundgren wieder unter das Volk mischte. Sie stand an dem Tisch, von dem Linus ihn zuvor weggeholt hatte.

Sundgren neigte sich zu ihr, flüsterte ihr etwas zu, und ein Schmunzeln legte sich auf ihre Lippen. Sie erwiderte irgendetwas und Sundgren nickte zustimmend. Was hatten die beiden nur so viel zu bereden? Andrik spürte Eifersucht in sich aufflammen, was wirklich lächerlich war. Aber konnte man es ihm verübeln? Da vorn stand die Frau, die ihn um den Verstand brachte, in einem atemberaubenden Kleid und unterhielt sich amüsiert mit dem Gast, weswegen Andrik diese ganze Show überhaupt abzog.

Mühsam riss er sich zusammen und arbeitete sich in der Rede voran. Diese Veranstaltung galt zwar in erster Linie der Aufmerksamkeit von Sundgren, doch Andrik hatte die Idee gehabt, kurz und bündig besondere Leistungen einiger Mitarbeitenden hervorzuheben. Linus hatte das erfreut begrüßt, und gemeinsam hatten sie am Wochenende die Köpfe zusammengesteckt und entschieden, wen sie heute Abend mit einer kleinen Überraschung beglücken wollten. Nämlich mit zwei Tagen bezahltem Sonderurlaub im nächsten Jahr.

Insgesamt waren es drei Leute. Sie alle hatten in diesem Jahr auf ganz unterschiedliche Art und Weise zum Erfolg von *Tillsammans* beigetragen. So hatte Frederik, ein junger Programmierer in ihrem Team, in kürzester Zeit eine fantastische App entwickelt, die zum Alleinstellungsmerkmal ihrer Unternehmensberatung geworden war. Etablierten Firmen stellten diese App ihren Beschäftigten zur Verfügung, sodass diese zu jeder Zeit auf Missstände aufmerksam machen, anonym Ideen zur Verbesserung des Klimas einbringen oder auch ganz offen Probleme ansprechen konnten. Dadurch blieben für die Belegschaft wichtige Themen nicht auf der Strecke und konnten bearbeitet werden, bevor deshalb schlechte Stimmung aufkam.

Die zweite, die heute geehrt werden sollte, war Mel. Sie war die Dienstälteste bei *Tillsammans*, also die erste Festangestellte von Andrik und Linus. Sie hatte maßgeblich das Unternehmen mit ihnen aufgebaut und geprägt. Sie sparte nie mit offener Kritik und hatte immer neue Ideen, wie man die Firma weiter auf Erfolgskurs halten konnte. Selbst in ihrem siebten Jahr an Bord von *Tillsammans* schien ihr Elan nicht weniger zu werden. Im Gegenteil.

Die dritte und damit letzte im Bunde war Britt. Die junge Frau war das beste Beispiel für die Arbeit, die das Unternehmen von Andrik und Linus leistete. Sie hatte sie gewissermaßen auf die Probe gestellt. Trotz ihrer jungen Jahre litt Britt regelmäßig unter schweren Depressionen. Nichts, was man gern an die große Glocke hängte. Doch war sie ein halbes Jahr nach ihrer Einstellung deshalb für mehrere Wochen ausgefallen. Als sie wiedergekommen war, hatte sie auf Andriks vorsichtige Nachfrage nach ihrem Befinden ehrlich geantwortet. Es ging ihr beschissen. Aber sie wollte arbeiten. Unbedingt.

Gemeinsam suchten sie eine Lösung, wie sie das bewerkstelligen konnte. Innerhalb von einer Woche reduzierten sie Britts Stunden offiziell auf die Hälfte, erhöhten jedoch ihren Stundenlohn ein wenig, sodass der finanzielle Ausfall nicht zu einschneidend war. Denn was Britt brauchte, war Zeit, um sich um sich selbst zu kümmern, ohne deshalb in Geldnot zu geraten. Das hätte sie sonst wiederum in eine Vollzeitbeschäftigung gedrängt und die depressiven Phasen verstärkt. Ein Teufelskreis.

Zudem halfen Andrik und Linus Britt dabei, ihr Pflichtgefühl der Firma gegenüber zu schmälern. Brauchten sie Britt und ihre Fähigkeiten? Unbedingt! Aber ihr Eifer brachte weder ihnen noch ihr etwas, wenn sie sich am Ende zu sehr unter Druck setzte. Sie zogen Britt von aufreibenden Kunden ab und suchten gemeinsam mit ihr nach Projekten, die sie in der vorgegebenen Zeit gut und sicher händeln konnte. Sie mussten allesamt viel lernen und ausprobieren. Einiges ging schief, anderes funktionierte dafür auf Anhieb. Nach rund zwei Monaten hatten sie schließlich den bestmöglichen Weg für Britt bei *Tillsammans* gefunden, bei dem alle profitierten. Sie, das Unternehmen und die betroffenen Kunden und Kollegen.

Britt war ein großartiger Mensch, der Andrik und Linus dieses Jahr einmal mehr vor Augen geführt hatte, wie wichtig ihre Arbeit war. Arbeit war heute einfach nicht mehr nur ein Job. Es war viel, viel mehr.

Andrik hatte die Gründe für die Entscheidung über diese drei Menschen nicht ganz so ausführlich in seiner Rede beschrieben. Dennoch war allen Anwesenden klar, dass sowohl Frederik als auch Mel und Britt diese Ehrung ganz klar verdient hatten. Mitarbeiter, Partner wie Kunden hoben das Glas auf die drei, als Andrik schließlich meinte: »*Tillsammans,* das seid ihr. Das ist eure Leidenschaft für diesen Job. Eure Kritik an unserer Arbeit. Der Erfolg von *Tillsammans* ist euer Erfolg. Danke, dass ihr diese Reise mit uns macht.« Er deutete mit seinem Glas auf die stillschweigende Vasa hinter sich. »Möge sie länger andauern als der kurze Ausflug von diesem maritimen Schmuckstück.« Er schmunzelte und unwillkürlich traf sein Blick auf den von Stina. Er hatte gehofft, ihr damit ein kleines Lächeln zu entringen, doch irgendetwas schien sie aufgewühlt zu haben.

Mit zusammengepressten Lippen starrte sie hinunter auf etwas in ihrer Hand, dann hob sie den Kopf wieder und musterte Andrik. In ihren blauen Augen lag Irritation, Schmerz und etwas, das Andrik nicht benennen konnte.

Er wollte zu ihr laufen, sie in die Arme schließen und fragen, was sie so berührt hatte. Doch er konnte nicht. Angespannt beendete er seine Rede und setzte ein falsches, hoffentlich aber überzeugendes Lachen auf.

»Also, wer Lust auf eine ganz besondere Führung rund um dieses prächtige Wunder hinter uns hat, der findet sich einfach direkt hier bei Linus ein.« Er hob sein Glas erneut in die Höhe. »Skål! Auf euch!«

Alle stießen fröhlich mit ihren Gläsern an. »Skål!« Stimmengemurmel kam auf und die ersten Interessierten kamen nach vorn, um an der versprochenen Tour durch das Museum teilzunehmen.

Eilig bahnte Andrik sich einen Weg durch die Menge. Gerade als er bei Stina und dem immer noch neben ihr stehenden Sundgren ankam, hörte er die freundliche Stimme von Niels Holm. Dieser gesellte sich ebenfalls zu ihnen. Er nickte einem überraschten Sundgren zu.

»Karl.« Er lächelte. »Andrik.«

Stina stand schweigend daneben und zwang sich zu einem höflichen Lächeln. Sie war nur wenige Zentimeter von Andrik entfernt und doch musste er professionell bleiben. Erstaunt ergriff er Holms dargebotene Hand. Er trug einen gut sitzenden dunklen Anzug und eine hellblaue Krawatte. Sundgren beobachtete ihn wachsam, überließ jedoch klugerweise Andrik das Reden.

»Wie schön, dass du es einrichten konntest.«

Holm nickte. »Tut mir leid, dass ich zu spät bin. Viel los zu Hause.«

Andrik nickte verständnisvoll. »Kein Problem.« Freundlich lächelte er und hoffte, man würde ihm seine steigende Anspannung nicht anmerken. Jetzt würde sich entscheiden, wie es um die Zukunft von *Tillsammans* stand. Niels Holm hatte ihm nach seiner Mail mit dem Angebot noch keine finale Rückmeldung gegeben. Er hatte lediglich zugesagt, zur heutigen Party zu kommen. Das war nun also der Moment, in dem klar werden würde, ob Andriks und Linus Unternehmen es aufs internationale Parkett schaffen würde. Denn ohne die Unterschrift von Sundgren würde es noch viele, viele Jahre dauern, bis sie die nötigen Investitionen dafür tätigen konnten. Andriks Herz klopft ihm bis zum Hals.

»Ich will nicht unhöflich erscheinen, aber ... Was sagst du zu unserem Angebot?«

Kapitel 23

Stina hatte sich eigentlich zurückziehen wollen, doch sie spürte, dass sie den richtigen Moment dafür verpasst hatte. Andrik mochte den lockeren, entspannten Geschäftsmann mimen, aber sie kannte ihn besser. Er war nervös. Extrem nervös.

Sie wusste inzwischen, dass der ältere Herr an ihrer Seite besagter Karl Sundgren war, den Andriks Firma umwarb. Zudem war ihr klar, wie wichtig dieser Abschluss für Andrik war. Und so gab Stina ihr Bestes, um den Mann bei Laune zu halten. Erstaunlicherweise war das gar nicht so schwer wie zunächst befürchtet. Schon nach den ersten Minuten hatte es ihr sogar Spaß gemacht. Sundgren mochte ein bisschen eigenwillig sein, aber er teilte ihre Leidenschaft für die Seefahrt und wusste überraschend viel über die Hintergründe der Vasa.

Andrik hatte einen Volltreffer gelandet, indem er das Event hier ins Museum verlegt hatte. Stina hatte sicherlich dreiviertel der bisherigen Zeit mit Sundgren in den Ausstellungsräumen verbracht und ihn noch tiefer in die Geheimnisse der Vasa eingeführt. Sich auf ihre Arbeit und die Liebe zu dem alten Schiff zu konzentrieren half ihr, diesen letzten Abend in Andriks Gesellschaft zu überstehen.

Während Andriks Rede eben hatte sie gespürt, wie viel ihm seine Firma bedeutete. Er stand mit Herz und Seele zu seiner Arbeit, seiner Belegschaft und seinen Kunden. Egal welche Meinung sie von Andrik aufgrund ihrer gemeinsamen Vergangenheit hatte – für diese Menschen gab Andrik sein Bestes. Das war unübersehbar.

Langsam ließ Stina ihren Blick über die drei anwesenden Männer gleiten. Etwas ging hier vor, von dem sie nicht wusste, was es war. Allerdings merkte sie, dass für jeden Einzelnen viel davon abzuhängen schien.

Der zuletzt zu ihnen Gestoßene rückte seinen Krawattenknoten zurecht.

»Das Angebot wirkt äußerst fair.« Er machte eine kurze Pause. »Aber ich kann mir nicht so recht vorstellen, dass es in der Realität auch wirklich so umgesetzt wird. Das klingt zu schön, um wahr zu sein, wenn ich ehrlich bin.«

Sundgren wollte schon lospoltern, als Andrik ihm geschickt ins Wort fiel.

»Das glaube ich dir. Es mag ungewöhnlich sein. Aber wir sind uns einig, dass es alle Probleme lösen sollte, die derzeit im Raum stehen. Nicht, Karl?«

Sundgren nickte. Schließlich wurden seine Züge für einen Moment ungewöhnlich väterlich. Er legte einen Arm auf die Schulter des jüngeren Mannes. »Andrik hat mir ins Gewissen geredet. Ich war wohl ein wenig grob. Das hätte ich vermutlich besser machen sollen. Es tut mir ehrlich leid.« Er zog die Stirn in Falten. »Aber jetzt gib dir einen Ruck, Junge. Das ist ein gutes Angebot. Bleib bei uns!«

Der Mann überlegte und Stina bemerkte, wie Andrik unauffällig mit den Fingerspitzen über die Narbe an seinem Kinn strich. Eine Geste, die er immer machte, wenn er nervös war.

Auf einmal richtete sich der Mann an Stina. »Welche Rolle hast du hier heute Abend?«

Lächelnd erwiderte Stina: »Ich gehöre zum Museum.« Nach einer kurzen Pause reichte sie ihm die Hand. »Stina.«

Er nickte. »Stina, hilf mir doch.«

Erstaunt hob sie ihre Augenbraue und hörte Andrik entsetzt nach Luft schnappen. Unsicher meinte sie: »Ich glaube nicht, dass ich die Richtige dafür bin.«

Niels, wie er sich inzwischen bei ihr vorgestellt hatte, zuckte mit den Achseln. »Ich habe mich eigentlich schon entschieden. Aber ich gehe gern auf Nummer sicher. Es kann nicht schaden, eine unabhängige Meinung zu hören.«

Stina schluckte und behielt für sich, dass ihre Meinung wohl kaum neutral ausfallen konnte, wenn Andrik beteiligt war. Tapfer lächelte sie und ignorierte Andriks Hand, die sich für die anderen nicht sichtbar auf ihren Rücken legte. Sie wich einen winzigen Schritt zur Seite. Gerade so, dass es nicht auffiel.

Anders als Andrik schien Sundgren sich zu amüsieren. »Das wird ja immer besser«, sagte er lachend und nahm einen Schluck von seinem Aperitif.

Höflich fragte Stina: »Worum geht es?«

»Meine Frau hatte vor einiger Zeit einen Unfall. Seitdem sitzt sie im Rollstuhl. Nächstes Jahr soll sie eine vielversprechende Reha beginnen. Aber wir haben vier gemeinsame Kinder und ich will mehr Zeit für meine Familie haben.« Niels' Stimme war nur bedingt von Bitterkeit durchzogen. Das Schicksal schien er ziemlich gut annehmen zu können. Anders als Stina, die gewisse Parallelen zu ihrem Leben gar nicht witzig fand.

Ihr Seitenblick auf Andrik unterstrich die Absurdität der Situation. Trotzdem hörte sie weiter zu.

»Ursprünglich wurde mir das verwehrt. Deshalb wollte ich kündigen«, fasste Niels die Ausgangslage nüchtern zusammen. Dann wechselte er einen Blick mit Andrik. »Dann kam er hier und hat meinen Noch-Boss überredet, ein lachhaft gutes Angebot für mich zu machen. Alles, damit ich meine Position freiwillig behalte.«

Stinas Herz schlug schneller. »Das klingt doch gut.«

Nachdenklich wiegte Niels seinen Kopf hin und her. »Ich bin mir nicht ganz sicher.«

»Wie lautet das Angebot?«

Andriks Schweigen machte Stina ganz verrückt, wusste sie doch, was er von ihr erwartete. Oder? Niels' Worte zogen ihre Aufmerksamkeit wieder auf sich.

»Sie reduzieren meine wöchentliche Arbeitszeit für das ganze nächste Jahr von vierzig auf zweiunddreißig Stunden pro Woche. Um die liegen bleibenden Aufgaben abzufangen, wird mir ein Assistent zur Verfügung gestellt, den ich mir selbst aussuchen darf. Außerdem kommt die Firma für die Kosten einer Haushaltshilfe auf, die uns mehrmals die Woche unter die Arme greifen sollen.« Ein Lächeln umspielte Niels' Mundwinkel.

»Wie stehen die Heilungschancen bei deiner Frau?«, fragte Stina und bemühte sich, ruhig zu atmen. Das hier glich einer Bewährungsprobe. Sie sollte einem Menschen etwas raten, was sie selbst nicht gut auf die Reihe bekam? Nämlich Hilfe anzunehmen und die Perspektive zu wechseln?

»Gut, aber es braucht eben Zeit. Was denkst du? Kann ich mich auf das Wort von Andrik verlassen? Welchen Eindruck hast du von ihm?«

Stina schaute von Niels zu Sundgren und schließlich zu Andrik. Der zog seine Augenbrauen kaum merklich in die Höhe, und Stina sah, wie er mit sich kämpfte, ihr nicht ins Wort zu fallen. Er durfte jetzt nichts sagen. Kein Wort. Sonst würde Niels dem mit Sicherheit nicht zustimmen. Er mochte sich wohl schon entschieden haben. Aber wie? Und fiel Stinas Urteil dabei wirklich noch ins Gewicht? Niels konnte kaum wissen, wie gut sie Andrik tatsächlich kannte. Er fragte sie nach einem ersten Eindruck, nicht mehr.

Ohne den Blick von Andrik abzuwenden, spürte Stina, wie sich das Smartphone, das sie in Händen hielt, durch ihre Haut hindurchbrannte. Jemand hatte es auf dem nahe stehenden Tisch vergessen. Stina hatte es sicherheitshalber an sich genommen, um es an der Garderobe zu hinterlegen, falls sich der Besitzer dort nach seinem Verlust erkundigen würde. Als sie es während Andriks Rede hochgehoben hatte, hatte das Display wegen der Berührung aufgeleuchtet und Stinas Blick auf sich gezogen. Einen Moment lang war ihr Herz stehen geblieben. Sie hatte keine Luft mehr bekommen und kaum gewusst, was sie davon halten sollte. Angestrengt hatte sie ihre Tränen zurückgehalten. Während der restlichen Rede hatte sich immerzu die verhängnisvolle Mittsommernacht in ihrem Kopf abgespielt. Sie hörte das Lachen, den Sprung ins Wasser und die verzweifelten Rufe nach ihrem Bruder.

Jetzt straffte Stina ihre Schultern und blickte zu Niels rüber, der gespannt auf ihre Einschätzung wartete. Mit ein wenig wackliger, aber immer überzeugender werdenden Stimme erwiderte sie schließlich: »Egal was Andrik Lundqvist dir verspricht – er wird alles tun, um sich an dieses Versprechen zu halten. Er wird dafür sorgen, dass alle ihren Teil der Abmachung erfüllen und allem voran wird er dafür sorgen, dass es deiner Familie an nichts fehlen wird. Ich kenne niemanden, der so viel Verantwortungsgefühl und Loyalität in seinen Knochen trägt wie dieser Mann. Er lässt niemanden im Stich. Das ist es, was ihn ausmacht. Er kann gar nicht anders.« Stina verstummte. Dann zwang sie sich zu einem Lächeln und nickte Niels zu. »Ich kenne ihn seit Jahren. Du solltest das Angebot annehmen.«

Überrascht betrachtete Niels sie einen Augenblick lang, dann nickte er. »Das klang überzeugend.«

Neben Stina ertönte das polternde Lachen von Karl Sundgren. »Na, endlich! Komm, mein Junge, darauf stoßen wir an.«

Er schlang einen Arm um Niels Schultern und gemeinsam liefen die beiden Männer zu der Bar im Foyer.

Stina hingegen stand wie erstarrt da und war sich der Nähe von Andrik nur allzu bewusst. Erleichterung und Irritation wechselten sich in seinem Gesicht ab.

»Danke«, flüsterte er mit rauer Stimme.

Stina ignorierte ihn und sah Niels und Sundgren hinterher. »Wird Sundgren diesen wichtigen Vertrag, den ihr wolltet, unterschreiben?«

Andrik nickte. »Mit ziemlich hoher Wahrscheinlichkeit. Der Abend ist ein voller Erfolg. Besonders nach diesem Gespräch.«

Stina nickte. »Gut.« Sie fühlte sich leer. Ihre Worte eben entsprachen der Wahrheit. Doch konnte sie trotzdem nicht den Mut aufbringen, ihr eigenes Leben aus einer anderen Perspektive zu sehen. Andrik hatte viel für Thore getan. Aber er war es ihm ebenso schuldig.

»Ich werde jetzt nach Hause gehen. Um die Führung haben sich die Kollegen wie besprochen gekümmert. Mich braucht hier heute Abend niemand mehr.« Sie schluckte und mied immer noch Andriks Blick. »Viel Erfolg mit deinem Unternehmen.«

Wortlos drückte sie ihm das gefundene Smartphone in die Hand und floh. Es würde das letzte Mal sein, dass sie ihn einfach stehen ließ. Denn es würde das letzte Mal sein, dass sie einander sahen. Sie musste weg. Weg von Andrik. Weg von allem, was mit ihm zu tun hatte. Sie musste ihre Wunden versorgen und in den Zustand *vor* Andriks Begegnung zurückkehren. Nur so würde sie ihr Leben wieder in den Griff bekommen. Sie war so müde.

Entgeistert starrte Andrik Stina hinterher. Ohne sich noch einmal umzudrehen, lief sie aus dem Museum und verschwand im dunklen Schneegestöber. Sie hatte weder ihren Mantel übergezogen noch ihren treuen Begleiter, ihren Rucksack, bei sich.

Automatisch sah er hinab zu dem Smartphone, das sie ihm eben noch zugesteckt hatte. Es war seines. Linus musste es vorhin hier abgelegt haben, als er vor der Rede noch einige Gäste begrüßt hatte und Andrik bereits Richtung Mikro gegangen war. Und Stina hatte es gefunden. Er tippte auf das große Display und schaute hinab auf die digitale weiße Uhrenanzeige und das dahinterliegende Bild.

Er blickte in die lachenden, noch kindlichen Gesichter von sich, Thore und Stina. Während die Jungs gewöhnliche Shirts trugen, hatte Stina ein buntes Sommerkleid an, dessen schmale Träger ihre Schultern hinabzurutschen drohten. Im Hintergrund sah man die blauen Wellen der Ostsee und die grauen Felsen von Gotlands Küste. Abgesehen von dem hübschen Kleid trug Stina als Einzige von ihnen einen bunten Blumenkranz aus dunkelrotem Klee und weißgelben Margeriten auf dem Kopf. Es war Mittsommer. Mittsommer vor siebzehn Jahren. Sie hatten das Bild aufgenommen, nur wenige Stunden, bevor der schreckliche Unfall geschehen war.

Seit Jahren verwendete Andrik das Foto von damals als seinen Hintergrund auf dem Smartphone. Es erinnerte ihn an die guten Zeiten, an die schönen Momente. Es schenkte ihm Kraft, Tag für Tag weiterzumachen. Doch jetzt, in diesem Augenblick, verursachte es einen stechenden Schmerz in seiner Brust. Was ihn an Glück erinnerte, löste bei Stina vermutlich das genaue Gegenteil aus. Sie sah, was sie dachte, verloren zu haben. Weil sie sich nicht traute, den Blickwinkel zu ändern. Deshalb hatte sie vorhin während Andriks Rede so entrückt ausgesehen. Sie hatte das Foto auf seinem Handy gesehen und musste erneut erkannt haben, wie unterschiedlich sie beide mit der Vergangenheit umgingen.

Suchend schaute sich Andrik im Museum um. Schließlich lief er auf Linus zu, der sich fröhlich lachend mit ein paar Mitarbeitern unterhielt. Als er Andrik auf sich zukommen sah, entschuldigte er sich und ging ihm entgegen. Mit leuchtenden Augen hob er anerkennend sein Glas.

»Du hattest alles im Griff. Wie versprochen.« Er grinste. »Sundgren hat mir am Buffet soeben erklärt, dass er sich auf die weitere Zusammenarbeit mit uns freue und er noch vor dem Jahreswechsel die Verträge unterschrieben an uns weiterleiten lassen werde.« Linus strahlte über das ganze Gesicht. »Verdammt, Andrik! Weißt du, was das bedeutet?! Wir haben es geschafft! Das nächste Jahr kann kommen!«

»Das ist großartig.« Andrik nickte und bemühte sich um ein Lächeln, während sein Herz vorwurfsvoll in seiner Brust hämmerte.

Misstrauisch betrachtete Linus ihn. »Ist alles in Ordnung? Du müsstest die bestgelaunte Person auf dieser Party sein, aber du siehst aus, als hätte man …«

»Ich fühle mich ehrlich gesagt nicht so gut. Vermutlich habe ich irgendetwas vom Essen nicht vertragen. Meinst du, es fällt sehr auf, wenn ich mich zurückziehe?« Er räusperte sich. »Füll unsere Gäste einfach ab, dann merkt sowieso niemand, dass ich weg bin.«

Linus musterte ihn aufmerksam. »Was ist das mit dieser Stina? Ich habe sie vorhin kurz gesprochen. Sie hat sich ehrlich bemüht, aber sie wirkte genau wie du ziemlich neben der Spur. Mir macht niemand so leicht etwas vor.«

»Ich erklär's dir. Versprochen.« Andrik fuhr sich mit der Hand über sein Kinn. »Aber nicht heute.«

Ermutigend lächelte sein Freund ihn an. »Wann immer du mich brauchst, Kumpel.«

Andrik nickte ihm dankbar zu und holte dann unauffällig seinen Mantel aus der Garderobe. Er wollte gerade schon das Museum verlassen, als die Stimme von Niels Holm ihn zurückhielt.

»Andrik!«

Er wandte sich um und setzte mühsam ein höfliches Lächeln auf.

»Du verlässt deine eigene Party schon?«, fragte Holm.

Andrik zögerte einen Moment. Dann meinte er mit rauer Stimme. »Private Gründe.«

Wissend nickt Holm. »Das Leben macht es einem manchmal ganz schön schwer, es zu lieben, nicht?«

»So ist es.«

»Umso wichtiger ist es, dass wir es gut festhalten. Und die Menschen, die unser Leben lebenswert machen.«

Andrik holte tief Luft. »Ja, das stimmt.«

Holm lächelte und reichte ihm respektvoll die Hand. »Danke, dass du dich um eine Lösung gekümmert hast. Das werde ich dir nie vergessen. Dieser Job bedeutet mir viel. Sundgren ist nicht einfach zu handhaben, aber tief im Inneren ist er eigentlich ein guter Kerl. Man muss ihn nur manchmal daran erinnern.« Nach einer kurzen Pause fügte er hinzu. »Meine Familie steht in deiner Schuld.«

Andrik winkte ab. »Nein, gewiss nicht.« Er verstummte einen Moment. Dann sagte er: »Ich weiß, wie es ist, einen pflegebedürftigen Angehörigen zu haben. Das Schwierigste ist dabei häufig gar nicht die Situation selbst, sondern nicht zu vergessen, dass man selbst auch noch ein Leben hat. Gönnt euch ab und zu mal eine Auszeit, um Kraft zu tanken. Das ist wichtig. Für jeden von euch.«

Stumm nickte Holm. Dann schlich sich ein Schmunzeln auf seine Lippen. »Stina … sie war nie unabhängig, oder?«

Angespannt zuckte Andrik mit den Schultern. »Nein. Aber ich habe ehrlicherweise damit gerechnet, dass sie das genaue Gegenteil sagen wird.«

»Nun, sie scheint es besser zu wissen.« Holm deutete auf das Schneegestöber vor der Glastür des Museums. »Viel Glück bei deinen ›privaten Gründen‹.«

Andrik hob die Hand zum Gruß und beeilte sich schließlich aus dem Gebäude zu kommen. Er zückte seinen Autoschlüssel, setzte sich auf den Fahrersitz seines SUVs und atmete tief durch. Und jetzt?

Stina mischte gerade das Dressing für den Rote-Bete-Salat an, als sie fröhliches Gelächter aus dem angrenzenden Wohnzimmer vernahm. Alva kam zu ihr und grinste.

»Siljan und Thore diskutieren gerade aus, ob es den Weihnachtsmann nun wirklich gibt oder nicht.«

Schmunzelnd musste Stina den Kopf heben. »Wer führt?«

»Ich finde Thores Aussage, dass *Rudolph, the Red-Nosed Reindeer* beweist, wie falsch diese Geschichten sind, mehr als schlüssig.« Alva kicherte.

Stina kannte dieses Argument nur zu gut. Die männlichen Rentiere warfen im Spätherbst ihre Geweihe ab. Nur die Weibchen trugen ihre hingegen bis ins Frühjahr hinein. Da die Rentiere, die den Schlitten des Weihnachtsmannes zogen, immerzu mit großen Geweihen dargestellt wurden, müsste es sich bei ihnen also streng genommen durchweg um weibliche Rentiere handeln. Doch das ist beispielsweise bei *Rudolph* nicht der Fall. Ein bedeutender Fehler in der Logik.

»Wie will Siljan die Situation retten?«

Alva griff an Stina vorbei, um aus dem oberen Schrank die großen Teller für das Abendessen herauszuholen. »Er pocht auf künstlerische Freiheit.«

Stina lachte. »Damit wird er nicht durchkommen.«

»Das habe ich ihm auch gesagt«, sagte Alva grinsend und deckte den runden Tisch ein, der vor dem großen Fenster stand. Während sie im Anschluss daran weiße Servietten mit goldenen Sternen darauf faltete, fragte sie: »Wie geht es dir?«

Sofort erstarb Stinas Lachen auf ihren Lippen und klappernd fiel ihr das Salatbesteck aus der Hand. Alva tat so, als hätte sie diesen Umstand nicht bemerkt, und faltete die nächste Serviette.

Stina bückte sich, um das Besteck aufzuheben, und hielt es unter den Wasserhahn, um es abzuwaschen. Heute war Weihnachten. Sie wollte nicht über die Dinge nachdenken, die ihr Leben aus der Bahn geworfen hatten. Allein Thore und dieser schöne Abend sollten heute eine Rolle spielen. Sie waren gemeinsam mit Alva und Siljan zu deren Ferienhaus in den Schären gefahren, während Malin bei ihrer Familie feierte.

Im Sommer war der Stockholmer Schärengarten, eine zerklüftete Bucht mit zahlreichen kleinen felsigen Inseln und geheimen Stränden, ein beliebtes Ausflugsziel für Touristen wie Städter. Viele, die in Stockholm lebten und arbeiteten, besaßen hier draußen am Wasser eines dieser typischen roten Holzhäuser mit weiß gestrichenen Fensterläden und herrlich blühenden Apfelbäumen und Fliedersträuchern im Garten.

Jetzt im Winter ging es landschaftlich etwas karger zu, aber Stina mochte es immer noch. Schneehauben rahmten den Garten und die Felsen rund um das Haus ihrer Freunde ein. Im Hausinneren prasselte ein gemütliches Kaminfeuer und der Duft des aufgestellten Tannenbaumes verbreitete sich gemeinsam mit den leckeren Essensnoten im gesamten Haus. Stina und Thore würden heute im Gästezimmer übernachten. So war es letztes Jahr und so würde es auch dieses Weihnachten sein.

Morgen dann würde Stina ihren Bruder zurück ins *Livsmot* bringen und endlich ihr Leben wieder in den Griff bekommen. Das war längst überfällig.

Sie hatte sich über Weihnachten, wie immer, ein paar Tage freigenommen. Normalerweise machte sie in dieser Zeit viele Ausflüge mit Thore, doch der würde dieses Jahr zum ersten Mal für ein paar Tage zwischen Weihnachten und Silvester an einem kleinen vom *Livsmot* organisierten Urlaub teilnehmen. Mit einer Gruppe von sechs Bewohnern und drei Pflegern würden sie nach Nordschweden reisen und eine knappe Woche auf einer Huskyfarm verbringen. Thore freute sich schon wie verrückt darauf. Stina hingegen fiel es schwer, ihn ziehen zu lassen. Sie befanden sich immer am selben Ort. Nur für ihre Forschungsreisen machte Stina eine Ausnahme. Und jedes Mal vermisste sie Thore wahnsinnig.

Alva erschien neben Stina. Leise meinte sie: »Ich denke, das Salatbesteck ist jetzt wieder sauber.«

Erschrocken fuhr Stina zusammen und drehte den Wasserhahn der modernen Küche zu. »Entschuldige.«

Alva lehnte sich mit der Hüfte an die Küchenarbeitsfläche und verschränkte die Arme vor der Brust. »Hast du mit Andrik gesprochen?«

Stina biss sich auf die Lippe. Sie wollte nicht an den Streit mit Andrik in ihrem Büro denken. Seine Worte hatten sich tief in ihre Seele gebrannt und sie wurde sie einfach nicht wieder los. »Möglich.«

Alva seufzte. »Wovor hast du Angst?«

Einen Moment lang schloss Stina ihre Augen. Tränen blinzelten hervor, und sie hatte es so satt, zu sein, wie sie war.

Sie spürte, wie ihre Freundin sie in den Arm nahm und beruhigend über ihren Kopf strich. Im Flüsterton redete sie auf sie ein.

»Lass los, Stina. Lass die Vergangenheit endlich los. Mach dir dein Leben doch nicht so schrecklich schwer.«

In dieser Sekunde ertönte wieder lautes Gelächter aus dem Wohnzimmer, gefolgt von Thores amüsierten Ausruf: »Siehst du, es gibt den Weihnachtsmann gar nicht!«

Alva zog sich ein Stück zurück und Stina fühlte ihren liebevollen Blick auf sich. Sie öffnete die tränenverschleierten Augen. Mit brüchiger Stimme murmelte sie: »Ich kann nicht. Ich weiß nicht, wie. Ich … ich will ja. Aber es geht einfach nicht. Ich habe es selbst so satt.«

Alva seufzte und drückte Stina erneut an sich. »Wenn ich dir doch nur helfen könnte …« Plötzlich hielt sie inne und entsetzt hörte Stina, wie Alva nach ihrem Bruder rief. »Thore! Komm mal kurz!«

Entgeistert entfernte Stina sich und starrte ihre Freundin an, während sie sich eilig die Tränen trocknete. In lautem Flüsterton fluchte sie. »Was tust du da?«

»Dir einen Tritt in den Allerwertesten verpassen.« Alva lächelte milde. »Das kann man ja nicht mehr mitansehen.«

»Dein Hang zu Dramatik wird unausstehlicher, je länger du mit Siljan zusammen bist.« Missmutig fuhr Stina sich mit den Händen über das Gesicht.

Bevor Alva etwas Freches darauf erwidern konnte, tauchte Thore gefolgt von Alvas Verlobten Siljan in der offenen Wohnküche auf.

»Was gibt's?«

Alva deutete auf Stina, die so tat, als müsste sie nach dem Kartoffelauflauf im Ofen sehen, nur damit Thore ihr verweintes Gesicht nicht erkennen konnte.

»Dieser Freund von dir, dieser Andrik«, begann Alva, und Stina schnappte entsetzt nach Luft, starrte jedoch weiter in den Ofen, »wie steht er zu Stina?«

»Wie meinst du das?«

»Du weißt schon, mag er sie?«

»Ohhh.« Thore kicherte. »*Das* meinst du?«

Stina hörte Alvas liebevoll amüsierte Stimme. »*Das* meine ich.«

Eine kurze Stille folge. Dann erklärte Thore mit einer ernsten und festen Stimme, wie sie sie noch nie von ihm gehört hatte. »Er liebt sie. Schon immer.«

Es war grausam. Diese ganze Szene war einfach nur grausam. Stina erhob sich und drehte sich langsam um. Thore schaute sie an und ein dunkler Schatten huschte über sein Gesicht. »Du bist traurig!« Er kam zu ihr gelaufen und umarmte sie.

Nach einigen Sekunden ließ er sie wieder los und wandte sich an Alva, so, als wäre Stina überhaupt nicht mehr im Raum.

»Andrik hat mir versprochen, dass er dafür sorgt, dass Stina wieder lacht. Aber ich glaube, er hat es nicht geschafft.« Er flüsterte, doch jeder konnte ihn hören. »Sieht sie nicht immer noch traurig aus?« Er seufzte. »Ich weiß, Andrik hat sein Bestes gegeben.«

»Woher?«, fragte Siljan aus dem Hintergrund.

Na, super. Jetzt fing der auch noch an. Was war denn heute nur los, fragte Stina sich verzweifelt.

»Er hat es mir gesagt.«

Erschüttert starrte Stina ihren Bruder an. Ohne nachzudenken, rief sie: »Glaub diesem Kerl doch nicht immer alles, was er sagt!« Dass Thore Andrik darum gebeten hatte, sie von ihrer Traurigkeit zu befreien, ignorierte Stina lieber schnell. Der Gedanke daran war zu niederschmetternd.

Überrascht wandte Thore sich zu ihr. Doch anstatt erschrocken zu sein, lächelte er sie an. Mit seinem kindlich naiven Lächeln. »Aber wieso denn nicht? Er ist mein bester Freund.« An Alva und Siljan gerichtet, erklärte er: »Das machen beste Freunde doch so, oder? Sie vertrauen einander alles an.«

Kapitel 24

Dankbar hörte Stina, wie Siljan auf das plötzliche Schweigen in der Küche hin fragte: »Riecht ihr das? Ich glaube, der Auflauf sollte langsam aus dem Ofen genommen werden.«

Aufgeregt griff Stina nach den Topflappen und öffnete die Klappe des Küchengeräts. Ein Schwall warmer Luft schlug ihr entgegen und sie nahm eilig die rechteckige Form heraus und stellte sie auf den dafür vorgesehenen Platz auf dem Esstisch.

Erleichtert merkte Stina, wie sich das Thema Andrik zu verabschieden begann und alle stattdessen in stiller Übereinkunft das Abendessen fertig vorbereiteten. Während der nächsten Stunde saßen sie zu viert um den runden Holztisch herum und ließen sich das weihnachtliche Buffet, das im Schwedischen auch *Julbord* genannt wurde, schmecken.

Trotz der vielen Köstlichkeiten hatte Stina ihren Appetit verloren. Sie wusste, dass Alva sich Sorgen um sie machte, aber es war nicht fair gewesen, Thore mit in die Sache hineinzuziehen. Stina warf ihrem Bruder einen unauffälligen Blick zu und beobachtete, wie er sich eine zweite Portion Weihnachtsschinken auf den Teller lud.

Abgesehen davon warteten vor ihr auf dem Tisch kleine Fleischbällchen, eingelegter Hering sowie ein Salat aus Roter Bete darauf, verspeist zu werden. *Janssons frestelse*, übersetzt so viel wie *Janssons Versuchung* – ein cremiger Auflauf aus Kartoffeln, Zwiebeln, Anchovis und Sahne, war bereits zur Hälfte geleert worden. Sie hatten ihn gerade noch rechtzeitig aus dem Ofen geholt. Vom *Gravlax*, eine Form von mariniertem Lachs, war ebenfalls kaum mehr etwas übrig.

Zwischen all den Leckereien hatte Alva kleine Tannenzweige mit roten Weihnachtssternen drapiert, daneben weiße Stabkerzen in kleinen goldenen Halterungen. Es war wahrlich festlich angerichtet.

Nach dem Essen, an dessen Konversation Stina sich kaum beteiligt hatte, ihr Kopf fühlte sich leer und voll zugleich an, zogen sie hinüber ins Wohnzimmer und kümmerten sich um die kleine, aber feine Bescherung. Alva verteilte Glögg und Thore ließ sich genüsslich ein Pfefferkuchenplätzchen nach dem anderen schmecken. Stina fragte sich ehrlich, wo all das Essen eigentlich bei ihrem Bruder landete. Er war so schlank, man würde nie vermuten, welche Mengen er vertilgen konnte.

Alva bekam von Thore und Stina ein paar neue Kissenbezüge für die Sessel in *Ekströms Bokhandel*. Auf weißem Grund flogen zierliche blaue Bücher durch die Luft. Thore hatte sie perfekt gefunden für das Geschäft ihrer gemeinsamen Freundin. Siljan erhielt ein Notizbuch im Ledereinband, um seine neuen Buchideen festzuhalten, wenn er unterwegs war. Er gehörte nämlich zu den altmodischen Menschen, die das nicht am Smartphone machten.

Für Thore hatte Stina das Trikot seines Lieblingstischtennisspielers aus der schwedischen Olympiamannschaft besorgt.

Begeistert zog er es sofort über. Lachend rief er: »Jetzt kann mich im *Livsmot* erst recht keiner mehr schlagen!«

Von Alva und Siljan bekam Stina ein filigranes Schiffsmodell, das in einer quer liegenden Flasche gefangen war. Es war etwa so groß wie Stinas gesamte Hand. Die Flasche selbst thronte mit der liegenden Seite auf einem kleinen dunklen Holzsockel. Ein goldenes Schild war daran angebracht. Darauf waren die

Worte eingraviert: *Auf dem Meer kann man keine Orientierung verlieren. Irgendwann kommt immer Land in Sicht.*

Dankbar lächelte Stina ihren Freunden zu. Es war ein schönes Geschenk und doch wusste Stina, dass diese Worte nicht stimmten. Man konnte sehr gut auf offenem Meer die Orientierung verlieren. Nicht umsonst war es gefährlich, ohne Kompass unterwegs zu sein. Denn wich man vom ursprünglichen Kurs ab, konnte es gut und gern dazu führen, dass man in den Wellen umherirrte. So, wie Stina es im Moment tat. Ihre Kraftreserven gingen zur Neige und es war weit und breit kein Land in Sicht.

Ihr Herz wollte einen Kurs einschlagen, vor dem Stina sich fürchtete. Und so verschloss sie es weiterhin hinter den schweren Mauern und versuchte, allein ihren Weg zu finden. Doch es wollte einfach nicht funktionieren. Wellen der Wut, Enttäuschung und der Ratlosigkeit umgaben sie und ihr kleines Schiff.

Thores Stimme riss sie zurück in die Realität. Er reichte ihr umständlich ein großes Paket. »Frohe Weihnachten!«

Neugierig und vorsichtig riss Stina das braune Papier auf. Erstaunt zog sie ein kopfgroßes funkelndes Gebilde heraus. Bei genauerer Betrachtung musste es sich um Holzspieße handeln, die man normalerweise zur Zubereitung von Fleisch und Grillgemüse verwendete. Die Spieße zeigten in alle möglichen Richtungen und waren lediglich in der Mitte miteinander verbunden. An den Spitzen funkelten kleine falsche Diamanten, während um die dünnen Spieße eine zierliche LED-Kette gewickelt worden war. Es mussten fast fünfzig dieser Holzstäbe sein, die durch die unterschiedliche Anordnung wie eine große Kugel aussahen. Eine schmale Halterung ragte auf der oberen Fläche in der Mitte hinaus. Daran war ein kleiner Schalter angebracht. Stina betätigte ihn und das gesamte Gebilde erstrahlte in einem warmen goldenen Licht.

Sprachlos starrte Stina das Gewerk an, dann blickte sie hinüber zu ihrem Bruder. »Was ist das?«

Er lächelte. »Ein Mittsommerstern.«

Verwirrt schüttelte Stina den Kopf. »Ein was?«

Thore kam zu ihr und setzte sich vor sie auf den Boden, während Alva und Siljan die beiden mit einem liebevollen Gesichtsausdruck betrachteten. Stina bildete sich gar ein, eine Träne in Alvas Augen zu sehen. Doch schnell schob diese ihre Glühweintasse vor und nahm einen Schluck des süßen Getränks.

Stina blickte zurück zu ihrem Bruder, der nun vor ihr kniete und ihr sein Geschenk erklärte. »Es gibt Menschen, die sind etwas Besonderes. Und in meinem Leben bekommen besondere Menschen einen besonderen Platz.« Er legte einen ungemein wichtig klingenden Ton in seine Stimme. »Von meinem Fenster im *Livsmot* aus kann ich nicht immer alle Sterne sehen, deshalb habe ich sie mir in mein Zimmer geholt.«

Plötzlich erinnerte Stina sich daran, diese Gebilde schon einmal bei Thore gesehen zu haben, nur in viel kleinerer Form. Stumm folgte sie der Erzählung ihres Bruders.

»Besondere Menschen verdienen den besten Platz, den es auf dieser Welt gibt. Und was ist außergewöhnlicher als ein strahlender Stern?« Thore lächelte und betrachtete das funkelnde Konstrukt in Stinas Händen. »Nein, es gibt nichts Schöneres«, beantwortete er seine Frage selbst. Dann fuhr er fort. »Du bist einer dieser Sterne in meinem Zimmer. Weil du ein ganz besonderer Mensch bist. Und ich weiß, dass du immer bei mir bist, auch wenn du vielleicht gerade nicht da bist.« Er deutete auf den Stern. »Wenn ich das Gefühl habe, dass ich dich bei mir haben möchte, wenn du zum Beispiel auf Forschungsreise bist, dann mache ich das Licht von deinem Stern an. Und dann weiß ich, dass du da bist.«

Stina schluckte schwer, doch konnte sie ihre Tränen der Rührung nicht zurückhalten. Davon unbeeindruckt beendete Thore seine Erklärung. »Dieser Stern ist größer als meine gewöhnlichen Mittsommersterne. Er soll dich daran erinnern, dass ich immer bei dir bin, auch wenn ich es vielleicht gerade nicht bin. So wie jetzt, wenn ich zu den Huskys fahre. Ich bin nicht da. Aber wenn du das Licht des Sterns anmachst, dann bin ich bei dir und du musst mich gar nicht vermissen.«

»Er ist wunderschön«, wisperte Stina mit erstickter Stimme.

Leise ertönte Siljans tiefe Stimme vom anderen Sofa herüber. »Warum nennst du sie Mittsommersterne?«

Thore wandte sich um und lächelte wie selbstverständlich. »Weil die Sterne an Mittsommer etwas ganz Besonderes sind. Es ist nachts so hell, dass man kaum einen Blick auf sie erhaschen kann. Aber wenn man ganz genau hinguckt, weiß man, dass sie da sind. Sie strahlen so kräftig, dass sie selbst zu Mittsommer zu sehen sind.«

»Wie viele Mittsommersterne hast du in deinem Zimmer?«, erkundigte sich Alva neugierig.

Leise zählte Thore seine Finger ab. Dann meinte er: »Sieben.«

»Sieben?«, fragte Stina überrascht.

Er nickte. »Einen für dich, einen für Andrik, einen für Alva und Siljan, einen für Malin, einen für Kaspar und einen für Mama und Papa.«

»Für wen steht der siebte?«

Thore blickte hinaus durch die großen Fenster, die auf die geräumige Terrasse führten und den dahinterliegenden Zugang zum Meer. »Für Johan.«

Stina dachte an den freundlichen alten Mann, der sie mit Alva und Malin zusammengebracht hatte und der voriges Jahr verstorben war. In einer gefühlvollen und wunderschönen Mittsommerfeier hatten sie dieses Jahr hier auf dem Grundstück dem ersten Todestag von Alvas Großvater gedacht. Er mochte nicht mehr unten ihnen weilen, aber ein jeder von ihnen trug ihn und seine wohltuende Art im Herzen. Was er Stina wohl geraten hätte? Sicherlich etwas Hilfreiches. Aber was?

Eilig erhob Alva sich von ihrem Platz und zog Thore auf die Füße. Mit geröteten Augen umarmte sie Stinas Bruder und drückte ihm einen kleinen Kuss auf die Wange. »Danke.«

Thore lächelte. »Wofür denn?«

Alva unterdrückte ein aufkommendes Schluchzen. »Dafür, dass du mit deiner wunderbaren Art meinem Großvater einen Platz in deinem Leben schenkst.«

Noch immer lächelnd schaute Thore sich um. Dann jedoch schaute er betrübt auf. Nachdenklich schüttelte er den Kopf. »Jetzt seid ihr ja alle traurig.«

Stina stand auf. »Das sind gute Tränen, Thore.«

Skeptisch musterte ihr Bruder sie. »Gute Tränen? Also so was wie Freudentränen?«

Siljan erhob sich ebenfalls und kam zu ihnen in die Mitte des Raumes. Auch er musste sich mit dem Handrücken einen Tropfen aus dem Augenwinkel wischen. Gleichzeitig nickte er. »Sozusagen.«

Sie waren doch wirklich allesamt Heulsusen, dachte Stina und musste unwillkürlich lachen.

Thore begann zu seufzen. »Ihr macht es einem aber nicht leicht zu wissen, ob ihr nun traurig oder fröhlich seid.«

Alva fächerte sich ein bisschen Luft mit den Händen zu, dann rief sie schließlich: »Na, los! Gruppenumarmung! Jetzt gleich!«

Lachend und schniefend kamen alle Anwesenden ihrer Aufforderung nach, und Stina spürte, wie gut es tat, Teil dieser Familie zu sein. Zusammen mit Thore.

Eine Stunde später kümmerten sich Alva und Siljan gemeinsam um die Küche. Thore blätterte in einem Buch über die schwedische Seefahrtsgeschichte, das er ebenfalls zu Weihnachten bekommen hatte. Das Kaminfeuer wurde kleiner und Stina legte ein Holzscheit nach. Sofort verschlangen die knisternden Flammen das unschuldige Holz.

Verstohlen blickte sie zu ihrem Bruder hinüber. Sein Geschenk war das wundervollste, was man ihr je geschenkt hatte. Abgesehen von der Kette, die sie jeden Tag um den Hals trug. Automatisch berührte sie den Seemannsknoten an der feinen goldenen Schnur.

In diesem Augenblick schaute Thore auf. Er sah ihre Geste und stand wie von der Tarantel gestochen auf und lief in den kleinen Flur von Siljans Haus.

»Wo willst du hin?«, rief Stina ihm irritiert nach.

»Ich habe etwas Wichtiges vergessen!« Im nächsten Moment erschien Thore bereits wieder im Wohnzimmer. In seiner gesunden Hand trug er ein kleines Päckchen. Er kam auf Stina zu und hielt es ihr hin. »Für dich.«

Verwundert nahm Stina es an. »Aber du hast mir doch schon etwas geschenkt.«

Thore lächelte. »Das ist nicht von mir.«

»Aber …«

»Es ist von Andrik. Für dich.« Thore legte den Kopf schief, während Stinas Herz ein weiteres Mal an diesem Tag stillstand. Fragend betrachtete er sie. »Ich mag vielleicht nicht verstehen, was mit euch los ist.« Ein deprimierter Ausdruck legte sich auf sein Gesicht. »Es geht mir viel besser als früher, aber ich weiß, dass ich nicht immer alles verstehe. Aber … ist es denn wirklich so kompliziert, was euch auseinandertreibt?«

Es war so seltsam, diese Worte aus Thores Mund zu hören. Er schaffte es immer wieder, Stina zu überraschen.

Leise meinte Thore: »Andrik sagt, du glaubst nicht, dass ich glücklich bin.«

»Wieso hat …?« Stina schnappte verzweifelt nach Luft. Sie würde Andrik nun wirklich erwürgen. Wieso erzählte er Thore all diese Dinge?!

Thore hingegen fing an zu lächeln. »Warum sollte ich denn nicht glücklich sein, Stina? Ich hab dich, Andrik und all die anderen. Ich habe ein tolles Zimmer und kann von dort aus die Sterne beobachten, wann immer ich will. Ich kann Tischtennis spielen, und niemand kann mir das Wasser reichen. Ich bin, wie ich bin. Das ist doch gut.« Er wirkte einen Moment verunsichert. »Oder nicht?«

Stinas Herz wurde in tausend Stück gerissen. Sie konnte nicht atmen. Ihre Hände zitterten so sehr, dass sie das kleine Päckchen beinahe fallen ließ. Was hatte sie ihrem Bruder nur angetan? Nicht Andrik. *Sie.*

Andrik hatte recht. Sie sprach Thore ab, glücklich zu sein. Nur weil sie sein Glück anders definierte. Aber das durfte sie nicht. Auf einmal fiel es ihr wie Schuppen von den Augen. Es lag nicht an ihr zu entscheiden, ob ihr Bruder glücklich war oder nicht. Er allein fällte die Bewertung über sein Leben. Und er war glücklich. Das allein sollte doch reichen, um Stina zu überzeugen.

Tränen rollten erneut über ihre Wangen und sie fragte sich, wie viele davon sie in den letzten Wochen nur vergossen hatte. Wie konnte es sein, dass überhaupt noch welche fließen konnten? Sie müssten doch längst aufgebraucht sein.

»Es tut mir leid«, wisperte Stina. »Es tut mir so leid.«

Thore schlang seinen gesunden Arm um sie und barg ihren Kopf tröstend an seiner Brust. »Das muss es doch gar nicht.« Er gab ihr einen Kuss auf den Schopf.

Stina hatte immerzu gedacht, man hätte ihrem Bruder seiner Zukunft beraubt. Dabei war sie diejenige, die seiner neuen

Zukunft, seiner echten Zukunft, nicht zutraute, gut genug zu sein.

»Ich mag vielleicht nicht alles machen können, was ich mir manchmal vornehme. Aber das geht doch jedem Menschen so.« Er stupste Stina mit der Nase vorsichtig an. Dann lehnte er sich zurück und sah seiner jüngeren Schwester in die Augen. »Das Einzige, das mich manchmal unglücklich macht, ist zu sehen, wie traurig du aussiehst, wenn du denkst, ich merke es nicht.« Er deutete auf das Geschenk in ihrer Hand. »Andrik hat gesagt, wenn dich das hier nicht überzeugt, dass ich glücklich sein kann, dann wird dich nichts auf der Welt je überzeugen können.« Noch einmal drückte Thore sie. »Ich hab dich lieb, Stina.«

»Ich dich auch«, flüsterte sie an seiner Schulter. Ihr Herz setzte endlich wieder ein und begann, in einem unregelmäßigen Rhythmus zu schlagen. Es pochte heftig und Stina hatte das Gefühl, dass die Risse, die sich einst in die Mauern um das sensible Organ gezogen hatten, erneut aufbrachen.

»Ich guck mal, ob Alva und Siljan mir noch eine heiße Schokolade machen. Ich könnte jetzt einen Kakao gebrauchen!« Thore ließ Stina los und lief hinüber in Richtung Küche.

Sie hörte die Stimmen ihrer Freunde und das Klappern von sauberem Geschirr, während sie auf das braune Packpapier mit einer Schleife aus rotem Bast hinabblickte. Es war ein flaches, leichtes Geschenk. Ohne sich zu setzen, löste sie die weihnachtliche Verpackung mit wenigen Bewegungen. Schleife und Papier segelten langsam zu Boden und Stina hielt einen Bilderrahmen in Händen. Weißes Holz umgab das rechteckige Glas, hinter dem sich zwei hochformatige Fotos verbargen.

Das linke zeigte das Bild, das sie vor zwei Tagen auf Andriks Handy gesehen hatte. Sie in der Mitte, Thore und Andrik jeweils neben ihr mit einem strahlenden Lachen auf den Lippen. Es war der Moment an Mittsommer, in dem die ganze Welt noch in Ordnung gewesen war, ja geradezu großartig. Das rechte Foto zeigte die Aufnahme, die sie vor gut eineinhalb Wochen auf dem Weihnachtsmarkt im *Skansen* gemacht hatten. Wieder stand Stina umringt von den beiden Jungs, inzwischen ausgewachsenen Männern, da. Alle hatten ein Leuchten in den Augen und waren in dicke Jacken und Mäntel gepackt.

Es wirkte wie eine Kopie des nebenstehenden Fotos. Nur siebzehneinhalb Jahre später. In einer anderen Jahreszeit. An einem anderen Ort. Doch die Konstellation war die gleiche. Das Strahlen war das gleiche. Nichts schien sich verändert zu haben. Plötzlich rutschte eine kleine Karte zu Boden, die auf der Rückseite des Rahmens befestigt gewesen war.

Mit stockendem Atem hob sie den Umschlag auf und öffnete ihn mit einer Hand. Dann legte sie den Rahmen für einen Moment beiseite und zog ein einseitiges Papier aus dem Kuvert heraus. In Druckbuchstaben las Stina: *Glück bedeutet, den Blick in die Sterne mit anderen zu teilen. Frohe Weihnachten. In Liebe, Andrik.*

Ein Ruck durchfuhr Stina. Eine Erschütterung ging durch ihren gesamten Körper. Ähnlich wie schon in den letzten Tagen. Doch diesmal war sie bereit dafür. Diesmal war es anders. Diesmal nahm sie es an. Sie wehrte sich nicht. Nein, vielmehr atmete sie tief durch und spürte, wie die Mauer um ihr Herz sich auf eine zerstörerische Welle vorbereitete. Doch die Mauer hatte keine Chance. Die feinen Risse, und davon gab es überraschend viele, sogen das Wasser geradewegs in sich auf. Klatschend trafen die Fluten auf die blanken Wände, suchten sich ihren Weg von allen Seiten, sodass die Festung schon bald unterspült und fortgerissen wurde.

Innerhalb von wenigen Sekunden beruhigte sich das Meer in ihr und transportierte auch die letzten Brocken der niedergerissenen Mauern weit weg. Alles, was die Wut, der Hass und die Enttäuschung über die Jahre hinweg aufgebaut und gepflegt hatten, war untergegangen. Es war fort. Dieser Kerker um ihr Herz war endlich fort.

Sanft schwappten kleine Welle gegen das freigelegte Organ, streichelten es voller Liebe und hießen es willkommen im Leben. Stina weinte nicht. Ihre Tränen waren versiegt. Stattdessen spürte sie, wie sie nach langer Zeit endlich frei aufatmen konnte. Ganz ohne das bedrückende Gefühl. Ganz ohne die Angst, die Reue und die niederschmetternden Gedanken.

Ihre Seele, die sich so lange im Verborgenen versteckt hatte, traute sich langsam wieder hervor und entfaltete sich. Erinnerungen tauchten vor Stinas innerem Auge auf. Doch anders als bisher glichen sie keinem Gewitter. Sie fühlten sich eher an wie das Strahlen der Sonne, die sich langsam und wundervoll über sie hinwegtasteten. Keine Blitze, kein Donnergrollen, kein Sturm. Wärme umgab Stina, und das helle Licht des Kamins hüllte sie ein. In ihren Ohren hörte sie das gemütliche Rauschen der Wellen vor Gotland. Stina sah Andrik und Thore über die grünen Wiesen der Insel rennen. Sie redeten, lachten und winkten ihr zu.

Unruhig wartete Stina, dass diese Erinnerung von schmerzhaften Gedanken überrollt wurde. Stattdessen passierte etwas Eigenartiges. Die Szene änderte sich. Andrik und Thore standen auf dem Felsen in jener Mittsommernacht. Thore sprang in die sommerlich schaukelnde Ostsee. Andrik folgte ihm. Der Moment, in dem sich normalerweise der nicht enden wollende Schmerz in Stina ausbreitete, blieb aus. Sie hatte ihn endlich akzeptiert. Den Unfall. Und alles, was darauf folgte. Es war geschehen. Sie konnte es nicht ändern.

Trotz allem, was passiert war, würde sie endlich anerkennen, dass Thore ein glückliches Leben führte. Es mochte anders sein, als er es als Jugendlicher vorgehabt hatte, dennoch war er heute glücklich. Er führte ein lebenswertes Leben. Es war dringend an der Zeit, dass Stina sich das eingestand. Und endlich war es so weit. Sie hatte das Gefühl, diese Perspektive einnehmen zu können. Ohne Wenn und Aber.

Ein erneutes Zittern zwang Stina, sich auf die Couch zu setzen. Sie nahm den Bilderrahmen in die Hand und starrte die beiden Fotos an. Sommer und Winter. Mittsommer und Weihnachten. Sonne und Sterne. Was gleich war, war das Strahlen. Und die Menschen, die Stina am meisten auf dieser Welt liebte. Thore, ihren Bruder. Und Andrik. Den Mann, den sie als Jugendliche in ihr Herz gelassen hatte und der sich mehr als siebzehn Jahre später ein weiteres Mal Zugang zu dem versteckten Platz in ihrem Körper verschafft hatte. Trotz der hohen Mauern, die darum gebaut worden waren. Er hatte sie überwunden.

Stina schluckte. Ihr Mund wurde trocken. Sie liebte Andrik. Und das war okay. Sie konnten die Vergangenheit nicht ändern. Aber den Blickwinkel, mit dem man diese betrachtete. Andrik fühlte seine Schuld, doch indem er Thore als bester Freund zur Seite stand, hatte er alles getan, um seine Schuld wiedergutzumachen. Thore vertraute auf Andrik. Nun lag es an Stina, es ihrem Bruder gleichzutun.

Es fühlte sich so seltsam an. Seltsam befreiend. Seltsam … glücklich?

Stina schrak hoch, als sich plötzlich jemand neben sie setzte. Alva hielt ihr eine Tasse mit dampfendem Kakao und einer ordentlichen Portion Sahne darauf unter die Nase. Ungefragt griff sie nach dem Rahmen, während Stina an der heißen Schokolade nippte. Siljan und Thore stießen ebenfalls zu ihnen und machten es sich auf dem Boden vor ihnen gemütlich.

Lachend zeigte Alva auf das Mittsommerfoto: »O mein Gott, das seid ihr? Damals auf Gotland?«

Stina nickte, und ein eigenartiges Lächeln legte sich auf ihre Lippen.

Grinsend hob Alva den Kopf und deutete mit dem Finger auf den jungen Andrik. »Ja, in den hätte ich mich auch verknallt.«

»Hey!« Siljan hob empört den Blick und sah seine Verlobte unmissverständlich an.

Doch die lachte nur. »Damals. Heute würde ich nur noch dich nehmen.«

Er nickte zufrieden. »Das wollte ich hören.«

Thore senkte seinen Becher. Grinsend wischte er sich die Sahne von der Oberlippe. »Sorry, Alva. Aber du hättest sowieso keine Chance bei ihm.«

»Bitte?« Nun war Alva es, die sich in gespielter Entrüstung übte.

»Andrik ist in Stina verknallt. Und daran wird sich auch nie etwas ändern.« Er lachte aus vollem Herzen, und Stina kam nicht umhin, ebenfalls zu lächeln.

Sofort fiel ihrer besten Freundin die Veränderung auf. Argwöhnisch musterte sie Stina, dann drückte sie sie liebevoll. »Und du so?«

Stina blinzelte und sah von einem zum anderen, dann auf die Fotos und wieder neben sich zu Alva. Mit belegter Stimme meinte sie: »Ich liebe ihn.«

Erleichterte Seufzer ertönten auf der Couch und vor ihr auf dem Teppich. »Na, endlich.« Wieder drückte Alva sie herzlich an sich. »Tu mir und meinem Seelenheil bitte den Gefallen und sag es ihm noch dieses Jahr. Ich kenne ihn nicht, aber der Kerl muss leiden wie ein Hund!«

Ein schlechtes Gewissen machte sich in Stina breit. Alva hatte recht. Doch bevor sie zu Andrik ging, musste sie noch etwas klären. Etwas, das sie schon viel zu lange vor sich hergeschoben hatte.

Kapitel 25

Am Morgen des 26. Dezembers saß Stina mit klopfendem Herzen in ihrem Mietwagen. Gestern hatte Siljan sie und Thore zurück nach Stockholm gebracht. Nachdem Stina sich ausufernd und mit gefühlt Zehntausenden Umarmungen von ihrem Bruder verabschiedet hatte, hatte Siljan sie zu einer Autovermietung gefahren. Dort hatte sie sich einen Wagen geliehen und sich auf den Weg in Richtung Süden gemacht. In dem beschaulichen Ort Nynäshamn hatte sie schließlich feststellen müssen, dass an diesem Feiertag nur eine einzige Fähre nach Gotland übersetzen würde. Und das erst abends gegen acht. Irgendwie hatte sie den Nachmittag in dem kleinen Städtchen herumgebracht und war gegen Abend die Überfahrt angetreten. Gut drei Stunden hatte diese gedauert, sodass Stina letztlich erst gegen halb zwölf nachts auf Gotland angekommen war.

Sie hatte sich in einem kleinen Hotel am Hafen ein Zimmer genommen und entschieden, dass sie vielleicht nicht mitten in der Nacht an die Türen der Insel klopfen sollte. Und so hatte sie sich eine halbe Nacht lang in dem Bett herumgewälzt, bis es endlich Zeit war aufzustehen und sich fertig zu machen.

Ein letztes Mal atmete sie tief durch und öffnete nun die Fahrertür ihres Mietautos. Nasskalter Wind wehte ihr entgegen, und Stina war froh um den dicken Wollpulli, den sie heute unter ihrer regenfesten Winterjacke trug. Sich gegen den

Wind lehnend, lief sie den schmalen Kiespfad entlang, der sie zu dem dunkelblauen Holzhaus führte. Im Sommer umgaben grüne Wiesen und blühende Kirschbäume das süße Häuschen, in dem sie aufgewachsen war. Jetzt im Dezember wirkte es eher so, als würde es einen Winterschlaf halten. Nur das Licht, das rechts aus dem Küchenfenster schien, zeigte, dass hier Leben stattfand.

Einen Moment lang ließ sie ihre Augen über die angrenzenden Felder schweifen. Sie war gern hier aufgewachsen. Manchen mochte es viel zu ländlich sein, dabei hatte sie nicht weit von Visby entfernt gewohnt. Dem Ort, an dem die Fähre zum Festland anlegte. Trotzdem war es hier viel ruhiger und weniger wuselig. Zwischen den einzelnen Häusern an der Landstraße lagen stets mehrere Hundert Meter. Man war für sich und doch nie allein.

Schnee lag dieses Jahr auch auf ihrer Heimatinsel. Es war seltsam, hier zu sein. So lange hatte sie dieses Fleckchen Erde nicht mehr betreten. Ja, gewehrt hatte sie sich. Der Schmerz war so groß gewesen. Jetzt spürte sie, wie ihr kleines Herz zu heilen begann. Endlich. Es war richtig, dass sie den Weg auf sich genommen hatte.

Stina hatte sich nicht angekündigt, doch sie wusste, dass jemand zu Hause sein würde. Energisch lief sie auf den bekannten Hauseingang zu und klopfte an die weiß gestrichene Haustür. Dann trat sie einen Schritt zurück. Es war zehn Uhr morgens und die Wolken am Himmel verzogen sich nur langsam. Ein weiteres Mal holte Stina tief Luft und machte sich auf die unausweichliche Begegnung gefasst.

Im gleichen Moment öffnete sich die Tür, und ein Mann Ende sechzig mit Glatze, Harry-Potter-Brille und einem gemütlichen Norwegerpulli hob überrascht die Augenbrauen.

»Stina! Was machst du denn hier?«

»Hallo, Papa.« Stina vergrub ihre Hände tief in den Taschen ihrer Jacke. Sie hob die Schultern gegen den aufkommenden Wind, der so typisch für die Insel in der Ostsee war.

Eilig trat ihr Vater beiseite. »Komm rein, draußen ist es heute Morgen wirklich ungemütlich.«

Stina folgte seiner Aufforderung, zog die Schuhe im Hausflur aus und gab ihm ihren Parka, den er sogleich auf den Haken hängte, der früher immer für Stinas Jacken reserviert gewesen war.

Obwohl Stina über ein Jahrzehnt nicht in diesem Haus gewesen war, hatte sich kaum etwas verändert. Es roch noch genauso wie in ihrer Kindheit. Ein bisschen modrig und nach altem Kaffee. Die Möbel waren dieselben, die Bilder die gleichen und selbst die Vorhänge am Fenster hatten ihren Platz wohl nie verlassen.

Aufgeregt lief ihr Vater, Hans Lundgren, um sie herum.

»Warum hast du denn nicht Bescheid gesagt, dass du kommst?« Er freute sich ehrlich über ihr Erscheinen. »Und wo ist Thore? Hast du ihn nicht mitgebracht?«

»Nein, er macht einen Ausflug mit einigen Leuten vom *Livs-mot*. Er kommt erst zu Silvester zurück nach Stockholm.«

Stina bildete sich ein, sowohl Erleichterung als auch Enttäuschung auf dem schmalen geröteten Gesicht ihres Vaters zu sehen. Er mochte keinen Alkohol mehr trinken, doch die exzessiven Jahre hatten ihre Spuren hinterlassen. Sie folgte ihrem Vater in die rechte Hälfte des Hauses und betrat hinter ihm die Küche. Dann plötzlich erstarrte sie. Damit hatte sie nun wirklich nicht gerechnet.

»Stina, Schatz.« Ihre Mutter erhob sich von ihrem Stuhl und lächelte unsicher.

Irritiert blickte Stina zwischen ihren Eltern hin und her. »Was machst du denn hier?«

Ihr Vater bedeutete Stina, sich zu setzen. »Wir frühstücken zusammen.«

Als würde Stina das nicht sehen! Aber wieso taten sie das? Das war die eigentliche Frage. Stinas Wissen zufolge hatten die beiden nach der Scheidung viele Jahre kein Wort mehr miteinander gewechselt. Ihre Mutter, Anja, war nach ihrer erneuten Heirat ans andere Ende der Insel gezogen.

Stina erwartete, dass das lähmende Gefühl der Wut sie überkam. Doch dem war nicht so. Stattdessen spürte sie maßlose Verwirrung in ihrem Kopf herumtanzen.

In der leisen Stimmlage, die ihre Mutter schon immer perfekt beherrscht hatte, erklärte sie: »Wir haben uns in den letzten Monaten ein wenig angenähert. Wie … alte Freunde.« Sie lächelte ihrem Ex-Mann zu. Der erwiderte die Geste.

Stina erinnerte sich daran, dass der zweite Mann ihrer Mutter im Frühjahr an Krebs verstorben war. Sie war Witwe. Stina hatte den neuen Gatten ihrer Mutter von ein paar Begegnungen gekannt. Doch wie gesagt, ihr Verhältnis beschränkte sich auf die seltenen Besuche ihrer Mutter in Stockholm. Es mochte kalt klingen, aber Stina hatte einfach zu sehr unter dem Verhalten ihrer Eltern gegenüber Thore gelitten, als dass sie die Kraft dazu gehabt hätte, auf sie zuzugehen. Bis jetzt. Ihr wurde klar, wie wenig sie eigentlich vom Leben ihrer Eltern wusste.

»Wann hattet ihr vor, mir davon zu erzählen?« Stinas Tonfall wurde nun doch etwas lauter. Sie fühlte sich auf seltsame Art und Weise trotz allem hintergangen. Vermutlich zu Unrecht, aber was konnte man gegen spontane Gefühle schon ausrichten?

»Es ist alles noch so neu für uns, weißt du?« Ihr Vater legte eine Hand auf ihre und tätschelte sie leicht. »Wir wollten erst mal gucken, ob es mit einer normalen Freundschaft funktioniert.« Er zögerte. »Wir wollten dich nicht in Aufruhr versetzen. Wir wissen, wie … schwierig das alles für dich war.«

Das war Stinas Stichwort. Auch wenn es schneller kam als erwartet. Die alte Bitterkeit regte sich in ihr. »Nein, das wisst ihr nicht.«

»Schatz …« Anja setzte sich aufrecht hin, aber Stina unterbrach ihre Mutter rüde.

»Nein, ihr wisst absolut nicht, wie das für mich war.« Sie war hier, um reinen Tisch zu machen. Es war längst überfällig, das zu tun. Es würde nichts an der Vergangenheit ändern. Aber ihre Eltern sollten endlich verstehen, wie falsch ihr Handeln gewesen war und welche Konsequenzen das für Stina und Thore gehabt hatte. Sie fiel mit der Tür sprichwörtlich ins Haus, aber vielleicht war das besser so. Sie zog es durch.

Bestimmt fuhr Stina fort und schaute von ihrer Mutter zu ihrem Vater. »Ihr habt uns im Stich gelassen, als wir euch am meisten gebraucht haben. Ihr wart zu schwach! Ihr habt Thore einfach seinem Schicksal überlassen und mir die Verantwortung für ihn übertragen.«

Betreten blickten ihre Eltern drein. Sie wussten ganz genau, was Stina meinte. Gut so. Sie war nämlich noch nicht fertig. Ohne weitere Vorankündigungen kam sie auf den Grund ihres Besuchs zu sprechen und konfrontierte ihre Eltern mit dem Unausweichlichen. »Ich war ein Kind. Ich war ein Teenager. Ich war genauso erschüttert wie ihr. Aber im Gegensatz zu euch habe ich für Thore gekämpft.« Enttäuscht schüttelte Stina den Kopf. »Warum habt ihr nicht gekämpft? Ihr hättet euch Hilfe holen können. Warum habt ihr das nicht getan und stattdessen einfach aufgegeben?«

Während ihre Mutter nach den passenden Worten suchte, war ihr Vater überraschend einsichtig. »Wir haben große Fehler gemacht, Stina. Und die bereuen wir zutiefst, aber versuch bitte, uns zu verstehen.« Er drehte seine Kaffeetasse auf der weißblauen Untertasse herum. »Deine Mutter …« Er legte die

Hand auf die seiner Ex-Frau und ängstlich blickte diese auf. Doch schließlich nickte Hans Lundgren und schien für sie beide entschieden zu haben, Stina die Wahrheit zu erzählen. Eine Wahrheit, von der Stina nicht gewusst hatte, dass man sie ihr überhaupt vorenthalten hatte. Mal wieder.

»Zwischen deiner Mutter und mir hat es lange vor Thores Unfall bereits gekriselt. Wir haben es nur vor euch geheim gehalten. Wir wollten warten, bis ihr beide mit dem Gymnasium fertig gewesen und in euer eigenes Leben gestartet wäret. Wir … hatten eine Abmachung. Durchhalten und sich nichts anmerken lassen, bis ihr alt genug seid.«

»Alt genug?!« Stina traute ihren Ohren nicht. »Das ist keine Entschuldigung für euer Verhalten gegenüber …«

»Nein, das ist es gewiss nicht«, stimmte ihr Vater ihr zu. Dann erhob auf einmal ihre Mutter das Wort.

»Thores Unfall hat … Er hat bei uns alte Erinnerungen ausgelöst, die es uns viel schwerer gemacht haben, mit dem umzugehen, was passiert ist.«

Argwöhnisch betrachtete Stina ihre Mutter. »Was für Erinnerungen?« Sie wusste selbst, wie hinterhältig diese Gedanken sein konnten. Und so gab sie ihren Eltern die Chance für eine Erklärung.

Ihr Vater nahm es Anja ab. Bedächtig eröffnete er Stina, was sie nicht wusste: »Thore ist nicht unser ältester Sohn. Einige Jahre vor seiner Geburt hatten wir bereits einen kleinen Jungen. Elias.«

Schockiert starrte Stina ihre Eltern an, während ihr Vater weitersprach. »Er war vier Jahre alt, als wir zusammen mit Freunden Mittsommer gefeiert haben. Es war ein wundervoller Tag. Alle waren gut drauf, die Kinder haben gespielt, wir haben gesungen und gelacht. Auf einmal …« Hans holte tief Luft und setzte erneut an. »Auf einmal hörten wir ein Platschen. Sofort merkten wir, dass Elias nicht mehr da war. Wir rannten zu der Stelle, wo das Wasser auseinanderstob. Wir haben ihn eine gefühlte Ewigkeit gesucht. Schließlich habe ich ihn nahe den Uferfelsen entdeckt. Er trieb dort mit einer offenen Wunde am Kopf. Bewusstlos. Ohne Atmung.«

Tränen perlten über die Wangen ihrer Mutter, doch sie ließ keinen Ton verlauten.

»Der Notarzt konnte nur noch seinen Tod feststellen. Er musste ins Wasser gesprungen oder gefallen sein und sich dabei den Kopf gestoßen haben. Ähnlich wie Thore.«

Endlich sagte auch Stinas Mutter etwas: »Er war für sein Alter schon ein guter Schwimmer. Sonst hätten wir ihn doch nie an den Felsen spielen lassen. Wer konnte denn ahnen, dass …«

Stina spürte, wie ihr selbst die Tränen kamen. »Warum habt ihr nie von ihm erzählt?«

Hans lächelte matt. »Wir gehören nicht zu der Generation, die so offen über ihre Gefühle redet, Stina. Wir wurden anders erzogen. Wir haben alles mit uns selbst ausgemacht. Als wir dachten, wir seien über den Verlust hinweg, kamen schon bald Thore und du auf die Welt. Ihr habt unserem Leben wieder eine Prise Glück verschafft.«

Anja schluchzte auf. »Einige Jahre vor Thores Unfall merkten wir jedoch, dass wir uns selbst etwas vorgemacht hatten. Wir waren nicht stark genug, um Elias' Verlust zu überwinden. Thores Unfall hat schließlich alles noch viel deutlicher an die Oberfläche gespült. Als wir uns des Ausmaßes seines Sprungs gewahr wurden, waren wir beide wie gelähmt. Wir … wir wussten einfach nicht, wie wir damit umgehen sollten. Es fühlte sich an, als hätten wir einen weiteren Sohn verloren, obwohl er noch am Leben war. Was waren wir für Eltern, die es nicht schafften, ihre Kinder ausreichend zu beschützen? Wie hoch war die Wahrscheinlichkeit, dass der gleiche Unfall zweimal in einer Familie passierte?«

Stinas Vater nickte zustimmend. »Deine Mutter wurde von Selbstvorwürfen zerfressen, ebenso wie ich. Wir fühlten uns beide schuldig, dass diese Tragödie sich wiederholen konnte. Und wir gaben nicht nur uns selbst, sondern auch einander die Schuld daran. Unabhängig voneinander spürten wir, dass wir nicht stark genug für Thore waren. Schon wieder wurde einem unserer Kinder die Zukunft genommen. Anders zwar, aber … Ich fing an zu trinken. Deine Mutter zog sich zurück.« Zitternd legte er seine Hand auf die von Stina, die sich eisern um ihre Teetasse klammerte, die man ihr zuvor gegeben hatte.

Sie konnte kaum glauben, was ihre Eltern ihr gerade eröffnet hatten. Sie spürte den Schmerz, der in der Luft hing. Sie spürte die Verzweiflung ihrer Eltern und den Kummer.

»Aber es war eure Aufgabe für Thore da zu sein.« Flüsternd fügte sie hinzu: »Und für mich.«

Beide nickten pflichtschuldig. »Und wir haben kläglich versagt. Über Jahre hinweg. Wir hatten das Gefühl, unsere Anwesenheit würde bei Thore alles nur noch schlimmer machen. Also gingen wir unwillkürlich auf Abstand. Hinzu kam, dass wir jedes Mal, wenn wir Thore besucht haben, vor Augen geführt bekamen, dass wir nicht in der Lage waren, unseren Sohn zu schützen. Sein Leben war nun vorgezeichnet und wir konnten nichts dagegen tun. Wir fühlten uns so machtlos. Dieses Versagen in Kombination mit dem Schmerz über Elias' Tod trieb uns auseinander. Als Paar und als Familie.«

»Warum seid ihr später nie damit zu mir gekommen?«

Ihr Vater räusperte sich. »Wir wollten dir nicht noch mehr aufbürden als sowieso schon. Du musstest genug durchmachen für ein ganzes Leben. Wir wollten deinen offensichtlichen Schmerz nicht vergrößern.«

»Aber vielleicht war das falsch.« Stinas Mutter nickte. »Wir haben selbst erst vor Monaten das erste Mal wieder darüber gesprochen. Es dauert, den alten Schmerz zu überwinden. Wir waren noch nicht so weit, dich einzubeziehen, wo wir doch wussten …«

»… was ihr uns angetan habt«, beendete Stina den Satz ihrer Mama mit Tränen in den Augen. Sie hatte ihren Eltern die Wut zeigen wollen, doch sie konnte nicht. Das Schicksal ihrer Eltern war so viel schmerzhafter, als sie es verdienten. Ja, sie hatten Stina im Stich gelassen. Und besonders Thore, und das sollte unverzeihlich sein. Aber Stina war nicht in der Lage, sie dafür zu rügen. Nicht mehr. Das hier änderte alles. Sie wünschte, sie hätte früher davon erfahren. Es hätte so vieles erklärt. Und ihren eigenen Schmerz vielleicht sogar gelindert, hatte sie Andrik doch stets auch noch die Schuld für die Scheidung ihrer Eltern gegeben. Mit diesem Wissen hätte wenigstens ein Punkt auf ihrer langen Liste an Bedeutung verloren.

»Gotland ist eine Insel. Eine große, aber immer noch eine Insel. Warum hat nie jemand von Elias gesprochen?«

Hans schüttelte den Kopf. »Wir haben damals noch auf dem Festland gelebt. Nach Gotland kamen wir erst später. Es wusste hier also niemand davon. Wir wollten neu anfangen. Fernab von alten schmerzhaften Erinnerungen.«

Anja atmete nervös ein. »Nur hat das nicht so lange funktioniert, wie wir gehofft hatten.«

Stina spürte den schrecklichen Schmerz ihrer Eltern, wusste sie doch selbst, wie es war, von einem Ort zu fliehen, der dieses Gefühl verursacht hatte.

»Deshalb gehst du nie aufs Festland, Papa? Weil es dich an Elias erinnert?«

Hans nickte stumm.

Stina atmete durch. Das erklärte so vieles! Sie und ihr Vater hatten dieselbe Konsequenz gezogen. Sie mieden den Ort der schlimmsten Erinnerungen.

Fragend blickte sie in die Gesichter ihrer Eltern. »Wie geht es euch heute?«

Hans holte tief Luft. »Es ist schwer. Aber wir *wollen* uns endlich ändern.«

Ein eigenartiges Gefühl beschlich Stina. Sie würde das verarbeiten müssen, sicher. Aber sie hatte komischerweise schon in diesem Augenblick das Gefühl, dass ihr diese Klarheit helfen würde. Das Verhalten ihrer Eltern erschien ihr in einem ganz neuen Licht. Noch immer spürte sie die Enttäuschung, aber ein liebevolles Verständnis legte sich darüber. Das wiederum unterstützte sie, ihre alte Wut abzulegen und weit von sich zu stoßen. Tief Luft holend sagte Stina schließlich: »Ich … will euch noch etwas fragen.« Wenn sie nun schon hier war, dann wollte sie auch wirklich alles klären, was ihr auf der Seele brannte. Es war immer noch ungewohnt, in der Küche ihrer Eltern zu sitzen, mit beiden an diesem Tisch, nach so langer Zeit. Aber vielleicht war es ein Wink des Schicksals, dass sie ausgerechnet heute auf ihre Mutter und ihren Vater getroffen war.

Ihr Papa hatte während seines Entzugs durchaus versucht, sie um Vergebung zu bitten. Doch damals war Stina bei Weitem nicht bereit gewesen, ihm entgegenzukommen. Vielleicht wäre es anders gekommen, wenn er ihr schon damals die Wahrheit über ihren Bruder gesagt hätte, den sie nie kennengelernt hatte.

Jetzt sah sie zu ihrem Vater und wollte es besser machen als in den letzten Jahren. Sie konfrontierte ihn mit ihren Fragen. »Du bist Thores offizieller Vormund. Warum hast du mir nicht gesagt, dass das *Livsmot* dich informiert hat, dass Andrik ihn regelmäßig besuchen kommt?«

Unangenehm berührt schaute Hans zu Stinas Mutter. Diesmal war sie es, die nickte und zur Erklärung ansetzte.

»Andrik ist Thores bester Freund. Aber wir wussten, dass du ihm die Schuld an dem Unfall gibst. Dein Vater wollte nicht, dass du dich aufregst.«

Es war so absurd. Stinas Eltern hatten sich von ihr zurückgezogen und doch begründeten sie beinahe alles, was sie getan oder nicht getan hatten, damit, dass sie sie schützen wollten. Obwohl es eine verquere Art des Beschützens war, konnte Stina sie nachvollziehen. So war sie es doch gewesen, die auch Thore ständig nur hatte schützen wollen. Sie war ihren Eltern so viel ähnlicher, als sie bisher gedacht hatte – nur eben auf eine andere Art und Weise.

Plötzlich vernahm sie die Stimme ihres Vaters. »Wenn wir nun schon darüber reden, solltest du vielleicht noch etwas wissen.« Er räusperte sich. Dies schien sich in der Tat zu einem äußerst aufklärenden Gespräch zu entwickeln. Stina hatte kaum darauf zu hoffen gewagt und fühlte sich beinahe überfordert von so viel ungeahnter Offenheit ihrer Eltern. Sie hatte sich diese Unterhaltung sehr viel schwieriger vorgestellt. Schwieriger im Sinne von Verschlossenheit. Doch davon war nichts zu spüren. So als hätte sie bei ihren Eltern ein Ventil geöffnet, das sich nicht wieder schließen ließ. »Andrik hat uns damals gebeten, es dir nie zu sagen, aber nun …«

Er verstummte und Stinas Magen kribbelte gefährlich unruhig. Was folgte jetzt noch? Es schien sich zu einer nie endenden Routine zu entwickeln, dass sie Dinge über Andrik erfuhr, die man ihr über Jahre hinweg vorenthalten hatte.

Würde es ihre frisch eingestandene Liebe zu Andrik überleben? War sie stark genug, um anzunehmen, was kommen würde? Sie hielt die Luft an und wartete ungeduldig darauf, dass ihr Vater ihr sagte, was er bisher verborgen hatte.

»Als uns das Geld für Thores Unterbringung ausging, ist Andrik ungefragt eingesprungen. Er hat seine Eltern um einen

Erbvorschuss gebeten und diesen in einem Fonds für Thore angelegt. Daraus speisen sich seit Jahren jegliche finanziellen Mittel, die wir für Thore aufbringen müssen. Deshalb habe ich dir auch nie die Vollmacht dafür übertragen. Sonst hättest du erfahren, dass das Geld von Andrik stammt. Das wollte er um alles in der Welt verhindern.«

Erstaunt klappte Stina die Kinnlade runter. Nur langsam begann sie, wieder zu atmen. Ein warmes Gefühl schlich sich in ihr Herz. Sie dachte daran, was sie Niels Holm über Andrik auf der Weihnachtsfeier im *Vasa Museum* gesagt hatte. *Ich kenne niemanden, der so viel Verantwortungsgefühl und Loyalität in seinen Knochen trägt wie dieser Mann. Er lässt niemanden im Stich. Das ist es, was ihn ausmacht. Er kann gar nicht anders.*

Jedes Wort entsprach der Wahrheit. Jedes einzelne. Sie war ihm nicht böse. Vor vier Wochen noch wäre sie schier ausgeflippt. Heute legte sich diese Nachricht wie ein wärmender Mantel um ihr Herz und sorgte für ein Gefühl der Geborgenheit. Er hatte auf ihren Bruder geachtet. Er hatte getan, wozu Stinas Eltern nicht fähig gewesen waren. Er war eingesprungen, von Beginn an. Sie spürte, wie sich ihre Liebe zu diesem Mann nur noch enger an ihre Seele schmiegte.

Eine Träne lief ihr über das Gesicht, doch ihre Eltern deuteten sie falsch.

»Wir wissen, dass du Andrik die Schuld an Thores Unfall gibst. Aber er ist nicht dafür verantwortlich, Stina. Der Sprung war allein Thores Idee.«

Ruckartig hob Stina den Kopf.

Doch ihr Vater sprach einfach weiter. »Thore hat Andrik in dieser Mittsommernacht herausgefordert. Die Mutprobe war seine Idee. Andrik hat versucht, ihn davon abzuhalten, doch er hat es nicht geschafft.«

»Das kann nicht sein«, wisperte Stina mit erstickter Stimme. »Das ist nicht möglich. Ich habe gehört, wie …«

Anja schüttelte den Kopf. »Du hattest dich so emsig um den Platz für Thore im *Livsmot* bemüht. Als wir festgestellt haben, dass wir uns mit den Kosten übernommen hatten, meldete die Leitung beinahe zeitgleich Andriks Besuch. Dein Vater war zunächst genauso entsetzt wie du, dachte er doch auch, es sei Andriks Schuld gewesen, was damals passiert war. Kurz darauf tauchte er plötzlich bei deinem Vater auf. Er bestand nachdrücklich darauf, die Kosten für Thore zu übernehmen. Hans wollte eigentlich ablehnen, aber dann erzählte Andrik ihm, was wirklich vorgefallen war. Dass es zwar Thores Idee gewesen sein mochte, er sich jedoch schuldig fühle, ihn nicht davon abgehalten zu haben.«

»Ihr habt ihm einfach so geglaubt?« Sie sah zu ihrem Vater und korrigierte sich. »*Du* hast ihm einfach so geglaubt?«

»Das schlechte Gewissen und die Schuld standen ihm ins Gesicht geschrieben.« Hans nickte zur Bestätigung. »Etwas später traf ich im Ort zufällig auf eine alte Freundin von euch, die damals dabei gewesen war. Ich habe sie nach der Nacht gefragt und sie hat Andriks Geschichte bestätigt. Bevor die beiden hoch auf die Felsen geklettert sind, hat Thore am Lagerfeuer erzählt, was er tun wolle. Andrik hat ihm sofort widersprochen, aber dein Bruder …« Stinas Vater verstummte.

Stina saß auf dem Küchenstuhl, doch um sie herum schwankte alles. Diese Nachricht zog ihr den Boden unter den Füßen weg, sie geriet in gefährliche Strömungen und konnte sich nicht aus ihnen befreien. Die Wellen schlugen gegen ihren Bug und flossen in die geöffneten Luken. Eine Windböe erfasste ihr Segelschiff und ließ es zur Seite kippen. Sie war gerade erst aus dem Hafen ausgelaufen und schon drohte sie zu kentern. Wie ihre geliebte Vasa. Offenen Auges erkannte sie den Konstruktionsfehler. Alles, was sie zu wissen geglaubt hatte, stellte sich als falsch heraus.

Traust dich nicht … komm … Andriks Stimme flammte in Stinas Ohren auf, als er auf dem Felsen neben ihrem Bruder gestanden hatte: *… keine Angst … morgen erzählen …* Sie hatte nur Ausschnitte gehört. Alles dazwischen fehlte ihr. Es konnte durchaus der Versuch gewesen sein, Thore zurückzuhalten.

Wut ebnete sich den Weg zurück in ihr Herz. Doch war es nicht die Wut auf Andrik. Nein, die war längst vergangen. Es war die Wut auf sich selbst, dass sie dieses Gespräch nicht früher gesucht hatte. Sie hatte sich wegen ihres Schmerzes von Gotland ferngehalten, dabei wäre es vielleicht so viel früher zu einer Klärung gekommen, wenn sie sich nur getraut hätte herzukommen.

Entgeistert schaute sie zu ihren Eltern. »Warum hat mir das nie jemand gesagt?«

Leise meinte Hans: »Das solltest du vielleicht lieber Andrik fragen.«

Verzweiflung legte sich über sie. Sie hatte Andrik völlig zu Unrecht beschuldigt. O Gott, was hatte sie nur angerichtet?! Dieser Mann hatte alles für seinen besten Freund getan, und sie hatte ihm all diese schrecklichen Dinge vorgeworfen? Sie hatte die Ablehnung seiner Liebe mit seiner vermeintlichen Schuld an dem Unfall ihres Bruders begründet. Und trotzdem hatte er zu ihr gehalten? Das würde sie nicht wiedergutmachen können. Sie hatte vor knapp drei Wochen noch gedacht, dass sie Andrik niemals würde verzeihen können, was er Thores und ihrem Leben an Schmerz zugefügt hatte.

Dabei war sie nun diejenige, die um Vergebung bitten musste. Während sie voller Furcht überlegte, ob er ihr verzeihen konnte, fragte Stina sich immer wieder, warum er ihr rein gar nichts davon erzählt hatte. Es hätte so viele Gelegenheiten gegeben. Sie dachte besonders an den Streit in ihrem Büro. Warum zum Teufel hatte er nichts gesagt?! War sie einmal zu oft vor ihm davongelaufen, statt sich ihm mutig zu stellen und zuzuhören?

Brüsk erhob Stina sich von ihrem Platz. Dringender denn je musste sie mit Andrik sprechen. Ihr Herz klopfte wie verrückt und sie spürte, wie ihr verwirrter Kopf sie beinahe um den Verstand brachte. Sie fühlte die Liebe zu diesem Mann, der sie immer nur beschützen wollte. Sie fühlte die Furcht vor dem Moment, in dem er ihr erklärte, warum er die Schuld auf sich genommen hatte. Sie fühlte die Unruhe, die die Distanz zu ihm in ihr auslöste. Sie musste zu ihm. Jetzt. Sofort.

Sie griff nach dem Schlüssel ihres Mietwagens und stürmte hinaus in den Flur. Eilig zog sie ihren Parka und die Winterstiefel über. Bevor sie das Haus verließ, streckte sie noch einmal den Kopf in die Küche ihres Elternhauses. Drohend hob sie den Finger.

»Wir sind noch nicht fertig miteinander. Arbeitet auf, was ihr aufzuarbeiten habt. Und wenn ihr damit fertig seid, dann werden wir endlich wieder eine Familie. Vielleicht eine Familie mit geschiedenen Eltern, aber ich will verdammt sein, wenn ihr euch weiter aus dem Leben von mir und Thore heraushaltet. Damit ist jetzt Schluss!«

Ohne eine Antwort abzuwarten, rauschte Stina hinaus in den aufkommenden Wind und machte sich auf den Weg zu dem Mann, dem ihr Herz gehörte. Sie musste ihm erklären, dass sie verdammt großen Mist gebaut hatten! Sie beide!

Milde lächelnd legte Andrik sein Smartphone auf den Tisch in dem großen Esszimmer auf dem Anwesen seiner Eltern. Thore hatte ihm ein Foto aus seinem Ferienlager, wie Andrik es nannte, geschickt. Er schien sich bestens mit einem Husky angefreundet zu haben und hatte seinem besten Freund soeben verkündet, künftig auch einen haben zu wollen. Wie er das in Stockholm bewerkstelligen konnte, würde er sich noch überlegen.

»Nachricht von einer Verflossenen?« Erik, sein älterer Bruder, stupste ihn unter dem Tisch an den Füßen an und grinste spöttisch.

Andrik setzte sich aufrecht hin und stöhnte. »Sicher nicht.« Unwillkürlich dachte er an Stina. Thore hatte nicht erwähnt, was sie zu seinem Weihnachtsgeschenk gesagt hatte. Er hatte noch nichts von ihr gehört. Vermutlich war es vergebliche Liebesmüh gewesen, ihr ein letztes Mal den Weg weisen zu wollen. Andrik musste endlich akzeptieren, dass er seinen Plan falsch angegangen war.

Von Linus hatte er gestern Abend trotz Feiertag gehört, dass Sundgren noch am Weihnachtsmorgen die Unterlagen für die künftige Zusammenarbeit per Kurier zu ihnen geschickt hatte. Der Deal war fix. *Tillsammans* würde im nächsten Jahr so viel Geld verdienen, dass sie mehr Leute einstellen konnten, die sich wiederum um das Akquirieren internationaler Kunden kümmern konnten. Ihr Unternehmen würde groß werden. Richtig groß.

Erik beendete ihren Brunch, schob seinen leeren Teller von sich und musterte seinen jüngeren Bruder. »Was ist los mit dir? Solltest du nicht mit geschwellter Brust und stolz wie ein bunter Hahn durch das Haus laufen und jedem erzählen, wie großartig du den mürrischen Sundgren umgarnt hast?« Er grinste frech.

Ihre Eltern machten ihre vormittägliche Laufrunde am Strand, sodass Andrik allein mit seinem Bruder am Esstisch saß und die liebevollen Sticheleien über sich ergehen lassen musste. Daher erwiderte er: »Sprechen wir über *deine* Verflossenen. Irgendetwas mit Potenzial?«

Erik seufzte theatralisch und fuhr sich mit der Hand über das Gesicht. »Nichts, das auf internationaler Ebene mithalten kann.« Wieder grinste er seinen Bruder an, der nur lachend den Kopf schüttelte.

Schließlich schob Andrik seinen Stuhl zurück. »Ich glaube, ich brauche frische Luft.«

»Gute Idee! Heute Abend wird ordentlich gefeiert – schau bloß, dass du heute Mittag genügend isst, um trinkfest zu sein. Ich will, dass du jede Flasche probierst!«, rief Erik ihm gut gelaunt hinterher und noch im geräumigen Flur hörte Andrik das Lachen seines Bruders.

Er mochte nur zwei Jahre älter sein, als Andrik und manchmal war er gewiss anstrengend. Aber er liebte diesen Kerl. Er hatte ihn durch die schwersten Zeiten seines Lebens begleitet und sich nie darüber beschwert, wenn Andrik bei ihm Zuflucht gesucht hatte. Er hatte es ihm noch nicht mal übel genommen, als Andrik entschieden hatte, das Weingut zu verlassen. Erik war nicht glücklich darüber gewesen, doch hatte er seinen Bruder immer unterstützt. Wusste er doch, wie sich der eigentliche Grund von Andriks Weggang begründet hatte.

Andrik griff nach seinem Mantel und schlüpfte in seine Winterboots. Nach der Party im *Vasa Museum* hatte er noch in der Nacht die Idee für Stinas Weihnachtsgeschenk gehabt. Am nächsten Morgen war er bei Thore vorbeigefahren und hatte es ihm mit der Bitte, es Stina zu geben, überreicht. Dabei hatte er seinem besten Freund schließlich auch gestehen müssen, dass er dessen Bitte nicht erfüllen konnte. Als Andrik Thore Ende November einmal gefragt hatte, was sich dieser zu Weihnachten wünschen würde, war Thore herausgerutscht: »Ich will, dass Stina endlich nicht mehr traurig aussieht.«

Dieser Satz und Sundgrens Sperenzchen waren es gewesen, die Andrik zum Anlass genommen hatte, um dieses Event im *Vasa Museum* zu veranstalten. Er hatte einen Grund gebraucht, um zunächst unauffällig in Stinas Leben zu treten. Er hatte ihr helfen wollen, ihre Traurigkeit abzulegen. Doch stattdessen hatte er sie in einen Abgrund der Wut gestürzt. Er hatte versagt. Von Anfang an.

Nachdem er Thore dies gebeichtet hatte, hatte er sich auf den Weg nach Gotland gemacht. Er hatte die letzte Fähre, abends gegen acht, bekommen und war schließlich mitten in der Nacht beim Anwesen seiner Eltern angekommen.

Nachdem sie den 24. Dezember im engsten Kreis der Familie verbracht hatten, waren sie gestern bei seinen Großeltern zu Besuch gewesen. Heute Abend hatte letztlich noch die traditionelle Weihnachtsfeier ihren Platz, bei der zahlreiche Freunde und Bekannte von der ganzen Insel eingeladen waren. Andrik hatte, um ehrlich zu sein, überhaupt keine Lust auf die Party. Aber es war Tradition. Und er gehörte nun mal dazu. Er fuhr sich durch die Haare und spürte, wie sich die Sehnsucht in ihm breitmachte. Stina fehlte ihm so sehr. Ständig sah er ihren Schmerz vor seinen Augen. Einen Schmerz, den er nicht geschafft hatte zu lindern.

Energisch riss er die Tür auf und wollte gerade in die kalte Dezemberluft hinaustreten, als er in das Gesicht einer nur allzu bekannten Frau starrte.

»Oh. Ähm … Hej …« Ein unsicheres Lächeln bewegte sich über ihren Mund. Dann fuhr sie nervös mit der Zungenspitze über ihre Lippen.

Andriks Herzschlag setzte aus und begann sogleich, kräftig und aufgeregt wieder einzusetzen.

»Stina!« Seine Stimme klang furchtbar rau und er räusperte sich. »Was machst du hier? Wie bist du hergekommen?«

Sie wandte den Kopf um und deutete auf einen Audi A1, der in der Auffahrt seiner Eltern parkte. »Auto. Fähre. Wieder Auto.«

»Wer ist denn da?« Andrik hörte seinen neugierigen Bruder näher kommen und trat eilig einen Schritt vor die Tür. Er zog sie gerade von außen zu, als sein Bruder in Sichtweite kam. Er hoffte, Erik würde den Wink mit dem Zaunpfahl verstehen und sie in Ruhe lassen.

Vorsichtshalber zog er Stina auf die Auffahrt neben dem Haus, wo sie im Windschatten zu ihm aufblickte. Er war so glücklich, sie zu sehen. Gleichzeitig machte er sich Sorgen, was sie dazu gebracht haben mochte, hier aufzutauchen. Entgeistert registrierte er, dass sie das erste Mal seit dreizehn Jahren wieder auf Gotland war. Was hatte das zu bedeuten? War sie wegen ihm …? Nein. Sofort verbot er sich falsche Hoffnungen. Sie hatte deutlich gemacht, dass sie keine Zukunft zusammen haben konnten.

Thore hatte ihm eben noch eine Nachricht inklusive Foto geschickt. Ihm war also nichts zugestoßen. Warum also war sie hier? Sein Herz pochte schmerzhaft gegen seine Rippen. Schließlich wiederholte er die alles entscheidende Frage. »Was machst du hier, Stina?«

Kapitel 26

Unsicher biss Stina auf ihrer Unterlippe herum und wusste nicht, wo sie anfangen sollte. Sie hatte ihm so viel zu sagen und doch fehlten ihr die Worte. Anders als noch in Stockholm erkannte sie den bitteren Zug um seine Mundwinkel. Andrik litt. Ihretwegen. Diesen Schmerz hatte *sie* ihm zugefügt. Unabsichtlich. Und dennoch war sie die Ursache für die Augenringe auf seinem Gesicht. Mit Sicherheit. Sie hatte seine Liebe mit Füßen getreten und ihm schwerwiegende Vorwürfe gemacht. Aber statt sich zu wehren, hatte er sich das Paket aufgeladen und es mit sich herumgeschleppt. Warum, zum Teufel?

Entrüstung loderte in ihr auf, gepaart mit sorgenvoller Liebe. Der kalte Wind blies um Stinas Nase und ihr Blick glitt unwillkürlich Richtung Wasser. Das Anwesen von Andriks Eltern lag inmitten der Insel, umgeben von zahlreichen Weinreben. Das mächtige weiße Holzhaus mit rotem Dach war viel größer als die üblichen Schwedenhäuschen, die Touristen in Katalogen bestaunten. Vermutlich traf der Begriff *Villa* es eher. Dafür wirkte es dann aber doch wieder viel zu niedlich. Weißes Holz, rote Dachziegel, ebenso rote Fensterläden. Edle Spitzengardinen hingen hinter den Scheiben, während die typischen Holzbögen mit elektrischen Kerzen in jedem Fenster leuchteten. Ein großer Kranz aus Tannen und Efeu hing an der wuchtigen Haustür und kleine Wichtel aus Birkenholz hatten Stina schon auf der

Verandatreppe begrüßt. Hier wurde Weihnachten in elegant-gemütlichem Stil gefeiert.

Vom Anwesen, das sie wie ihre Westentasche kannte, glitt ihr Blick hinüber zu dem Bogen, der sich über den kleinen Vorhof erstreckte. Lichterketten rahmten das Gestell ein, über das sich im Sommer wilder Wein rankte. Dort hatten sie und Andrik sich das erste Mal geküsst. Mit dem Hauch von Lebkucheneis auf ihren Lippen.

Stinas Blick glitt weiter zum Meer. Von ihrer leicht erhöhten Position aus hatte man eine wundervolle Sicht auf das tiefe Blau, das die Insel umgab. Weiße Schaumkronen zierten die aufbrausende Dezembersee. Die Wolken hatten sich nun tatsächlich verzogen und ein klarer blauer Himmel wölbte sich über Gotland. Sie hatte den Ausblick immer geliebt.

Dort, wo im Herbst die Weinstöcke ihre reifen Früchte trugen, erkannte sie nun lediglich zurückgeschnittene Stämme, die von Schnee umgeben waren. Es hätte karg wirken müssen, doch für Stina mischte sich unter alle diese Dinge ein undefinierbarer Zauber.

Endlich wandte sie sich wieder an einen ungeduldigen Andrik.

»Ich will dich um Verzeihung bitten.« Ernst sah sie ihm in die grünen Augen, die sie ungläubig anstarrten.

»Wofür?«

Schmerz überkam sie. Schmerz, wie sie ihn vorher noch nie erlebt hatte. Diese Art war ihr gänzlich unbekannt. Es war dieser Schmerz, der einen traf, wenn man erkannte, wie viele Fehler man in seinem Leben gemacht hatte.

»Ich war heute Morgen bei meinen Eltern.«

Mehr sagte sie nicht. Nur diesen einen Satz. Doch er reichte, um Andrik seine Stirn in Falten ziehen zu lassen. Er antwortete nicht. Stattdessen wartete er ab.

Leise fragte sie: »Warum, Andrik? Warum hast du nichts gesagt?«

Sie sollte eine Krone beiseitelegen für jedes Mal, wenn sie diese Frage stellte. Es würde sicherlich bald schon für eine Waffel auf dem nächsten Weihnachtsmarkt reichen. Dessen war Stina sich sicher.

Andrik schwieg eisern, sodass Stina wieder das Wort ergriff.

»Ich weiß, dass du das *Livsmot* für Thore bezahlst.«

Andrik winkte ab. »Das ist nicht der Rede wert.«

Stina dachte an die Summen, die die Privateinrichtung jeden Monat kostete. Energisch widersprach sie ihm. »Das ist sehr wohl der Rede wert.« Sanft musterte sie ihn und spürte in jeder Faser ihres Körpers die unbändige Liebe zu diesem Mann. Doch nun galt es zunächst, das wohl größte Hindernis zwischen ihnen zu beseitigen.

»Ich weiß auch, dass es nicht deine Schuld war.« Tränen füllten ihre Augen, obwohl sie sich fest vorgenommen hatte, nicht zu weinen. So viel dazu.

Andrik schluckte schwer und räusperte sich. Er schloss die Lider und hob sie einen Moment später wieder an. In seinen Augen stürmte es. Gefühle brachen sich Bahn, die Stina nicht benennen konnte. Schmerz glitt über seine markanten Gesichtszüge und Reue, tiefe Reue.

»Dein Vater hat mir versprochen, dir nichts zu sagen.« Er wirkte aufgebracht.

»Ich habe ein Recht darauf, die Wahrheit zu wissen.«

»Die Wahrheit ist, dass es *meine* Schuld ist. Weil ich es nicht geschafft habe, Thore zurückzuhalten.« Er schüttelte vehement den Kopf. »Es *ist* meine Schuld.«

»Nein!«, rief Stina entsetzt. »Nein«, flüsterte sie und griff nach Andriks Händen. Seine starken Finger zu spüren, wie sie sich in ihre legten, gab Stina Mut. Nachdrücklich erklärte sie:

»Es war Thores Entscheidung. Du hättest ihn nicht davon abhalten können.« Sie lächelte traurig. »Das haben wir doch noch nie geschafft. Ganz egal, worum es ging. Er hat sich immer durchgesetzt, dieser Sturkopf.«

»In dieser Nacht hätte er sich aber nicht durchsetzen dürfen. Ich stand direkt neben ihm. Ich hätte …«

Auf einmal hob Stina ihre Hand und legte sie Andrik behutsam auf die Lippen, sodass er verstummte. Lange blickte sie zu ihm. Sie blinzelte gegen ihre Tränen an und mit brüchiger Stimme sagte sie: »Bitte sag, dass du mir verzeihen kannst.«

»Es gibt nichts zu verzeihen, Stina.«

Ängstlich meldete sich ihr Herz zu Wort. »Ich habe dir die letzten Wochen zur Hölle gemacht. Zu Unrecht.«

Ein fahles Lächeln glitt über Andriks Lippen. »Du hast mir das Glas mit schwarzen Oliven erspart und es auf eine Handvoll reduziert. Das war eigentlich sehr nett von dir.«

Stina schniefte und unterdrückte ein nervöses Lachen. »Sag, warum hast du es nie richtiggestellt? So oft hättest du Gelegenheit dazu gehabt.«

Wieder schüttelte Andrik den Kopf. »Du hast so unter deinen Erinnerungen gelitten, dass ich das Gefühl hatte, es wäre besser, wenn du jemanden hast, auf den du deine Wut richten kannst. Die Scheidung deiner Eltern …«

»Hatte andere Gründe, wie ich jetzt weiß«, unterbrach sie ihn.

Verwirrt musterte Andrik sie, fuhr dann jedoch fort, sich zu erklären. »Jedenfalls war ich sicher, dass du es nicht ertragen würdest, zu wissen, dass an all diesen schrecklichen Dingen nicht ich die Schuld trage, sondern …«

»… mein Bruder.« Stinas Herz schwoll an. So sehr, dass sie sich wunderte, wie klein es ihr halbes Leben über gewesen war. Die Mauern hatten es beinahe erdrückt und schier unmöglich gemacht, dass Stina etwas anderes empfand als Wut und Enttäuschung.

»Du hast so gelitten, Stina. Besonders, weil du nicht anerkennen wolltest, dass Thore trotz allem ein lebenswertes Leben führt. Da kann ich doch nicht kommen und sagen: Übrigens, Thore hat sich das alles selbst eingebrockt. Das konnte ich nicht. Ich hätte meinen besten Freund verraten. Und für dich hätte es doch alles nur noch schlimmer gemacht. Ich …« Er verstummte. Mit heiserer Stimme ergänzte er schließlich: »Lieber solltest du deine Wut auf mich richten, statt noch mehr daran verzweifeln, was damals geschehen ist. Thore bedeutet dir alles, das konnte ich nicht riskieren.« Ein Hoffnungsschimmer erschien in Andriks Augen. Vorsichtig legte er eine Hand auf Stinas Wange und sie genoss das Gefühl seiner Nähe. »Was hat dich nach Gotland getrieben? Doch nicht das plötzliche Verlangen danach, den eisigen Wind auf der Haut zu spüren.«

In ihrem Kopf ließ Stina den Weihnachtsabend Revue passieren. Sie dachte, an ihre Freunde, die alles getan hatten, um sie dazu zu zwingen, die Realität aus der richtigen Perspektive zu betrachten. Und sie dachte an Thore, der ihr auf wundersame Weise deutlich gemacht hatte, dass er in der Tat ein glückliches Leben führte.

»Du hattest recht«, meinte sie deshalb zu Andrik.

»Womit?« Er schien die Luft anzuhalten.

»Ich habe Thore abgesprochen, glücklich zu sein. Dabei war ich es, die unglücklich war. Nur habe ich das nicht wahrhaben wollen. Nicht in dem Ausmaß.« Sie holte tief Luft und teilte auch die letzte Erkenntnis mit Andrik, die sie zu dieser Reise nach Gotland hatte aufbrechen lassen. »Eure Weihnachtsgeschenke haben mir die Augen geöffnet. Thore hat mir einen riesigen Mittsommerstern geschenkt. So habe ich ihn immer bei mir, auch wenn er oder ich woanders sind. Während ich ihm abgesprochen habe, glücklich zu sein, hat er versucht, mich beständig vom Gegenteil zu überzeugen. Und dann deine Fotos. Als ich das alte Bild auf deinem Handy gesehen habe, habe ich nur den Schmerz gespürt. Ich habe gedacht, wie anders du doch mit all dem umgehst. Das hat mir Angst gemacht. Und es hat mich verzweifeln lassen, weil ich es nicht hinbekomme. Die Bilder dann jedoch so nebeneinander zu sehen, das hat irgendwie einen Schalter in meinem Kopf umgelegt. Ich habe zum ersten Mal das gesehen, was du siehst.« Sie lächelte gequält. »Nachdem Thore mir zuvor gründlich den Kopf gewaschen hatte.«

»Hat er nicht?!« Erstaunt musterte Andrik sie.

»Doch. Und meine besten Freunde ebenfalls.« Stina überlegte einen Moment. »Ich glaube, ich kann viel von dir lernen, wenn es um den Umgang mit Thore geht. Du behandelst ihn ... ganz normal. Ich war immer stolz darauf, dass ich das auch mache. Ungeachtet seiner mentalen Verfassung nach der schweren Hirnblutung. Aber ...« Sie schüttelte den Kopf. »Ich habe ihn wie ein Kind behandelt, das man schützen will, obwohl es diesen Schutz gar nicht benötigt.« Tapfer nickte sie. »Ich will es besser machen als bisher. Thore ist mein Bruder. Und ich liebe ihn. Aber er ist nicht mein Leben.«

»O Stina ...« Sanft strich Andrik mit seinem Daumen über ihre kalte Wange.

Vorsichtig lächelte sie. »Ich weiß, ich hab eine ganze Weile dafür gebraucht. Aber ... wirklich, ich hab's endlich verstanden. Deshalb bin ich hergekommen. Ich musste mit meinen Eltern endlich darüber sprechen, wie sehr sie uns im Stich gelassen haben und was das mit mir gemacht hat.«

Bewundernd schaute Andrik ihr in die Augen. »Das muss schwer gewesen sein.«

Stina hob die Brauen. »Nicht so schwer wie das, was sie mir erzählt haben.«

Fragend blickt er sie an, doch darüber würde sie später mit ihm reden. Etwas anderes war jetzt wichtiger und so fuhr sie fort: »Aber ich bin auch ... wegen dir hier.« Sie schluckte. »Doch nach dem, was ich heute Morgen erfahren habe, habe ich Angst, dass es dafür vielleicht zu spät ist.« Sie wollte zu einer Erklärung ansetzen, aber Andriks liebevoller Gesichtsausdruck brachte sie augenblicklich zum Schweigen.

Ernst betrachtete er sie und legte auch die andere Hand auf ihre Wange. »Ich liebe dich, Stina. Ich will, dass du glücklich wirst. Dafür wird es nie zu spät sein.«

Sie schmiegte sich an seine weiche Haut und schloss für einen Moment die Augen. Dann öffnete sie sie, und in ihnen lag all die Liebe, die sie für diesen Mann mit Beschützerkomplex vor sich empfand. Sie lächelte und er kam langsam ein Stück näher, sodass er schließlich ganz dicht vor ihr stand. Sie ertrug die hartnäckige Sorge in seinem Blick nicht länger und erlöste ihn.

»Und deshalb liebe ich dich.« Eine Träne kullerte über ihre Wange. » Ich liebe dich. Und ich will nie wieder ohne dich sein. Bitte verzeih mir meine Wut und ...«

Stina verstummte, als sie Andrik lächelnd aufatmen sah. Seine Sorge verflog und an ihrer Stelle ließ sich ein unheimlich sanfter Ausdruck nieder. Doch viel mehr konnte sie in seinem Gesicht nicht ablesen. Denn im nächsten Moment neigte er bereits den Kopf zu ihr und verschloss ihre Lippen mit einem Kuss, der so süß war wie die Erleichterung, die sich endlich zu ihrem Herz gesellte. Die dunklen Gewitterwolken waren für immer fort. Sie war auf Gotland. Sie war zu Hause. Bei dem Mann, den sie schon ihr halbes Leben liebte und den sie endlich ohne Wut, Enttäuschung oder Hass in ihre Seele blicken lassen konnte.

Ein Schauer lief Stina über den Rücken. Ein wohliger Schauer. Einer, der ihr sagte: Das ist Glück, Stina. Das ist das Leben, das an deine Tür klopft und dich bittet, ihm endlich eine Chance zu geben. Oh, wie sehr wollte sie all dem eine mehr als verdiente Chance geben!

Ein Lächeln glitt über ihre Lippen. Andrik schien es zu spüren, denn er lehnte sich nur ein winziges Stück zurück, um leise zu fragen: »Was hast du?«

Stina fühlte das Leuchten, das ihre Seele nach einer langen Phase der Dunkelheit umgab. Obwohl sie Andrik am liebsten nie wieder losgelassen hätte, entfernte sie sich von ihm. Irritiert blickte er ihr nach, als sie eilig zu ihrem Mietwagen lief, die Beifahrertür aufriss und schließlich mit einem kleinen Päckchen zu ihm zurückkehrte.

Sie hielt es ihm entgegen. »Frohe Weihnachten.«

Erstaunt nahm Andrik das Geschenk an und machte es auf. Wenige Sekunden später hielt er eine schwarze Mütze mit dem Logo des *Vasa Museums* in den Händen. Verwundert musterte er Stina. »Eine Mütze?«

Lachend schlang Stina die Arme um seinen Nacken und drückte ihm einen Kuss auf den Mund. Dann meinte sie grinsend: »Ich will mein Glück mit dir teilen, wenn wir gemeinsam in den Sternenhimmel blicken. Aber ich ertrage es nicht länger, dass du selbst bei Minustemperaturen ohne Mütze durch die Gegend spazierst!«

Voller Zuneigung schmunzelte Andrik. An ihren Lippen murmelte er: »Willst du heute Nacht mit mir und meiner neuen Mütze die Sterne über Gotland beobachten?«

Glücklich nickte Stina. »Deshalb bin ich hier.«

»Und ich werde dich nie wieder gehen lassen.« Er fuhr zärtlich über ihre Lippen. »Nie wieder.«

Erleichtert lächelte Stina. »Das hatte ich gehofft.«

Epilog

»Kann mir bitte jemand sagen, wo sich die Braut herumtreibt?«
Malin lief kopfschüttelnd durch den Garten von Siljans Haus
in einer der vielen Buchten von Stockholms Schärengarten. Ihr
luftiges türkises Sommerkleid schmeichelte ihrer eher geringen
Größe perfekt.

Lachend kam Stina ihrer Freundin entgegen. »Alva war der
Meinung, sie müsse sich noch schnell um Getränkenachschub
kümmern.«

»Dafür haben wir Siljan doch extra Catering-Personal bezahlen
lassen!« Malin grinste frech, während sich der angesprochene
Bräutigam mit einer Weinschorle in der Hand zu ihr umdrehte.
Er trug eine beige Anzughose und ein weißes Hemd, dessen
Ärmel bis zu den Ellbogen aufgerollt waren.

»Als ob Alva es ertragen würde, die Kontrolle abzugeben.«
Schmunzelnd nahm er einen Schluck von seinem spritzigen
Getränk und blickte sich suchend um. »Aber jetzt mal ehrlich,
wo ist meine Fast-Frau?«

Ein Schmunzeln zierte Stinas Lippen, als sie den wohl entspanntesten Bräutigam dieser Welt betrachtete. Er und Alva
hatten wirklich Ernst gemacht und ihre Mittsommer-Hoch-
zeit so unaufgeregt wie irgend möglich geplant. Am Ende war
aus *den paar mehr Blumen* dann doch noch ein professionelles
Catering-Unternehmen geworden, das eine Reihe runder Tische in den wundervollsten Sommerblumen eingedeckt hatte

und bereits das Kuchenbuffet vorbereitete. Aber abgesehen davon war es wirklich schlicht. Die Trauung selbst würde in wenigen Minuten unten am Bootssteg stattfinden. Eine besonders schöne Geste, wie Stina fand. Denn dort hatten Alva und Siljan vor zwei Jahren auf eine ganz besondere Art Abschied von Alvas Großvater genommen. Ein kleiner Anker irgendwo dort auf dem Grund erinnerte daran und verlieh allen das Gefühl, dass Johan Ekström dieser Hochzeit wie selbstverständlich beiwohnen würde. Nur eben anders. Von Walhalla aus.

Rund dreißig Menschen tummelten sich auf dem grünen Rasen vor dem typisch roten Holzhaus. Nur die engsten Freunde waren heute eingeladen, um mit Alva und Siljan den Bund fürs Leben zu feiern. Darunter auch Malin, Stina und natürlich auch Andrik und Thore.

Während die Hochzeitsplanungen in die Endphase übergegangen waren, hatte Siljan vor nur vier Wochen seinen neuesten Thriller veröffentlicht. Das Buch führte bereits wieder die Bestsellerlisten an, wie Alva jedem stolz grinsend erzählte. Stina freute sich unheimlich, dass der Erfolg ihres Freundes weiterhin anhielt.

Alva und Malin hatten *Ekströms Bokhandel* nach wie vor äußerst gut im Griff und würden auch im kommenden Halbjahr wieder viele spannende Veranstaltungen in der kleinen Buchhandlung stattfinden lassen. Stina hatte schon einige ihrer Pläne verlauten hören und war sich sicher, dass sie sich vor begeisterten Besuchern nicht würden retten können.

Stinas Blick fiel auf Andrik, der vom Haus aus auf sie zulief. Er trug eine dunkle Anzughose und ebenfalls ein weißes Hemd. Er schenkte ihr dieses ganz spezielle Lächeln, das er nur für sie reserviert hatte, und Stina spürte das wohlige Kribbeln in ihrem Bauch. Sie hatte richtig entschieden, sich vergangenes Weihnachtsfest endlich von ihren schmerzhaften Erinnerungen loszusagen, die Perspektive zu wechseln und eine Art Neustart zu wagen. Die vergangenen sechs Monate gehörten zu den schönsten ihres Lebens.

Obwohl so viele Jahre vergangen waren, hatte sich die Magie zwischen ihr und Andrik nicht verändert. Jetzt, wo sie es zuließ, spürte sie, dass der Zauber wohl eher noch stärker geworden war. Sie mussten einander nur ansehen und wussten bereits, was der andere dachte oder fühlte. Sie genossen jede einzelne noch so kleine Berührung oder Liebkosung und schenkten sich gegenseitig Geborgenheit und Sicherheit. Letzteres half Stina ganz besonders dabei, einen neuen Umgang mit ihren Erinnerungen zu finden.

Sie lernte, wie sie dem Schmerz aus dem Weg ging und sich stattdessen auf die guten Dinge konzentrierte. Eine völlig neue Art der Wertschätzung entfaltete sich in Stinas Leben und dafür war sie ungemein dankbar.

Stinas Blick glitt hinüber zu Thore, der neben Andrik auf sie zugelaufen kam. Er trug eine blaue Hose und ein dazu passendes Poloshirt. Bei einer Gartenhochzeit war eben alles erlaubt. Thore war immer noch ein wichtiger Teil von Stinas Leben. Natürlich! Aber sie hatte endlich gelernt loszulassen. Und das war das Beste, was sie hätte tun können. Es half ihr zu erkennen, dass Thore wirklich und wahrhaftig glücklich war. Und das wiederum bescherte Stina den Auftrieb, den sie benötigte, um sich ruhigen Gewissens um ihr eigenes Glück zu kümmern.

Und das hatte sie getan. Nicht nur, dass sie ihr winziges Apartment gegen das Loft von Andrik eingetauscht hatte – obwohl es vom *Livsmot* wesentlich weiter weg war. Nein, sie hatte sich im Januar so stark auf ihr Forschungsprojekt in Nordnorwegen konzentriert, dass sie doch tatsächlich gemeinsam mit ihren Kollegen auf eine ganz neue Bauart von Wikingerschiffen gestoßen waren. Nachdem sie einmal den Kopf freigehabt hatte, hatten sich die Zusammenhänge wie von selbst ergeben. Eine weitere Forschungsreise im März hatte schließlich die Annahmen bestätigt. Ein großartiger Erfolg für Stinas Karriere. Fortan hatte sie sich vorgenommen, ihren Fokus stärker auf die historische Forschung zu setzen.

Katja, ihrer Chefin gefiel das einerseits, denn damit stieg ja auch die Reputation des Museums. Andererseits forderte Stina mehr Zeit für diese Projekte ein. Das fand die Direktorin des *Vasa Museums* schon wieder nicht mehr so erbaulich, ließ es Stina aber durchgehen. Ihr Erfolge sprachen schließlich für sich.

Ein besonders wichtiger Teil ihres persönlichen Glücks – und das hätte Stina nun wirklich nicht erwartet – hing doch tatsächlich mit ihren Eltern zusammen. Nach diesem äußerst aufschlussreichen Gespräch Ende Dezember hatte Stina begonnen, vermehrt Zeit auf Gotland zu verbringen. Ihre Eltern, die sich erst wenige Monate zuvor einander wieder angenähert hatten, hatten sie mit offenen Armen empfangen. Und so hatte sich eine Art Routine daraus entwickelt, dass Stina und Thore für ein Wochenende pro Monat auf die Insel kamen.

Während Stina ihre Eltern verstehen lernte, stellten die sich ihrem Versagen und arbeiteten an einem besseren Verhalten für die Gegenwart und Zukunft. Thore freute sich ohne viele Nachfragen über den vermehrten Kontakt. Zumal ihre Eltern mithilfe von Andriks Unterstützung ein besseres Gefühl für den Umgang mit ihrem Sohn erhielten. Es war ein bisschen so, als würde jeder von jedem lernen, um gemeinsam wieder so etwas wie eine funktionierende Familie zu werden.

Es war nicht immer leicht, aber alle wollten es, und deshalb ging es voran. Nächstes Wochenende würden Thore, Andrik und Stina wieder nach Gotland fahren. Und was Andrik noch nicht wusste, war, dass sie einen Maklertermin ausgemacht hatte. Sie wollte Andrik ein Haus zeigen. Sie waren so häufig auf der Insel, sie brauchten dort für diese Aufenthalte endlich ihr eigenes Zuhause. So, wie es immer hätte sein sollen.

Derzeit waren sie häufig bei Andriks Eltern über Nacht zu Gast. Das war insofern wunderschön, als die drei gern gesehene Besucher auf dem Anwesen waren. Aber manchmal war ein wenig Privatsphäre dann doch verlockend. Nur für sie und Andrik.

Und Thore? Er war glücklich. Er hatte sich dieses Jahr sogar dafür qualifiziert, mit dem schwedischen Paralympics-Team Tischtennis zu trainieren. Ob er also vielleicht bald selbst bei den großen Spielen teilnehmen würde? Möglicherweise. Er schien wirklich ein Ausnahmetalent zu sein. Wer hätte das geahnt? Gib dem Mann einen Schläger und er erobert die Welt. Ganz allein und ohne Hilfe. Stina hätte nicht stolzer sein können.

Während Malin und Siljan sich nun auf den Weg Richtung Bootssteg machten, wo in wenigen Minuten die Trauung stattfinden sollte, raffte Stina ihr bodenlanges Kleid mit Sonnenblumendruck zusammen und wollte im Haus nach Alva sehen.

»Ich guck mal eben, wo die Braut bleibt!«, rief Stina. Doch Andrik, der sich soeben zu ihr gesellt hatte, griff nach ihrer freien Hand und hielt sie, wo sie war. Thore gab ihr im Vorbeigehen einen brüderlichen Kuss auf die Wange und lief lachend zu Malin und Siljan hinüber.

»Was ist?« Fragend wandte Stina sich an Andrik, der sie zärtlich zurückhielt.

»Gib Alva noch einen Moment.« Andriks grüne Augen funkelten und Stina musste unwillkürlich lächeln. Dieser Mann, der immer eine Lösung parat hatte, ganz gleich, wie das Problem aussah, hatte im Frühjahr endlich seinen ersten internationalen Kunden an Land gezogen. Ein Software-Unternehmen, das weltweit agierte und auf Top-Mitarbeiter angewiesen war, hatte sich Hilfe suchend an *Tillsammans* gewendet, denn ihnen liefen die Angestellten davon. Auf einen Schlag hatte die Firma von Andrik und Linus zehn neue Mitarbeitende eingestellt und so wie es schien, verzeichnete ihr Konzept bereits erste Erfolge. So beeindruckend, dass erst gestern das nächste namhafte Unternehmen mit Sitz in San Francisco an ihre Tür geklopft hatte. *Tillsammans* war auf dem besten Weg, international erfolgreich zu werden. Mit einem Lächeln dachte Stina an die Demut, die sie gestern Abend in Andriks Augen gesehen hatte, als er ihr davon erzählt hatte.

Andrik war zu gut für diese Welt, hatte Stina beschlossen. Er war nicht nur fair, liebevoll und ungemein zuvorkommend, sondern allen voran auch bodenständig und nahm seine Erfolge nicht für selbstverständlich. Stina liebte es zu sehen, wie er seinen Weg überzeugt, aber voller Dankbarkeit ging.

Lachend versuchte sie nun herauszufinden, was er im Schilde führte. »Wie bitte?«

Er lächelte verschwörerisch. »Gib Alva noch einen Moment.«

Irritiert runzelte Stina ihre Stirn und kniff ihre Augen zusammen. »Wieso?«

Andrik zog Stina an sich und ließ seine Hände über den weichen, fließenden Stoff ihres Kleides gleiten. Sofort verspürte sie dieses Prickeln, das seine Berührungen stets in ihr auslösten. Schmunzelnd neigte er sich zu ihr hinab und streifte ihre Lippen mit den seinen. An ihrem rechten Ohr murmelte er schließlich. »Möglich, dass Alva gerade unpässlich ist.«

Amüsiert, aber liebevoll schubste Stina ihn von sich. »Was soll das denn bedeuten?« Sie ließ einen vielsagenden Blick über Andrik schweifen.

Der kam ihr in der aufkommenden Sommerbrise wieder ein Stück näher und neigte den Kopf erneut zu ihr hinab. An ihrem Ohr flüsterte er leise: »Möglicherweise gründen heute nicht nur zwei Menschen eine neue Familie.«

»Ich verstehe nicht …«

»Sie werden heute nicht zu zweit auf dem Bootssteg stehen, Stina.« Andrik lächelte. »Sie werden zu dritt sein. Nur weiß das noch keiner.«

»Nein?!« Stina riss die Augen auf und musste sich sehr bemühen, nicht sofort auszuflippen. »Woher weißt du das?!«

Andrik deutete mit dem Kopf hinauf zum Haus. »Hab sie aus Versehen dabei ertappt, wie sie eben Bekanntschaft mit der Kloschüssel gemacht hat.«

»Aber sie hat doch ihr Kleid schon an!« Stina schlug die Hände vor dem Mund zusammen. Als sie auf Andriks verständnislosen Blick traf, musste sie sich selbst korrigieren. »Ja, das ist jetzt vielleicht wirklich nicht das Wichtigste …« Sie zappelte in seinen Armen aufgeregt auf und ab. »Woher weißt du, dass sie sich nicht den Magen verdorben hat?«

»Ich habe sie gefragt.«

»Du hast *was*?«

Er grinste. »Ich habe sie gefragt.«

Stina lachte. »Und weil sie furchtbar schlecht im Lügen ist …«

Sie musste gar nicht weitersprechen, denn Andrik nickte bereits. Dann wurde er plötzlich ernst. »Du darfst es aber niemanden sagen. Nicht mal Siljan weiß es.«

»Aber …«

»Nein, Stina. Nein. Das ist ein Geheimnis.«

Stina wollte beleidigt gucken, doch es ihr gelang ihr nicht. Die Freude für ihre Freunde war einfach zu groß. Strahlend fiel sie Andrik um den Hals und drückte ihm einen Kuss auf die Lippen, der all die aufregenden Gefühle ineinander verschmelzen ließ.

Ein wenig außer Atem lehnte sie sich zurück und funkelte ihn an. »Ich muss dir etwas sagen, Andrik.«

Für einen Moment geschockt, schüttelte er den Kopf. »Nein … oder? Da ist nicht …«

»Nein!« Stina lachte. »Ich bin nicht schwanger.« Sie schmunzelte. »Aber ich bin glücklich.«

Andrik seufzte und lehnte seine Stirn gegen ihre. »Ich auch.« Dann grinste er. »Aber wenn wir schon mal beim Thema sind, was hältst du von …?«

Plötzlich setzte Musik ein und unterbrach Andrik. Alle Augen richteten sich auf die Veranda des Hauses, auf der Alva in einem schlichten weißen Sommerkleid stand, einen Kranz aus Margeriten, rotem Klee und wilden rosa Lupinen auf den blonden Locken. Ihre Lippen verzogen sich zu einem Lächeln, dessen Strahlen bis hinauf zu ihren Augen reichte und kaum vermuten ließ, dass sie vor wenigen Minuten noch Schwangerschaftsübelkeit verspürt haben soll. Eigentlich sollte Siljan unten am Bootssteg auf sie warten, doch wie immer hatten diese beiden Menschen ihr eigenes Skript, dem sie folgten. Und so kam der Bestsellerautor in großen Schritten zu ihr hinaufgelaufen, hob sie mit einer Leichtigkeit hoch und trug sie lachend hinunter zum Wasser.

Als er Alva schließlich auf dem Boden absetzte, drehte Stina sich zu Andrik und stellte sich auf die Zehenspitzen. Dann flüsterte sie lächelnd: »Ich bin dabei. Egal, was es ist.«

Danksagung

Eigentlich stand »Mittsommersterne« dieses Jahr gar nicht auf meiner Agenda, aber dann meinte jemand zu mir, wenn ich im Sommer »Mittsommerbriefe« veröffentliche, dann schreit das doch geradezu auch nach einem Weihnachtsroman. Und was soll ich sagen? In meinem Kopf entstand sofort die passende Geschichte dazu. Und so kam es viel schneller als gedacht zu Band II der Reihe »Schweden im Herzen«. Danke, Martina! Danke, Michael!

Meine Schweden-Reihe ist ein besonderes Projekt, denn ich veröffentliche diese Romane ganz ohne Verlag im Selfpublishing. Das waren für mich in diesem Jahr ganz neue und unglaublich spannende Erfahrungen. »Mittsommersterne« erfährt eine ganz besondere Ehrung. Es wird für einen Monat mit einer gedruckten Auflage in einigen deutschlandweiten Buchhandlungen zu finden sein. Diese unglaublich tolle Chance verdanke ich dem Team von tolino media, die das mit ihrem »Lieblingsbuch« möglich machen. Danke für euren Einsatz und euer Vertrauen in meine Arbeit! Danke, tolino media!

Zu Beginn von »Mittsommersterne« habe ich meine erste echte Schreibkrise durchlebt. Ein Drittel des Buches war geschrieben, aber meine Protagonisten haben sich auf einmal so verselbstständigt, dass sie einen Dialog führten, den sie eigentlich erst zum Schluss hätten führen dürfen. Generell fühlte sich die Stimmung eher düster und wenig weihnachtlich an. Und so kamen schnell hartnäckige Selbstzweifel auf. Bin ich es falsch angegangen? Ist die Geschichte nicht stark genug? Werden meine Leser:innen das Handeln und die Gefühle der Protagonisten nachvollziehen können oder zerreißt man sie und damit auch mich in der Luft? Bin ich überhaupt gut genug als Autorin? Werde ich dem Erfolg und den Erwartungen nach »Mittsommerbriefe« mit diesem zweiten Band der Reihe gerecht? Eine wundervolle junge Frau hat mich aus diesen schrecklichen Zweifeln herausgezogen und mir ganz viel Mut gemacht, meinen Weg zu verfolgen und weiterzumachen. Gleichzeitig hat sie mir mit ihrem ehrlichen Feedback zu der gesamten Geschichte wahnsinnig viel weitergeholfen. Und ja, es tut mir wirklich leid, dass sie mir im ersten Entwurf immer all meine Gedankenstriche anstreichen muss. Aber das macht sie wirklich gut. Danke, Alex!

Ebenso wichtiges Feedback für die Geschichte von Stina und Andrik bekam ich wie immer auch von meiner Schwester. Was würde ich ohne diese fantastische Frau an meiner Seite nur tun? Auf alle Fälle mit mir hadern und damit niemals aufhören. Umso mehr deshalb: Danke, Annika!

Am meisten unter meinen Schreibeskapaden zu leiden hat aber wohl am Ende des Tages mein Mann. Er durchlebt jedes Hoch und jedes Tief mit mir. Er baut mich auf und ist da, um mich auf den Boden der Realität zu stellen, und er macht mir immer wieder Mut, meine Träume zu verfolgen. Ohne ihn gäbe es all diese Romane nicht, denn ich würde mich vermutlich nicht trauen, auch nur einen davon umzusetzen oder gar versuchen, davon zu leben. Danke, Stefan!

Für »Mittsommersterne« habe ich viel Zeit von der besten Freundin meiner Schwester in Anspruch genommen, denn für Thores Unfall und dessen Folge habe ich einiges an medizinischem Hintergrundwissen benötigt. Immer wieder habe ich diese kluge Frau mit Fragen bombardiert, die sie mir geduldig beantwortet hat. Zwischendurch hat sie sogar selbst ihre Kollegen und Kolleginnen aus allerhand Fachrichtungen damit behelligt, um mir exaktes Feedback zu all meinen Anliegen geben zu können. Danke, Babsi! Danke auch den lieben auskunftsfreudigen Kollegen von Babsi!

Als ich die E-Mail erhielt, dass »Mittsommersterne« für einen Monat in die lokalen Buchhandlungen kommt, ging damit aber auch die Info einher, dass ich meinen geplanten Veröffentlichungstermin um einen Monat vorziehen müsste. Aus einem bequemen Puffer wurde plötzlich eine Nachtschicht. Und noch eine. Und noch eine. Ein unglaublich großes Danke geht an meine wundervolle Coverdesignerin, die mal eben für mich Zeit freigeschaufelt und sich kurzfristig um Buchsatz und Umschlag gekümmert hat. Danke, Grit!

Gleiches gilt für das Redaktionsbüro Feldbaum. Da wurde absolut spontan ein Platz für mich vorgezogen und das Korrektorat möglich gemacht, damit mein Traum auch wirklich in Erfüllung gehen kann. Danke!

Auch möchte ich all den fleißigen Schwestern, Pflegern, Ärzten und Ärztinnen, Physio- und Psychotherapeuten und all jenen danken, die sich beruflich der Pflege und Hilfe anderer verschrieben haben. Diese Berufe und die Menschen, die sie ausfüllen, sind so wichtig. Für jeden von uns. Danke für euer Herz, eure Kraft und eure Hingabe!

Und dann ist da noch jemand sehr Wichtiges, der für dieses Buch einen entscheidenden Beitrag geleistet hat. Ihr. Meine Leser:innen. Ihr seid fantastisch! Ihr kauft meine Bücher, macht Werbung dafür und begeistert andere von meinen Geschichten. Ihr seid die Besten. Danke, dass ihr meine Bücher lest und immer mehr davon haben wollt. Danke!

Über die Autorin

Madita Tietgen wurde 1995 als Jüngste von sechs Geschwistern in München geboren. Nach dem Abitur studierte sie Kulturjournalistik und absolvierte im Rahmen dessen unter anderem Praktika bei der WELT und dem ZDF in New York. Im Anschluss arbeitete sie einige Jahre als Redakteurin in einer Kommunikationsagentur.

Den Schritt zur nebenberuflichen Autorin wagte sie im Sommer 2021, indem sie zunächst »Zimtfieber«, Band 2 der Reihe »Irland – Von Cider bis Liebe«, via Selfpublishing veröffentlichte. Kurz darauf nahm der Zeilenfluss Verlag die junge Autorin mit ihrer Irland-Reihe bei sich auf. Seit Januar 2022 hat sie es mit ihren bisher erschienenen Romanen jedes Mal auf die E-Book-Bestsellerlisten aller bekannten Buchhändler geschafft. Mit der Reihe »Schweden im Herzen« beginnt nun ein neues Kapitel ihrer Autorinnenreise.

Aktuelle News zu anstehenden Veröffentlichungen und exklusives Bonusmaterial gibt es auf ihrer Website sowie in ihrem Newsletter. Jetzt anmelden unter maditatietgen.com!

Folge Madita Tietgen auf Instagram für spannende Einblicke in ihren Arbeitsalltag: @maditatietgen

Weitere Bücher der Autorin

Mittsommerbriefe

Schweden im Herzen | Band I

Sag mir, was du liest, und ich sage dir, wen du liebst

Was macht eine junge Frau, wenn sie ihren geliebten Großvater an einen Herzinfarkt verliert, von ihm eine verstaubte Buchhandlung in Stockholms Innenstadt vererbt bekommt und feststellt, dass der Laden kurz vor der Pleite steht?

Genau, sie wird kreativ. Und so beginnt Alva, Speeddatings der besonderen Art zu veranstalten: Sag mir, was du liest, und ich sage dir, wen du liebst.

Mit einem Teilnehmer scheint es allerdings wie verhext zu sein. Trotz vielversprechender Kandidatinnen wird Alva ihn einfach nicht mehr los. Hartnäckig sucht er ihre Nähe, obwohl er gleichzeitig den Eindruck vermittelt, viel lieber woanders zu sein.

Das Problem dabei: Ihr Herz beginnt bald, unwissend über die Zeilen zu hüpfen, die der eigentlich doch nicht so unbekannte Siljan über Alva schreiben wird.

Als wäre das nicht genug, findet Alva nach dem Tod ihres Großvaters ein Dutzend Briefe, die ihr Leben auf den Kopf stellen – der Beginn eines unerwarteten Mittsommers.

Der Auftakt der neuen Liebesroman-Reihe »Schweden im Herzen« von Bestsellerautorin Madita Tietgen lädt zum Träumen ins sommerliche Stockholm ein.

Apfelfieber

Irland – Von Cider bis Liebe | Band I

Zwei verfeindete irische Familien und ein Job, der Clare mit ihrem Erzfeind zusammenführt – unter diesem Druck entsteht nicht nur großartiger Cider, sondern es kommt auch zu ungewollten Gefühlen …

Clare O'Sullivan bekommt eine letzte Chance, sich ihren Traum vom Leben als Autorin zu erfüllen. Der Auftrag: Sie soll die Biografie von James Arthur Byrne schreiben. Ihm gehört die größte Cider-Brauerei Irlands und er ist zudem auch noch der begehrteste Junggeselle des Landes – und der Mensch, den Clare am meisten auf dieser Welt verachtet. Denn ausgerechnet er hat vor zehn Jahren bei Clares Vater einen gefährlichen Herzinfarkt ausgelöst, an dem dieser beinahe gestorben wäre. Widerstrebend nimmt Clare die Herausforderung an, ohne zu ahnen, dass sie die nächsten Wochen nicht nur mit James arbeiten, sondern auch zusammenleben muss. Doch neben hitzigen Streitereien steigt auch Clares Temperatur in schwindelerregende Höhe, sobald James in ihrer Nähe ist …

Zimtfieber

Irland – Von Cider bis Liebe | Band II

Im alten Café ihrer Granny riecht es nicht nur nach den köstlichsten Leckereien – es liegt auch Liebe in der Luft. Und Mara kann diesem Duft unmöglich widerstehen …

Mara McMillan ist ein Taugenichts – zumindest in den Augen ihrer Familie. Als Maras Großmutter und damit einzige Fürsprecherin stirbt, erbt die junge Irin das Café ihrer Granny. Dieses liegt zwar perfekt in der Dubliner Innenstadt, ist jedoch auch hoch verschuldet. Doch Mara entschließt sich gegen den Verkauf der Immobilie und für die Wiedereröffnung des Cafés, denn für sie ist es die Chance, sich endlich zu beweisen! Tatsächlich blüht Mara zwischen Kaffee und Zimtschnecken auf. Allerdings scheint nicht jeder glücklich darüber zu sein, denn fortan werden hinterhältige Anschläge auf das Café verübt. Gut, dass Mara mit der Unterstützung von Cliff Maguire, dem attraktiven Pub-Besitzer von gegenüber, rechnen kann. Doch auch Cliff verfolgt seine eigenen Ziele und schlägt Mara schließlich einen unmoralischen Deal vor. Nun hat Mara ein ganz anderes Problem: Wie soll sie sich auf die Rettung ihres Cafés konzentrieren, während Cliff ihr immer näherkommt?

Honigfieber

Irland – Von Cider bis Liebe | Band III

Tanzen ist ihr Leben. Doch was passiert, wenn Aeryn die Bühne gegen Apfelbäume, Bienenstöcke und einen gut aussehenden Witwer tauscht?

Aeryn ist der Star der weltweit erfolgreichsten Irish Dance Show – bis ihr Freund in einem Interview mit ihr Schluss macht, ihren Ruf ruiniert und mit ihrem Geld abhaut. Zu allem Überfluss wird sie deswegen von ihrem Traumjob suspendiert. Auf ihrer Flucht aus Dublin und vor der Klatschpresse rettet sie dem außergewöhnlichen Liam O'Sullivan das Leben. Der Fünfjährige ist seit dem Tod seiner Mutter stumm und findet in ihr eine Bezugsperson. Aeryn beschließt, sich für die Zeit ihrer Suspendierung um Liam zu kümmern. Allerdings schleicht sich nicht nur Liam in ihr Herz, sondern auch sein attraktiver Vater Cillian bringt sie zwischen Äpfeln und Honig mit seinen Blicken um den Verstand. Doch Aeryn weiß, dass sie ihr Herz nicht zu sehr öffnen sollte, schließlich sind die O'Sullivan-Jungs nur eine Verschnaufpause von ihrem echten Leben im Rampenlicht … oder?

Limettenfieber

Irland – Von Cider bis Liebe | Band IV

Zwischen süß-sauren Limetten-küssen und bitteren Geheim-nissen macht sich Rachel auf die Suche nach ihrer Vergangen-heit.

Als Rachel völlig unerwartet eine Nachricht ihres bisher un-bekannten Onkels Angus O'Neill erhält, ist die Aufregung groß. Wird sie endlich er-fahren, warum sie als Waise im Heim aufwuchs und wer ihre leiblichen Eltern sind? Kann ihr Onkel Licht ins Dunkel bringen?

Voller Hoffnung macht sie sich auf den Weg zu den atem-beraubenden Cliffs of Moher, den Steilklippen an der Westküste Irlands. Schnell muss Rachel jedoch erkennen, dass Angus' vor-gegebene Freundlichkeit mit Hintergedanken versehen ist und ihrer Geburt eine viel größere Tragödie zugrunde liegt, als man sie ihr Leben lang Glauben gemacht hat.

Dann trifft sie auch noch auf den ehemaligen Star-Quarter-back der Boston Tigers, John Carter – herrisch, schroff, un-nahbar. Doch trotz gegenseitiger Abneigung sucht Rachel den Kontakt zu ihm, denn er gehörte scheinbar zu den engsten Ver-trauten ihrer Mutter. Ob er Rachel allerdings den Grund ver-raten wird, warum er den Rest ihrer leiblichen Familie so sehr verachtet? Und was wird auf die heißen Funken folgen, die die beiden bei ihren ständigen Streitereien umgeben?

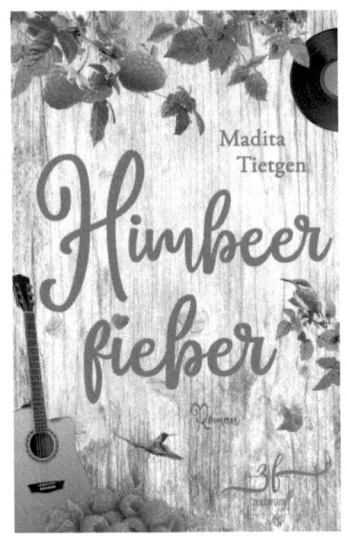

Himbeerfieber

Irland – Von Cider bis Liebe | Band V

Ihr Leben könnte so süß sein wie reife Himbeeren – wenn Lilly es schafft, ihre Dämonen endgültig abzuschütteln …

Es ist die Chance ihres Lebens: Völlig überraschend unterschreibt der derzeit erfolgreichste und gefragteste Musiker einen Vertrag mit Lillys Künstleragentur in Dublin. Doch die Euphorie, die diese Nachricht in ihr auslöst, hält nicht lange an. Sean O'Sullivan fordert von Lilly Unmögliches: die Lösung seiner Probleme. Allerdings ist er nicht gewillt, ihr zu verraten, welche das sind. Nach außen sprudelt Sean vor Lebenslust, doch innerlich scheint er von seinen Ängsten und Sorgen zerfressen zu werden.

Lillys Kämpfernatur lässt sie diese Herausforderung trotzdem annehmen. Doch so ansteckend Seans vermeintliche Unbeschwertheit auch ist – sie hilft Lilly nicht gerade dabei, professionell zu bleiben. Zu allem Überfluss streckt plötzlich auch noch ihre Vergangenheit die Finger nach ihr aus und droht, ihr Leben aus der Bahn zu werfen.

Sowohl Sean als auch Lilly müssen sich ihren Problemen stellen, bevor sie herausfinden können, ob das zwischen ihnen mehr ist als die Flucht vor der Realität.

Mandelfieber

Irland – Von Cider bis Liebe | Band VI

Eine schillernde New Yorkerin, ein sturer Ire und ein gemeinsames Schicksal.

Innerhalb weniger Wochen wird das Leben der jungen New Yorkerin Vic komplett auf den Kopf gestellt, und sie findet sich in einer absolut surrealen Situation wieder: Frisch verheiratet ist sie auf dem Weg nach Irland, der Heimat ihres Ehemannes William O'Sullivan. Nur, dass sie ihn kaum kennt. Und das alles wegen eines überstürzten One-Night-Stands mit unerwarteten Konsequenzen.

In Irland verlangt William schließlich, dass Vic die unnahbare Amerikanerin spielt, damit sie sich bloß nicht in die Herzen der O'Sullivan-Familie schleicht. Vic ahnt nicht, wie schwer ihr das fallen wird. Und doch ist das kein Vergleich dazu, wie unmöglich es scheint, ihr Herz vor William zu verschließen. Zurück in Irland kämpft dieser allerdings mit ganz eigenen Problemen …

Lust auf eine Leseprobe?

Dann scanne diesen Code mit deinem Smartphone
und erhalte die ersten drei Kapitel von meinem
Weihnachtsroman »Mandelfieber«!

Passwort: Mandelfieber